Clemens Brentano, geboren am 8. September 1778, ist am 28. Juli 1842 in Aschaffenburg gestorben.

Der Zyklus seiner »Mährchen vom Rhein« entfaltet sich innerhalb einer Rahmenhandlung: »Durch ein märchenhaftes Geschick gelangen alle Kinder der Stadt Mainz und auch die Kronprinzessin Ameleya in die Gewalt und Gewahrsam des alten Flußgottes Rhein und wohnen bei ihm in einem gläsernen Haus. Ein Müller von feenhafter Abkunft wird der Bräutigam der Prinzessin und König von Mainz, nun sitzt er auf seinem Thron vor den Bürgern immer morgens am Fluß, und da werden Märchen erzählt, denn der alte Flußgott hat sich erboten, jedes einzelne Kind gegen ein an seinem Ufer erzähltes Märchen herauszugeben.« *Clemens Brentano, 1826*

In diesen Märchen finden sich Brentanos eigene dichterische Schöpfungen – die »Frau Lureley« etwa und der »Vater Rhein« – mit Sagen und klassischen Mythen verwoben, so etwa die Hatt-Sage zum Mäuseturm bei Bingen.

Die Ausgabe der *Rheinmärchen* im insel taschenbuch folgt dem Text der von Guido Görres 1846 im J. G. Cotta'schen Verlag, Stuttgart und Tübingen, posthum herausgegebenen Erstausgabe der »Mährchen vom Rhein«.

insel taschenbuch 804

Brentano

Rheinmärchen

CLEMENS BRENTANO

RHEIN MÄRCHEN

In der von Guido Görres
herausgegebenen Ausgabe von 1846
Mit Illustrationen
von Edward von Steinle
Insel Verlag

Umschlagabbildung: Edward von Steinle,
Märchen vom Rhein und Müller Radlauf (1854)

insel taschenbuch 804
Erste Auflage 1985

Vertrieb durch den Suhrkamp Taschenbuch Verlag
Umschlag nach Entwürfen von Willy Fleckhaus
Satz: LibroSatz, Kriftel
Druck: Nomos Verlagsgesellschaft, Baden-Baden
Printed in Germany

1 2 3 4 5 6 – 90 89 88 87 86 85

VORWORT

Vorwort zur Erinnerung an den Dichter dieser Märchen von dem Herausgeber.

(1846)

Geh betteln, armes Lied.
Geh um von Thür zu Thür,
Sprich: diesem Haus sey Fried!
Daß Gott die Herzen rühr.

Mit diesen Worten schickte Clemens Brentano im Jahr 1830 sein Moseleisgangslied in den kalten Winter hinaus, die harten Herzen zu erweichen, daß sie die Hand zu milden Gaben des Mitleids öffneten; zehn Jahre später, als er selbst in der kranken Brust die Nähe des Todes fühlte und seine kalten Schauer des Dichters Geist umwehten und ihn an den Abschied von der Welt mahnten: da kamen ihm auch seine Märchen in den Sinn, die seit so vielen Jahren ihn in seinen Mappen begleitet hatten, und über sie verfügend, setzte er in sein Testament folgende Worte:

»Die Manuscripte meiner Märchen sollen dem Herrn *Dr. Guido Görres* überantwortet werden, damit dieser die Herausgabe derselben nach seinem Ermessen besorge. Der Ertrag davon, nach Abzug eines durch die Testamentsexecutoren zu bestimmenden Honorars für den Herausgeber, soll verwendet werden nach Maßgabe und Proportion der unter II. B. Nro. 1 bis 6 und Nro. 9 getroffenen Bestimmungen.«

Es sind die Armen, welche er hiemit als Erben seiner Märchen einsetzte, ihnen sollten die goldenen Früchte von den duftenden Blumen des überreichen Frühlings seiner dichterischen Phantasie, zur Stillung ihres Hungers, zur Bedeckung ihrer Blöße, zur Heilung ihrer Wunden, zur Unterweisung der Unwissenden, zur Besserung der Verirrten und zum Heile ihrer Seele zu Gute kommen. Das Testament zählt die Erben der Reihe nach auf, denen der scheidende Schwan die Spende seiner Liebe zudachte, es sind: *die barmherzigen Schwestern in München*, jene gottgeweihten Jungfrauen, die um Gottes willen den Dienst der Kranken in dem dortigen großen Hospital der Stadt versehen; weiter sind es *die Frauen vom guten Hirten in Haidhausen bei München*, welche mit aufopfernder Liebe verirrten Seelen eine Zuflucht zur Buße, Sühnung und Besserung im Schatten des Kreuzes anbieten; ferner *die armen Schulschwestern in der Vorstadt Au bei München*, welche armen Kindern geistliches Brod der Lehre unentgeltlich darreichen; weiter sind es *die hülflosen Kranken in Regensburg*, welche von der milden Hand des *Fräuleins Apollonia Diepenbrock* verpflegt werden; dann ein jeweiliger mittelloser Zögling des Priesterstandes nach Wahl seines *Diöcesanbischofs von Limburg*; endlich *das Haus armer Kinder zu Sankt Barbara in Koblenz* unter der Obhut seines Pflegvaters, des *H. Dietz* – diese sind es, welchen der Ertrag der Märchen, dieser reizenden Zauberkinder eines der poesiereichsten Geister, die je gelebt, zufließen soll.

Aber nicht allein der Ertrag der Märchen soll ihnen nach dem Ausspruch des Testamentes zufallen, auch den Ertrag der noch ungedruckten Betrachtungen der gottseligen Anna Katharina Emmerich, nebst einem vollen Drittheile seines ganzen Vermögens hinterläßt er ihnen, seinen Verwandten das Übrige hingebend.

Sein Wunsch in Betreff der Märchen geht nun in Erfüllung, und zwar in der Weise, daß die Summe des ganzen Honorars ungeschmälert milden Zwecken zugewendet wird, indem der Herausgeber seine Mühewaltung einerseits als eine Ehrenpflicht seiner Dankbarkeit gegen den dahingeschiedenen Freund ansieht, andererseits sich geschämt hätte, hinter seinem Beispiel zurückzubleiben und das Geringste von diesem Almosen der Barmherzigkeit für sich selbst in Anspruch zu nehmen. Möge Brentano's Poesie, wie er es selbst wollte, als eine barmherzige Schwester, nicht um den Beifall der Welt, oder um irdischen Gewinn, sondern zur Erleichterung der Noth und um Gotteslohn in die Welt eintreten und denen, welche sie gastlich aufnehmen, zum Danke die Stunden mit ihren reizenden Liedern und Bildern erheitern. Und mögen alle, denen diese Märchen zu Gesichte kommen, die sich an ihrem kindlichen Spiele erfreuen, die mit ihrer harmlosen Heiterkeit lächeln, die von der Zartheit, der Tiefe, der Innigkeit, dem Ernste und der himmlischen Unschuld und Anmuth dieser sehnsuchtweckenden Kinderwelt ergriffen und gerührt werden, des Dichters mit frommem Ernst gedenken, der also seine Poesie zur Bettlerin für die Armen machte, und das in einer Zeit, die sich nur zu geneigt finden läßt, mit den edelsten Produkten des Geistes den niedrigsten Schacher industriöser Selbstsucht zu treiben und worin der deutsche Buchhandel wetteifert, unser Volk mit dem Abfluß der Pariser Kloaken in zwanzig Übersetzungen zu überschütten, wenn das Geschäft, wie schmutzig es immer sey, nur einigen Gewinn verspricht.

Wohl gibt es Manche, die erst in der Stunde des Todes, in dem Augenblicke, wo ihr Leben den bleichen Lippen entschwindet, zu ihrem Schrecken inne werden; daß der Mensch nicht auf dieser Welt ist, um in kalter Selbstsucht und unersättlicher Genußgier nur sich selbst zu leben, und die dann, um die langjährige Schuld, welche sie gegen ihre Brüder sich anhäufen lassen, wieder gut zu machen und ihr zagendes Gewissen zu beruhigen, in ihrem letzten Willen den Armen ein großes oder kleines Almosen auf den Rand des Grabes niederlegen. Clemens Brentano gehörte nicht zu diesen.

Es war, wie schon der Spruch seines Moseleisgangsliedes am Eingange dieser Rückerinnerungen bezeugt, nicht die Vorempfindung des Todes, nicht der Ernst der letzten Stunden diesseits des Grabes, welche ihn aufschreckend ermahnte, sich auf diese Weise im letzten Augenblicke des erlöschenden Lebens nach einem Geleite guter Werke aufopfernder Nächstenliebe zum Besten seiner armen Seele, vor den Augen eines strenge Rechenschaft fordernden Richters, umzusehen; o nein! Wie reizend, wie lachend auch die wundervolle Zauberwelt war, womit sein phantasiereicher Geist ihn umgab: der Schrei der Noth und des

Elends aus der wirklichen Welt fand in seinem Herzen, lange vor seinem Tode, bereitwillige Erhörung; war ja der Ertrag alles dessen, was er in den letzten Jahrzehnten seines Lebens durch literarische Arbeiten sich erwarb, ausschließlich frommen und mildthätigen Zwecken gewidmet. Und dies genügte ihm noch nicht; bei einem überaus mäßigen Leben strenger Entsagung war auch der bei weitem größere Theil der Einkünfte seines nicht unbedeutenden Vermögens der gleichen Wohlthätigkeit gewidmet.

Floß übrigens dieser Drang nach Wohlthätigkeit in den späteren Jahren aus seiner religiösen Überzeugung, und übte er sie, mit Überwindung seiner Natur, als eine heilige Pflicht, so war sie auch damals schon, als sein Geist sich noch in einer ganz andern Richtung bewegte, seinem Herzen nicht fremd. Ein Faden werkthätiger Barmherzigkeit zieht sich schon von früh an durch sein Leben hindurch; allein wir wüßten vielleicht sehr wenig davon, wenn die Schriften, die er von Zeit zu Zeit verfaßte und diesem Zwecke widmete, nicht Zeugniß dafür ablegten. Hier am Eingange des blüthenreichen Gartens seiner Märchen möge es uns darum gestattet seyn, einen Rückblick auf diese Seite seines Lebens zu werfen; es sind Blumen seiner Liebe entsprossen, die wir der Dankbarkeit der Nachwelt übergeben, damit sie daraus einen Kranz für sein Grab flechte.

»*Der Philister*«, jene witzsprühende und funkelnde Abhandlung, die 1811 in Berlin gedruckt, nun eine große literarische Seltenheit geworden ist, eröffnet den Reigen. Einen armen Schreiber und seiner Familie durch ihr Abschreiben ein Almosen zuzuwenden, das war ihm die erste Veranlassung der Vervielfältigung dieser scherzhaften Abhandlung, wie die erste Seite der Schrift selbst in Form eines Vorworts an die Herren Subscribenten ankündigt. Ihrer Seltenheit wegen und weil sie für seine Denkweise charakteristisch ist, lassen wir daraus seine Aufforderung »an die Herrn Subscribenten« hier folgen:

»Es ist uns allen bekannt, daß nachfolgender Scherz im Vertrauen auf fröhliche und verstehende Gesinnung entstanden und mitgetheilt worden, und daß der Entschluß, diesen Aufsatz zu vervielfältigen, sich an dem Wunsche, einen armen Mann, der schreiben kann, zu unterstützen, unter den Zuhörern zuerst realisirt hat. Der Druck wurde scherzhafter Weise, als an sich etwas philistrisch, verworfen, vorzüglich aber, um dem Schreiber das ganze Verdienst zuzuwenden; da aber die Zahl der Subscribenten ansehnlicher als erwartet ausfiel, war zu befürchten, der Schreiber, der an den Augen leidet, möchte bei aller Anstrengung erst spät vermögen, alle seine Wohlthäter zu befriedigen und dabei noch ein schweres Opfer mit seinem Gesichte bringen; es wurde daher beschlossen, den philistrischen Druck als vortheilhafter vorzuziehen, und somit erscheint dieses gedruckte Manuscript, oder lederne Hufeisen; wobei zu erwähnen, daß, da durch die Druckkosten der gehoffte Verdienst für den Schreiber allerdings geschmälert wird, diesem philistrischen Fehler nur dadurch abgeholfen werden kann, daß mehrere Exemplare abgezogen werden, und *daher jeder der Besitzer eingeladen wird, sein Exemplar nicht zu verleihen, sondern Jeden, der sich über die Philister, oder sich selber, Raths erholen will, gefälligst an die Wittichische Kunsthandlung, Jägerstraße, gegen der Bank über, zu weisen, wo eine Anzahl Exemplare werden niedergelegt werden, und ums Geld zu haben seyn*. Es ist dieß Verweigern der Mittheilung an Andere eine Wohlthat für den Armen, und keine Härte für den Neugierigen, da Jeder, der Dergleichen zu lesen Lust und Zeit haben kann, auch das Geld dazu haben muß. Ja, es ist dieß die wahre Freudenerfindung, die ein Westphälinger vor Jahren im Reichsanzeiger auf Subscription von 8 Gr. bekannt zu machen versprach, und die endlich darin bestand, ihm diese Achtgroschen als einem armen Schelmen verschafft zu haben; hier läuft es am Ende auf dasselbe hinaus, wenn alles Folgende dem Käufer nicht einige Freude und einigen Ernst erwecken sollte, das heißt, wenn er ein Philister wäre, dann aber kauft er es ja gar nicht.

Ein Thaler Courant!
Kauf milde Hand,
Philister Hohn,
Und *Gotteslohn*.«

Auch mitten in dem Kanonendonner der stürmischen Jahre des Befreiungskrieges, als er 1813 »unter fliegenden Fahnen und bei brennender Lunte in Wien das klingende Spiel von der Viktoria und ihren Geschwistern« dichtete, auch damals gedachte er des leisen Gewimmers der Noth; es ist ein Chor von Waisenkindern, die im wilden Getümmel des Lagers ihre zarte flehende Stimme erheben:

Die Kinder sind
Vom Kriegeswind
Hinaus geweht,
Kein Hälmlein steht.

O Rabe säe,
Spinn Lilie,
Daß Gott erbarm,
Wie nackt und arm.

O Vaterland,
O milde Hand
Thu dich jetzt auf
Und nimm uns auf.

Ihr Anblick erweckt schmerzliches Mitleid und die Vertriebenen werden von dem Felde der Zerstörung zu einer stillwaltenden Wohlthäterin gewiesen:

Es ist eine edle Dame,
Trost gibt Armen schon ihr Name,
Wer sie sonst ist, weiß man nicht.

Doch sie übet heilge Pflicht,
Sie wird speisen Euch und kleiden,
Und den Weg des Herrn Euch leiten.

Da sind die Verlassenen getröstet und zu der harrenden Mutter ziehend, singen die Waisen um Aufnahme bittend:

Caritas! Caritas!
O du gute, milde Frau!
Ohne Trost uns nicht entlaß,
Lilie spinnt nicht und hat Thau,
Rabe sät nicht und hat Futter,
O du treue Waisenmutter,
Caritas! Caritas!

Um dieselbe Zeit, in den Jahren der Befreiungskriege, dichtete er auch seinen *»Rheinübergang Kriegsrundgesang. Wien 1814«*, worin er den Gruß seines Heldenliedes bald an den einen, bald an den andern der Bundesstreiter wider den großen Unterjocher der Völker richtet; einige Strophen mögen als Probe uns hier den Klang jener Tage wieder erwecken:

Auf, ihr starken Siegesbrüder!
Brecht mit Sang und Klang die Nacht,
Singt den Schicksalssternen Lieder,
Bis der Tag uns jenseits lacht.

Herrlich! herrlich! sich vergessen,
Und das Seine um die Welt,
Seine Noth nach unsrer messen,
Konnte Franz, er ist ein Held!

Moskau brennt uns in den Seelen,
Lachet Brüder, trinkt den Wein,
Denn ein glühend Schwert zu stählen,
Muß es gut gekühlet seyn.

Nun wollt voll den Becher gießen,
Daß er sühnend überrinnt,
Bayern, Schwaben, Baden grüßen;
Alle sind nun deutsch gesinnt.

Seyd gegrüßt ihr Rebenhügel!
Sey gegrüßt du frommer Rhein!
Unter deutschem Adlerflügel
Reife wieder deutscher Wein.

Unsrer Sprache heil'ge Zungen
Stimmen all in einen Klang,
Und am Rheine voll erklungen
Ist der deutsche Siegsgesang.

Nun sey treu von uns umschlossen,
Deutsche Eidgenossenschaft!
Auch in uns sind Eidgenossen
Sieg und Eifer, Muth und Kraft.

Wollt denn mit uns niederknien,
Schweizer! über freien Grund
Mit der Welt zur Freiheit ziehen,
Stimmet ein mit deutschem Mund.

Rinnet ab ihr zorn'gen Wogen!
Erde! tauche grün empor,
Unter Gottes Regenbogen
Klinget dann der Friedenschor.

Und dann pflanze ein gerechter
Noah uns den Siegeswein,
Deiner Freiheit fromme Fechter
Trag zum Sieg nun, Vater Rhein!

Chor.

Singen, klingen, Fahnen schwingen,
Feinde zwingen, Sieg erringen,
Nach den Friedenskronen springen,
Und wenn sie am Himmel hingen,
Auf, es wird mit Gott gelingen.

Allein auch dieser Bundesgruß sollte den Armen ein Almosen einbringen; denn auf der Stirne dieses Rundgesanges des Jahres 1814 stehen wieder die Worte:

»Zum Besten eines Armen,
Der Dichter hat die Lust davon,
Wer mehr gibt, hat Erbarmen,
Ein Groschen mehr bringt Gottes Lohn!«

Als im Winter 1830 das Eis seine Verheerungen in der Gegend von Koblenz anrichtete, wo der Dichter sich damals aufhielt, war es wieder die milde St. Caritas, die Mutter der Waisen und Verlassenen, welche ihn zum Moseleisgangslied begeisterte. Das Eis der Mosel war nämlich aufgegangen, während der Rhein noch starr gefroren lag; die Schollen fanden keinen Ausweg, sie wälzten sich krachend über der gefrornen Rheinfläche stundenweit stromaufwärts. Also Eis auf Eis thürmend schwoll die Fluth der empörten Mosel immer höher und höher, alles, was ihr in den Weg kam, niederschmetternd und fortreißend. Da stand in dem Dörfchen Lay die arme Hütte eines Taglöhners dem wüthenden Strome ausgesetzt, der mit seinen gewaltigen Blöcken mächtig drauf losstürmte. Ein Vater, eine Mutter und sieben Kinder waren in der unglücklichen Hütte eingesperrt; die Treppe schlichen sie hinan, zerbrachen das Dach und sahen rings um sich her ein schreckenvolles Wogengrab. Achtzehn Hände erhoben sich in der schrecklichen Noth flehend zu Gott.

Hell schreit die Mutter Weh!
Hell schrei'n die Kinder auf,
Der starre Wogensee
Frißt ihre Stimmen auf.
Nun beten Mann und Weib
Und Kinder Herz an Herz,
Ein angstbeseelter Leib,
Viel Hände himmelwärts:
»Ach Herr! dein Will gescheh,
Herr hab mit uns Geduld!
Auf Jesu Wunden seh,
Und nicht auf unsre Schuld.«

So rufen sie, Hände ringend in der Schreckensnacht zum Vater im Himmel; die Mosel aber wüthet fort; Bäume wie Reisig zerknickend, und Kähne und Schiffe zerdrückend, Brücken brechend, und Häuser und Hütten wie Felsblöcke dahinrollend; so wälzen sich ihre Eislager, von den Fluthen gehoben, fort und fort donnernd heran; das eisumstürmte Haus verschwindet vor den Blicken der Nachbarn im kalten Mondenschein der Nacht; kaum sieht nur noch das Dach heraus. Es schien, der Morgen sollte ein Eisgrab mit stummen Leichen begrüßen; allein Gottes Hand hatte die Betenden beschirmt; einen schützenden Wall hatten die Eisblöcke um die arme Hütte gethürmt; die Nachbarn horchen erstaunt; ein Dankgeschrei erhebt sich aus Angst und Noth zum Himmel; sie brechen sich Bahn durch das Eis, sie erklettern das Dach und ziehen weinend in dankbarer Freude die Geretteten heraus, und der Morgen singt ihnen dazu frohlockend sein Tedeum:

Lob Gott du Wassersnoth!
Lob Gott du Eisgang wild,
Ein Schwert auf sein Gebot,
Auf sein Gebot ein Schild.
Lob Gott du armes Haus!

Lob Gott du Mann und Kind!
Er hört im Fluthgebraus
Die zu ihm betend sind.
Lob Gott du armes Lay!
Lobt Gott ihr Trümmer kraus;
Er bricht das Haus entzwei
Und bauet auch das Haus.

Doch nicht allen Hütten waren die Eisfelsen ein schirmender Wall geworden. Mitleid und Barmherzigkeit fanden auf der öden Stätte der Niedergebeugten viele aufzurichten und des Niedergerissenen und Zertrümmerten Vieles aufzubauen; dies bewegte denn auch den Dichter, sein Töchterlein, die Poesie, wieder mit der Bettelbüchse und dem Pilgerkleide hinaus zu schicken, an den Thüren der Reichen und Barmherzigen in ihren warmen Stuben anzuklopfen, und den Obdachlosen ein Almosen für einen Stein zum Wiederaufbau ihrer Hütte heimzubringen. Darum gab er seinem Kinde als Segen und Zehrpfennig den Scheidegruß mit auf den Weg, welchen wir oben angeführt; es sollte ihnen das Wunder der Barmherzigkeit Gottes erzählen, damit auch sie sich barmherzig erzeigten, wenn es ihnen Gottes Güte preisend zurief:

Er war so stark und mild,
Drum sang das Mitleid mich;
Du Mensch, sein Ebenbild,
Du auch erbarme dich!
Kauf mich, so wird ein Stein,
Der an der Hütte baut,
Dem milden Fraunverein
In Koblenz anvertraut.

Allein nicht nur den Obdachlosen im Rheinthal, sondern auch den Kindern der Donau sollte die Stimme seines Liedes unterstützendes Mitleid erwecken. Als nämlich zehn Jahre nach jenem Unglück von Koblenz, der Eisgang der Donau 1841 in der Diöcese Regensburg großen Schaden anrichtete, da sandte er ein zweites Töchterlein seiner Muse, die heilige Marina, jenes rührende Bild leidender Unschuld und himmlischer Ergebung aus der heißen Wüste Egyptens, um das kalte Eis der Herzen mit dem linden Hauche eines gottgeweihten Mundes zu schmelzen und die starren zu den Werken hülfreicher Nächstenliebe zu erwecken. Eine Zeichnung, die einer seiner liebsten jüngeren Freunde, der Historienmaler *Eduard Steinle* entworfen, gab ihm die Veranlassung dazu, was die Zueignung an denselben ausspricht; an ihn richtet er die Worte seines mitleidvollen Herzen:

– – – – – – – Horch! – Wehklagen!
Die Donau, die das Wiegenlied dir sang,
Droht wild des Eises Fesseln zu zerschlagen;
Ihr Kind, die Noth, wehklagt den Strand entlang.

Wir geben ihr das Lied um's Brod zu singen;
Vergelt's Gott! – Horch, zu beten lehrt die Noth.
Und wird das Mitleid ihr dein Bild auch bringen,
Geht Bild und Lied vereint wie Kunst nach Brod.

O in der Liebe, welch ein heilend Fügen!
Der glühe Orient gibt dir ein Bild,
Das haucht der Noth aus warmen Athemzügen
Ein Schlummerlied in's Donaueisgefild.

Marina! hilf der Donau singen, wiegen,
Sieht sie die Noth, ihr ausgesetztes Kind,
Im Schlummer lächelnd dir am Herzen liegen,
Dann bricht das Eis und thaut dem Armen lind.

Wem ist übrigens nicht sein Märchen: *»Gockel, Hinkel und Gackeleia«* bekannt? Ursprünglich dem großen Cyklus der

Rheinmärchen angehörend, ließ er sich, wenn auch lange zögernd und mit widerstrebendem Sinne, doch endlich bewegen, dasselbe abgesondert von den übrigen, noch zu seinen Lebzeiten, herauszugeben. Allein auch sein Ertrag sollte, wie der Schreiber dieser Zeilen aus seinem eigenen Munde weiß, einem frommen Zwecke gewidmet seyn. Im Jahr 1838 war es, und der Dichter beschäftigte sich gerade mit den letzten Druckbogen, als er durch einen Bittenden in seiner Arbeit unterbrochen ward. Es war, wenn ich nicht irre, ein Priester aus Gelnhausen, das in jenem Märchen des hennegauischen Hahnengeschlechtes der Gockelios und Alektryonen eine so große Rolle spielt, dieser, oder ein Angehöriger der Grafschaft Katzenellenbogen, bat ihn um ein Almosen für eine dort zu errichtende katholische Kirche. Der Dichter, dessen Phantasie, damals so ausschließlich mit Hennegau und Gelnhausen, Prinzessin Mandelbiß und Prinz Speckelfleck, Hahnemann und Gackeleia beschäftigt war, sah hierin einen Wink, das scherzende Spiel seines Geistes durch einen ernsteren Zweck zu heiligen, und versprach dem Bittenden, wie er es mit dem armen Kinde von Lay einige Jahre früher gethan, daß die goldenen Eier seiner Gackeleia sich in eben so viele Steine zum Aufbau seiner armen Kirche verwandeln sollten. Und hierauf spielt er an, wenn er in der *»herzlichen Zueignung«* dieses Märchens Seite V. seinem lieben Großmütterchen sagt: »Später einmal durch Gelnhausen fahrend, glaubte ich besonders viele Bäcker- und Fleischerladen dort zu sehen; wäre aber dieses nur ein Spiel der Phantasie gewesen, *so mahnt mich doch heut eine Fügung, allen Lohn, den mir Gockel je zu Tag scharren wird, nach Gelnhausen zu wenden!*«

Das bedeutendste Almosen jedoch von allen, welches seine milde Hand gespendet, war ohne Zweifel das aus dem Ertrage der Betrachtungen der Emmerich über das bittere Leiden unsers Herrn Jesu Christi. Der Erlös der sechs bisher erschienenen Auflagen floß, wenn ich nicht irre, ausschließlich, und noch vermehrt durch zeitweilige Schenkungen aus den Ersparnissen seines überaus mäßigen Lebens, und zwar in einem Betrage von ungefähr fünfzehn tausend Gulden, theilweise den Armenanstalten von Koblenz, zu Handen seines wohlthätigen Jugendfreundes des Hrn. Dietz, theilweise den unheilbar Kranken unter der Pflege seiner aufopfernden Freundin Apollonia Diepenbrock in Regensburg zu.

Wie sinnreich er übrigens war, seine Wohlthätigkeit mit seinen Bedürfnissen zu verknüpfen, das zeigen die Märchen auch noch auf eine andere Weise. In den letzten Jahren seines Lebens wurde er nämlich Willens, eine Reinschrift von seinen übrigen Arbeiten und so auch von den Märchen machen zu lassen. Hiezu ersah er sich aber keinen Abschreiber von Profession, der ihm, seiner Übung wegen, die Sache natürlich am schnellsten, am richtigsten und am wohlfeilsten hätte machen können. Nein, er wollte diesen Verdienst als ein Almosen einer armen Wittwe zuwenden. Daß die gute Frau mit dem besten Willen und Fleiß manche irrige Lesart nicht vermeiden konnte, begreift sich leicht; er sah es aber ohne Zweifel als ein Opfer und eine Übung der Geduld und Demuth an, die er Gott und seinem Nebenmenschen schuldig sey. Ich selbst sprach die arme Abschreiberin länger als ein Jahr nach seinem Tode, und sie sagte mir, Thränen der Dankbarkeit in den Augen: »Ja der Herr Brentano, ach! wenn der noch lebte, ich wollte ihn gern mit meinen Händen aus dem Grabe ausgraben!«

Andere mit dem gleichen Geiste zu beseelen, der in ihm lebte, schrieb er sogar ein eigenes Werk über die Ausübung der Barmherzigkeit. Ein Buch, welches auch noch in anderer Hinsicht merkwürdig für seine Charakteristik ist, indem es zeigt, daß der unerschöpfliche Dichter mit großer Selbstbeherrschung seiner überreichen Phantasie auch Meister zu werden wußte, wenn es galt, einen einfachen, klaren, schmucklosen, jedes Wort nach dem Maße strenger Wahrheit abwägenden Bericht über gegebene Verhältnisse, Personen und Zustände abzufassen. Das Buch, welches wir hier meinen, und allen, die es nicht kennen, bestens empfehlen, führt den Titel: *Die barmherzigen Schwestern in Bezug auf Armen- und Krankenpflege*. Zum Besten der Armenschule des

Frauenvereins zu Koblenz. Zu Commission bei Hölscher in Koblenz 1831.

Welcher Kritiker würde wohl errathen, daß diese mit so kühler Schärfe und Klarheit, jeden Schmuck verschmähende Schrift von derselben Hand geschrieben sey, welche die Wunderwelt der Märchen hervorzauberte, welche den *Ponce de Leon, die Gründung Prags, die Romanzen von den drei Rosenkränzen, den Philister, die Viktoria und ihre Geschwister, die Geschichte vom Caspar und Annerl, die lustigen Musikanten, die mehreren Wehmüller, den fahrenden Schüler* und so vieles andere Gedruckte und Ungedruckte in unerschöpflichem Reichthum dichtete, dieselbe endlich, welche die Betrachtungen der westphälischen Klosterfrau vom Agnetenberge niederschrieb.

Sehr treffend spricht er Seite 415 in dieser Schrift über die barmherzigen Schwestern, in Bezug auf das Verhältniß von Wohlthätigkeit und Armuth und die göttliche Ökonomie zwischen Hülfe und Noth, die inhaltreichen Worte:

»Wie aber Gott mit den Bedrängnissen, die er sendet, die brüderliche Liebe der Menschen erwecken will, geht daraus hervor, daß die Noth sogleich gebrochen wird, sobald die Liebe der Menschen zu einander als Glieder Eines Leibes sich thätig zeigt. Wenn Jeder gibt, was er zuviel hat, wird Niemand arm seyn in der wohlhabenden Zeit; wenn Jeder gibt, was er entbehren kann, wird Niemand entbehren in harter Zeit; wenn aber der Bemittelte so redlich mit seinem armen Bruder theilt in höchster Noth, daß er auch sein Theil von dessen Armuth selbst auf sich nimmt, dann folgt er den Worten des Heilands, der da sagt: ›Willst du vollkommen werden, so gehe, verkaufe, was du hast und gib es den Armen, und du wirst einen Schatz im Himmel haben, und dann komme und folge mir nach.‹ Diese aber, die einen Schatz im Himmel haben und dem Herrn nachfolgen, rufen die Quellen des Segens in der Wüste hervor und das Wunder der Brodvermehrung folgt ihrem Glauben.«

Er selbst ging mit gutem Beispiel als ein Befolger seiner Worte voraus, indem er den Ertrag der Schrift dem milden Frauenverein in Koblenz schenkte; die Dedikation derselben bildet die Schenkungsurkunde, sie lautet:

»Gott allein die Ehre und dem Säckelmeister den Pfennig.

Dem Einnehmer des Koblenzer Frauenvereines Herrn Hermann Joseph Dietz widmet mit den Worten seines Gastfreundes:

›Was ist der schönste und zugleich schwerste Beruf des Wohlhabenden auf Erden? Gottes Rechnungsführer zum Besten der Armen zu seyn – in Seinem Hause und mit Seiner Münze.‹

(Aus Sailers Erinnerungen.–)

diese Schrift

der Verfasser.«

Gott die Ehre allein und ungetheilt gebend, nannte er seinen Namen weder auf dem Titel dieses Buches, noch auf den Betrachtungen der Emmerich über das bittere Leiden, wie viele Auflagen die letzteren auch im Laufe von wenig Jahren erlebten.

Übrigens würde der sich sehr irren, der da glaubte, diese Freigebigkeit, die so viele Tausende den Bittenden in den Schooß schüttete, sey bei ihm Naturgabe gewesen. Es gibt Naturen, denen das Geben ihres Gutes und die Hingabe ihrer selbst angeboren ist; gleich der Sonne müssen sie Alles, was sie haben, Allen mittheilen; sie können nichts für sich selbst behalten; das Geben ist ihnen eine Lust; sie geben bis sie selbst darben und wollen lieber darben als nicht mehr geben. Clemens Brentano, obwohl ein Dichter, hatte nichts weniger als eine solche Anlage zur Freigebigkeit oder gar zur Verschwendung; sey es nun das italienische Blut, sey es seine erste Erziehung, die ihn zum Kaufmann bestimmte, er hatte vielmehr eine Hinneigung zu einer ängstlichen Sparsamkeit, die ihn selbst peinigte und gar oft mit mißlaunigem Argwohn in den einfachsten Lebens- und Geschäftsbeziehungen erfüllte, zu bekämpfen; allein er sah es als eine Pflicht an, was er sich selbst oft mit Härte versagte, Nothleidenden zuzuwenden; er übte die Mildthätigkeit wie ein Werk der Buße, und während er im Lebensverkehr nicht selten mit einem Pfennig geizte, schenkte er, ohne daß es Jemand anders als die zunächst Betheiligten erfuhr, Tausende hinweg. So konnten gar Manche mit ihm Jahre lang umgehen und ihn für mehr als sparsam halten; denn er verbarg diese Wohlthätigkeit mit einer fast ängstlichen Sorgfalt, um seinem theueren Schatze nichts durch prunkende Ostentation zu entziehen. Er hat in dieser Weise mit den verderbten Anlagen der menschlichen Natur redlich gekämpft, und daß er im Großen und Ganzen den Sieg errungen, das bezeugen die Stimmen seiner Lieder und die Dankgebete der unterstützten Armen; je härter aber der Kampf war, um so größer der Sieg, und um so sanfter, dürfen wir hoffen, wird er nun ruhen.

Mit freudigem und schmerzlichem Gefühle dürfen wir daher mit Recht auf dem Grabe des Dahingeschiedenen fragen, welcher deutsche Dichter hat mit einer Hand, die so kunstreich, so mächtig und so zart die Saiten zu rühren verstand, den Armen zugleich in fürstlicher Weise reichere Almosen gespendet? Die süßduftende Blume trostspendender Barmherzigkeit ist es, die sich dem grünen Lorbeerkranze des Dichters einflicht und auf sein Haupt durch den Mund der Armen den Segen des Himmels herabruft.

Wenn darum der Schmerz derer, die Gelegenheit hatten, den Verstorbenen und sein verborgenes Dichten und Wirken näher kennen zu lernen, ein großer und gerechter war, so dürfen wir wohl hier die Frage aufwerfen: hatte auch in weiteren Kreisen das Vaterland eine Ahnung von dem Verluste, den es durch den Hingang von Clemens Brentano erlitten? War ihm bewußt, was dieser so überreich von Gott begabte Dichter ihm war, und noch mehr, was er ihm unter günstigeren Gestirnen hätte werden können? Wir müssen diese Frage leider mit einem entschiedenen Nein beantworten.

Wenig beachtet, ging einer der ersten Sterne, deren Wiederkehr sich nach Jahrhunderten mißt, am deutschen Dichterhimmel vorüber!

Sie erzählten sich von seinem Leben in mythischer Weise

Dinge, worin die Fabel der Wahrheit kaum einen Raum ließ; die hochgelehrten Botaniker, welche unter dem Namen einer Literaturgeschichte die poetische Flora Deutschlands in ihre grauen Löschpapier-Herbarien eintragen, wußten nicht, welcher Klasse des Linneischen Systems sie diese seltsame Wunderblume des glühenden, phantasiereichen, katholischen Südens, mit ihrer tiefen, wechselnden Farbenpracht, ihrem mystischen, sehnsuchtweckenden Duft, ihrer räthselhaften, symbolischen Kreuzform, einregistriren sollten. Bei dem mittelalterlichen Weihrauchgeruch ward ihnen unheimlich zu Muthe; wie der alte Voß, klassischen Andenkens, argwöhnten sie in dem Kelch dieser orientalischen Lotosblüthe die Spitze des römischen Dolches; sie fürchteten von ihrem Zauber mystische Betäubung des Geistes und dolorose Stigmatisirung des Fleisches; an die dürftigen Erdäpfelblüthen ihrer nordischen Sandsteppen gewöhnt, wandten sie darum mit verdrießlicher Scheu ihren Blick davon ab, der Hoffnung lebend, daß sie durch die Kälte ihrer Theilnahmlosigkeit dahinwelken würde. Von Dichtern, deren er ein Dutzend mit dem kleinsten seiner Finger hätte in die Luft heben können, wird, nach herkömmlicher Weise, von diesen distelfressenden Kritikern ausführlich Bericht erstattet, des Clemens Brentano aber kaum mit einigen Worten gedacht. Bald zischelten sie sich ins Ohr, er sey der leibhaftige Mephistopheles, eine dämonische Natur, die auf dem Dreifuß über der Hölle sitze, und von dem erstickenden Qualm des Abgrundes begeistert Mysterien infernalischer Bosheit ausbrüte; bald wieder erzählten sie einander, als Kapuziner habe er sich in ein polnisches Kloster eingesperrt, wo er unter steten Kasteiungen, Rosenkranz betend vom Morgen bis zum Abend, Anathemas über die denkgläubigen Kinder der Aufklärung unter seiner braunen Kutte in den langen, weißen Kapuzinerbart mit bleichen, zitternden Lippen seit zwanzig Jahren herabmurmele.

So hat sein Vaterland wenig oder nichts für ihn gethan. Seine Schriften waren keine Modeartikel; die Buchhändler erwiesen sich seiner Muse mit stiefväterlicher Sprödigkeit und Zurückhaltung als karge Gönner. In der Vorrede seiner Victoria klagt er, wie er lange keinen Verleger für sie habe finden können; und hatten seine Dichtungen endlich einen gefunden, wie die Einsiedlerzeitung und die Gründung Prags, so mußte ihm durch die eisige Kälte und die gänzliche Wirkungslosigkeit, womit sie aufgenommen wurden, der freudige Muth, auf der betretenen Bahn voranzuschreiten, nicht wenig verkümmert werden. Auch in der dramatischen Poesie versuchte er sich, aber auch hier war eine Dornenkrone sein einziger Dank. Obschon sein *Ponce de Leon* gewiß zu dem Geistreichsten und Witzigsten gehört, was das deutsche Lustspiel aufzuweisen hat und der Bühne unschwer anzupassen wäre, so wurde der Dichter doch bei der ersten Aufführung in Wien von einem Publikum, das gewöhnt ist, den poesie- und geistlosesten Fadessen des Auslandes zu applaudiren, ausgepfiffen und ausgezischt, so daß ihm alle Lust verging, je wieder die Fortuna des bretternen Parnasses und seiner hölzernen Kunstrichter zu versuchen.

Diese Vernachlässigung eines der reichsten Genies, die je gelebt, von Seiten seiner Zeitgenossen und Landsleute, ist leider seinem Vaterlande, wie dem Dichter selbst, zu großem Schaden ausgeschlagen. Deutschland hat sich dadurch, so viel wenigstens an ihm war, um eine der schönsten Perlen seines geistigen Diadems gebracht. Hätte es die seinem Dichter von Gott verliehene Kraft zu würdigen gewußt, hätte es durch eine strenge, ja schonungslose und unerbittliche Kritik die Überfülle, den Übermuth und das Ungezügelte dieser himmlischen Kraft in die Schranken harmonischer Schönheit und sich selbst beherrschender Zucht zurückgewiesen: mit welchen Werken hätte er nicht unsere Literatur verherrlichen können! Sein Name, nun von einem verhältnißmäßig kleinen Kreise geschätzt, würde zur Ehre des Vaterlandes unter den ruhmvollsten Dichtern aller Zeiten und Völker strahlen.

Woher aber diese Kälte, diese Mißachtung, diese Zurückstoßung? War etwa sein vorwaltend italienisches Naturell dem deutschen zu fremd, zu unverständlich? Oder bewies er sich selbst gegen sein deutsches Vaterland kalt und gefühllos? Verschloß er den Bestrebungen, den Kämpfen, den Leiden und Siegen seiner Zeit und seines Volkes allzu sehr sein Herz? Oder blieb seinem südlichen Geist der nördliche Laut der deutschen Sprache immer ein fremder, den er nie so recht zu bemeistern wußte, um die Herzen der Hörer zu ergreifen? – Diese Beschuldigungen wird man dem dahingeschiedenen Dichter nicht mit Recht machen können.

Was zunächst die Sprache betrifft, so zählt unser Volk gewiß nur sehr wenige Dichter, die sie, gleich ihm, so ganz in ihrer Gewalt hatten, daß sie ihm zum Balle diente, der nach Gefallen, bald zum Himmel, bald zur Erde geworfen, jedesmal wieder wie von selbst in die Hand des Werfenden zurückkehrte. Wer hat kunstreichere Reime in endlos wiederkehrendem Echospiele gebildet, als Clemens Brentano? Wem war es gegeben, einen Gedanken gleich einem seidenen Faden auf das Feinste auszuspinnen? Wer konnte so viele Gedanken und jeden Gedanken in die knappeste, beliebigste Form bringen, und wer konnte zugleich mit so wenigen Worten eine ganze Gedankenwelt umschließen, wie er? Fließt der Rhythmus seiner Verse nicht oft in so natürlicher Harmonie dahin, als seyen sie von Ewigkeit zu einander geschaffen?

Ja diese seine Meisterschaft über den Ausdruck war so groß, daß sie ihn nicht selten zu übermüthigem Mißbrauch verlockte. Er muthete dem Gefäß zu Vieles zu; von einem überströmenden Gedanken- und Bilderreichthume bestürmt, sollte der Vers immer noch einen und noch einen Gedanken aufnehmen; ein Scherz, ein Bild, eine Anspielung, die ihm noch einfiel, sollte auch noch hinein; nie sich selbst genügend, feilte und spitzte, verkürzte und verlängerte er unaufhörlich an seinen Werken, immer darauf los hämmernd, den Gedanken erweiternd und die Form zusammendrängend. Daher kam es, daß er, der die schönsten und fließendsten Verse schreiben konnte, nicht selten durch tyrannische Gewaltthätigkeit auch harte und gezwungene schrieb, deren Verständniß, abgesehen von der Tiefe oder Dunkelheit des Gedankens, die angestrengteste Aufmerksamkeit fordert. Solcher Mißbrauch aber ist nur dem Meister möglich, und auch seine taubsten Gegner werden ihm den Ruhm nicht streitig machen können, daß ihm die verborgensten Schätze unserer Sprache zu Gebote standen und die Töne wie dienstbare Geister der leisesten Bewegung seines Gedankens folgten und von ihm beseelt sogleich ihr wunderbares Glockenspiel begannen.

War ihm die Sprache ganz zu Willen, so hatte er auch wohlbegründete Ansprüche auf ihren Dank. Zu einer Zeit nämlich, als unsere Literatur und Sprache noch an der Dürre, Verknöcherung, Unbehülflichkeit, Geschmacklosigkeit, Weitschweifigkeit, Steife und Geistlosigkeit der jüngsten Jahrhunderte darniederlag, da gehörte er zu jenen Wenigen, die, von Vorurtheilen unbeirrt, durch die Jahre der Verkommenheit in eine glorreichere Vorzeit durchdrangen und auf die im Herzen des Volkes unbeachtet oder verachtet rinnende Quelle zur Verjüngung des siechen Lebens hinwiesen. Seine mit unverdrossenem Fleiße gesammelte Bibliothek war namentlich für das deutsche Mittelalter und die deutsche Volksliteratur einzig in ihrer Art; ihr verdankte die Schrift von Görres über die deutschen Volksbücher ihr vorzüglichstes Material und ihm ist sie darum auch gewidmet; er selbst gab durch die Herausgabe eines jener Volksbücher, *»des Goldfadens«* nämlich, ein Beispiel, was erst die jüngsten Jahre in weiterem Umfange nachgeahmt haben. Er hat aber noch bedeutungsreicher in die Entwickelung unserer Literatur eingegriffen. Als der Knabe auf dem geflügelten Roß in *»das Wunderhorn«* stieß, da waren es seine Zaubertöne, die das lauschende Ohr der Zeitgenossen einer in Vergessenheit gerathenen, unbeachteten Welt wieder zukehrten. Das Wunderhorn hat gewiß nicht wenig zur Weckung des deutschen Bewußtseyns beigetragen; es hat den Deutschen den wahren Genius ihres Volkes wieder ins Gedächtniß gerufen. Wie viele Dichter haben nicht aus diesem Brunnen geschöpft! In wie viele Schriften hat sich nicht, was Clemens Brentano und Achim von Arnim gesammelt, wieder als Samenkörner zerstreut! Wie viele Componisten haben beim Schalle jenes Wunderhornes nicht zu singen angefangen! Lieder, die seit Jahrhunderten vergessen und verschollen waren, sind auf diese Weise wieder, was sie ursprünglich waren, Volkslieder geworden und im Munde Aller erklungen. An die Richtung deutscher Romantik, der das Wunderhorn angehört und die es ganz vorzüglich förderte, hat sich bis auf den heutigen Tag eine eigene Dichterschule angeschlossen, so wie andererseits das Studium unserer älteren Sprache und Literatur nicht wenig dadurch geweckt und populär gemacht wurde.

Die Einsiedlerzeitung, welche 1809, drei Jahre später als das Wunderhorn erschien, sollte dieser Richtung eine nachhaltigere Wirkung sichern und die zerstreuten patriotischen Kräfte unter einer gemeinsamen Fahne zur Bekämpfung des alten Sauerteiges von Philisterei und Bärenhäuterei sammeln. Allein Deutschland, büßend für alte Sünden, lag, vom Fuße des fremden Eroberers in den Staub getreten, noch zu sehr in bewußtloser Ohnmacht; der Hahnenruf der jungen Helden des Heidelberger Bundes, in dunkler Mitternacht erschollen, war ein Ruf in die Öde und Wüste gerufen; die Einsiedler mußten sich wieder in ihre Klause zurückziehen; ihre Zeitung ging alsbald wegen Mangel an Theilnahme ein. Jetzt werden die wenigen von ihr erschienenen Blätter als eine Reliquie unserer Literaturgeschichte gesucht und in hohem Werth gehalten. Manches Gedicht von Brentano findet sich darin und seine Übersetzungen aus dem Meisterwerk französischer Chronikschreibung, aus *Froissart*.

An dem Sterne des Vaterlandes jedoch, selbst in dieser trübsten, unheilvollsten Zeit nicht verzweifelnd, erklang die Stimme seines Liedes, Muth und Selbstvertrauen weckend und zu unverzagtem Ringen und geistigem Streben mahnend, wo sich irgend neues Leben, eine bessere Zukunft verkündend, regte. So hatte er schon 1806, bei der Genesung Karl Friederichs zum Dankfest am 16. Juli, den Heidelberger Studenten sein humoristisches Lied, den Dialog zwischen Frau Pallas und Karl Theodor, gedichtet. Das schöne, reiche Neckarthal mit der alten Musenstadt und das Unglück des alten Vaterlandes schildernd erklingt es wehmuthvoll in körnigter Sprache:

Und wie ich gen die Brücke schaut,
Hört ich den Neckar rauschen laut,
Der Mond schien hell zum Thor herein,
Die feste Brück' gab klaren Schein,
Und hinten an der grüne Berg,
Ich ging noch nicht in mein' Herberg.
Der Mond, der Berg, das Flußgebraus
Lockt mich noch auf die Brück' hinaus.
Da war so klar und tief die Welt,
So himmelhoch das Sterngezelt,
So ernstlich denkend schaut das Schloß,
Und dunkel, still das Thal sich schloß,
Und ums Gestein erbraust der Fluß,
Ein Spiegel all dem Überfluß,
Er nimmt gen Abend seinen Lauf,
Da thut das Land sich herrlich auf,
Da wandelt fest und unverwandt
Der heil'ge Rhein ums Vaterland,
Und wie ans Vaterland ich dacht',
Das Herz mir weint', das Herz mir lacht'.

Eine bedeutsamere Gelegenheit indessen bot sich ihm am 15. Oktober 1810 bei der Einweihung des neuen Universitätsgebäudes von Berlin dar; zu dieser Feier dichtete er eine Cantate, die die hohe Bedeutung jenes Tages in ernsten Tönen Allen in die Seele rief. Damals, in der Zeit tiefster Schmach und Erniedrigung, erklang begeisternd die Stimme des von Deutschlands alter Ehre und alter Kraft begeisterten Dichters:

Zu dir, zu dir, mein Vaterland!
Mein deutsches Land,
Wend ich jetzt Stimme, Gruß und Lied!

Die Zeit strafte seine Hoffnungen und Prophezeihungen nicht Lüge; die finsteren Wolken theilten sich; der Umschwung des

Jahres 1813 trat ein; da wehte es erfrischend in die Schwüle und er sang:

»Ein kühler Wind aus Orient,
Will uns den Tag verkünden,
Wer recht den lieben Tag erkennt,
Dem muß die Nacht verschwinden.

Den Morgenstern, gleich einem Held,
Seh ich hell funkelnd schweben;
Er wacht am blauen Himmelszelt
Und wird den Sieg uns geben.«

Von der kriegerischen Stimmung der nach Freiheit ringenden Zeit ergriffen, dichtete damals Clemens Brentano eine Reihe von Kriegsliedern, die Geißel seines Witzes über die mattherzige Misere der meisten vorhandenen schwingend. Seines kriegerischen Rundgesanges, des *Rheinüberganges*, haben wir schon gedacht.

Die Morgenröthe des Sieges hatte die Herzen angelächelt; Gloria und Victoria! war die Losung des jungen Tages; die Noth hatte in langem Schweigen tiefen Athem geholt; Rache funkelnd hatte der Löwe lautlos in die innerste Höhle sich zurückgezogen; stumm hatte der deutsche Adler in der Luft geschwebt, stumm war der Pfeil von dem scharf gespannten Bogen in das Herz des Bedrängers geflogen. Freudigen Tones aber erklangen alsbald die Trompeten, Sieg riefen weithin schallend die Hörner, und ihren Ruf begleitete er mit seinen kriegerischen Versen. Das ächt volksmäßige Lied, was er damals angestimmt, wird noch heute von der deutschen Jugend gesungen:

Es leben die Soldaten
So recht von Gottes Gnaden,
Der Himmel ist ihr Zelt,
Ihr Tisch das grüne Feld.

Die Sterne haben Stunden,
Die Sterne haben Runden
Und werden abgelöst,
Drum Schildwach sey getröst.

Zum Hassen oder Lieben
Ist alle Welt getrieben,
Es bleibet keine Wahl,
Der Teufel ist neutral.

Wir richten mit dem Schwerte,
Der Leib gehört der Erde,
Die Seel' dem Himmelszelt,
Der Rock bleibt in der Welt.

Die vaterländischen Herzen mit dieser Siegesbegeisterung zu entflammen, das war der Sinn seines klingenden Spieles von der Victoria und ihren Geschwistern, das ursprünglich zur Aufführung für eine Wiener Schaubühne im Jahr 1813 bestimmt war. Unter Österreichs Panier die deutschen Stämme und alle nach Freiheit verlangenden Völker aufrufend, singt er:

Dein Krieg ist Aller Krieg, o Franz!
Dein Sieg ist aller Sieg;
Dir jauchzt der Mund des festen Lands,
Der lang gefesselt schwieg.

Es braust das Meer, dir Vater Franz!
Zu deinem Siegeslauf,
Auf blauer Woge Siegestanz,
Blüht Östreichs Segel auf.

Nun Gott mit uns und dir, o Franz!
Und mit der Freunde Heer,
Um jedes Schwert ein Siegeskranz,
Ein Kranz um jeden Speer.

Durch Gott und dich ward wahr, o Franz!
Was Östreich will, das kann's.
Dieß ist das Lied des Landwehrmanns,
Ein deutscher Sinn ersann's.

Dieser deutsche Sinn wandte sich auch an die Städte und Flüsse des Vaterlandes, sie alle zum gemeinsamen Schwerttanz aufbietend:

Chor

Auf! Glück auf! mein Deutschland!
Glück auf! mein Vaterland!

Main, der Kaiser deutscher Zeit
Fromm und treu gekrönt,
Wende dich zu gutem Streit,
Den du so lang ersehnt.
Fulda, Neckar, Saale, Lahn!
Brauset freudig auf,
Schließt euch deutschen Kämpfern an,
Freiheit steigt herauf!

Chor

Auf! Glück auf! mein Deutschland!
Glück auf! mein Vaterland!

Wer dürfte es darum wagen, die Theilnahmlosigkeit, womit das Vaterland seine Dichtungen aufgenommen, damit zu entschuldigen, daß ihm selbst vaterländischer Sinn gemangelt; nein! er war vielmehr einer jener begeisterten Sänger, deren Posaune das Vaterland aus seinem feigen Schlummer erweckt und durch seinen Mund sang die Muse patriotischer Poesie:

»Was wäre der Dichter wunderbar Spiel,
Zögs nicht wie Sonne durch innere Nacht,

Was wohl der Zauber in Ton und in Lied,
Der wie der Frühling über Gräber hinzieht,

Wenn er die Lebendigtodten nicht weckte,
Auf nicht die feigen Schlummernden schreckte,
Stehet auf! stehet auf! so rufet die Zeit,
Es ist der Richttag, der Herr ist nicht weit.«

Wenn die Gleichgültigkeit und Kälte, wodurch manches Werk des Dichters, welches gewiß eine bessere Aufnahme verdient hätte, wirkungslos verhallte, auf den Dichter erkältend und verdüsternd wirken mußte: so können wir leider auch andererseits, dieß fordert die Gerechtigkeit von uns, ihn selbst keineswegs aller Schuld an seinem Geschick frei sprechen.

Es ist der Mangel an Selbstbeherrschung, der den Redenden im Leben und Umgange nur zu oft zu Äußerungen hinriß, die er später bitter bereute, der sich an ihm auch in seinen dichterischen Schöpfungen als Formlosigkeit und Mangel an fester, ihrer selbst bewußter, streng durchgeführter Haltung nur zu häufig rächte.

Er blieb im guten und bösen Sinne des Wortes bis in sein hohes Alter ein Kind, das sich arglos und bedachtlos von den Eingebungen und Eindrücken des Augenblickes leidenschaftlich hinreißen ließ.

Er selbst nannte sich daher auch, die eigene Natur wohl kennend, den größten Dichter des Augenblicks, d. h. der Gelegenheit; er schämte sich seiner Kindlichkeit nicht, wohl aber ihrer Unarten; er gedachte vielmehr wehmuthvoll jener Kindlichkeit, der allein die Pforten des Himmels geöffnet sind; zu dieser verklärten Kindheit himmlischer, aber durch das Leben geprüfter Unschuld, läßt er sich und alle die Lieben am Schlusse seines Märchens vom Gockel zurückkehren.

Allein ein Kind, wie er war und bleiben wollte, versagte das Schicksal, welches über ihm waltete, ihm die höchste Gnade, die einem Kinde zu Theil werden kann: die strenge, aber heilsame

Zuchtruthe eines liebevollen, verstehenden Vaters, die seinen unbändigen, gewaltigen Geist, seine alle Dämme durchbrechende überreiche Phantasie, seinen übermüthig aufsprudelnden Witz, dem scharfen Zügel ruhiger Selbstbeherrschung zur Erreichung des höchsten Zieles willfährig gemacht hätte.

Alle guten Feen des Dichterhimmels hatten den Knaben in der Wiege schon mit ihren wunderbaren Gaben in Hülle und Fülle zum Angebinde überschüttet; allein die böse Alte mit der Spindel hatte ihm zur Säugamme eine Zeit der gänzlichen Zerrissenheit und Anarchie bestellt, und die Umstände fügten es also, daß die böse Amme nur allzugroße Gewalt über ihr Pflegekind gewann. So flog der übermächtige, ungezügelte Genius mit dem armen Kinde, auf pfadlosen Bahnen der Wildniß, nur zu oft wilden Sprunges dahin, bis Roß und Reiter ächzend und schmachtend, bluttriefend und athemlos und todtmüd in der stummen Einöde auf nacktem, harten, kalten Felsen niederstürzten. Dazu kam noch, daß das väterliche Erbtheil zur Nothdurft seines Lebens gerade hinreichte; ein Glück und ein Unglück für ihn. Ein Glück: weil er seinen Genius nicht zum Commis eines Comtoirs machen oder in lebenslänglicher Aktenschreiberei nach einem kleinen Ämtchen sich abhetzen lassen mußte; ein Unglück: weil er dadurch sich der Nothwendigkeit enthoben sah, seine Arbeiten zu Ende zu führen, auf das Urtheil der Besseren zu hören, nach ihrem Beifall zu ringen, um sein Brod, nach getragener Last des Tages, im Schweiß seines Angesichts zu essen.

Wirft ihm aber seine Zeit, mit Goethe in seinem Briefwechsel an Zelter, Mangel an Form, Mangel an Schule, an Disciplin, an Harmonie, an gleichmäßiger Durchbildung und in sich gerundeter Vollendung vor: so kann man den Vorwurf umkehren und sagen, daß er hierin ein treuer Spiegel, ein wahres Kind seiner Zeit war. Denn wenn irgend eine, so ist seine Zeit eine formlose, zerrissene und anarchische gewesen; und ist sie es ihrem vorzüglichen Charakter nach geblieben, so war die Schuld bei ihr Mangel an Kraft, während ihn umgekehrt die Überfülle nicht zur Harmonie und zum Frieden gelangen ließ.

Allein man kann erwiedern: das sey ja gerade seine Aufgabe gewesen, diesen bösen Dämon seiner Zeit zu besiegen durch die Macht seiner so reich besaiteten, so wundervoll begabten Harfe himmlischer Poesie; – er hat gewiß auch in manchem Kampfe hienach gerungen; ist ihm aber der Sieg hierin nicht so sehr, wie es die Herrlichkeit seines Genies hoffen und erwarten ließ, gelungen: so können für ihn auch Entschuldigungen angeführt werden, die bei Andern nicht statt haben, so wie die Selbstbeherrschung eines Geistes, wie dieses Dichters, eine Aufgabe war, die ein gewöhnlicher Geist kaum ahnet, geschweige denn glücklicher lösen würde.

Clemens mußte sein ganzes Leben hindurch bis in die letzten Tage für die unverschuldeten oder verschuldeten Versäumnisse und Irrthümer seiner Erziehung und seiner Jugend büßen.

Mit einem leidenschaftlichen leichtentzündlichen Geiste und der bilderreichsten Phantasie begabt, sah er sich, ohne tüchtige Vorbildung, ohne Leitstern und ohne Pfad, in eine Welt hinausgestoßen, welche eine der ungeheuersten Revolutionen in ihren tiefsten Grundfesten eben zu erschüttern begonnen. Dieses Mißgeschickes wird der billige Beobachter Rechnung tragen bei der Beurtheilung, was seine Schuld und was fremde Schuld war. Er wird nicht vergessen, daß der Dichter in Frankfurt aufwuchs, einer Stadt, von der seine Schwester Bettina sagt, daß ihre Straßen nach Schacher riechen, und wo der uneigennützige Dienst der Musen und Grazien von dem gewinnreichen Dienst des goldenen Kalbes zum Aschenbrödel in die dunkele Dachstube verwiesen wird. Fehlte ihr ja auch schon in früheren Zeiten, als sie noch zur Wahlstatt deutscher Kaiser diente, jener großartige Gemeingeist, wie er einst z. B. Nürnberg, Straßburg und Köln und theilweise die Künste und Wissenschaften pflegenden und ehrenden italienischen Städte auszeichnete. In dieser stiefmütterlichen Heimath,[1] der auch Goethe sich weigerte die

1 In seinem Prolog zur Gründung Prags redet er die kaufmännische Rechnerin, seine Vaterstadt, also an:

»Ob du auch Kränze, wonach Dichter ringen,
Geflochten, steht dahin.«

Taxe für die Erneuerung seines Bürgerrechtes zu zahlen und ihr das Diplom zurückschickte, gingen ihm die unschätzbaren Tage der Lehrzeit unwiederbringlich verloren. Hier, wo das Dichten als eine brodlose Kunst im Disconto sehr niedrig steht und höchstens als Livreebediente bei Festen zum Prunke zugelassen wird, wurde auch er dem Kaufmannsstande bestimmt und als sein Genius in dem finsteren Gewölbe, von Zuckerhüten und Kaffeesäcken eingeengt, nicht gut thun wollte und Frachtbriefe in Versen schrieb und sie mit ironischen Randverzierungen begleitete, wurde er zur Besserung nach Langensalza, zu einem Ölhändler gesendet. Aus dieser geistigen Wüstenei schrieb er unter dem 21. Juni 1796 unter Anderem an seinen Bruder Franz in Frankfurt, der ihm all sein Leben mit der rührendsten, treusten Bruderliebe zur Seite gestanden: »Lieber Bruder! mit vielem Wohlgefallen reiste ich ab: denn in Frankfurt war nichts für mich zu hoffen. Du bittest mich um eine kleine Beschreibung unserer Tagzeit, die wirst Du in meinem letzten Brief *sub titulo Schwaab* lesen können. Was hier zu lernen ist, werde ich mir suchen einzuprägen; nur fehlt es hier ganz an Meistern und überhaupt ist der Ort sehr beschränkt, was schöne Künste und nützliche Wissenschaften betrifft. Darum erwarte ich so sehnlich meine Kiste, in der meine Rechenbücher, Vorschriften und eine Menge nöthiger Geräthschaften, meine Stiefeln und andere nützliche Bücher sind, die mir hier großen Nutzen und in den freien Stunden manche belehrende Unterhaltung geben könnten; dann ist noch das Bild mit dem Epheukranze drinnen, mein größtes Heiligthum auf Erden. Ich habe sie den Abend vor meiner Abreise in den Laden transportirt, sie ist mit *C. B.* bezeichnet; wenn sie, gegen meine Hoffnung noch nicht fort ist, so lasse sie doch nur bereifen und verlade sie einem Langensalzer Fuhrmann; denn du hast es mir ja schon versprochen. Was ich eben sagte, daß es hier an geschickten Meistern fehle, mußt du nicht auf eine stille, ruhige, denkende Stadt deuten. Es ist entsetzlich, wie wenig Religion hier unter Jung und Alt herrscht, und welch' rasender Jakobinismus das ganze Volk durchfrißt; es ist unbeschreiblich, wenn ich Dir sage, daß hier die Demokraten mit den Mainzer Klubbisten gar nicht in Parallele stehen und daß ich noch nicht einen einzigen Menschen fand. Ich kenne doch schon gewiß alles, was man nur gesitteten Menschen zuzählen kann – der nur vernünftig von der Sache gesprochen hätte, lauter ächte *Sansculottes*, ohne Sitten, Schreier und Tober. Was das Frauenzimmer angeht, so kann man fast die Gränze der Sittsamkeit nicht so ausdehnen, daß man ihre Aufführung noch leidlich buhlerisch nennen könnte. Man kann sich nicht vor der Thüre sehen lassen, ohne von allen Mädchen zuerst gegrüßt und bekußhandt zu werden. Wenn man in Gesellschaft mit einem spricht, schickt sie einem den andern Tag schon einen Strauß Vergißmeinnicht und beim Abschied aus der Gesellschaft küssen sie einen ungefragt und gerufen; sonst ist aber, was Sittenverderbnis bei beiden Geschlechtern genannt wird, hier fast nicht zu treffen. Wenn ich meine Kiste nicht bekomme, so kann ich mich doch ein wenig im Rechnen nach meinen Büchern fortbringen, sonst aber nicht; denn hier ist nur ein alter Küchenschreiber, vermuthlich vom König Herodes her, der sich mit Rechnen abgibt. Überhaupt muß ich mich selbst bilden; denn eigentlich ist nicht viel zu lernen hier. Drum, lieber Franz! bitte ich Dich um meine Kiste. Lebe wohl und sey meiner Erkenntlichkeit versichert – Clemens Brentano. Nachschrift: Sende mir doch einen *p. Ct.* (Preiscourant) von deinen neuesten Preisen, um zu sehen, ob Dir nicht Manches von hier conveniren könnte, z. B. Lichter werden viel von hier nach Fürth geschickt u. dergl. auch läßt sich vielleicht hier Manches von dir verdienen. Der Doktor ist in Weimar, Jena und Gotha, Erfurt gewesen und wird auch vielleicht nach Leipzig gehen. Er hat mir einen Brief von lauter Schuhschnallen geschrieben. – Die Conto von beiden Schneidern sah ich vor meiner Abreise nach, sie sind recht.«

Welch ein Umschwung der Zeiten, welch eine Umwandlung aller Verhältnisse im Leben des Einzelnen, wie in dem der europäischen Völker liegt nicht zwischen diesem 21. Juni des Jahres 1796 und dem 28. Juli des Jahres 1842, wo Morgens um 8 ½ Uhr

Clemens Brentano in gläubigem Gebete zu Aschaffenburg die müden Augen schloß, die so viel von dem Unbestand menschlicher Dinge gesehen.

Überblicken wir sein Leben zwischen diesen beiden Jahren, welch ein Wechsel von Personen, von Orten, von Zuständen, von Beschäftigungen, von Gemüthsstimmungen! Welch eine Reihe von Umwälzungen, die um ihn her vorgingen, und welch eine Reihe innerer Kämpfe und Umwandlungen, die er in der eigenen Brust durchzumachen hatte, bis er den irdischen Sorgen und Nöthen Lebewohl sagte und sein Haupt zur Ruhe niederlegte!

Wie in der Zeit, so folgten sich auch in seinem Leben die Gegensätze: dem unsinnigen Jakobinerrausch folgten die unglücklichen Kriege, die Beraubung, die Erniedrigung, die Knechtung Deutschlands, der ruhmlose Fall des alten Kaiserreichs, der Umsturz seiner vernachlässigten Rechte und Freiheiten. In schwindelnder Höhe thronte der französische Imperator, aber ihm, der von einer tausendjährigen Weltherrschaft seiner Dynastie geträumt hatte, folgte die Restauration und dieser wiederum das Bürgerkönigthum mit seinem Throne auf den Pflastersteinen des Julius 1830 und endlich die Kämpfe der Gegenwart über die großen kirchlichen und socialen Fragen.

All dies Getümmel fand seinen Wiederhall in der Seele des Dichters, der vor der ersten französischen Revolution (8. September 1778) geboren, so recht zwischen zwei Jahrhunderte mitten inne fiel. Gingen ja auch die Umwandlungen der Literatur, mit welchen sein Leben zunächst verknüpft war, mit den politischen Umwälzungen Hand in Hand. Und in wie viele Akte zerfällt nicht das Drama dieses Lebens! Die Kindeszeit und die früheste Jugendzeit verlebte er am Rhein unter dem Krummstab der Wahlfürsten des alten Reiches, deren einer sein Taufpathe gewesen; die Lehrjahre verbrachte er in der Kaufhalle der freien Reichsstadt und hinter dem Krämertisch in Langensalza; dann ein freies Troubadourleben, das den fahrenden Schüler, der sich selbst überlassen, und treiben konnte, was ihn nicht langweilte, bald hierhin, bald dorthin trieb, und die Neigung seines Geistes zur Ungebundenheit und Unstätigkeit nur zu sehr nährte; Zusammenleben mit seinem künftigen Schwager Savigny in Marburg; Sängerfahrten auf dem Rhein, Spaziergänge in seinen duftenden Rebgeländen, Besuch seiner alten Städte und Kunstwerke. Aufenthalt in Weimar und Jena, Verkehr mit den Halbgöttern des deutschen Parnasses, Theilnahme an den Bestrebungen und Verirrungen der romantischen Schule; Übersiedelung nach Heidelberg, Verbindung mit Achim von Arnim und Görres; Reise nach Holland; Umzug mit Savigny nach Landshut in den Kreis von Sailer. Der schmachvollen Erniedrigung Deutschlands und der dumpfen Schwüle folgt nun das Waffengeklirr der Freiheitskriege, und Clemens Brentano, bald in Prag oder auf dem böhmischen Landsitze der Familie, bald in Wien, bald in Berlin weilend, tritt mit dem großen Kreis ausgezeichneter Männer in Verkehr, die das Joch des Eroberers brachen. Dem Getümmel des Krieges folgt wieder die Stille des Friedens, die Sammlung des Gemüthes, der Umschwung seiner religiösen Überzeugung; was ihm, von dem Unglauben der Zeit wenigstens theilweise ergriffen, früher als poetisches Spiel gegolten, erhält die Bedeutung der Wahrheit wieder, er sagt sich durch eine Generalbeichte in Berlin von seinen früheren Verirrungen los, und seine geistige Thätigkeit wendet sich ganz dem Religiösen zu, und so folgen die Jahre einsamer Betrachtung an dem Kranken- und Sterbebett der Klosterfrau von Agnetenberg in Westphalen und sein Verkehr mit dem religiösen Kreise, zu dem Stolberg, Windischmann, Overberg und die münsterschen Freunde gehörten; von dem Grab der Emmerich scheidend, weilt er bald in seiner Vaterstadt am Main, bald in Koblenz bei seinem Freunde Dietz am Rhein, bald in dem Hause Sailers und Diepenbrocks zu Regensburg an der Donau; macht Ausflüge nach Paris, um in Frankreich das neu erwachte religiöse Leben und die Anstalten frommer Barmherzigkeit kennen zu lernen, oder nach der Schweiz, um die Heimath der geistreichen und frommen Schüler und Freunde Sailers, Widmer, Gügler, Geiger zu besuchen, oder zu den extatischen Jungfrauen in Tyrol; und so geht er endlich, die letzten Jahre in München in einem engern Freundekreis verlebend, und vorzüglich mit den Papieren des Emmerich beschäftigt, seiner letzten Stunde in Aschaffenburg entgegen.

Welch ein lehrreiches Buch wäre es geworden, hätte es ihm gefallen die Erinnerungen dieses vielbewegten inhaltreichen Lebens aufzuzeichnen, wie vor ihm der h. Augustinus, wie Hamann, wie der Florentiner Benvenuto, und theilweise Goethe gethan. Würde das ungewöhnliche Leben mit seinen wechselnden Gestalten, bald eine Idylle, bald ein Epos, bald eine Komödie und dann wieder eine Tragödie, und manchmal etwas von alle dem in dem gleichen Augenblick, nicht selbst dem seltsamsten Märchen voll der wunderbarsten Zaubereien gleichen! Welchen Rang hätte ein solches Buch in unserer Literatur eingenommen bei dem unvergleichlichen Talente der Erzählung und dem außerordentlichen Gedächtniß, welches er besaß. Spann sich ihm ja, wenn er der verlebten Jahre und der Personen, mit denen er verkehrt, und der Ereignisse, die ihm hier und dort zugestoßen, gedachte, der Faden der Rede ununterbrochen fort von dem frühen Abend bis spät nach Mitternacht, und der Hörer, von der Lebendigkeit der Darstellung hingerissen, sah die Personen vor sich, sprechen und handeln, wenn ihm auch dabei nicht entging, daß die schöpferische Einbildungskraft des Dichters bei der Ausmalung seiner Bilder nicht müßig gewesen. Blickte der Dichter selbst aber auf all den Wandel und Wechsel seines Lebens und die wirren Pfade, die er durchwandelt, zurück, dann mußte ihm wohl selbst manchmal zu Muthe werden wie einem, der von schwindelnder Höhe herniederblickt und von Dankbarkeit zu Gott erfüllt mit bewegtem Herzen nun aller der Gefahren inne wird, die ihn auf der steilen Bahn am Rande der Klippen und Abgründe bedrohten und noch bedrohen. Diese Empfindung hat er in einigen Zeilen, die er zu freundschaftlicher Warnung niederschrieb, ausgesprochen; seine Worte, zwei Jahre vor seinem Tode geschrieben, mögen hier jenem Brief seiner frühesten Jugend aus Langensalza gegenüberstehen. Sie lauten: »Freitag 7. August, Morgens 7 Uhr. Guten Morgen! Gelobt sey Jesus Christus, gegrüßt sey seine heilige Mutter, welche der heilige Geist gegrüßt, die gnadenvolle, gebenedeite unter den Weibern und die gebenedeite Frucht ihres Leibes. Ach möge sie für mich armen Sünder bitten, jetzt und in der Stunde meines Todes. Als ich niederknieend so betete, hörte ich nahe Stimmen außerhalb des Fensters, und sah mir gegenüber über dem Dache des Glokkengießers einen gefährlich stehenden Dachdecker, der seine Leiter befestigte und mit dem Gesellen sprach, der ihnen das Nöthige aus der Dachlucken zureichte. Ich sah mit Beben dem äußerst gefährlichen Thun einige Minuten zu, mir kam eine innere Mahnung: Gott schickt mir eine Parabel meiner Stellung im Leben und der eines Jeden ...; ich gedachte an *Möhler*, an *Klee*, welche Gott an unsere Wege geführt, die uns lieb waren und die Hände freundlich boten; ach! ich zitterte und betete um so herzlicher für Dich und mich, den Unwerthen! – Gott helfe mir! Ich stehe in seiner Hand, ich bin nicht stolz, aber sehr arm und voller Schmerzen! Wie barmherzig und treu war mir Gott, wie viele Gnade hat er mir geboten und wie oft ließ ich sie fallen, und auch jetzt stellt er mir den Dachdecker mitten in mein Frühgebet; ach! er kann fallen! ach Gott sey mit ihm! daß er nicht falle; da wendete mich mein Gebet für den Dachdecker von ihm ab, und als ich geendet, war er wieder glücklich herein!«

Leider aber hat er seine Lebensgeschichte nicht aufgeschrieben, nur seine Briefe, die einen guten Theil seiner Zeit wegnahmen, enthalten Bruchstücke davon. Allein es ist hier nicht der Ort in die Einzelnheiten seiner Biographie einzugehen;[1] wir haben es zunächst mit seinen Märchen zu thun, und diesen sollen die folgenden Zeilen bestimmt seyn.

1 Diejenigen, welche ein Mehreres über den Dichter zu erfahren wünschen, verweisen wir auf den Aufsatz im *Rheinischen Antiquarius, Koblenz Hergt*, dann auf *Clemens Brentano's Frühlingskranz, aus Jugendbriefen ihm geflochten, Charlottenburg Bauer*, und endlich auf die Reihe von Artikeln, welche von mir über seine Jugend in den histor.-pol. Blättern für das kathol. Deutschland, München liter.-art. Anstalt, Band XIV ff. erschienen.

War je einer, so war Clemens Brentano ein geborner Märchendichter, und schon von der frühesten Jugend an fühlte er sich zu dieser heimlichen und geheimnißvollen Welt fern dem Markte in stiller Waldeinsamkeit hingezogen. Seine Vorliebe für alles Volksmäßige, wie sie sich in der Sammlung der Volkslieder zum Wunderhorne kund gab, erfreute sich auch an den Gebilden dieser dem Gemüthe des Volkes entsprossenen Naturpoesie, die er, wie er es in seinen Märchen von dem Murmelthier gethan, als das arme verstoßene Stiefkind, das seinen Schmerz den Nachtigallen klagte und von Frau Lureley getröstet wird, der hoffärtigen, neidischen, klassischen Kunstpoesie, der zänkischen Murxa gegenüberstellte. In dem Schnürlieschen hat er uns ein ähnliches Bild vor Augen gestellt: hier ist es die verzwickte vertrackte *Mademoiselle Zephise la Marquise de Pimpernelle*, die das arme Schnürlieschen mit ihrer Schnürbrust in den Sarg bringt, dem die milde versöhnende Gestalt Liebseelchens nachfolgt. Mit den Volksliedern sammelte er daher auch aus dem Munde des Volkes, und wo er sie sonst fand, seine Märchen.

Allein ein schöpferischer Dichter bekleidete er sie, wie die wunderbare Frau Lureley auch an dem armen Murmelthier gethan, mit dem leuchtenden Sternenkleide seiner Poesie, nachdem er sie in dem Jungbrunnen seiner Phantasie gebadet. Und auch hierin sagte seinem die Ungebundenheit liebenden Geiste die Märchenwelt mit ihren überraschenden Entwicklungen und ihren Wundern, die sich an keine Gesetze binden, ganz besonders zu. Hier in diesem Reiche fühlte er, dem die Wirklichkeit schon oft in Märchengestalt erschienen, sich König und Meister; denn die wunderbare Zauberin, die Phantasie, hatte ihm als Pathengeschenk den Ring Salomonis in die Wiege eingebunden, und er durfte ihn, wie Gockels kleine Gackeleia, nur an dem Finger herum drehen und sprechen:

»Salomon, du weiser König!
Dem die Geister unterthänig,
Füll mir eilig den Pokal

Mit der reinsten Quelle Strahl,
In der Felsen Herz entsprungen,
Durch der Erde Brust gedrungen,
Durch der Blüthen Duft geschwungen,
Von der Nachtigall besungen,
Von der Sterne Licht gegrüßt,
Von des Mondes Strahl geküßt;
Gib zum Labsal durst'gen Zungen
Ein Glas Wasser, bitt dich drum!
Ringlein! Ringlein! dreh dich um.«

Da stand der hochgefüllte Pokal mit dem wundervoll duftenden Lichtwasser vor ihm, und die welken Blumen, die er damit besprengte, lebten und blühten neu auf, und erfüllten Alles mit dem lieblichsten Dufte Ja der Ring war manchmal, ohne daß er es selbst wußte und wollte, im Leben thätig, und zauberte ihm allerlei vor, wovon die wirkliche nüchterne Welt nichts inne ward; überall begegneten dem jugendlichen Dichter die verzauberten Prinzessinnen, die er sich mit den Farben seiner Dichtung ausmalte, und die ihn um Erlösung anflehten, und dazu baute er sich hohe Schlösser mit Zinnen und Thürmen, mit Brunnen und Gärten und Lauben, die aber in Duft zerrannen, wenn er sie eben beziehen wollte.

Sagte ihm so die Märchendichtung ganz vorzüglich zu, so bot ihm ihre Freiheit zugleich aber auch eine gefährliche Klippe dar, die er nicht immer glücklich umschiffte. Hier, wo der Springwurzel die Felsen sich öffnen, wo das Tischlein Deckdich den Hungrigen speist, der Knüppel Ausdemsack den Bösewicht züchtigt, und man nur die Siebenmeilenstiefel anzieht, um an jeden Ort hinzueilen, lag die Versuchung zu nahe, sich eben gänzlich gehen zu lassen. Und so sehen wir ihn denn auch nicht selten, wie er gleich einem Kinde jeder Blume, jedem Schmetterlinge nachspringt, jeden Seitenpfad einschlägt durch Disteln und Dornen, bis die Hände den wilden Strauß nicht mehr fassen können, und er sich in der grauen Öde wieder findet. Haben seine Märchen uns mitten in einen blühenden Zaubergarten geführt, so tritt uns da plötzlich irgend ein knöcherner Cisio Janus entgegen, der nicht wanken und weichen will; der Dichter, sein Talent mißbrauchend und den Faden immer feiner ins Endlose ausspinnend, verliert sich in überkünstlichen Witz- und Wortspielen und Allegorien und symmetrische Wiederholungen. Eine andere Gefahr entsprang für ihn aus seiner erregbaren Natur, die Dichtung und Leben immer verknüpfte. So enthalten die Märchen manchen Beitrag zu seiner eigenen Lebensgeschichte, wir erinnern nur an Komanditchen und den armen Ladenpeter. Vor Allem aber hat er darin seine Liebe zu dem Rheine, mit dessen Kiesel der Knabe gespielt, in dessen Rebenlauben der Jüngling gesungen, mit der Glorie der Dichtung umgeben, und die ihm gewidmeten Schilderungen und Lieder gehören gewiß zum Schönsten der Sammlung. Allein dies Verweben von Leben und Dichtung hatte auch seine Nachtheile. Was ihn gerade in dem Augenblick bewegt, was um ihn her vorging, das übte nur zu häufig solche Gewalt über ihn aus, daß er es bewußt oder unbewußt sogleich in den Faden seiner Dichtung einflocht. Da nun sein Geist immer schaffend, immer thätig, das was er eben hervorgebracht, nicht ruhig ansehen konnte, sondern getrieben ward, es immer von Neuem wieder anders und anders umzugestalten, so mußte nicht selten die Harmonie des Ganzen, je nach den sehr verschiedenen Gemüthsstimmungen, die ihn bei den verschiedenen Überarbeitungen beherrschten, durch fremdartige Töne gestört werden, und zuletzt etwas ganz Anderes und sehr Zusammengesetztes hervorgehen, als er ursprünglich beabsichtigt hatte. Wollen die Leser hievon ein Beispiel haben, so bitten wir sie das in dieser Weise ausgesponnene Märchen von Gockel, Hinkel und Gackeleia, wie es bereits erschien, mit seiner ursprünglichen einfachen Gestalt in dieser Sammlung zu vergleichen. Ein ähnliches Schicksal hat das herrliche Märchen von Fanferlieschen Schönefüßchen der größeren Hälfte nach erfahren, die übrigen Märchen sind dagegen mehr oder minder noch in ihrer ursprünglichen Gestalt, ja zum Theil nicht einmal zu Ende geführt.

Wie wir übrigens oben angedeutet, so ruhte der Grund seiner Dichtung auf älteren Märchen, dessen machte er selbst auch kein Hehl, indem er auf den Titel seines gedruckten Gockels ausdrücklich setzte: *»Nacherzählt von Clemens Brentano.«*

Die Zeit der ersten Dichtung dieser Märchen aber fällt in seine männlichen Jugendjahre; zugleich mit dem Rosenkranz gedichtet, waren sie ursprünglich bestimmt, die Kinder seines Schwagers Savigny und seines Freundes Schinkel zu unterhalten; sie gefielen schon damals so sehr, daß er um das Buch von allen Seiten geplagt wurde. Es mochte dies im Jahr 1811 seyn. Im Juni 1810 schon schrieb er von Berlin aus an den geistreichen Maler Runge in Hamburg: »Ich gehe jetzt damit um, Kindermärchen zu sammeln. Z. wird sie, wenn ich fertig bin, drucken. Ihr trefflich erzählter *Machandelboom* und *Buttje* werden auch dabei seyn, wenn Sie es erlauben, und Sie theilen mir wohl auch noch mit, was Sie sonst haben, in gesunder Zeit. Wenn ich fertig bin, sende ich Ihnen das Manuscript; ich denke es in klein Folio oder groß Quart drucken zu lassen mit deutlichen, großen, bunten Bildern in Holzschnitten. Vielleicht macht Ihnen einmal die Sache Freude, und Sie zeichnen einige Bilder dazu.« 1816 ging er noch immer mit dem Drucke des noch nicht vollendeten Buches um; Schinkel sollte es verzieren und hatte bereits damit begonnen, er trat mit Buchhändlern in Unterhandlung, einige Holzschnitte wurden gemacht. In einem Brief, den er damals (26. Februar 1826) schrieb, spricht er sich darüber also aus:

»Der Plan des Buches ist folgender: Durch ein märchenhaftes Geschick gerathen alle Kinder der Stadt Mainz und auch die Kronprinzessin Ameleya in die Gewalt und Gewahrsam des alten Flußgotts Rhein und wohnen bei ihm in einem gläsernen Haus. Ein Müller von feenhafter Abkunft wird der Bräutigam der Prinzessin und König von Mainz; nun sitzt er auf seinem Thron, von den Bürgern umgeben, immer Morgens am Fluß, und da werden Märchen erzählt; denn der alte Flußgott hat sich erboten, jedes einzelne Kind gegen ein an seinem Ufer erzähltes Märchen herauszugeben; dieses ist der Eingang, eine romantische Fabel von etwa acht Druckbogen. Die erste Erzählung, womit der König seine Braut selbst von dem Rheine auslöst, eröffnet die Märchenreihe und enthält seinen Zug nach der Gegend seines Ursprungs und die Geschichte seines Namens, die er dort entdeckt, etwa zwölf Bogen; nun erzählt ein armer Fischer ein Märchen, *Murmelthierchen* um sein geliebtes Kind Ameleychen, der Prinzessin kleine Pathe, auszulösen, etwa vier Bogen; dann erzählt ein Schneider ein Märchen, den *Schneider Siebentodt*, um seinen Sohn auszulösen, etwa zwei Bogen. Soweit ist das Manuscript fertig, welches ich immer, so lange es das Interesse des Verlegers erlaubt, fortsetzen kann und will; es folgen dann abwechselnd christliche, jüdische und aller Stände Märchen, kürzer und größer, wie es die Muse gibt. Viele Kinder können durch kleine Lieder und Sprüche oder auch kleine rührende historische Ereignisse ausgelöst werden; kurz der Plan bietet einen Faden für alle Gattung kindlicher Dichtung an, und kann eine ganze poetische Kinderwelt umfassen. Zugleich nimmt er alle Leser der Tieckischen Märchen und die Verehrer der Undine in Anspruch, ohne doch je die Geschlechtsliebe auf eine Art zu seinem Gegenstande zu machen, welche ganz aus der kindlichen Sphäre träte.«

Es erging jedoch dem Dichter mit seinem großen Cyclus, wie unsern alten deutschen Baumeistern mit ihren Domen, die sie auch nicht bis zur Krone hinanführten; Jahre vergingen, die Welt wechselte ihre Gestalt, seine Jugendfreunde alterten und das Buch war immer noch unvollendet.

Im Jahr 1827 sollte die Sammlung abermals erscheinen. Schon waren ihm diese Jugenddichtungen ganz fremd geworden, da wurden sie in seiner Abwesenheit in den sehr gemischten Abendgesellschaften seines seligen Freundes, des Bürgermeisters Thomas, in Frankfurt vorgelesen. Wieder fanden sie vielen Beifall; der Dichter wurde mit Lob überhäuft und von allen Seiten bestürmt, sie herauszugeben; auch das Morgenblatt sprach sich darüber in preisender Weise aus. Allein er blieb gegen alle Bitten unbeweglich, denn sie hatten vielleicht an Niemand einen strengeren Richter, als an ihm, dem Dichter selbst. In einem Brief, den er um jene Zeit an seinen Freund Dietz in Koblenz schrieb, äußerte er sich: er habe sich dagegen erklärt, wieder Unnöthiges und Unnützliches zu thun und er möge nicht wieder auf eine so störende Weise in den Mund des müssigen Publikums kommen. »Einst fand ich«, fährt er fort, »ein Stück dieser Märchen (das Myrtenfräulein) in der Frankfurter Iris abgedruckt, und Sie wissen, wie sehr mich dieses verletzte: ich schrieb sogleich an den Bewahrer des Manuscriptes (Dr. Böhmer) und bat dringend, mich mit aller Öffentlichkeit zu verschonen; da hörte ich, daß man in guter Absicht diese unreifen und unnützen Tändeleien in Frankfurt bei Hrn. Brönner habe drucken lassen wollen, und verhinderte es sogleich. Das Dringen meiner Freunde um die Erlaubniß des Druckes hörte nicht auf, von flüchtigem Anhören bestochen, hatten sie kein Urtheil über die Unvollendetheit und gänzliche Unwürde dieser Compositionen, die auf keine Art ein Ganzes waren; sie liefen keine Gefahr dabei, als den Preis der paar Exemplare, die sie etwa gekauft hätten; ich selbst aber würde mich wider Willen aller Kritik preisgegeben haben, und sie hätten am Ende selbst mit in den Tadel einstimmen müssen.« – Möchten sich unsere jungen Dichter an diesem Urtheil über ein Werk spiegeln, das bereits die größten Lobeserhebungen sich gewonnen.

Nur eine Rücksicht, nämlich den Armen eine Wohlthat zu erweisen, war vermögend, trotz diesem strengen Urtheil seinen Widerwillen zu besiegen. Schon damals sollten sie zum Besten einer Armenschule in Koblenz erscheinen. Mit schwerem Herzen, wie er ausdrücklich sagt, gestand er dies dem Freunde zu, indem er fortfährt: »Ihre Absicht erlaubte mir nicht meine persönliche Verletzung gegen den Vortheil Ihrer Armen in die Wagschale zu legen.«

Allein neue Hindernisse stellten sich in den Weg; nur der einzige Gockel erschien 1838, Frankfurt bei Schmerber, und zwar in seiner sehr erweiterten Gestalt und mit einem Anhang vermehrt aus den Papieren, die ursprünglich zu seinem Fragmente von dem *»fahrenden Schüler«* in der *Sängerfahrt* gehörten.

Zu einer weiteren Herausgabe konnte er sich, trotz der günstigen Aufnahme dieses Märchens, nicht entschließen, und so nahten endlich die Tage seiner letzten tödtlichen Krankheit, wo er sich von seinem barmherzigen Wohlthätigkeitssinne bestimmen ließ, durch die angeführte Verfügung seines Testamentes die Einwilligung zu einer künftigen Herausgabe zum Besten der Armen zu geben.

Daß der Herausgeber sich treu an die Urschrift von der Hand des Dichters, welche in seinem Gewahrsam bleibt, gehalten, versteht sich von selbst, und er gibt der Buchhandlung bereitwillig das Zeugniß, daß sie den wohlthätigen Absichten des Dichters, wie man es von einem so großartigen, dem deutschen Buchhandel zur Ehre gereichenden Institute erwarten durfte, entgegnen kam; ein gleiches Zeugniß gibt ihr die würdige äußere Ausstattung des Werkes selbst.

Was die Leser hier erhalten, ist, mit Ausnahme des Gockels und des Myrthenfräuleins, welches in einer längst vergessenen Zeitschrift erschien, sämmtlich ungedruckt. Daß sie aber hier den Gockel in seiner ursprünglichen Gestalt erhalten, gewiß eine der schönsten Zierden dieses Buches, haben sie der Güte des Herrn Dr. J. Fr. Böhmer in Frankfurt zu verdanken, in dessen Händen der alte Urgockel bis jetzt in treuem Gewahrsam geruht hatte, wie der selige Freund ihm denselben übergeben. »Sie wissen«, schreibt in dieser Beziehung Brentano 1827, »daß ich die Überreste meines literärischen Treibens meinem Freund, dem Dr. Böhmer in Frankfurt übergeben hatte, weil er eine Freude des Ordnens und Bewahrens in seiner antiquarischen Natur hat und ein sehr sinnvoller, gütiger, dienstfreundlicher Mann ist.« Böhmer ließ damals auch von den Märchen eine Abschrift machen; durch diesen Umstand wurde der alte Gockel gerettet; denn die eigene Urschrift gebrauchte der Dichter wie es scheint bei seiner Umarbeitung für den Druck. Ebenso findet sich auch das Myrthenfräulein nicht mehr vor; alle übrigen Märchen jedoch erscheinen hier nach der eigenhändigen Urschrift des Dichters. So mögen sie denn in die weite Welt hinausziehen diese Märchen, die so lange in der Mappe ihres Dichters ruhten. Mögen sie überall eine gastliche und liebevolle Aufnahme finden. Mögen ihre Leser sich dabei erinnern, daß keine Bewunderung und kein noch so reichlich gespendetes Lob ihrem Verfasser die Erlaubniß entlocken konnte, ihr Gefängniß zu öffnen, und daß sie nicht strenger und rücksichtsloser beurtheilt werden können, als er sie selbst beurtheilt hat. Allein neben allem Unvollendeten enthalten sie *des Schönsten sehr Vieles, was sich in seiner Anspruchlosigkeit wahrlich dem besten in unserer Poesie vertrauensvoll an die Seite stellen kann*; gewiß gehören auch manche der Lieder, welche er seinem bunten Märchenteppich eingewebt, zu den lieblichsten und sinnvollsten, die in unserer Sprache gedichtet wurden; und welch ein unübertrefflicher Humor des harmlosesten Muthwillens lacht uns nicht aus manchen dieser Märchen an! Begegnet den Lesern aber hier und da ein *Cisio Janus*, oder hat der Dichter dann und wann sich allzusehr in scherzender Tändelei gehen lassen, so mögen sie nicht der edlen Waisenmutter, der gütigen Caritas vergessen, die ihn einzig zur Veröffentlichung bewog, und dankbar hinnehmen, was er ihnen liebevoll darbietet. Geht ja dies liebevolle Gemüth auch als die Seele durch diese Märchen, die den Kindern lehren, keinen Hungrigen ungespeist, keinen Traurigen ungetröstet vorüberziehen zu lassen, und die ihnen zugleich zeigen, wie jede Wohlthat, auch dem geringsten und ärmsten Thierlein erwiesen, von der göttlichen Gerechtigkeit und Barmherzigkeit ihren Lohn empfängt. Zu Reu und Leid die Seelen erweckend singen ihnen diese Märchen Bd. I. 338:

»Wer vor der Sünden Strafe bebt
Und nicht vor ihrem innern Tod erschrecket,
Noch fremde Schuld in seine webt,
In dem ist noch die Buße nicht erwecket.

Wer seine Zeit und die Gebrechlichkeit
In seiner eignen Schuld wagt anzuklagen,
Dem hat Reue und das bittre Leid
Noch nicht so recht ans kranke Herz geschlagen.«

In diesen tiefen Ernst wahrer Zerknirschung klingt dann wieder sanft die Stimme der Mildigkeit:

»Wer nie der Vöglein Brut gestört,
Wer auf der Schwalbe frühen Morgensegen
Mit süß erquickter Seele hört,
Der geht der Armuth mildreich auch entgegen.

Wer die zerknickte Ähre gerne hebt
Und gern die Mücke aus dem Netz befreit,
Der Spinne lohnend, die es sinnreich webt,
Deß Herz ist voll von göttlichem Mitleid.«

Ist der Dichter uns mit dem Beispiel seiner Wohlthätigkeit vorausgegangen, so ist er auch in der Dankbarkeit für die Wohlthaten, die ihm selbst auf seiner Pilgerbahn erwiesen wurden, nicht zurückgeblieben. Auch hievon geben seine Dichtungen und seine anderen Schriften Zeugniß, worin er dies Gefühl mit lauter Stimme vor der Welt ausgesprochen; so sagt er in der Zueignung seines vaterländischen Spieles der Viktoria an Görres und Schinkel:

Ein leichtres Kriegsspiel habe ich zu geben;
Doch Liebe wiegt ja mit bei den Geschenken,
Die Gabe will des Trostes nur gedenken,
Den Du mir überschwenglich gabst im Leben,
Als unter mir die Erde schien zu beben,
Half mir dein Arm, was stürzte leis zu senken,
Lernt ich an Deiner Brust die Schmerzen lenken
Und auf den finstern Wolken lichtwärts schweben.

Die dankbare Erinnerung an seine Kinder- und Jugendjahre war es gleichfalls, welche ihm die herzliche Zueignung seines Märchens an das Großmütterchen eingab. Als der müde Pilger im Schatten des Kreuzes in spätern Jahren eine Ruhestätte für die kranke Seele gefunden, bot ihm das Buch von dem bittern Leiden seines Heilandes, der ihn mit offenen Armen zur Gottesrast eingeladen, willkommene Gelegenheit, seinen gastlichen Dank und Segen zweien andern Freunden in der Zueignung auszusprechen, die dem müden Waller in ihrem Hause und ihrem Herzen eine Herberge gegönnt; ihnen widmete er seine Schrift als Gastgeschenk mit den Worten:

Den beiden deutschen Erneuern der Schriften der Heiligen Henricus Suso, Johannes a Cruce und Theresia a Jesu weihet diese Blätter dankbar für Herberge, Muse und Trost ein Pilger,

Der in Sankt Erhardi Haus zwischen zweier Hirten Grab
ruhte aus,
Und vor Sankt Wolfgangi Haus neu ergriff den Pilgerstab,
rufend aus:

Segen über diesen Ort!
Wo so treu der Weinberg wird gebauet,
Gott vergelt's! sein letztes Wort,
Wenn er nach dem Dom zurück noch schauet,
Der im Morgenlicht entbrannt,
Ein Altar voll früher Opferkerzen,
Mahnend oft genüber stand
Seinem müden Auge, lauen Herzen,
Und, von Blumen fromm umkniet,
Wo des Herren Bild am Ölberg ringet,
Mit ihm sang das Morgenlied,
Wenn der Blüthengarten Weihrauch schwinget.

In der Hand den Wanderstab,
Legt er scheidend nieder die Gabe

Zwischen zweier Hirten Grab,
Daß man seiner ein Gedenken habe.
Herr! bei dir allein ist Ruh,
Wie die Jünger einst zu dir auf Erden
Sagten, sprichst zum Pilger du:
Bleib bei mir, denn es will Abend werden!

Zarter, inniger, liebevoller jedoch hat er seine Dankbarkeit wohl kaum ausgesprochen, als in dem herrlichen Grabgesang, welchen er, vom 29. November bis 1. December 1838 zu München, bei dem Hingang der lieben Freundin und Mutter (Johanna Dietz) an die Hinterlassenen zu ihrem Troste, als rührende Todtenspende, in frommer Begeisterung dichtete. Des Lohnes gedenkend, welcher ihrer Barmherzigkeit für alles, was sie den Armen auf Erden erwiesen, im Himmel zu Theil werden würde, erblickt sein geflügelter Geist auf der ewigen Frühlingsau des Paradieses auch ein Weihnachtsgeschenk, das der seligen Freundin zu Theil geworden für die Werke barmherziger Liebe, die sie während einer Reihe von Jahren an ihrem Gaste in Koblenz geübt:

Auch steht ihr ein Zelt erbauet,
Weil sie Obdach mir gegeben,
Daraus sie jetzt überschauet,
Was sie that an meinem Leben.

Heimathlos an jedem Orte
Fand ich, wo die Kinder spielten,
Ruhe nur an ihrer Pforte,
Wo die Pilger Rasttag hielten.

Sie hat mich ins Haus geladen,
Hat um mich sich eingeschränket,
Hat am Quell der eignen Gnaden
Fromm den müden Gast getränket.

Und ich bin ihr tief verschuldet,
Ihre Hand hat mir vertrauet,
Ihre Demuth mich geduldet,
Ihr Erbarmen mich erbauet.

Jetzt in ihres Lohns Palaste
Spricht sie bei dem Gnadenbronnen:
Ach! dieß Zelt hab' an dem Gaste,
An Herrn Clemens, ich gewonnen.

Dieses himmlische Zelt der Heimgekehrten hat seine Dankbarkeit ihr mit anmuthigen Bildern umgeben, in denen das mütterliche Wirken ihrer Barmherzigkeit auf Erden verklärten Lichtes sich spiegelt; da aber sein Almosen ähnliche Wohlthaten erzeigt, und da es nicht selten gerade die Hand dieser seiner lieben Freundin war, welche seine Almosen gespendet und auf die segensreichste Weise, ihre Liebe, ihren Fließ und ihre sinnreiche Sorgfalt hinzufügend, verwendet: so dürfen wir das schöne Requiem, was er der dahingeschiedenen Freundin nachsang, auch seiner zu einem seligeren Leben entschwebten Seele nachrufen:

Sie ging dort ein Haus bewohnen,
Das der Meister ihr errichtet,
Auf des Giebelstraußes Kronen
Spricht den Spruch, der Alle richtet.

Der, dem Alles wir bereiten,
Was den Armen wir erweisen,
Hat in den acht Seligkeiten
Ihr Barmherzigkeit verheißen.

Als die Blumen hier vergangen,
Ist der Frühling dort erschienen,
Und sie zum Verein gegangen,
Zu des Himmels Arbeitsbienen.

Dort auf Betten, reinen, weichen,
Die der Noth sie hier gedecket,
Glänzt das Namen *Jesu* Zeichen,
Wenn der Engel sie erwecket.

Dort, wo sie in keinem Winter
Hat für Armenholz zu sorgen,
Weckt das Danklied sel'ger Kinder
Sie zum ew'gen Frühlingsmorgen.

Wenn sie dann zum Garten gehet,
Weh'n die Hemden aller Wegen,
Die den Armen sie genähet,
Ihr vom Blumenzaun entgegen.

O! wie wird sie freundlich lächeln,
Wenn um sie als Siegesfahnen
All die Armenkleider fächeln,
Deren Zahl sie kaum kann ahnen.

Wie hat sich dein Wort bewähret,
Treuer Gott! wird sie dann denken,
Wie hat Alles sich gemehret,
Jetzt erst kann ich freudig schenken.

Keine Lust wird dort ihr fehlen,
Alles, was sie hat errungen
In sich selbst und andern Seelen,
Sieht in Bildern sie gelungen.

RHEINMÄRCHEN

Das Märchen von dem Rhein und dem Müller Radlauf

Wie der Müller Radlauf dem Rhein ein Lied sang
und einen Traum hatte.

Im Rheingau, wo jetzt Rüdesheim liegt, stand vor undenklichen Zeiten eine einsame Mühle am Rhein, umgeben von einer grünen und blumenreichen Wiese. Auf dieser Mühle wohnte Radlauf, ein junger frommer Müllerbursche.

Er lebte mit der ganzen Welt in Frieden, gab den Armen gern ein Mäßchen Mehl umsonst und streute seine Brosamen den Fischen und Vögeln aus. Jeden Abend setzte er sich auf den Mühldamm hinaus und hatte da seine Freude an den schönen grünen Wellen des Rheins, an den Ufern, die sich spiegelten und den Fischen, die vor Lust aus der Fluth emporsprangen. Ehe er aber schlafen ging, flocht er immer noch einen schönen Blumenkranz und sang dem alten Rhein ein Lied vor, ihm seine Ehrfurcht zu beweisen. Am Schlusse des Liedes warf er dann den Kranz in die Wellen, die ihn freudig hinunter trugen, und wenn Radlauf den Kranz nicht mehr schwimmen sah, ging er ruhig nach seiner Mühle um zu schlafen.

Das Lied aber, welches er gewöhnlich sang, lautete also:

Nun gute Nacht! mein Leben,
Du alter, treuer Rhein!
Deine Wellen schweben
Klar im Sternenschein;
Die Welt ist rings entschlafen,
Es singt den Wolkenschafen
Der Mond ein Lied.

Der Schiffer schläft im Nachen
Und träumet von dem Meer;
Du aber du mußt wachen
Und trägst das Schiff einher;
Du führst ein freies Leben,
Durchtanzest bei den Reben
Die ernste Nacht.

Wer dich geseh'n, lernt Lachen;
Du bist so freudenreich,
Du labst das Herz der Schwachen
Und machst den Armen reich;
Du spiegelst hohe Schlösser
Und füllest große Fässer
Mit edlem Wein.

Auch Manchen lehrst du weinen,
Dem du sein Lieb entführt;
Gott wolle die vereinen,
Die solche Sehnsucht rührt;
Sie irren in den Hainen
Und von den Echosteinen
Erschallt ihr Weh.

Und Manchen lehret beten
Dein tiefer Felsengrund;
Wer dich im Zorn betreten,
Den ziehst du in den Schlund;
Wo deine Strudel brausen,
Wo deine Wirbel sausen,
Da beten sie.

Mich aber lehrst du singen,
Wenn dich mein Aug ersieht,
Ein freudeselig Klingen

Märchen vom Rhein und Müller Radlauf

Mir durch den Busen zieht;
Treib fromm mir meine Mühle,
Jetzt scheid ich in der Kühle
Und schlummre ein.

Ihr lieben Sterne decket
Mir meinen Vater zu,
Bis mich die Sonne wecket,
Bis dahin mahle du;
Wird's gut, will ich dich preisen,
Dann sing' in höhern Weisen
Ich dir ein Lied.

Nun werf ich dir zum Spiele
Den Kranz in deine Fluth;
Trag' ihn zu seinem Ziele,
Wo dieser Tag auch ruht;
Gut Nacht! ich muß mich wenden,
Muß nun mein Singen enden,
Gut Nacht! mein Rhein!

Dieses Lied und der Kranz freuten den alten Rhein immer gar sehr; er gewann den Müller Radlauf darum gar lieb und trieb ihm sein Rad gar ordentlich, nicht zu langsam und nicht zu geschwind.

Einstens träumte dem Müller: er gehe auf seine Wiese und wolle dem alten Rhein den gewöhnlichen Blumenkranz winden, er finde aber auf der Wiese gar keine anderen Blumen, als nur Rittersporn und Kaiserkronen und Königskerzen und Schwertlilien und Ehrenpreis und dergleichen vornehme ritterliche Gewächse, er aber scheue sich mit seinen bürgerlichen Händen nicht, breche die edlen Blumen nach Herzenslust und freue sich, seinem alten Freund, dem adlichsten der Flüsse, einen recht prächtigen Kranz daraus zu winden.

Als er nun diesen im Traume in die Wellen warf, tauchte unter demselben ein alter, sehr ernsthafter und doch liebreicher Mann aus der Fluth; sein grünes Schilfhaar war mit einer goldenen Rebenkrone umgeben, in deren Zweigen der Blumenkranz Radlaufs ruhte. In den Armen hielt er ein wunderschönes Jungfräulein und setzte sie vor Radlauf, der am Ufer niedergekniet war, auf den Strand. Die Jungfrau, träumte er weiter, habe sich ihm freundlich genaht, ihm eine köstliche alte Krone aufgesetzt und ihn dann an der Hand aufgehoben, um ihn nach seiner Mühle zu begleiten. Aber da er mit ihr über die Wiese gegangen, sey auch gar kein anderes Kraut mehr darauf zu sehen gewesen, als nur Mausohr, worüber sie beide sehr erschrocken seyen; denn das Mausohr sey dermaßen gewachsen, daß es sie ganz umklammert habe; dann aber sey ein Kraut, Katzenschwanz, emporgeschossen, und rings an allen Hecken und Bäumen so viele Weiden und Palmkätzchen, wie sie am Palmsonntag in der Kirche eingesegnet werden, und habe das Mausohr ganz wieder verschlungen. Während alle dem sah er im Traume den alten Wassermann in dem Rheine zornig herum springen und ganze Berge von Wellen in die Höhe werfen, und seine Mühle schimmerte ihm wie ein Schloß am Bergfuß entgegen. Darüber erwachte der Müller in großen Ängsten.

Wie des Müllers Traum wahr geworden.

Der Traum war so lebhaft gewesen, daß Radlauf sich die Augen nicht lange rieb. Er sprang von seinem Lager und eilte hinaus auf die Wiese, um nach den vornehmen Blumen zu sehen, von denen er geträumt hatte. Da war aber Alles wie sonst: Gänseblümchen die Menge und hier und da ein frisches Maiglöckchen und viele Butterblumen, auch im Schatten noch einige Veilchen. Die Sonne guckte eben mit den äußersten Spitzen ihrer goldenen Augenwimpern über den Rochusberg, welcher der Mühle gegenüber jenseits des Rheins lag, hervor.

Radlauf trat auf den Mühldamm hinaus, den Rhein zu beobachten; denn sein Traum stand ihm so klar vor Augen, daß er glaubte, es müsse alle Augenblicke der alte Wassermann hervortauchen und ihm die schöne Prinzessin entgegen reichen.

Wie er so auf die Wellen niedersah, hörte er auf einmal eine herrliche Musik; da zitterte ihm das Herz vor Freude und er dachte schon, das könne etwas bedeuten.

Als aber plötzlich Pauken und Trompeten durch die Luft tönten und aus dem Echo wiederschmetterten: hob er seine Blicke den Rhein aufwärts und sah von Mainz herab ein goldenes Schiff fahren, worauf der König und die Königin von Mainz nebst ihrer Tochter, der Prinzessin Ameleya, saßen, umgeben von vielen Hofdamen, Kammerherren, Rittern und Musikanten.

Merkwürdig war in dieser Gesellschaft, daß der größte Theil der Dienerschaft keinen Antheil an der Musik zu nehmen schien; denn der ganze Hofstaat hatte nur Ohren für das Schnurren und Spinnen einer großen Katze mit funkelnden Augen, die auf dem Schooße der Königin ruhte und mit dem Schweife wedelte. Alle schienen hierin eine Vorbedeutung großer Ereignisse zu sehen.

Die mächtigen Leute hatten damals den Brauch, gewisse bedeutungsvolle Thiere als Hof- und Leibthiere mit sich herum zu führen, welche lebendige Würdeträger innerlicher Eigenschaften und Geistesrichtungen ihres Stammes oder ihrer Person waren. Manche führten Löwen, Adler, Bären, Leoparden, Falken, Schwäne, Kraniche u. dergl. Thiere bei sich, diese alte Königin aber eine Katze.

Diese Thiere waren zu einer großen Ruhe und Gleichmüthigkeit erzogen und durften nur im äußersten Fall durch ein bescheidenes, vieldeutiges Zeichen ihre innere Gemüthsstimmung bemerklich machen. Denn von ihrem Betragen hing Glück und Leben von Land und Leuten ab; weil sie als Barometer für den Erfolg einer jeden Staatsangelegenheit betrachtet wurden, nach deren Äußerungen man Krieg und Frieden, Bündnisse und Heirathen schloß.

Ging aber ein solcher Handel schief: so setzte man das Thier ab, jagte es in den Wald oder brachte es sonst bei Seite, und nahm ein anderes an dessen Stelle. Manchmal bei großen Veränderungen nahm man größere, mächtigere Thiere an die Stelle; so kamen Tiger, Leoparden und Löwen an die Stelle der Katzen.

Es waren diese Gebräuche mit der alten Zeichendeuterei verwandt, nach welcher berühmte Helden vor jedem wichtigen Geschäft erst aus dem Fluge der Vögel, dem Lauf der Thiere, dem Fressen der Hühner, Glück und Unglück vorhersehen wollten.

In späteren Zeiten wuchsen die Leidenschaften der Menschen so, daß kein Thier mehr groß genug war, sie vorzustellen. Auch waren die Löwen, Adler und Elephanten wegen ihrer Unbändigkeit und Größe unbequem und unanständig; denn die Menschen wurden äußerlich zahmer und weichlicher.

Da machten gelehrte Leute die Erfindung, nur die Abbildung der ehemaligen Hof- und Leibthiere mit herum zu führen und statt derselben geschickte, wohlerzogene Menschen anzustellen, welche sich nicht gleich Alles merken ließen, damit man sich erst auf jeden Fall gehörig vorbereiten konnte. Es war dieses gewiß eine vortreffliche Erfindung, der wir Ruh und Frieden zu verdanken haben.

Aus diesen Abbildungen der Hof- und Leibthiere entstanden die Wappen, und man kann aus den seltsamen Figuren der auf denselben abgebildeten Thiere sich eine Vorstellung machen, wie wunderbar Erziehung und Hofbrauch die ehemaligen Hofthiere zugestutzt hatten.

Zu dieser wohlthätigen Veränderung sollen die traurigen Begebenheiten mit beigetragen haben, welche durch die wenige Zurückhaltung der großen Katze auf dem Schooße der Königin von Mainz in dieser Geschichte veranlaßt wurden. Wenn gleich alle diese abergläubischen alten Händel längst vergessen sind, so ist doch hie und da noch eine Spur übrig geblieben, wie man an den Wollflocken, welche die Vögel zu ihren Nestern von den Dornhecken sammelen, sehen kann, daß vorübergezogene Schafheerden sie daran hängen ließen, und so soll das Sprüchwort: *Es kommt Besuch, denn unsere Katze putzt sich*, noch von der prophetischen Gewohnheit jener Katze herkommen, sich vor jeder Ankunft hoher Gäste fein sauber zu belecken und zu putzen.

Heute aber war die Aufmerksamkeit nicht ohne Ursache auf das Betragen der Katze gerichtet; denn die königliche Familie fuhr dem versprochenen Bräutigam ihrer einzigen Tochter, der Prinzessin Ameleya, entgegen, dem Prinzen Rattenkahl von Trier, der mit der alten Königin von Trier den Rhein herauf fahren sollte.

Es war nicht ganz unbekannt geblieben, daß diese Familie ein Hof- und Leibthier von sehr verschiedener Gemüthsart mit sich führte; aber ein altes Staatslied enthielt die Prophezeihung, daß am Bingerloch durch Zusammenkunft von Katz und Ratz eine hohe, glückliche Verbindung und eine neue, glückliche Zeit eintreten sollte. Das Liedlein sagte Folgendes:

Gute Zeit! wenn Ratz und Katz
Einig auf des Rheines Fluth
Hingeleiten Schatz zu Schatz,
Alles wird dann werden gut.
Glück, dann hält des Rades Lauf
Hochzeitskranz und Krone auf.

Weil nun die Familie des Prinzen Rattenkahl eine ausgezeichnete Ratze mit sich zu führen pflegte: so hielt man das heutige Begegnen der beiden Schiffe, welche Ratz und Katz und auch den herzallerliebsten Schatz, die Prinzessin Ameleya, mit sich führten, für die Erfüllung jenes alten Reimes, und die Hofmusikanten spielten gar keine andere Melodie, was schier langweilig war.

Die schöne Ameleya war sehr begierig, ihren Bräutigam zu sehen, mit welchem ihr ein so großes Glück kommen sollte, und sie hatte sich ganz vornhin auf den Schnabel des Schiffes gesetzt, so daß ihre blonden Locken wie ein goldenes Wimpel wehten.

Sie trug ein grünsammtenes Kleid mit goldenen Träublein gestickt, und spielte mit einem goldenen Ruder nachlässig in den Wellen, während sie dann und wann durch die hohle Hand in das dunkle Felsenthal hineinsah, in welches sich der Rhein aus dem heiteren und lichten Rheingau ergießt, als wolle er mit seinem feurigen Wein einen kühlen Keller suchen.

Radlauf wendete kein Auge von der schönen Prinzessin; denn ihm schien nicht anders als daß sie die nämliche sey, welche ihn im Traum so sehr erfreut hatte. Dazu kam noch, daß er in dem Gesange von dem Schiffe her, in den Worten *»Schatz, Glück, Lauf«* immer von einem besonderen Glück zu hören glaubte, das dem Radlauf begegnen sollte.

Da erhob sich aber auf einmal ein starker Wind und das Schiff der Königin von Trier strich mit vollen Segeln bei dem Bingerloche heraus, und war in wenigen Minuten dem Mainzer Schiff sehr nahe.

Der Bräutigam, Prinz Rattenkahl, saß auf dem Schiffsschnabel, seine Braut desto eher zu erblicken. Aber er sah nicht zum Besten aus. Wenn er gleich ein guter Herr von großen persönlichen Eigenschaften seyn mochte: so stand ihm doch sein kahler spitzer Kopf, sein sehr dünner aber langer Schnurrbart und der enge Pelz von schwarzen und weißen Mäusefellen mit einem langen Rattenschwanz daran sehr unvortheilhaft. Hinter ihm saß auf einem ledernen Stuhl seine Mutter, die Königin von Trier, eine sehr alte Dame, die so beschäfigt war, die große Staatsratze, die ihr auf einem großen Sammtkissen im Schooße lag, mit Zuckerbretzeln zu füttern, daß sie von Allem um sie her nicht hörte und nichts sah; denn die Ratze schien besonders unruhig und wollte sich immer verstecken.

Nun kamen sich die Schiffe sehr nah, und die Mainzer Musikanten machten einen gewaltigen Lärm mit ihrem alten Staatsgesang, den sie mit Pauken und Trompeten begleiteten.

Nun war der wichtige Augenblick der Erfüllung des alten Staatsreims heran gekommen; keine Miene verzog sich auf den beiden Schiffen; hier schaute Alles nach der Katze, dort nach der

Ratze, welche sich beide auch in äußerster Stille verhielten; man erwartete das große Glück.

Die schöne Ameleya, etwas über das Aussehen ihres Bräutigams verlegen, wendete ihr Köpfchen gegen Radlaufs Mühle hin, und Radlauf rückte auf den äußersten Rand seines Mühldamms; nun ertönte der alte Staatsreim noch einmal und die Erfüllung stand nicht länger auf dem Sprung.

Die Katze fuhr wie ein Blitz über die schöne Ameleya weg nach der Ratze in das andere Hochzeitschiff hinüber, die eben so geschwind vor ihr in einen Winkel schoß; die alte Königin war mit ihrem Stuhle umgefallen; aber, o Unglück! der schönen Ameleya entfiel das goldene Ruder, sie bückte sich darnach und stürzte in die Fluth und plumps sprang Radlauf mit gleichen Beinen in den Rhein sie zu retten.

Auf den beiden Schiffen war Alles in der größten Verwirrung. Die alte Königin schrie wie rasend: Staatsratz! o Staatsratz! – Die alte Königin von Mainz aber schrie: Staatskatz! o Staatskatz! denn der Prinz Rattenkahl trieb diese dermaßen mit dem Ruder im Schiff herum, daß sie sich endlich auf den Mastbaum rettete.

Diese Verwirrung mehrten die Musikanten noch, die wie toll und rasend drauf los paukten und trompeteten, worüber der König von Mainz endlich so unwillig ward, daß er den Pauker und zwei Trompeter ins Wasser stieß.

Da ward es etwas geräumiger und stiller und er konnte das Jammern der Hofdamen über das Unglück der Prinzessin Ameleya erst verstehen, und nun erhob er ein großes Wehgeschrei. Er trat auf die Spitze des Schiffs, wo sie hinabgestürzt war, und rief dem Trierischen Prinzen Rattenkahl zu: *»O, theuerster Herr Schwiegersohn! retten Sie Ihre Braut!«* Rattenkahl aber hörte und sah nichts vor Zorn über die Katze, die er noch immer herumhetzte, um sie aus dem Schiffe zu bringen, und schrie immer mit seiner Mutter zugleich: *»Ins Wasser mit der Katze, sie soll ertrinken!«*

Da warf der König von Mainz ihm aus Zorn die Krone an den Kopf, aber sie traf ihn nicht und flog in den Rhein.

Wie sich die Schiffe begegnen

Nun wendete sich der König zu seinem Gefolge und rief aus:

»Wer mir meine Tochter rettet, der soll sie zur Frau haben und meine Krone dazu!«

Die Musikanten wollten platterdings nicht retten und schützten vor: das Wasser verderbe das Gehör, verstimme die Geigen, stehe gar zu tief unter dem Kammerton, habe keine Resonanz und könne man leicht in den tiefen Noten aus dem Takt kommen.

Einige Ritter sprangen in den Fluß, aber ihre Waffen zogen sie alle in den Grund.

Mehrere Hofdamen jagte der verzweifelte König nun selbst hinein; aber ihre breiten, steifen Röcke hielten sie oben wie Fischkasten, dabei jammerten sie, es komme ihnen kalt an die Beine und sie würden von Fischen gebissen. Hierzu raste der König um seine Tochter, die Königin jammerte um die Katze, die Musikanten spielten und schrieen den Staatsreim in einem betrübten Ton; denn die Damen und Pauker und Trompeter, die um das Schiff herumschwammen, faßten sie an den Haarzöpfen, um sich herauszuhelfen. Da that die gehetzte Staatskatze plötzlich einen Satz nach dem Mainzer Schiff, sie hatte aber nicht gut gemessen und fiel ins Wasser, worüber Rattenkahl lachte, daß ihm der Mäusepelz auf den Schultern tanzte, seine Mutter aber, die alte, böse Königin von Trier, vor Freuden in die Hände patschte. Sie hatte sich die ganze Zeit mit ausgebreiteter Schürze in den Winkel des Schiffs vor die Staatsratze gesetzt und, um die Katze von sich zu scheuchen, wie ein Hund gebellt.

Die Katze aber wurde von einem schwimmenden Edelknaben mit dem Ellenbogen wieder in das Schiff geschleudert und ist später aus dieser That ein ganzer Landesname, *Katzenellenbogen*, entstanden.

Da Rattenkahl noch mit dem Ruder so nach ihr schlug, daß das Wasser dem König von Mainz die ganze Frisur verdarb, kam dieser in einen solchen Grimm, daß er ausrief:

»So wollt' ich dann, daß dich das Bingerloch mit Mann und Maus verschlänge und die Felsensteine rings dazu lachten!«

Darauf aber erwiederte die Königin von Trier nichts, als mit einer recht spitzigen feinen Stimme: *»Ei, daß dich das Mäuschen beiß!«*

Die Königin von Mainz herzte und trocknete indeß ihre Lieblingskatze, und der König wendete seinen ganzen Zorn nun auf sie, weil er behauptete: diese verwünschte Katze habe all das Unglück herbeigeführt; und sie begannen beinahe schon zu raufen, als der alte Rhein das unartige Betragen all dieser häßlichen Herrschaften nicht mehr länger mit ansehen konnte und plötzlich einen heftigen Sturm in seinen Wellen zu erheben begann. Da flogen die beiden Schiffe wie Spreu aus einander. Das Mainzer Schiff flog gegen Mainz, das Trierische gegen Koblenz zurück. Da das letzte aber bei Bingen um die Ecke herumfuhr, ward die Verwünschung des Königs von Mainz schon an ihm wahr: der Strudel faßte das Schifflein und drehte es herum wie einen Kreisel, immer geschwinder und geschwinder; da lautete es, als wenn sich ein Riese gurgelte, und auf einmal war das Schiff voll Wasser und Rattenkahl, seine Mutter und die Ratze verschwanden mit ihm. Die Felsen aber lachten rings dazu: *»klick, klack, klack!«* als wenn man mit tausend Peitschen knallte.

So ward der Fluch des Mainzer Königs wahr und der Traum des frommen Müllers Radlauf auch und der alte Staatsreim auch; denn sein Freund, der alte Rhein, trieb dem schwimmenden Radlauf den Schatz, die schöne Ameleya, richtig in die Arme.

Mit ungemeiner Anstrengung arbeitete er, die schon halbtodte Prinzessin nach seinem Mühldamm hinzubringen, und da er merkte, daß er selbst auch die Besinnung zu verlieren begann, umfaßte er die Prinzessin fest mit beiden Armen und rief in Gedanken den Vater Rhein um Hülfe an, der ihn nicht verließ und mit Ameleya gleich neben seiner Mühle, auf der schönen Wiese, ans Land warf, wo sie beide ohnmächtig wie todt neben einander lagen.

Wie Radlauf die schöne Ameleya in seine Mühle führt.

Der Rhein war schon wieder ganz ruhig und spiegelglatt, und die Sonne schien warm hernieder: da erwachte Radlauf aus seiner Betäubung.

Ach! wie war er verwundert, als er die schöne Prinzessin in ihrem grünen goldgestickten Sammtrock neben sich im Grase liegen sah.

Schnell sprang er auf und kniete wieder vor ihr nieder und flüsterte: *»Ach, allerholdseligste Prinzessin! wollen Sie nicht aufstehen und sich in meine Mühle bemühen?«* Da sie aber kein Zeichen von sich gab, kam er in die größte Angst und dachte erst, daß sie wohl gar könne ertrunken seyn.

Nun besann er sich hin und her, was er für Mittel gehört hatte, Ertrunkene wieder zu sich selbst zu bringen. Aber es wollte ihm keines recht gefallen; er wagte keines aus Schüchternheit anzuwenden; so sehr unwürdig fühlte er sich, die Prinzessin zu berühren.

Das gewöhnliche Mittel, sie auf den Kopf zu stellen, fiel ihm zuerst ein; aber wie konnte er, dem es schon durch Mark und Bein ging, wenn er einen Laib Brod auf der oberen Seite liegen sah, auch nur den Gedanken ertragen, eine Prinzessin auf den Kopf zu stellen; dann fiel ihm ein, daß man solchen Betäubten Federn unter der Nase verbrenne, um sie durch den scharfen Geruch zu sich zu bringen; aber auch dies Mittel schien ihm erschrecklich; er hätte sich nie verzeihen können, einer so schönen Nase etwas Häßliches in die Nähe zu bringen. Da er also gar nichts wußte, fing er, neben ihr kniend, von ganzem Herzen zu beten an: der liebe Gott möge die schöne Ameleya doch wieder zum Leben zurückrufen.

Wie er so betend ihr in das liebliche Angesicht schaute, summte eine kleine goldene Biene um sie her und wollte sich eben auf ihren rothen Mund, den sie für eine duftende rothe Nelke hielt, niederlassen. Da vergaß Radlauf in der Angst, die Biene möge die Prinzessin stechen, alle seine vorige Schüchternheit und gab der schönen Ameleya, als er die Biene verjagen wollte, eine ziemliche Ohrfeige, nach welcher sie mit einem tiefen Seufzer die Augen aufschlug und erwachte.

Radlauf kniete noch zitternd neben ihr und sprach in der tiefsten Ehrerbietung: »O allerholdseligste Prinzessin! verzeihen Sie mir, daß ich Ihnen eine Ohrfeige gegeben, aber ich versichere Dieselben, der Schlag war allein auf eine unverschämte Biene gemünzt, welche Dero lieblichen Mund für etwas anderes, z. B. eine rothe Blume ansah, und Honig darauf sammeln wollte. Als ich diese nun erschlagen wollte, entwischte sie unter meiner Hand, und diese hatte das Unglück, der allerholdseligsten Prinzessin Wange nur allzuderb zu berühren. Ich flehe nun um Verzeihung; ist aber mein Verbrechen wirklich so groß, als ich es fühle, so bitte ich Dieselbe mir alsogleich den Tod zu geben.«

Die schöne Ameleya hörte diese Worte des Müllers kaum, so betäubt war sie noch, und da sie sich endlich aufrichtete und auf ihren Füßen fest wie eine schöne Bildsäule am Rhein dastand und gar nichts von der Ohrfeige zu wissen schien, that er auch weiter keine Erwähnung davon.

Die Prinzessin sah bange den Rhein hinauf, da hörte sie noch in weitester Entfernung eine Trauermusik erschallen, mit welcher das Schiff ihrer Eltern nach Mainz zurück ruderte. Das beruhigte einigermaßen ihr Herz; denn wo ihr Bräutigam, der Prinz Rattenkahl, hingekommen seyn möge, das kümmerte sie gar nicht, weil sie eigentlich aus Schrecken über dessen unangenehmes Aussehen in das Wasser gefallen war.

Nun kniete sie nieder und dankte Gott von Herzen, daß er sie so wunderbarlich errettet habe, und wandte sich dann zu Radlauf, dem sie nun auch von Herzen dankte und ihn bat, sie in seine Mühle zu führen, damit sie ein wenig schlafen könne.

Radlauf konnte vor Freuden und Entzücken, als die schöne Prinzessin mit ihm sprach, gar kein Wort vorbringen. Er machte bloß eine unterthänige Verbeugung, und als sie nach der Mühle zu wandelte, ging er hinter ihr her, theils aus Ehrerbietung, theils damit ihr die vom Rheinwasser noch sehr nasse Schleppe nicht so kalt an die Beine schlagen sollte. Der Prinzessin gefiel diese Artigkeit des Müllers gar sehr, und sie sah dann und wann um und nickte ihm freundlich mit dem Kopf. Er aber sah ganz beschämt an den Boden, und wie erstaunte er nicht, als er überall, wo die schöne Ameleya ihren Fuß auf der Wiese hinsetzte, lauter Ehrenpreis und Königskerzen und Rittersporn und andere adelige Blumen aufblühen sah, worauf er wieder sehr an seinen Traum gedachte.

So traten sie in die klappernde und stäubende Mühle, und als er sie in seine Stube gebracht, redete sie mit großer Freundlichkeit einige Worte zu ihm; doch konnte er ihre Stimme nicht verstehen vor dem Mühlgeräusch, und er wollte sich schon wegbegeben, die Mühle fest zu stellen, aber sie blieb in demselben Augenblick von selbst stehen, was ihn zu einer andern Zeit gewiß sehr verwundert hätte, ihm jetzt aber gar nicht auffiel, so beschäftigt war er mit seinem vornehmen Besuch, und besonders mit dem Gedanken, was in aller Welt er ihr wohl für eine Mahlzeit auftischen sollte.

Radlauf verbeugte sich vor Ameleya und bat sie, sich es bequem zu machen; er legte ihr weiße Tücher über sein Bett, setzte ihr frisches Wasser hin und feine Kleie zum Waschen, auch sein bestes Handtuch und einen ganz neuen buchsbaumenen Kamm, den er selbst geschnitten hatte, wie auch das Brauthemd seiner verstorbenen Mutter und die Hochzeitkleider derselben, damit sich die Prinzessin umkleiden könne; dann machte er ein Feuer auf den Herd, theils ihr etwas zu kochen, theils auch die durchnäßten Kleider zu trocknen.

Alles das that er still, ohne ein Wörtchen zu sagen. Die Prinzessin war auch ganz still und sah ihm zu, wie er Alles so fleißig und bedachtsam und bescheiden besorgte, was ihr etwa angenehm seyn könnte. Nun nahm er noch seine eigenen Sonntagskleider aus dem Kasten, hängte sie über den Arm, legte ein Stückchen Kreide auf den Tisch, ließ sich dann auf ein Knie nieder und sprach: »Allerholdseligste Prinzessin! wenn Sie sich der wenigen Bequemlichkeit in der Stube eines armen Müllers

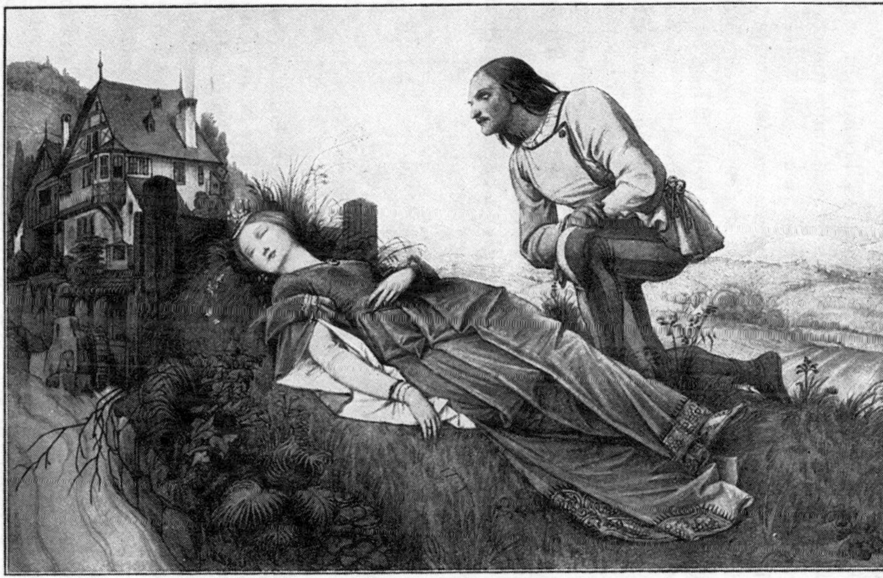

Radlauf weckt Ameleya

bedient haben: geruhen Sie mit dieser Kreide hier an die schwarze Küchenthüre ihre sämmtlichen Leibspeisen aufzuzeichnen, damit ich hernach wieder hereinkomme und sehe, womit ich Sie in der Eile zu erquicken vermag.«

Die Prinzessin war durch die Artigkeit des Müllers sehr gerührt, brach die Kreide entzwei und gab dem Müller ein Stück mit den Worten: »Nimm hin, mein guter Radlauf! begebe dich in die Küche und schreibe auf die andere Seite der Thüre deine Leibspeisen und diejenigen, welche wir beide zugleich werden aufgeschrieben haben, sollst du mir dann bereiten.« Radlauf nahm die Kreide und sprach: »Nicht allein dieses, sondern auch alles andere, was Sie wünschen könnten, schwöre ich Ihnen zuzubereiten, wenn es in meinem Vermögen steht.«

Nun machte er eine Verbeugung und begab sich nach der Küche.

Wie Radlauf den Küchenzettel macht und der schwarze Hans auch dabei seyn will.

Kaum war Radlauf in der Küche, als er ein hübsches Feuer auf dem Herd machte und alles Geschirr recht reinlich ausscheuerte, wobei er sich immer besann, was er für Lieblingsgerichte aufschreiben sollte; aber es wollte ihm auch gar nichts anders einfallen, als gebrannte Mehlsuppe und Rühreier, denn er hatte sein Lebtag nichts anders gegessen, und kannte auch kein anderes Gericht.

Unter diesen Geschäften und Sorgen horchte er dann und wann nach der Thüre hin, ob die Prinzessin etwa schon auf der andern Seite ihre Lieblingsspeisen daran schreibe; aber er vernahm noch nichts, sie schien beschäftigt sich umzukleiden.

Mit allem war er nun bereit, nur besann er sich noch immer auf irgend eine andere Speise, und rieb sich die Stirne, indem er auf und ab ging. Er hatte aber am Fenster einen zahmen Staar im Vogelbauer hängen, den er trotz langer Bemühung noch nicht hatte sprechen lehren können, wenn gleich der Vogel eine besondere, ja beinah menschliche Klugheit verrieth; als er nun den guten Vogel ganz tiefsinnig auf seiner Stange sitzen sah, als ob er sich auch auf einen Küchenzettel besänne, fragte er ihn, wie er gewöhnlich pflegte, wenn er seine Mahlzeit zubereitete:

»Schwarzer Hans, du meine Freude!
Was kocht der weiße Müller heute?«

Da antwortete der Staar zum erstenmal, aber mit sehr trauriger Stimme:

»Gebranntes Mehl und Rührei,
Der schwarze Hans ist auch dabei!«

Wohlan so soll es auch dabei bleiben, rief Radlauf aus, voll Freude, daß sein Vogel zum erstenmale gesprochen. Fröhlich ging er zum Vogelbauer, streute schönen Weizen hinein und füllte das Tröglein mit frischem Wasser; aber Hans blieb immer traurig, er wollte nicht fressen und nicht saufen; das Herz schlug ihm als wenn er einer Katze gegenüber säße, und die Flügel ließ er hängen wie ein Leichenbitter. Radlauf konnte gar nicht begreifen, was den Vogel nur so betrüben möge. Endlich dachte er, er ist vielleicht erschrocken, als ihm auf einmal der Verstand aufgegangen und die Sprache gekommen, nun weiß er jetzt seines Studirens kein Ende, weil er vor lauter Gedanken gar nicht weiß, was er zuerst sagen soll. Um ihn ein wenig aufzumuntern, sprach er zu ihm:

»Friß und sauf und bade dich
Und pfeif eins, Hans ohne Sorgen,
Weil ich zum Schmauße lade dich,
Hast du kein Geld ich will dirs borgen.«

Worauf ihm aber der Staar noch viel betrübter antwortete:

»Was hilft's, wenn ich viel fresse,
Es ist mein Leichenschmaus;
Mich speist doch die Prinzesse,
Denn meine Zeit ist aus.

Was hilft's, wenn ich viel bade
Mein Trauermäntelein;
Ich sterb' heut ohne Gnade,
Ich muß gefressen seyn.

Was hilft's, wenn ich viel saufe,
Es ist mein Sterbetrunk;
Dem Tod ich nicht entlaufe,
Mich ißt ihr rother Mund.«

Dabei legte er den Kopf ganz betrübt auf sein Freßtröglein, als wollte er ihn abgehackt haben. Radlauf bemitleidete ihn herzlich und machte ihm den Bauer auf und das Fenster, damit er sich eine Bewegung machen möge; denn er glaubte, er sey von vielem Studiren und Einsitzen so tiefsinnig geworden. Indem hörte er die Prinzessin mit der Kreide an der Thüre schreiben, und schnell sprang er mit seiner Kreide auch an die Thüre; sie schrieb von außen und er von innen, und sie schrieb noch lange, als er längst fertig war. Endlich machte sie die Thüre auf und sprach: »Jetzt will ich lesen, was ich alles aufgeschrieben, wenn du es nicht hast, so gib mir ein Zeichen.« Da las sie:

»Gebackene Pflaumen von Wolfenbüttel?«
Der Müller mit dem Kopf schüttelt.
»Ein verzuckerter Schweinskopf?«
Der Müller schüttelt mit dem Kopf.
»Eine Schneckenleber-Pastete?«
Der Müller mit dem Kopf drehte.

»Ein vergoldetes Kalbshirn?«
Der Müller schüttelt mit der Stirn.
»Lämmerschwänzchen in Honig gebacken?«
Der Müller schüttelt mit den Backen.
»Ein kandirter Wasserhase?«
Der Müller schüttelt mit der Nase.

Endlich sagte sie:

»Gebrannte Mehlsuppe und Rührei?«
Der Müller sprach: »es bleibt dabei.«

Dann las die Prinzessin noch:

»Einen frischen Staarenbraten?«
Der Müller sprach: »ach ja, Ihr Gnaden!«

und die Thränen liefen ihm in die Augen, denn der Staar sprach einmal übers anderemal laut und vernehmlich, aber mit sehr betrübter Stimme dazu: »Der schwarze Hans ist auch dabei«; und Radlauf merkte wohl, daß der gute Vogel vorausgefühlt haben müsse, daß ihn die Prinzessin aufessen werde; warum er das wußte und wie er es wußte und wozu es gut war, daß es geschah, das wußte damals kein Mensch und kein Staar; vielleicht wird es im Fortgang dieser Märchen noch einmal bekannt.

Soviel ist gewiß, daß Radlauf wohl fühlte, er könne der Prinzessin keine Einwendung machen, so leid es ihm auch that, den schwarzen Hans zu schlachten; denn er hatte ihr geschworen, alles, was in seinem Vermögen sey, für sie als Speise zuzurichten, so sie es begehrte. Er verbeugte sich demüthig vor der schönen Ameleya und sagte: »Sogleich werde ich die Ehre haben, Euer Holdseligkeit zu bedienen«, und somit zog er die Küchenthüre wieder zu.

Wie sich der schwarze Hans selbst umbringt, Radlauf und Ameleya ihn essen und nach Mainz ziehen.

Nun band sich Radlauf einen ganz neuen Mehlsack als Küchenschürze vor, und nahm seinen Schleifstein und sein Messer zur Hand; denn er wollte dem Hans den Kopf mit einem recht scharfen Messer abschneiden, damit er nicht viel Schmerzen haben möge. Da er nun mit seinem Messer auf dem Wetzstein hin und her fuhr, fing der Staar an dazu zu sprechen:

»Messer, Messer, wetz, wetz, wetz,
Ist der Lohn für mein Geschwätz,
Hätt ich nicht so sehr geschwätzt.
Wäre ich ein Fürst bis jetzt.«

Als Radlauf diese bedeutungsvollen Worte des schwarzen Hansen hörte, hielt er mit Wetzen ein und redete sogleich, denn er hatte eine besondere Hochachtung vor Standespersonen in andern Umständen, den Vogel mit folgenden Worten an:

»Ihro Durchlaucht waren also ein Fürst, ach vielleicht gar von Geblüt; o dann getraue ich mich nicht meine Hand an ihr gesalbtes Haupt zu legen, und so Euer Durchlaucht geruhen, werde ich dieselben der Prinzessin Ameleya vorstellen.« Der Vogel antwortete:

»Einst war ich Fürst von Staarenberg,
Mein Maul stand damals überzwerg;
Doch habe ich so viel geschwätzt,
Daß es ein Schnabel ward zuletzt.«

Dann bat er den Müller noch, ihn zu der Prinzessin zu lassen; er wolle nur die Ehre haben, sie vor seinem Tode noch einmal zu sehen, worauf er sich wieder einstellen wolle, um geschlachtet zu werden. Sein Testament sey bereits gemacht, er habe es mit Kienruß vermittelst seines Schnabels auf einen Mehlsack vor einigen Tagen geschrieben, und werde es Radlauf zu seiner Zeit finden. Hierauf machte der gerührte Müller Thür und Fenster auf und sprach: »Ihro Durchlaucht können sich begeben wohin sie wollen.«

Der Staar aber flog nicht etwa zu dem Fenster hinaus; das fühlte er tief unter seiner Würde; er begab sich vielmehr zu Fuß mit langsamen anständigen Schritten in die Stube zu der Prinzessin, und Radlauf schloß die Thüre bescheiden hinter ihm zu, horchte auch nicht am Schlüsselloch, weil ihn Staatssachen damals gar nicht interessirten.

Als Ameleya den Vogel herein trippeln hörte, wendete sie sich zu ihm und er flog vor ihr auf den Tisch, an welchem sie mit aufgestützten Armen nachdenkend saß. Er machte da mehrere Complimente und rührende Stellungen vor ihr; die Prinzessin sah ihm verwundert zu und wollte eben über seine wunderlichen Manieren lachen, als der Vogel mit beweglicher Stimme zu ihr sprach:

»Gott grüß dich, schöne Ameley!
Der schwarze Hans ist auch dabei«

und mit seinem Schnabel eine goldne Nadel unter seinem Flügel hervor zog, die er sich so heftig in das Herz stieß, daß das Blut der Prinzessin auf den Arm spritzte. Als er niedersank, sagte sie mit Thränen: »Ach armer Hans! was hast du gethan?« Da sprach der Vogel mit sterbender Stimme:

»Ade du schöne Ameley!
Verzeih mir meine Schwätzerei;
Das schönste Grab wird mich beehren,
So du mich willst sogleich verzehren;
Der Müller soll auch essen mit,
Ich wünsch euch guten Appetit.«

Nach diesen Worten streckte er die Beine aus, schloß die Augen, sperrte den Schnabel auf und war mausetodt.

Die schöne Ameleya zog ihm die Nadel aus der Brust und erkannte dieselbe als eine ihrer Haarnadeln, die sie vor mehreren Jahren einem Edelknaben zu Mainz geschenkt hatte, der bald darauf verschwunden war. Über sein Verschwinden ging das Gerücht unter den übrigen Edelknaben, er habe ihnen erzählt, daß die Prinzessin Ameleya ihm eine ihrer Haarnadeln geschenkt, und da sey er plötzlich in einen Staar verwandelt worden und davon geflogen. Jetzt erkannte Ameleya nur zu gut die Wahrheit jenes Gerüchtes, und vergoß bittere Thränen des Mitleids um den armen Hans und weinte und schluchzte so laut, daß Radlauf nach seinem Mühlrad ging, welches vorhin stehen geblieben war, um zu sehen, was es am Gange hindere; denn das Jammern der Prinzessin ging ihm so zu Herzen, daß er wünschte, er möge es vor dem Mühlgeklapper nicht mehr hören.

Da fand er nun zu seiner großen Verwunderung die Krone des Königs von Mainz, die, als der alte Herr sie in seinem Zorn dem Prinzen Rattenkahl an den Kopf hatte werfen wollen, in den Rhein gefallen war, in dem Getriebe seiner Räder hängen, wodurch sie still gestanden waren. Kaum hatte er sie herausgenommen, so ging die Mühle wieder munter drauf los.

Als er nun wieder in die Mühle gehen wollte, sah er jenseits des Rheins einen Trompeter auf dem Rochusberg stehen; der blies, daß es in die Felsen hinein schmetterte, und rief dann etwas mit lauter Stimme aus. Auch sah er viele Fischer und Taucher auf dem Rheine herumfischen und schwimmen und tauchen und suchen. Einer von diesen sagte ihm nun: Der König von Mainz habe dem seine Tochter, die Prinzessin Ameleya, zur Gemahlin versprochen, der sie lebendig wieder brächte, und wer sie todt bringe, der solle ein Schloß am Rhein haben, und wer sie sammt der verlornen Krone zurück liefere, der solle sein Nachfolger seyn.

Radlauf konnte ihn vor Freude gar nicht zu Ende hören; er versteckte die Krone in seinen Busen und hüpfte freudig nach der Mühle über die Wiese hin. Da er in die Küche kam, hätte er beinahe vor Freuden der Prinzessin: juchheh! mein herzallerliebster Schatz! zugerufen; aber das Wort im Munde erstarrte ihm, denn er sah die Prinzessin beschäftigt den verstorbenen Herrn von Staarenberg zu rupfen. Sie pflückte so zärtlich an seinen Federn, die sie alle in ihr seidenes Schnupftuch that, als fürchte sie, ihm weh zu thun, und unterdessen erzählte sie dem Müller den ganzen Selbstmord des schwarzen Hansen, salzte ihn mit ihren Thränen und steckte ihn an ihren großen silbernen Schnürnestel, um ihn zu braten; seine Eingeweide aber that sie in eine Büchse, um sie in seinem Familienbegräbniß beisetzen zu lassen. Aus den Federn machte sie ein seidenes Kissen, welches sie immer auf ihrem Herzen trug.

Die gebrannte Mehlsuppe und die Rühreier waren auch fertig geworden, und der Herr von Staarenberg, der gutes Futter bei dem Müller genossen hatte, gab einen delikaten Bratengeruch von sich. Die schöne Ameleya nöthigte den Müller zu Tisch und aß vor Allem unter bittern Thränen ihr Theil von dem schwarzen Hans. Das Herz schnitt sie entzwei und gab die Hälfte dem Müller; aber kaum hatten beide davon gegessen, als es ihnen sehr wunderbar zu Muth wurde und sie eine große Liebe zu einander empfanden. Sie sahen sich immer einander an und die schöne Ameleya sagte:

»Mein lieber Müller, es ist mir niemals so wohl gewesen als bei dir, und wenn du von Adel wärest, wollte ich mit niemand mein Leben zubringen als mit dir.« Radlauf aber sagte zu ihr:

»Allerschönste Ameley, ich habe einen reichen vornehmen Freund, den alten Rhein, er soll uns wohl helfen, er hat Euch mir in die Arme gegeben und wird wohl weiter Rath schaffen. Jetzt aber rüstet Euch, daß ich Euch zu Eurem Vater zurück führe.«

»Ach!« sagte die schöne Ameleya, »mein Vater ist sehr stolz und geizig, er wird uns gewiß nicht helfen, und wenn er unsere Liebe merkt, sind wir verloren.«

»Seyd nur ruhig«, sagte Radlauf, »ich habe ein ganz anderes Glöcklein läuten hören«, und somit ging er mit Ameley, die ihn nicht mehr verlassen wollte, hinaus auf die Wiese und bat sie, ihm zu helfen, allerlei Kränze zu machen.

Während sie das that, holte er seinen schönsten Esel und zäumte ihn mit bunten Bändern und schmückte ihn mit den Kränzen. Auch die schöne Ameleya wurde mit Blumen geziert und setzte sich dann auf den Esel. Er selbst setzte die Krone des Königs auf, that seine Feierkleider an und führte, in der einen Hand eine blühende Königskerze tragend, den Esel mit der schönen Ameley nach Mainz.

Ihre Gespräche unterwegs waren von lauter Liebe und Freundlichkeit und sie übereilten sich gar nicht; der Esel machte einen Schritt nach dem andern. In den Dörfern entstand die größte Freude; jedermann, der ihnen begegnete, pries den guten Müller Radlauf selig und schloß sich dem Zug an; viele aber eilten mit der frohen Nachricht voraus.

Kaum hatte nun der König gehört, ein Müller habe die schöne Ameleya gerettet und bringe sie, als er bekannt machen ließ: kein Mensch solle bei Todesstrafe ein Wort davon sprechen, daß er die Tochter dem Finder zur Braut versprochen.

Wie Radlauf betrogen ward, dem König von Mainz den Krieg erklärte, was er nachher in seiner Mühle träumt und wie er die Königin und Rattenkahl von Trier begräbt.

Der Zug kam Mainz immer näher, und als die schöne Ameleya die Fenster des Schlosses in der Abendsonne spiegeln sah, weinte sie vor Traurigkeit, und als sie über die lange Rheinbrücke zogen, weinte sie noch viel mehr, und sagte zu dem Müller: *»Lieber Radlauf, nimm diesen Ring zum Angedenken«*, und gab ihm einen Ring *»und diesen Kranz, wirf ihn in den Rhein, daß er uns helfe.«* Das that der Müller und sie zogen in die Stadt ein vom Volke begrüßt und vor das Schloß.

Der König lag mit der Königin am Fenster, und als Radlauf sie sah, machte er mit dem Esel halt, schwenkte die Krone und rief

Radlauf und Ameleya ziehen nach Mainz

hinauf: »Ich wünsche Euch einen guten Abend, Herr Schwiegervater und Frau Schwiegermutter! Hier bringe ich Euch meine Braut, Eure Tochter, die schöne Ameleya lebendig: nun sagt mir öffentlich vor dem Volke zu, was Eure Trompeter ausgeblasen haben, so sollt Ihr Euer Kind wieder in Eure Arme schließen.« Die schöne Ameley ward roth bis über die Ohren, als Radlauf so muthig hinauf schrie; der König und die Königin wurden aber vor Bosheit todtenbleich, und plötzlich drangen mehrere Trabanten aus dem Schlosse, rissen die schöne Ameley vom Esel und brachten sie ins Schloß, dessen Thore sie dem nacheilenden Radlauf vor der Nase zuschlugen; zugleich wurden auch alle Fenster des Schlosses zugemacht, und der betrogene Radlauf mochte pochen und jammern, wie er wollte, er bekam keine Antwort.

Er hatte aber den schwarzen Hans halb im Leibe und war voll Muth und erklärte, auf seinen Esel steigend, dem König von Mainz laut den Krieg, woüber die Mainzer Bürger ihn höhnisch auslachten, und die Kinder ihn den Eselsritter nannten. Da aber einige brave Leute ihm beistanden und laut den König wortbrüchig nannten, ließ der König sogleich ausrufen: jedermann solle sich nach Hause begeben, und man solle den wahnwitzigen Müller ruhig heim ziehen lassen.

Weil sich nun das Volk noch nicht verlor, ließ er einen hohen Galgen vor dem Schlosse aufrichten, vor welchem die Mainzer mit großem Respekt nach Hause gingen. Als sie Alle fort waren, stand der arme Radlauf mit seinem Esel allein da. Er sah die Sonne untergehen ganz roth in den Rhein, und blickte an die Fenster, ob er seine schöne Ameleya nicht sehen könnte: da warf man plötzlich alle die Kränze oben herab, mit denen er die schöne Ameley geziert hatte.

Er las sie sorgsam auf und hängte sie an seinen Esel, und da es bereits dämmerte, ging er an den Galgen und hängte des Königs Krone daran und schrieb dazu:

»Zum ewigen Angedenken
Häng ich hier deine Krone,
Wo du, meineidiger König!
Zu deines Undanks Lohne
Heut selber müßtest hängen.«

Dann drehte er seinen Esel herum und ritt ruhig wieder nach Haus.

Unterwegs dachte er, wie er es anfangen sollte, den König zu bestrafen; aber immer kamen seine Gedanken auf die schöne Ameley, und er vergaß allen Zorn und fiel in eine tiefe Schwermuth. Als ihm seine Mühle entgegen klapperte, fiel ihm seine Armuth und seine heutige Hoffnung recht aufs Herz, und als er seinen Esel eingestellt und seine Stube betreten hatte, wurde er sehr betrübt. Alles lag, wie die schöne Ameleya es verlassen, und sein Bett war noch eingedrückt von ihr. Alles ließ er, nichts getraute er sich zu verrücken, es war ihm alles heilig.

Als er in die Kammer trat, wo ihm sonst sein Staar entgegen geschrieen, und er nun den leeren Käfig ansah, rief er aus: »Ach armer, schwarzer Hans! kaum war dir der Adel über den Schnabel gekommen, so konntest du nicht anders, du mußtest aus Höflichkeit sterben und gefressen werden; ach ich armer Müller! Kaum nenne ich den König Schwiegervater, so läßt man mir den Galgen vor die Nase bauen; aber ich lasse nicht ab, bis mir mein Recht gehalten wird, und sollt ich beim Kaiser selbst appelliren.« Nun ging er auf seinen Mühldamm; es war zwölf Uhr in der Nacht; aber er wollte doch noch seinem alten Freund, dem Rhein, gute Nacht sagen, und sang ihm folgendes Lied, indem er ihm die Kränze der schönen Ameley zuwarf:

Wie oft ich dir gesungen,
Weißt besser du als ich;
Wie manchen Kranz geschlungen,
Weißt besser du als ich.

Die hohen Sterne schwanden
So düster heut in dir,
Es schwanden die Gedanken
So düster heut in mir.

Dir schickt die Blumenkette
Die schöne Ameley,
O helfe mir erretten
Die schöne Ameley.

Wie froh mein Herz geschlagen,
Weißt besser du als ich;
Wie ich mein Leid soll klagen,
Weißt besser du als ich.

Du gabst mir in den Wellen
Die schöne Ameley,
O wolle mir gesellen
Die schöne Ameley.

Gute Nacht, thu dich bedenken,
Was mir das Beste sey;
Thu in dem Traum mir schenken
Die schöne Ameley.

Da er dies gesungen, ging er nach Hause und legte sich auf die bloße Erde neben das Bett, wo heute die schöne Ameley geruht; denn er wollte dies nicht verändern und so schlief er ein und hatte folgenden Traum. Er sah den alten Rhein wieder, der saß im Rohr und schnitt eine Pfeife, und als er ihn fragte: »Für wen ist die Pfeife?« sprach der Rhein: »Für dich und deine Armee, du sollst sie in dem Kriege blasen, den du dem König von Mainz angekündigt.« Als er ihn aber fragte, woher er die Soldaten erhalten sollte, sagte der Rhein, vom Prinzen Rattenkahl im Bingerloch.

Da erwachte der Müller, und dachte seinem Traum lange nach, und konnte nicht klug daraus werden; doch hatte er einen großen Glauben an den Traum und ging am Rhein hinab an das Bingerloch spazieren, und da er dort ein schönes Rohr fand, schnitt er sich eine Rohrpfeife, und setzte sich auf eine Felsenspitze und pfiff ein lustiges Lied. Kaum hatte er ein Stückchen gepfiffen, als er wieder ein großes Gepfeife hörte und eine Menge schwarzer Mäuse um den Felsen herauf kriechen sah; an ihrer Spitze stand eine große Ratze, welche sich auf die Hinterbeine setzte und also zu ihm sprach: »Mein lieber Müller Radlauf, was steht zu deinen Diensten?« Da sagte Radlauf: »Ein paarmal hundert tausend Mann gegen den König von Mainz, der mir die schöne Ameley nicht geben will.« »Von Herzen gern«, sagte die Ratze, »aber du mußt mir auch einen Gefallen thun und den Prinzen Rattenkahl und seine Frau Mutter, bei der ich bis jetzt in Diensten gestanden, und die im Bingerloch verunglückt sind, begraben.« – »Das ist nicht mehr als Schuldigkeit«, sagte Radlauf. »Ihre Körper«, erwiederte die Ratze, »liegen bei dem Bingerloch auf der Insel, wo du sie begraben kannst, bis die Leute von Trier es erfahren und sie abholen; wenn du das verrichtet hast, so gehe nach Mainz mit deiner Pfeife, und so bald du pfeifst, komme ich mit allen Mäusen der ganzen Welt, denn ich bin der Rattenkönig und helfe dir.« – »Aber der schönen Ameleya dürft ihr nichts thun«, sagte Radlauf. »Behüte Gott«, sagte die Ratze, und so war der Bund geschlossen.

Nun setzte sich der Müller auf seinen Kahn und fuhr hinüber auf die Insel mit Hacke und Spaten. Da fand er den Prinzen Rattenkahl und seine alte Mutter, die Königin von Trier, auf dem Sande liegen, und eine Menge Ratten um sie herum, welche sie bewachten. Er machte in die Mitte der Insel zwei schöne Gruben neben einander, die er mit Kräutern und Blumen ausstreute, wobei ihm die Ratten sehr fleißig halfen. Dann legte er die beiden hinein und faltete ihnen die Hände. Bei dem Prinzen gelang es ihm, aber bei der Königin ging es nicht; denn sie hatte zwei Fäuste gemacht, und die konnte er nicht aufkriegen. Er ließ ihnen allen Schmuck; ja er putzte ihnen noch ihre Kronen mit Rheinsand wieder blank, da sie von dem Schlamm trüb geworden waren.

Auf das Grab aber legte er einen Stein, auf welchen er folgende Inschrift machte:

Hier ruht
Die Königin von Trier,
Prinz Rattenkahl auch neben ihr,
Sie zogen auf die Freierei
Nach der schönen Ameley;
Im Bingerloch ertranken sie;
Der Müller Radlauf begräbt sie hie;
Er hat sich eine Pfeif' geschnitten
Und ist nach Mainz in Krieg geritten,
Der Rattenkönig steht ihm bei,
Das Gott gepfiffen und getrommelt sey.

Wie Radlauf die Mäuse zu Mainz zusammenpfeift,
das Testament des schwarzen Hans auf seiner Mühle findet
und in den Schwarzwald abreiset.

Als Radlauf das Begräbniß vollendet hatte, war es schon Abend geworden; aber er ritt dennoch nach Mainz, und es schlug zwölf Uhr in der Nacht, als er allein vor dem Schlosse stand. Ach Gott! dachte er, wenn ich nur die schöne Ameley noch einmal sehen könnte, ehe ich meinen Krieg anfange, vielleicht könnte noch Alles gut gehen. Mehreremal wollte er seine Pfeife an den Mund setzen, aber immer unterbrach ihn irgend ein Geräusch, und er glaubte immer, das könnte Ameley seyn, und er blies nicht. Aber endlich hörte er ein Fenster aufgehen und folgendes Lied singen:

Da drunten am treulieben Rheine
Treibt Treue und Liebe ein Rad,
Da weinet sein Herz um das meine
Betrübet durch bittern Verrath;
Das Wort ward dem Müller gebrochen,
Doch stehet die Mühle nicht still,
So lange zwei Herzen noch pochen,
Und eines zum anderen will.

Bring Schwalbe rheinabwärts geflogen
Dem Herzen vom Herzen den Gruß
Und Welle, der er mich entzogen,
Kühl dankend dem Retter den Fuß;
Sag Sonne ihm, jetzt an dem Bogen
Des Himmels verblutend so roth:
Das Herz, das du trugst aus den Wogen,
Bleibt dankbar und treu bis zum Tod.

Der Müller erkannte bald die Stimme der schönen Ameley und war sehr gerührt, denn er merkte wohl, daß sie mit der Mühle, von der sie sang, seine Mühle meinte; und er sang ihr wieder:

Da droben auf jenem Schlosse,
Da singet ein Jungfräulein,
Das hab ich wohl gestern gezogen
Aus dem tiefen blauen Rhein;
Sie ist's, um die ich freie,
Der Vater versaget sie mir:
Gott grüß dich, schön Ameleye!
Der Müller steht vor der Thür.

Man kann sich wohl denken wie die schöne Ameley erfreut wurde, als sie Radlaufs Antwort hörte, ach leider hatte sie ihm nichts Gutes zu sagen und sang ihm wieder:

Ach Radlauf! lieber Radlauf!
Ich bitt dich zieh nach Haus;
Mein Väterlein will dich henken
An den hohen Galgen hinaus:

Mein Mütterlein will dir schenken
An den Hals einen Mühlenstein,
Und dich, meine Lieb! versenken
Wohl in den tiefen Rhein.

Dieser Vers gefiel dem Müller gar nicht, und er sang wieder hinauf:

Ich hab einen Traum geträumet
Von blauen Rittersporn,
Von goldnen Kaiserkronen,
Der wird mir zu Disteln und Dorn.
Mausöhrlein trägt nun mein Garten;
Gut Nacht, schön Ameley;
Nun steig ich auf die Warte
Und mach ein Feldgeschrei.

Mein Völklein soll nun ziehen
In des Königs Land einher;
Er wird ihm nicht entfliehen,
Sie sind wie der Sand am Meer;
Sie tragen graue Pelze
Und führen scharfe Zähn';
Kein Hälmlein auf dem Felde
Soll ihnen sicher stehn.

In deiner Mutter Speiskammer
Soll'n sie zur Tafel gehn;
In deines Vaters Krautgarten
Soll'n sie spazieren gehn;
Den Thron ihm ganz verderben

Und seines Hauses Schwell,
Und wenn auch hundert sterben,
Stehn tausend auf der Stell.

So lang bis er wird halten
Sein hohes Königswort,
Soll'n meine Landsknecht schalten
Mit Rauben und mit Mord;
Dich werden sie verehren,
O schöne Ameley!
Das thu den König belehren,
Leb wohl und bleibe treu!

Als er dies gesungen hatte, sagte ihm Ameley weinend gute Nacht und machte das Fenster zu; denn sie wurde von ihrer Mutter gerufen.

Radlauf ging hinauf auf einen Felsen, der Eichelstein genannt, und pfiff einen lustigen Marsch, und kaum hatte er einige Minuten gepfiffen, als er in der Ferne ein großes Gezwitscher hörte. Der Nachtwächter ging vorbei und sagte: »Ei! was pfeift der Wispelwind heut närrisch im Rheingau!« Die Schildwache aber sagte: »Nein! ich glaube es sind die Grillen.« Da machte ein Bäcker seinen Laden auf und sagte: »Ei! was zwitschern die Schwalben heute wunderlich!« Dann guckte ein Schneider zum Fenster heraus und sagte: »Wie heut dem Scheerenschleifer sein Rad seltsam zischt!« Der Nachtwächter sagte dann wieder: »Es pfeift wie hunderttausend neue Schnupftabaksdosen!« Die Schildwache sagte: »Ich glaube, das wilde Heer wetzt die Jagdmesser«, und so kamen sie in einen lauten Streit, was es sey.

Aber das Pfeifen ward immer stärker, und die Leute wachten auf und in allen Fenstern ward Licht; Radlauf aber zog ruhig zur Stadt hinaus, und sagte hie und da, wo ihn die Leute fragten, was wohl das entsetzliche Gepfeif sey? Das werde wohl des Müllers Radlaufs Kriegsvolk seyn, dem der König nicht Wort gehalten.

Als das Pfeifen immer stärker wurde, glaubte der König im Schlaf, es sey die Königin, die so mit der Nase pfeife, und er gab ihr einen Schlag, daß sie aufwachte und bös ward und ihn wieder schlug.

Er sagte, sie solle nicht so pfeifen; aber bald bemerkte sie es wohl, denn die ganze Stadt war in Allarm, und Alles schrie: *Mäuse! Mäuse!*

Nun konnte weder der König noch die Königin eine Maus sehen, ohne in Ohnmacht zu fallen, solchen Widerwillen hatten sie gegen diese Thierchen; aber das half hier nichts, denn in wenigen Minuten liefen sie schon außen an den Schloßfenstern in die Höhe, und es war ein solch Geknister und Gepfeife in allen Wänden, daß man in steter Todesangst war.

Nun waren zwar viele Katzen in Mainz; aber der König ließ sie alle wegfangen und um seine Stube herum setzen, und das Volk war ganz hilflos. Es war ein Geschrei, daß man sein eigen Wort nicht hörte; denn nun kamen noch die Bauern aus den ringsum liegenden Dörfern und schrien, daß die Mäuse ihnen alles Getreide abfressen und das Korn auf den Speichern.

In solcher Angst war die Sonne aufgegangen, und es ward von den Mäusen etwas stiller; denn sie lieben das Licht nicht. Der geängstigte König und die Königin steckten den Kopf unter der Bettdecke hervor, und die schöne Ameleya trat herein, und sagte: wie sie gar nichts von den Mäusen gelitten habe, und wie ihr der Müller Radlauf heut Nacht im Traume erschienen sey und ihr gesagt habe, ehe der König sein Wort nicht halte, werde er seine Kriegsvölker nicht zurückziehen.

Als der König dies hörte, erinnerte er sich auch an die Worte der Königin von Trier, die ihm auf dem Rhein zugerufen hatte: *»ei! daß dich das Mäuschen beiß!«* und er befahl nun, es sollten gleich zwei Trompeter zu Radlauf reiten und ihn höflich einladen, zu einer Unterredung nach Mainz zu kommen.

Als die Trompeter nach Radlaufs Mühle kamen, stand dieser vor der Thüre, und schrie ihnen entgegen: »Schon gut, ihr Herren! ich komme schon; ich kann mir schon denken, was ihr wollt«, und ohne sie nur anzuhören, sattelte er seinen Esel und ritt mit ihnen nach Mainz.

Seine Pfeife hatte er umhängen, und als er zum Thor einritt, pfiff er einige Töne, worüber alle Mäuse sich verkrochen und still wurden.

Als er vor dem Schloß stand, sah der König zum Fenster heraus, und konnte vor Zorn kaum reden; aber endlich sammelte er sich und sprach: »Müller Radlauf! wie hast du mir die Mäuse ins Land gebracht?« – »Mein gnädiger Herr Schwiegervater!« sagte Radlauf, »mit dieser Pfeife.« – »Und wo hast du die Pfeife her?« – »Die hat mir mein Freund, der alte Rhein, im Rohr geschnitten.« – »Müller Radlauf! du willst mich zwingen, dir die schöne Ameley zu geben, und ich will es auch thun; schicke mir zu einem Zeichen deines Vertrauens deine Pfeife herauf.« – Sogleich nahm nun der Müller seine Pfeife und gab sie den königlichen Bedienten, die sie in das Schloß trugen; sodann kamen einige Trabanten und führten den Müller auch in das Schloß und machten die Thore zu.

Aber der arme Radlauf, welcher froh die Treppen hinauf zur schönen Ameley springen wollte, wurde auf Befehl des falschen Königs in einen finstern Kerker geworfen. Die schweren eisernen Riegel rasselten hinter ihm zu und er war in seinem Elend allein.

Kaum daß er eine halbe Stunde unter bittern Klagen auf dem Stroh gesessen, raschelte etwas zu seinen Füßen, und er sah den großen Rattenkönig, mit dem er zuerst den Bund geschlossen, vor ihm sitzen und also sprechen: »Mein guter Freund und Bundesgenosse! du hast deine Sache schlecht gemacht; durch deine Treuherzigkeit hast du dich und mein ganzes Volk in des falschen Königs Hände gebracht; mich allein, bitte ich dich, wenigstens zu retten; halte mir die Ohren zu, daß ich es nicht höre, wenn man mein Volk fortpfeift. So bleibe ich bei dir, und dann wollen wir sehen, was weiter zu thun ist.« Unter bittern Thränen hielt nun Radlauf dem Rattenkönig die Ohren zu; denn er hörte schon die Pfeife klingen, und das entsetzliche Geschwirre der Mäuse.

Der König ließ nämlich von einem Bettelvogt, der auf einem kleinen Nachen im Rhein stand, alle Mäuse und Ratten in den Fluß pfeifen, und es dauerte wohl mehrere Tage, bis sie alle fort waren; dann warf der Bettelvogt die Pfeife auch ins Wasser und fuhr wieder zurück.

Der arme Radlauf konnte in diesen Tagen gar nicht schlafen; denn er mußte dem Rattenkönig immer die Ohren zuhalten, und sie lebten indessen von Wasser und Brod. Auch hörten sie beständig durch das Kerkerfenster von den Straßenjungen Spottlieder auf Radlauf absingen, was der König allen Einwohnern befohlen hatte.

Als aber die Pfeife endlich schwieg, sank Radlauf in einen tiefen Schlummer, den er doch nicht lange genoß; denn der Rattenkönig kitzelte ihn an der Nase, und da er erwachte, sagte er: »Nun strenge alle deine Kräfte an, uns zu retten; sieh, ich habe unter diesem Stein einen unterirdischen Gang entdeckt, durch den wir entfliehen können.« Radlauf machte sich schnell an die Arbeit, und bald hatten sie den Stein so in der Höhe, daß sie hinunter konnten und daß er wieder hinter ihnen zufiel. Der Müller ließ sein Wamms zurück, und so zogen sie bei zwei Stunden weit im Dunkeln fort. Bald hörten sie ein großes Rauschen über sich, und als der Müller sagte: *»Vater Rhein, es ist mir als hört' ich deine Stimme«*, antwortete es ihm: *»Ja, mein Freund, ich rausche über deinem Haupt«*, und nun zogen sie noch eine Viertelstunde, da schrie der Rattenkönig: *Licht! Licht!* und sie kamen im Gebirge bei einer kleinen Kapelle unter vielen wilden Hecken wieder aus der Erde.

Der Mond schien und der Himmel war voll Sterne; sie sahen daß sie unter dem Rhein durchgegangen waren. Hier sagte ihm der Rattenkönig Lebewohl und zog seinen Weg, und Radlauf kniete bei der Kapelle nieder und sagte Gott von Herzen Dank für seine wunderbare Errettung.

Hernach begab er sich wieder nach seiner Mühle und klagte Abends dem Rhein seine Noth, und da er zu Bette gehen wollte, suchte er unter seinen Mühlsäcken herum, sich ein

Lager daraus zu machen, und legte sich zurecht und schlief ruhig ein.

In der Nacht aber träumte ihm: er sey in einem großen Schloß und habe Diener um sich und werde hochgeehrt; nichts aber fehlte zu seinem Glück, als die schöne Ameleya, und er reite nach Mainz, um sie zu suchen; aber das ganze Mainzer Schloß sey leer und Alles voll Traurigkeit; dann reite er wieder nach seiner Mühle, die könne er aber gar nicht finden, und höre sie doch immer klappern, und so reite er bis in den Rhein. Als er aber das Wasser fühlte, erschrack er und da wachte er auf. Siehe da! er hatte auf dem Sack geschlafen, auf welchen der Herr von Staarenberg sein Testament geschrieben; der Tag graute schon und er trat mit dem Sack ans Fenster und las wie folgt:

»Mein lieber Müller Radlauf! wenn du dieses liest, bin ich vielleicht schon todt. Herzlich danke ich dir für die viele Geduld, die du gehabt, mich schwätzen zu lehren; ach! wenn du gewußt hättest, daß ich nur zu viel geschwätzt, und daß ich meinen jetzigen geringen Stand nur durch das Plaudern habe: du hättest dir keine Mühe weiter mit mir gegeben. Nun aber begebe dich in den Schwarzwald und suche den Grubenhansel und zeige ihm meinen Siegelring, den du im Käficht finden wirst und deinen Mühlknappenbrief; er wird dir mehr erzählen, und wenn du auf meinem Grund und Boden bist, so gedenke meiner und gönne den Überresten meines Leibes ein ehrliches Grab bei meinen Vorfahren. Der schwarze Hans von Staarenberg.«

Mit Thränen benetzte Radlauf diesen letzten Willen des schwarzen Hans, und eilte nach dem Käficht, und fand da hinter dem Freßtröglein einen goldnen Siegelring, auf dem ein Berg, ein Staar und ein Mühlrad gestochen war; den nahm er zu sich und beschloß nun seine Reise nach dem Grubenhansel zu richten, und seine Mainzer Händel einstweilen beruhen zu lassen.

Zuerst nahm er Abschied von seiner Mühle und schloß sie zu. Nichts nahm er mit, als den Käficht, den Siegelring und den Mehlsack. Dann fuhr er nochmals auf die Insel im Bingerloch, wo er wußte daß sich der Rattenkönig aufhielt, und dem er noch ein Säckchen seines Weizenmehls schenken wollte.

Kaum hatte er sich dem Grabsteine der Königin von Trier genaht: als auch der Rattenkönig erschien, der einen langen Trauerflor an hatte, und da Radlauf ihn gefragt, was der lange Flor bedeute, sagte er ihm: »Ich trauere um die Meinigen, die durch deine Treuherzigkeit in ihren Tod gegangen sind.« – »Hier hast du ein Säckchen Mehl«, sprach Radlauf. – »Ich danke dir«, sprach der Rattenkönig, »es thut noth, denn es werden theure Zeiten kommen.« Dann erzählte ihm Radlauf, daß er eine Reise vorhabe und daß er komme, von ihm und den zwei hier begrabenen Ehrenleuten Abschied zu nehmen. Hierauf pflanzte er noch Thimian und Rosmarin aufs Grab und sagte dem Rattenkönig: was er für die schöne Ameleya in seiner Abwesenheit thun könne, solle er ihm aus alter Freundschaft thun; das versprach ihm dieser und sie trennten sich.

Nun stieg Radlauf auf seinen Mühldamm und sah noch einmal in den Rhein und gegen Mainz hin; aber er war so betrübt, er konnte nicht singen und sagte nur immer: »Leb wohl Vater Rhein! dir empfehle ich meine Mühle, dir empfehle ich die schöne Ameley!« und unter solchen Worten schied er von dannen ins Gebirg.

Schwarzes Gewölk bedeckte den Himmel; Alles war still und traurig ringsum, und der Rhein schlug mit den Wellen gegen das Ufer, als wolle er ihm Lebwohl sagen, da verbarg ihn der Wald.

Wie der König Hatto von Mainz die alte Königin von Mainz und den Prinzen Rattenkahl am Galgen beschimpfte, und wie der Prinz Mausohr von Trier die Kinder zu Mainz aus Rache in den Rhein pfiff und sich dann am Grabe seiner Mutter mit dem Rattenkönig unterredete.

Als der König von Mainz die Mäuse los geworden war, bestellte er ein großes Fest in Mainz, bei welchem er den hohen dreibeinigen Galgen ganz mit Ratzen benageln ließ; dann ließ er von Stroh einen Mann machen und ihm einen Mäusepelz anziehen und eine Frau von Lumpen ebenso gekleidet, die ließ er auf einen Wagen setzen, dem alle Kinder mit kleinen Pfeifen folgen mußten, und mit diesem Wagen fuhr man an das Gefängniß Radlaufs, den man auch dazu setzen wollte.

Aber wie erschracken sie, da sie Niemand in dem Kerker fanden, als das Wamms des Müllers und einige Todtenbeine, die wohl schon lange da gelegen waren. Nun glaubte man allgemein, die Ratzen und Mäuse hätten den Müller gefressen und machte es bekannt. Der König bedauerte sehr, daß er ihm keinen Schimpf mehr anthun konnte; ließ aber doch sein Wamms neben dem ausgestopften Rattenkahl und der lumpenen Königin aufhängen und dabei die Kinder mit ihren Pfeifen ein abscheuliches Gequicke machen.

Als die schöne Ameley den Tod des Müllers vernahm, ward sie sehr traurig und ließ von ihrer alten treuen Magd im Kerker nachsuchen, ob man nicht unter den Gebeinen ihr Ringlein finde.

Da die Alte darin herum suchte, kam aber auf einmal der Rattenkönig und sagte: »Mütterchen! was sucht ihr?« – Die Alte erschrack Anfangs sehr und fürchtete, die Ratze möchte sie auch fressen; aber als diese ihr sagte: »Grüße die schöne Ameley von dem Müller Radlauf und sage ihr, daß er noch frisch und gesund und daß er nur verreist sey, sie soll ihm treu bleiben und sich nur immer stellen, als wenn sie ihn todt glaubte.« – Da ward die Alte sehr froh und begab sich zurück und brachte der schönen Ameley die fröhliche Nachricht.

Nachdem der böse König sein Fest begangen hatte, kam die Nachricht nach Trier, der Prinz Rattenkahl und seine Mutter hätten eine gar traurige Hochzeit in Mainz gehalten; denn der König habe sie an den hellen, lichten Galgen gehängt, und die Kinder hätten sie noch dazu ausgepfiffen.

Nun hatte Rattenkahl noch einen kleinen Bruder, der Mausohr hieß, dem wurde das auch erzählt, und der kam darüber in einen solchen Zorn, daß er gar nicht wußte was er anfangen sollte, und man mochte ihm sagen, was man wollte, so schrie er immer: »Die bösen Kinder, die meine Mutter und meinen Bruder ausgepfiffen, will ich strafen.« Das trieb er so lange, bis er endlich einmal einen vornehmen General zu sehen kriegte, der ihm eine tiefe Verbeugung machte, da schrie ihm Mausohr zu: »Mit Verbeugungen ist mir nicht gedient, so lange meine Mutter und mein Bruder zu Mainz ausgepfiffen werden von den Straßenjungen.« – Als die Soldaten, die hinter dem General so schön gerade wie die Wachspuppen herzogen, dies hörten, fingen sie an mit dem General zu zanken, und fragten ihn, warum er sie immer und ewig herum spazieren führe, er solle sie nach Mainz bringen, daß sie ihren Fürsten abholen könnten. Der General aber sagte ihnen: »Ihr seyd alle meine Kinder; wenn unser nur mehr sind, so soll es schon besser werden; laßt uns nur abwarten, wie die Courage dieses Jahr geräth.« – Aber die Soldaten waren so wild und tapfer, daß sie mannshoch in die Höhe sprangen, und einige stellten sich auf den Kopf und präsentirten mit den Füßen das Gewehr.

Als die Vornehmsten des Landes dieses sahen, beschloßen sie, die Soldaten einstweilen an Ketten zu legen, daß sie noch immer wüthiger würden, um sie dann zur rechten Zeit nach Mainz zu führen; dies ließen sie dem kleinen Prinz Mausohr durch seinen Hofmeister sagen, und zugleich, daß er, wenn er sich gut aufführe, mitziehen sollte, und hernach gar König werden.

Mausohr schwieg still dazu, und dachte sein Theil für sich. Er wartete bis es Nacht war, und schnarchte von ganzem Herzen, daß der Hofmeister glaubte, er schlafe ganz fest und auch einschlief.

Da stand aber Mausohr leise auf und nahm sich einige Stücke Brod und sein ABC-Buch mit und schlich sich eilends der Stadt hinaus gegen Mainz zu.

Er lief die ganze Nacht durch einen dicken Wald, und da er gegen Morgen auf eine Wiese kam, wodurch ein Bach floß, legte er sich ins hohe Gras ein wenig zu schlafen. Kaum aber hatte er ein wenig geschlafen, als er durch ein großes Geschnatter erweckt wurde; er guckte sich um und sah einen Storch mit großen langen Beinen auf der Wiese anmarschirt kommen, und hinter ihm drein liefen viele viele Kinder, die sich um den Storch herumstellten, und ihre Lektion hersagten.

Der Storch schrie: A – B: ab, B – A: ba – Abba und so fort schrien es ihm die Kinder immer nach, und wenn eins nicht ordentlich antwortete, schlug er tüchtig mit seinem Schnabel drauf los, daß sie gewaltig schrien.

Dem Prinzen Mausohr machte dies viel Vergnügen und er fing auf einmal an laut zu lachen, worauf die Kinder auch lachten: so daß der Storch ganz böse ward und tüchtig auf sie schlug; da fingen die Kinder alle an zu schreien: »Dort sitzt einer, der macht uns lachen.« – Da lief der Storch so schnell gegen den Prinzen, daß er über ihn stolperte und hinfiel, worüber die Kinder wieder sehr lachten; darüber ward der Storch nun dermaßen unwillig, daß er gewaltig zu klappern anfing und eben dem Prinzen Mausohr einen rechten Schlag mit dem Schnabel geben wollte; dieser hielt ihm aber sein ABC-Buch vor, worauf ein großer Storch abgebildet war, und da der Meister Langbein dies sah, gerieth er in die größte Verwunderung, und machte die lustigsten Sprünge um den Prinzen Mausohr. »Herr Storch!« sagte nun Mausohr, »sind Sie nicht böse auf mich, daß ich gelacht habe, aber es hat mich ein Gräschen in der Nase gekitzelt, und ich will Ihnen auch mein ABC-Buch schenken, auf welchem Sie so schön abgebildet sind.« Der Storch war hierüber sehr vergnügt und gab den Kindern Spieltag, die das kaum gehört hatten, als sie schnell und lustig in den Wald fort liefen.

Nun unterredete sich der Storch recht artig mit Mausohr; dieser fragte ihn, wer ihn dann zum Schulmeister gemacht habe, und der Storch erzählte ihm: sein Vater sey hier im Lande auch Schulmeister gewesen, und sein Groß- und Urgroßvater auch; denn da er den Leuten die Kinder bringe, so müsse er sie ihnen auch unterrichten; denn die Bauern hierherum seyen nie zu Haus und immer in der Fremde Korn zu schneiden, so hüte er einstweilen das Dorf, das hinter dem Wald liege und führe die

Wirthschaft, Sonntags predige er auch. Dann ließ er sich von Mausohr das ABC-Buch expliciren und hatte eine große Freude daran. Nun fragte Mausohr ihn noch: »Bester Herr Schulmeister! wie machen Sie es denn, daß die Kinder Ihnen gehorchen?« – »Ei«, – sagte der Storch, – »dahinten am Bache, da steht ein Rohrgarten, welcher mir gehört, den hat mein Urgroßvater noch gepflanzt, und wenn ich mir von dem Rohr eine Pfeife schneide und darauf pfeife, müssen mir alle Kinder nachlaufen, wohin ich will.« – »Könnten Sie mir wohl für mein ABC-Buch so eine Pfeife schenken?« – sagte Mausohr. – »Mit Vergnügen« – sagte der Storch und lief fort und brachte ihm bald eine sehr schöne Pfeife, worauf Mausohr sich ihm empfahl und ihm versprach, wenn er glücklich von seiner Reise zurückkehre und sehe, daß er die Kinder aus dem ABC-Buch gut unterrichtet habe, wolle er ihm einen warmen Weck mitbringen; worüber der Storch vor Freuden wieder hoch in die Höhe hüpfte und ihn mit großem Geklapper verließ.

Mausohr steckte seine Pfeife sehr vergnügt in seine Mütze; denn er trug eine hohe Mütze von weißen Mausepelzen und ging munter auf Mainz los.

Unterwegs wünschte er seine Pfeife zu probieren, als er auf eine Wiese kam, wo ein Gänsejunge und ein Gänsemädchen Hirsenbrei mit einander aßen. Er that aus der Ferne nur einen Pfiff auf seiner Pfeife, als sie ihren Brei verließen und auf ihn zu rannten.

Nun, dachte er, will ich die bösen Mainzer Kinder, die meinen Vater und meine Mutter ausgepfiffen haben, so auspfeifen, daß sie nimmermehr hineinkommen sollen, und indem er so dachte, setzte er ein Bein so schnell vor das andere, daß er die Thürme der Stadt bald vor Augen sah. Nun konnte er sich vor Unwille auch gar nicht mehr halten und marschirte munter in die Stadt hinein.

Wie wunderte er sich aber, daß er keinen Menschen auf der Straße fand. Alles war wie ausgestorben; da kam er an eine Kirche und hörte gewaltig drin singen und Orgelspielen; er horchte am Schlüsselloch und sah alle Weiber drin, und hörte sie singen:

»Dank und Preis!
Fort sind die Mäus!«

Da schob er ganz leise den Riegel vor die Kirchenthüre und ging an eine andere Kirchenthüre und horchte wieder, da sangen alle Männer drin:

»Dank und Preis!
Fort sind die Mäus!
Der Müller hat im Turm gesessen,
Da haben ihn die Mäus gefressen.«

Da schob Mausohr wieder den Riegel vor die Thüre und kam endlich an eine noch weit schönere Kirche, da klangen Pauken und Trompeten drin, und als er durchs Schlüsselloch sah, erblickte er den König und alle Hofherrn darinnen, und es war da ein gewaltiger Spektakel mit Singen und Klingen, und er hörte die Worte singen:

»Dank und Preis!
Fort sind die Mäus!
Der Müller hat im Thurm gesessen,
Da haben ihn die Mäus gefressen!
Der Rattenkahl
Nebst Frau Mama,
Juheisasa!
Die hängen an dem Galgenpfahl!
Ein sauber Paar!
Der Herr bewahr
Uns vor solchen Bräutigamen!
Amen! Amen!«

Als Mausohr nun dieses vernommen, war sein Zorn und Unwille aus der Maßen groß; aber er machte doch keinen Lärm und schob den Riegel, wie überall, auch hier vor die Kirchenthüre; schrieb aber noch mit einem Stückchen Kohle an die Mauer:

»Wer vor dem Wirth
Die Rechnung macht,
Der hat geirrt,
Wird ausgelacht;
Singt nur im Chor!
Den Riegel vor
Das Kirchenthor
Schiebt Mauseohr.«

Nun ging er nach dem Schloßplatz hin, und je näher er kam, je stärker hörte er ein Geschrei und Gepfeife.

Nun trat er um die Ecke herum: da sah er den ganzen Platz voll Kinder mit Pfeifen und Schreien den hohen Galgen umgeben, an dem, wie er glaubte, seine Mutter und sein Bruder hingen, und da fing er heftig an zu weinen.

Als er mit seiner hohen Husarenmütze unter die Kinder trat, welche auch allerlei bunte Sonntagsmützen, aber doch keine solche auf hatten, versammelten sich viele um ihn herum und fragten ihn: wo er her käme und wer sein Vater sey, und wo er die schöne Mütze her habe und warum er weine. Da nahm sich Mausohr zusammen und sprach: »Kennt ihr denn nicht die Petersklause?« – »O ja!« – schrien alle Kinder, – »die liegt gleich da unten im Rhein.« – »Nun da bin ich her; ich bin des Peters von der Petersau sein Sohn, und heiße Peterchen und mein Vater ist König von der Petersau; er macht dieselben Petermännchen, um die man sich Äpfel, Nüsse und Birnen kaufen kann.«

»Ach!« – sagten die Kinder, – »da möchten wir auch seyn und uns die Taschen mit Petermännchen füllen; aber wo hast du denn die schöne hohe Pelzmütze her, macht die dein Vater auch?« – »Ja wohl!« – sagte Mausohr – »da ist kein Kind bei uns, das nicht eine solche Mütze hat und auch viel schönere, mit goldnen Quasten und einem Federbusch drauf: dies ist nur meine ordinäre Reisemütze.« – »Ei! da bist du ja sehr glücklich!« sagten die Kinder, – »warum hast du denn geweint?« – »Geweint« – sagte Mausohr – »hab ich vor Zorn über die Leute, die da am Galgen hängen, die euch so vielen Schaden gethan; ei potz tausend! die haben schöne Mäusepelze an, da könnte mein Vater euch allen Mützen davon machen, wenn er sie auf der Petersau hätte.«

»Hört einmal ihr Knaben!« – sagte da ein Schornsteinfegerjunge, – »wenn uns nur die Mädchen nicht verrathen, die Kerls mit den Pelzen wollte ich bald herunter haben, und dann nimmt sie Peterchen mit zu seinem Vater und läßt uns Mützen daraus machen.« – »Ei! ihr wollt uns immer als Verräther ausschreien«, – sagte da ein Schulmeisters Töchterchen, – »und ihr seyd es doch, die ihr uns neulich verrathen habt, da wir dem Küster die Birnen von dem Baume geworfen haben; wir tragen auch gerne Pelzmützen, und wenn ihr uns auch welche machen lassen wollt, so soll keine Seele was davon wissen.« – »Ja ja, gewiß nicht!« – schrien alle die andern Mädchen. – »Was sollen wir aber sagen«, – versetzte der Schornsteinfegerjunge, – »wenn uns die Eltern fragen, woher die Mützen, wohin da die Pelznickel gekommen sind?« – »Ei!« – sagte das schlaue Mägdlein, – »wir sagen, die Pelznickel seyen fort geflogen, und die Mützen wären vom Himmel herab geregnet; wissen die Eltern doch auch nicht, wo die Mäuse hergekommen.« – »Ja ja!« – schrien da alle, – »so geht es an, herunter! herunter mit den Pelznickeln!« und mit einem Sprung kletterte der Schornsteingfegerjunge den Galgen hinan und wollte sie schon abschneiden und herunter plumpsen lassen; aber Mausohr schrie ihm zu: »Lieber! laß sie nicht so hart fallen, daß der Pelz nicht zerreißt; habt ihr keinen Wagen, auf dem wir sie nach dem Rhein fahren können, wo ein Kahn steht?« – »Da neben unterm Schloßthor steht dem König sein kleiner goldener Gartenwagen, auf dem er sich täglich von zwei großen Hunden im Garten herum fahren läßt«, – schrie das Söhnlein des Leibkutschers, – »den wollen wir holen, er ist sehr leicht«, – und somit liefen gleich Einige nach dem Wagen.

In wenigen Augenblicken stand er unter dem Galgen; der Schornsteinfegerjunge schnitt zu, und alle beide Figuren fielen so schön gerade hinein, daß sie wie lebendige Menschen zu sitzen kamen; so oft aber eine herunterfiel, schrien alle Kinder *Viktoria!* und Mausohr drückte die Augen zu; denn er glaubte noch immer es sey seine Mutter und sein Bruder, und das Fallen könne ihnen weh thun. »Nun fort an den Rhein!« – schrie Mausohr; die Knaben zogen, die Mägdlein drückten, Mausohr ging voran.

Als sie ans Wasser kamen, stand hinter einem Busch der hochzeitliche Kahn mit schwarzen Wimpeln; er ließ die Strohmänner drauf legen, spannte die Segel auf; die Kinder standen in einem langen Kreis am Wasser hin; da Alles zur Abfahrt fertig war, ergriff Mausohr mit einer Hand das Steuer, mit der andern nahm er seine Pfeife aus der Mütze und sagte: »Nun ihr Mainzer Knaben und ihr Mainzer Mägdlein! weil ihr denn diesen Ehrenleuten, die hier im Kahne ruhen, so manch Liedchen gepfiffen, will ich euch wieder eins pfeifen; kommt mit! kommt mit! damit mein Vater euch das Maaß zu den Pelzmützen nehmen kann;« und somit begann er ein Liedchen auf seiner Pfeife, indem er vom Land abfuhr, zu blasen, so wunderbar lustig und traurig, daß die Kinder erst alle an zu lachen und zu weinen und endlich zu tanzen begannen, und sich immer mehr und mehr an das Wasser drängten und endlich gar hinein sprangen und drin herum walzten; und immer ferner fuhr Mausohr mit dem Kahn und die Kinder sprangen immer lustiger ins Wasser; anfangs hielten sie noch die Kleiderchen in die Höhe um sie nicht naß zu machen, bald stand ihnen das Wasser bis an den Hals und dabei sangen sie beständig mit dem beweglichsten Ton:

»Ach Gott und Herr im Himmelreich!
Ach liebster Vater und Mutter mein!
Wir armen Kinder allzugleich,
Wir müssen sterben in dem Rhein!
Ach Hilfe! Hilfe! Hilfe!

Ach Peterchen, Herrn Peters Sohn,
Des Königs von der Petersau,
Du nimmst gar theuren Mützenlohn,
Du nimmst das Maaß gar zu genau,
Ach Peter! Peter! Peter!

Ach hätten nun und nimmermehr
Die Mützen wir gesehen an;
Du rächest dich auch gar zu schwer,
Du falscher, böser Petermann!
Ach Mütze! Mütze! Mütze!

Die Pfeife bläst du gar zu mild,
Die Pfeife bläst du gar zu wild;
Die Erde weicht, das Wasser schwillt,
Und uns mit Nacht die Augen füllt,
Ach Pfeife! Pfeife! Pfeife!

Mausohr blies aber immer heftiger zu, und schon sah man von den meisten Kindern nichts mehr, als ihre Hüte und Hauben, und der Gesang ward stets schwächer, denn es ertranken immer mehrere.

Das große Geschrei lockte die schöne Ameley herbei, welche sich krank gestellt hatte, um, während der König und alle andern Leute in der Kirche waren, am Ufer spazieren zu gehen, und indem sie den Rhein hinunter sah, ihren traurigen Gedanken an den geliebten Müller Radlauf nachzuhängen. O wie erschrack sie da, als sie die vielen Kinder sah, die wie unsinnig in den Rhein hinein tanzten, und alle waren schon drin, außer ein kleines hübsches Mägdlein, Ameleychen genannt, das sie aus der Taufe gehoben hatte; dies hüpfte noch allein am Ufer herum und schürzte schon sein Röckchen und streckte sein Füßchen gegen das Wasser, um hinein zu patschen; da wollte die Prinzessin es noch geschwind an dem Röckchen zurückziehen, aber in demselben Augenblick stimmte Mausohr ein neues Lied auf der

Pfeife an, das so durchdringend lautete, daß auch die schöne Ameley zu tanzen anfing und mit sammt dem kleinen Mägdlein in dem Rhein versank. – Lebt wohl ihr armen Kinder! Gott erbarme sich eurer! ihr habt schwer für die Treulosigkeit des bösen Königs und euren Muthwillen gebüßt.

Mausohr steckte nun seine Pfeife wieder in seine Mütze und ließ seinen Kahn ruhig den Rhein hinabtreiben; rings um ihn her war der Fluß mit allerlei bunten Hüten und Mützen bedeckt, und mitten drunter schwamm die Haube der schönen Ameley, die man wohl an den goldenen Krönchen und dem Perlstrauß, der drauf war, erkennen konnte. Da aber Mausohrs Schiff durch die Segel schneller getrieben wurde, verlor er bald die Stadt und die langsamer schwimmenden Hüte und Hauben aus den Augen.

Als Mausohr sich nun auf seinem Kahne, wie er glaubte, mit seiner Mutter und seinem Bruder Rattenkahl allein sah, vergaß er alle andern Gedanken, und nahte sich den geliebten Leibern seiner Anverwandten, um sie einmal wieder recht herzlich anzusehen.

Er trat zu seiner Mutter hin und sprach: »Ach liebste Frau Mutter! wie ist euer schönes Angesicht so weiß wie Papier geworden, und ihr habt ja einen Schnurrbart von Kienruß!« – Nun nahm er eine Hand voll Wasser um ihr die Augen zu waschen; aber wie erschrack er nicht, als ihr von dem Waschen die Augen ganz ausgingen, und als er endlich entdeckte, daß beide Figuren gar keine Menschen, sondern nur Strohpuppen waren, die man mit papierenen Gesichtern in die Sterbekittel eingesteckt hatte. »Ach! so bin ich doch betrogen!« – schrie Mausohr, »und ist all meine Mühe und Arbeit umsonst gewesen!« und so kam er unter mancherlei Klagen an jene Insel bei dem Bingerloch an, wo seine rechten Eltern, ohne daß er es wußte, begraben waren.

Da er nun lange nichts gegessen und getrunken hatte, wollte er sich bei den vielen Brombeeren, Himbeeren und Haselnüssen erquicken, die da in großer Menge auf der kleinen Insel wuchsen. Kaum aber hatte er ein paar Schritte durch das Gebüsch gethan, als er ein wunderliches Klappern hörte, und zugleich sah er einen hohen Kürbiß wie eine Glocke an einem Haselnußstrauch hin und her schwanken. Da er nun nieder sah, erblickte er zu seiner großen Verwunderung den alten Rattenkönig, der das Glöckchen mit den Vorderpfoten gar emsig zog. Sie sahen sich beide zugleich, und mit einem Sprunge schwang sich der Rattenkönig voller Freude an dem geliebten Prinzen Mausohr hinauf, den er seit seiner Geburtsstunde gar genau kannte, und der ihn immer zu Trier, als er noch bei der verstorbenen Königin als Staatsthier lebte, mit Zuckerbrod gefüttert hatte.

»Ei! wie kommst du hieher?« – fragten sie sich beinahe beide zugleich. Unter vielen verwirrten Freudenbezeugungen erzählte Mausohr: wie er, um Mutter und Bruder zu rächen, alle Mainzer Kinder ins Wasser gepfiffen hätte, und wie er jetzt sich doch mit den Strohpuppen betrogen sähe. »Mein theurer Prinz!« – sagte der Rattenkönig – »sieh! ich bin hier ein Eremit geworden, dort neben steht meine kleine Einsiedelei von Baumrinden gemacht, und eben da du kommst, läutete ich ein paar Mäusen und Ratzen, die ich von meinem Volke errettet habe, zusammen; wir wollten eben am Grabe deiner Mutter und deines Bruders singen, da kömmst du recht zu gelegener Zeit« – und somit führte er den verwunderten Mausohr an den Ort, wo Radlauf jene Beiden begraben hatte.

Unter bittern Thränen hob Mauseohr den Stein in die Höhe, und sah seine Mutter und seinen Bruder fein ordentlich mit ihren Kronen daliegen; er pries den frommen Müller tausendmal selig, daß er so ehrlich an seinen Verwandten gehandelt habe, und dann schimpfte er wieder auf den Mainzer König, der an allem dem Elend schuld sey. – »Ja wohl«, sagte die Ratze, »ihm ist alles Böse zu gönnen, und wenn nur seine Tochter, die schöne Ameley, vor ihm gerettet wäre, wollte ich gar nicht mehr an ihn gedenken.« –

»Die schöne Ameley hat gute Ruh«, – sagte Mausohr – »die war Schuld an Allem, und sie liegt nun im Rhein mit all den übrigen Kindern, ich habe sie noch zuletzt hineingepfiffen.« – Da die Ratze dies hörte, gerieth sie in große Traurigkeit und Wehklagen wegen dem frommen Müller Radlauf, und stellte dem Mausohr die Sache so beweglich vor, daß er auch zu weinen begann; da die Sache aber nicht mehr zu ändern stand, so beschlossen sie endlich, den Leichnam der Königin und Rattenkahls auf dem Schifflein nach Trier zu bringen, an ihrer Statt aber die Strohpuppen in die Grube zu legen und die Grabschrift zu verändern, damit der Müller, wenn er zurück käme, wisse, was vorgefallen sey.

Nun brachte Mausohr erst seine Mutter und dann seinen Bruder auf das Schiff; dann legten sie an ihrer Statt die Strohpuppen hinein, den Grabstein aber drehte er um und schrieb darauf:

Prinz Mauseohr von Trier,
Fand Mutter und Bruder hier
Und fuhr sie auf dem Kahn
Den Rhein hinab, die Mosel an,
Nach Trier, wo sie jetzt ruhen.
Nun liegen in der Truhen
Zwei Strohpuppen in Mäusebalgen.
Er holte sie vom Mainzer Galgen,
Und pfiff die Mainzer Kinderlein
Zur Strafe alle in den Rhein.
Beschlossen ward im Himmelsrath,
Was er aus Kindesliebe that;
Ach frommer Radlauf! ihm verzeih,
Weiß Gott die schöne Ameley
War auch dabei,
Der Gott genad'
Kömmt Zeit, kömmt Rath!

Nachdem er diese Grabschrift verfaßt hatte, ging er das Schifflein mit allerlei grünen Gesträuchen zu schmücken; der Rattenkönig aber läutete nochmals mit seiner Kürbisglocke, und da ohngefähr ein zwanzig Ratten und Mäuse zusammen gekommen waren, theilte er das Säckchen Mehl, das ihm Radlauf zurückgelassen hatte, redlich unter sie aus, und rief die ältesten unter ihnen hervor, zu denen sagte er: »Ich übergebe euch nun auf längere Zeit die Regierung meines Reichs, da ich schon alt bin und nicht weiß, ob ich von meiner Reise wieder zurück komme.« Sodann rief er alle die Paare hervor, die mit einander haushalten wollten, legte ihnen ihre Pfötchen in einander und sprach: »Haltet fein Haus zusammen, und alle eure Kinder haltet dazu an, die schreckliche Niederlage, die der König von Mainz unter eurem Geschlecht angerichtet hat, zu rächen; lebt wohl und haltet euch wie ehrliche Ratten und Mäuse.«

Nun begab sich der Rattenkönig mit Mausohr auf den Kahn, und sie fuhren mit gutem Wind nach Trier.

Man war wegen der plötzlichen Flucht des kleinen Prinzen dort noch in der größten Bestürzung, als er plötzlich an der Stadt landete.

Mit ungemeiner Freude und Trauer empfing man ihn und die Leichen der verstorbenen Herrschaften, denen man ein schönes Grab baute und oben drauf ein kleines goldnes Haus für den Rattenkönig, wo er immer von Mausohr mit Zuckerbrod gefüttert wurde; denn er wollte sich gar nicht von der alten Königin trennen, so sehr liebte er sie.

Mausohr ward nun, weil er soviel Klugheit und Tapferkeit gezeigt hatte, einstimmig zum König ausgerufen, und das erste, was er that, war, daß er alle Zurüstungen zum Kriege machte, um den König von Mainz noch härter zu strafen.

Wie die Mainzer Bürger ein großes
Wehklagen erhoben und vor des Königs Schloß zogen,
und wie dieser eine neue Treulosigkeit beging.

Nun wollen wir aber einmal wieder nach Mainz sehen, was alle die Leute und der König und die Königin anfangen, die Mausohr in die Kirchen eingeriegelt hatte. Als der Gottesdienst aus war, wollten die Leute nach Haus zum Mittagessen gehen; aber da war die Thüre fest zu. Man pochte, man probirte alle Schlüssel; nichts half; schon zankten die Leute auf die Kinder, und nahmen sich vor, wenn sie erst heraus wären, die Kinder recht zu strafen, denn niemand anders konnte den Riegel vorgeschoben haben, als die Kinder, weil alle übrigen Leute mit eingeschlossen waren.

Es war ein entsetzliches Lamentiren, die Köchinnen schrien alle: »Ach Gott! der Braten wird uns verbrennen!« – Die Mütter schrien: »Unsere Kinder werden verhungern!« – Die Königin klagte: »Wer wird meine Katze füttern und meinen Papagai?« Der Prediger aber, der von der Kanzel gerade durchs Fenster in seine Küche sehen konnte, und dessen Köchin Helene auch in der Kirche war, sah, daß der Entenbraten, der am Spieß steckte, schon vom Feuer ergriffen wurde, und schrie in voller Herzensangst: »Potz *Element! d'Ent' brennt. Helen' wend d'Ent' um!«* Da meinten die Leute er hätte Latein geredet, und sagte, er solle jetzt nur deutsch reden, wie sie hinaus kommen könnten. »Ach je«, schrie die Köchin Helene, »Herr Pfarrer! wenn ich nicht hinaus kann, so kann ich die Ente nicht umwenden, und die Ente muß verbrennen.«

Endlich hängte sich einer an das Glockenseil, kletterte bis ans Kirchenfenster hinauf, ließ sich mit dem Seil hinaus, und machte den Riegel draus auf. Nun drängte sich Alles aus der Kirche hinaus und mit großer Verwunderung las man:

»Den Riegel vor
Das Kirchenthor
Schiebt Mauseohr.«

Nun wußte kein Mensch, wer Mausohr sey. Die Leute aus den andern Kirchen kamen auch heraus, und wie verwunderten sich alle, als jeder dem andern erzählte: *Ei wir waren auch eingesperrt, wir auch;* dann liefen die Leute nach ihren Kindern auf den Schloßplatz; aber der war leer und die Puppen am Galgen waren verschwunden; der König suchte die Prinzessin, die war auch nicht da; die Leute liefen nach Haus und suchten nach den Kindern, die waren nirgends zu finden, und immer und immer ward die Angst der Menschen größer, wo die Kinder möchten hingekommen seyn. Da fanden sie endlich die Pfeifen der Kinder in der Rheingasse alle an die Erde geworfen, und nun zogen sie dieser Spur mit der größten Furcht nach, und als sie an den Rhein kamen und des Königs Gartenwagen allein am Ufer fanden, und die vielen Hüte und Hauben hin und wieder im Wasser herum schwammen, und in dem Sande die Fußstapfen der Kinder ganz deutlich ins Wasser führten: da brach ein allgemeines Wehklagen und Jammern unter den Müttern und Vätern aus, und man hörte nichts anders, als: »Ach mein blondes Trautchen! mein süßes Annemariechen! mein schwarzes Gretchen! mein braunes Stinchen! ach meine goldne Bärbel! mein Zuckerjüppchen! ach sie ist ertrunken! ach mein fromm Charteschen! meine schöne Borgel! ach mein flinker Hans! mein runder Tonerl! mein Goldfritzel! mein kluger Franzel! ach mein lustiger Martin! mein Severin! ach mein Maxfritzl! mein weißer Wenzel! mein gutes Karlemännchen! mein dickes Dominikuschen! meine Herzgundel! meine Bettine! mein Atschekinkel! mein Madlenchen! ach ertrunken! ertrunken! ach das Kind war so fromm! ja es konnte schon so schön beten und stricken! ach! der Junge konnte schon buchstabiren, er konnte schon Messe dienen!« und so jammerten sie und rangen die Hände, und weinten und fischten die herumschwimmenden Mützen ihrer Kinder zusammen und küßten sie und erzählten sich abwechselnd die Tugenden ihrer verlornen Kinder.

Nachdem sie mehrere Stunden so am Ufer in unsäglichen Leiden vergeblich ihre Schmerzen ausgesprochen hatten, kehrte sich ihr Unwille desto gewaltiger gegen den König, den sie durch seine Treulosigkeit an Radlauf als den Urheber aller ihrer bisherigen Leiden ansahen, und die einbrechende Nacht konnte sie nicht bewegen, nach Hause zu gehen; denn die guten Leute glaubten, sie könnten nie wieder von der Stelle, wo ihre Kinder zu Grunde gegangen waren.

Der König hatte indessen auch alle Winkel nach der schönen Ameley aussuchen lassen, und als er endlich durch seine Boten das Unglück der ganzen Stadt vernommen hatte, schwieg er gleich ganz still; denn er fürchtete den Unwillen der Bürger, und er hatte auch Recht. Endlich schickte er einen alten Geistlichen, die Leute zu trösten und zu ermahnen, daß sie nach Hause gingen; aber er wurde nicht sehr freundlich empfangen, denn alle schrien ihn an, wenn er nicht so lange gepredigt hätte, würden sie eher aus der Kirche gekommen seyn und hätten ihre Kinder noch erretten können.

Endlich zwang der Hunger die armen Leute doch nach Hause zu gehen, denn sie hatten den ganzen Tag noch nichts gegessen; aber wie wurden sie von neuem betrübt, als sie nun in ihre Häuser traten, wo ihnen sonst die Kinder entgegen gesprungen waren; als sie in die Stuben traten und die kleinen Stühle und Spielsachen einsam herum lagen; als sie endlich in die Kammer traten um zu Bette zu gehen, und die lieben Kinder ihnen die Hände nicht boten, nicht ihr Abendgebet mitbeteten, als die kleinen Betten und Wiegen leer neben ihnen standen; ach! da ward kein Bissen ohne Thränen von ihnen genossen, kein Schlaf kam über ihre Augen. Bange griffen zu allen Stunden der Nacht die armen Mütter in die leeren Wiegen, um sich von neuem von ihrem Verluste zu überzeugen, und als sie gegen Morgen ermüdet einschliefen, träumten sie von ihren Kindern, wie sie in den Wellen herum geschleudert würden über Felsen und Steine hin und in die Mühlräder hinein, andere träumten sie wären noch da, und wenn sie plötzlich erwachten, sahen sie, es war nur ein Traum und erweckten die Nachbarn von neuem mit ihrem Jammergeschrei.

So begann ein neuer Unglückstag, und viele andere würden eben so traurig gewesen seyn, wenn nicht eine neue Qual die armen Mainzer überfallen hätte. Alle Donnerstag war gewöhnlich Kornmarkt in der Stadt, wo Bäcker und Hauswirthe sich ihr Brodkorn kauften, das die Bauern aus der Gegend zu Markte brachten.

Der Tag war wieder heran gekommen und alle Bäcker und Bürger gingen mit ihren Säcken auf den Platz, um zu kaufen; aber da war kein einziger Bauer mit Korn gekommen.

Sie wußten nicht, was das zu bedeuten habe, bis auf einmal eine Menge Bauern von allen Orten kamen, aber auch mit leeren Säcken, sie wollten auch Korn kaufen; *»denn«*, sagten sie, »die Mäuse haben bei uns alle Felder verwüstet; wir haben keine Ernte gemacht, und wenn wir kein Korn kriegen, können wir nicht wieder säen.« Da sie aber sahen, daß hier auch nichts zu kaufen war, ward die Sorge bald heftiger, und alles Volk schrie bald laut: »Hungersnoth! Hungersnoth! zum König! zum König! der hat noch alle Speicher voll« – und so zogen nun eine Menge Leute vor's Schloß und riefen: der König solle heraus auf die Gallerie kommen.

Als er nun nach langem Rufen heraus kam, rief er ganz unwillig herunter: »Was will das Gesindel? kann ich niemals Ruhe haben? ich glaubte, da ich nun meine unvernünftige Tochter verloren habe, ich könnte endlich einmal ein Glas Wein in Frieden trinken; aber da macht die Bagage schon wieder Spektakel.« – Nun schrien ihm die Leute hinauf: sie wollten Korn haben; durch ihn seyen die Mäuse in das Land gekommen, die auch kein Hälmchen auf dem Felde verschont hätten, und nun solle er ihnen auch Korn zur Aussaat und zum Brod geben. Der König antwortete: »Warum habt ihr nicht besser gewirthschaftet; das Korn, das ich aufgespeichert habe, das ist für mich und meine Soldaten.« – Da schrien die Leute: »Deine Soldaten sind unsere Söhne, wegen ihnen werden doch nicht ihre Eltern verhungern sollen.« – Da schrie der König wieder herab: »Wenn ihr den sechsfachen Preis bezahlen wollt, sollt ihr jeder einen Sack voll haben« – und damit schlug er das Fenster zu.

Die Leute aber wurden ganz wild und unsinnig und warfen ihm Steine ins Fenster und schrien: »Mache uns Brod draus!« Da ließ der König ihnen sagen, sie sollten so viele Bürger in das leere Stadtkornhaus senden, als hineingingen, und allen denen wolle er Korn geben; da drängten sich die Leute fast zu todt in das Haus, und standen sie so dicht bei und übereinander, daß kein Apfel darin auf den Boden fallen konnte; als sie nun alle drin waren, ließ der König die Thore des Kornhauses schließen, und die Brücken drum herum aufziehen; denn das Haus war gebaut wie ein festes Schloß und rings mit Wassergräben umgeben, um es gegen Feuergefahr und Diebstahl zu sichern. Nun ließ er rings herum noch Soldaten stellen, und die halbe Stadt hatte er so unbarmherzig zum Hungertode eingesperrt.

Tag und Nacht jammerten und wimmerten die armen Leute drin, daß es zum Erbarmen war, vor Hunger und Elend, und am zweiten Tag ließ ihnen der König einige Brode hinein werfen, um die sie sich aus Hunger einander zu Tode schlugen. Und als die übrigen Leute vor dem Schlosse auf den Knien lagen, und um Erbarmen für die armen Gefangenen baten, rief der König ihnen vom Fenster herab: »Hört ihr denn nicht, wie meine Kornmäuse im Kornhause pfeifen! soll ich euch auch zu den andern sperren, weil ihr mir die Ohren so voll schreit!« – und so gingen die Leute voll Angst und Verzweiflung wieder nach Haus.

Von der guten Frau Marzibille und ihrem lieben Ameleychen, von dem Weißmäuschen und dem Goldfischchen.

Unter den Armen war auch eine gute Frau, die Marzibille hieß; ihr Mann war ein armer Fischer, der auch mit im Kornhaus eingesperrt war, und hatte sie ein sehr schönes Töchterchen gehabt, das Ameleychen hieß und mit den andern Kindern ertrunken war, gerade dasselbe Kind, welches Prinzessin

Ameley ihr aus der Taufe gehoben hatte, und welches dieselbe am Rhein zurückhalten wollte, als sie auch versank.

Die arme Marzibille kam traurig nach Haus, steckte ihre Lampe an, kniete an ihren kleinen Hausaltar und flehte unter heftigen Thränen zu Gott um Barmherzigkeit für das Elend der ganzen Stadt und für das ihrige.

Als sie so eine zeitlang geweint und gebetet hatte, hörte sie etwas neben sich pfeifen, und da sie sich umsah, saß ein kleines weißes Mäuschen neben ihr, das sie gar wohl kannte; es war zahm und ihr kleines Ameleychen, als es noch lebte, hatte immer mit ihm gespielt; seit dem Tode des Kindes aber hatte sie in ihrem Schmerz nicht mehr auf das Thierchen geachtet. – Kaum hatte sie das Mäuschen angesehen, als auch ein kleines Goldfischchen lebhaft in dem Wasserglase schnalzte, in welches Ameleychen es gesetzt hatte, dem es von selbst, als es einst am Rhein spielte, in den Schoß gesprungen war. –

»Ach Gott! ach Gott!« – sagte Marzibille – »ihr lieben kleinen Spielkameraden meines armen Ameleychens, ihr habt wohl rechten Hunger; ach! mein Kindchen ist nicht mehr da, das euch immer fütterte, mein Mann sitzt im Kornhause und ist vielleicht auch schon verhungert, und ich selbst habe nichts mehr als diese harte Brodrinde; denn das Fischen hilft nichts mehr, die Leute wollen keine Fische mehr essen, seit die Kinder alle ertrunken sind; ich kann es ihnen auch nicht verdenken, denn ich könnte keinen Fisch mehr essen, wenn ich auch verhungern müßte, aus Angst ich möchte ein Fingerchen in dem Fische finden, das er vielleicht meinem armen Kinde abgebissen hätte; aber wartet, ich will meine Brodkruste mit euch theilen; so lange ich nicht Hungers sterbe, sollt ihr es auch nicht, weil ihr so schön mit meinem seligen Ameleychen gespielt habt.« Da sie aber die harte Brodrinde eben zerbrechen wollte, richtete sich die kleine Maus sachte in die Höhe und sagte: »Frau Marzibille! hör sie mich an« – und das Fischlein steckte den Kopf aus dem Wasser und sagte auch: »Frau Marzibille! hör sie mich an« – da war die gute Frau sehr erschrocken, erholte sich aber endlich und sprach:

»Weißmäuschen! sprich du zuerst, weil du mich zuerst angepfiffen« – und das Weißmäuschen sagte:

»Gute Werke, guter Lohn;
Gott im hohen Himmelsthron,
Der den Menschen schuf aus Erden,
Ließ die kleine Maus auch werden.

Wer in allgemeiner Noth
Mit den Thieren theilt sein Brod,
Wer mitleidig und geduldig,
Dem sind Dank die Thiere schuldig.

Suche nach in meinem Loch,
Vielen Weizen hab ich noch;
Weil ich mir für harte Jahre
Immer reinlich etwas spare.

Ameleychen gab mir Brod,
Ameleychen ist nun todt,
Und du theilst die harte Rinde,
Weinst mit mir ob deinem Kinde.

Lasse Mutter nun mich frei,
Führ ich Glück der Stadt herbei;
Gib mich frei, Frau Marzibille,
Dir zu lohnen ist mein Wille.«

Also sprach die kleine Maus recht schön deutlich und stammelte nicht einmal, und Frau Marzibille konnte sich der Thränen nicht enthalten, als das Mäuschen so artig von ihrem lieben ertrunkenen Töchterchen sprach: »Mein liebes Weißmäuschen!« – sprach sie, »herzlichen Dank für deine Dankbarkeit; ich will deinen Weizen annehmen, und kleine Kuchen daraus backen, und wo die Noth am größten ist, auch Andern davon geben; deine Freiheit kannst du nehmen, wenn du willst; du bist bei mir ein liebwerther Gast gewesen, und wenn du mich wieder besuchen willst, und ich lebe noch, so will ich dir alles Liebe anthun, was ich kann; aber ich möchte dir noch etwas auf die Reise mitgeben, wenn ich nur was hätte!« Da suchte die gute Marzibille überall herum, endlich fand sie an dem Weihnachtsbaume Ameleychens eine kleine Zuckerbretzel hängen, die gab sie dem weißen Mäuschen, und aus vier Haselnußschalen machte sie ihm vier kleine Schuhe unter seine Pfötchen, und so lief die Maus klipper klapper ab.

Nun wendete sich Frau Marzibille zu dem Goldfischchen in dem Glase und sprach: »Was hast du, kleines Fischchen! der armen Marzibille denn zu sagen? ach! ich weiß es wohl, Ameleychen hat dich ganz besonders lieb gehabt, weil du ihm einstens am Rhein freiwillig in den Schooß gesprungen bist.« – Da sprach das Goldfischchen also:

»Ich bin aus dem Rhein gesprungen
Deinem Kinde in den Schooß,
Als es süß ein Lied gesungen,
Ward zu ihm mein Wunsch so groß:

Daß ich aus den blauen Wellen
Zu dem blonden Engel sprang
Und wir wurden Spielgesellen,
Zeit und Weil ward mir nicht lang.

Aber jetzt die Stunden schleichen
Und ich sehne mich zur Fluth,
Wo dein liebes Ameleychen
Mit den andern Kindern ruht.

Sieh, ihm fehlen dort Bekannte
Und es wird gar blöde seyn;
Aber ich hab viel Verwandte
In dem alten grünen Rhein.

Ameleychen will ich lehren,
Wie es sich verhalten muß;
Lasse drum mich wiederkehren
Zu dem Kinde in dem Fluß.

Wenn ich Ameleychen finde
Und es ist gesund und roth,
Komm ich wieder her geschwinde,
Bringe Trost dir in der Noth.

Wenn ich es gestorben finde,
Leg ichs in ein Marmorgrab;
Halt von deinem blonden Kinde
Alle bösen Hechte ab.

Sonntag früh komm du gegangen
Auf die Stelle an den Rhein,
Wo das Kind mich hat gefangen,
Rufe nur dem Goldfischlein.

Und sogleich ich zu dir schwimme
Durch die grüne Fluth geschwind
Und dir saget meine Stimme
Von dem blonden lieben Kind.«

»Ach Goldfischchen! Goldfischchen!« sagte Marzibille, – »du bist doch gar zu treu und gut; gleich will ich dich in den Rhein tragen; ach! wenn es möglich wäre, daß Ameleychen noch lebte, daß ich es jemals wiedersähe, – aber ich möchte ihm doch etwas mitschicken: ein weiß Hemdchen, Halstuch und Strümpfe, und sein Sonntagsröckchen, kannst du ihm das wohl bringen?« – »O ja«, – sagte der Goldfisch, – »leg nur einen Stein hinein, wirf es nach mir in den Rhein.«

Und nun packte die gute Marzibille ein schön Hemd, Strümpfe und das Sonntagsröcklein und ein Paar schöne neue rothe Schuhe zusammen und legte ein Zettelchen dazu, darauf stand:

»Lebst du noch,
So bete fromm;
Bist du todt,
In Himmel komm;
Bitt die lieben Engelein
Daß auch ich bald komm hinein;
Dieses ist der einz'ge Wille
Deiner treuen Marzibille.«

Und nun trug sie schnell das Fischlein mit dem Glas an den Rhein, warf es mit einem Lebewohl hinein und dann das Bündelchen, und rief ihm noch tausend Grüße hintennach an das blonde Ameleychen und ging hoffnungsvoll nach Haus.

Von der Gesandtschaft Weißmäuschens zum Rattenkönig und Prinz Mausohr nach Trier und deren Kriegszug.

Nun aber müssen wir uns auf den Weg machen, und dem Weißmäuschen nachlaufen, damit wir erfahren, ob es Wort hält und was für Mittel es ergreift, die armen verhungerten Leute in der Stadt zu erretten. Zuerst lief es bis nach Bingen, wo die Insel im Rhein liegt, und ließ sich von einer Wasserratze über den Fluß nach der Insel bringen. Da war nun eine große Freude unter den vielen Freunden und Anverwandten, die es da hatte und jeder wollte ihm eine Ehre anthun; denn Weißmäuschen war von hohem Adel, wie die weißen Mäuse alle sind.

Da Weißmäuschen hörte, daß der Rattenkönig sich nicht mehr auf der Insel aufhalte, sondern in Trier sey, nahm es bald von seinen Freunden Abschied und begab sich schleunigst nach Trier, mit dem Rattenkönig zu sprechen.

Es war mitten in der Nacht, als es in dieser wundervollen alten Stadt ankam. Es hatte auf der Insel erfahren, daß die Königin in einem prächtigen Tempel begraben liege, der drei Kirchen über einander enthielt, und in der untersten sey das Grab, und darauf das Haus des Rattenkönigs. Es lief also so lange in der Stadt herum, bis es die hohe schöne Kirche erblickte. Bald hatte es ein Loch gefunden, wodurch es in die Kirche konnte, und sogleich lief es die schönen marmornen Treppen hinab, die so weiß waren, wie es selbst, und befand sich in einer schönen Kapelle, in deren Mitte das silberne Grabmal des Prinzen Rattenkahl und seiner Mutter bei dem Schein von vier großen alabasternen Lampen herrlich glänzte.

Als Weißmäuschen rings um das Grabmal herumlief, fand es eine silberne Wendeltreppe, durch welche es auf die Höhe des Grabmals kam; hier lag der Prinz Rattenkahl und seine Frau Mutter der Länge nach aus Gold gegossen, ganz natürlich, als wenn sie schliefen; über ihnen war eine silberne Laube mit goldnen Blättern, voller Blumen und Früchten von allerlei bunten Edelsteinen, daß es heller flimmerte, als der volle Sternhimmel; und dieses war die Wohnung des Rattenkönigs, der auf einem schwarzen Sammtkissen, das in dem Schooße der goldnen Königin lag, eben sanft schlummerte. Aus der einen Hand der Königin pflegte er zu fressen, und in ihrer andern Hand hatte sie einen Becher, aus dem er trank.

Als Weißmäuschen mitten in dieser Herrlichkeit stand, dergleichen es niemals gesehen, ward es von dem Glanze ganz berauscht, und wußte nicht, auf welche Art es den schlafenden Rattenkönig wecken sollte. Aber eine goldne Harfe lag zu Füßen der Königin, weil sie sehr dies Saitenspiel zu ihrer Lebzeit geliebt, und da Weißmäuschen diese Harfe näher besehen wollte, und unbehutsam mit seinen Schuhen von Haselnußschalen über die Saiten lief, klimperte die Harfe; sogleich entschloß es sich nun, ein hübsches Lied zu singen und dazu die Harfe spielen zu lassen, damit es den alten Rattenkönig auf eine bescheidene Weise erwecke. Es sang also, indem es hin und her tanzte und die Saiten erklingen machte, wie folgt:

»Wach auf! wach auf mein Herr und König!
Aus deinem Schlaf, aus deinem Traum;
Erheb dein Ehrenhaupt ein wenig
Und gebe meinen Bitten Raum;
Hörst du, wie die Saiten tönen
Durch der Laube goldnes Schimmern,
Also wimmern,
Also stöhnen
Viele Männer, viele Frauen,
Die zum Sternen-Himmel schauen
Ohn Vertrauen
Und auf deine Hülfe bauen.«

Als Weißmäuschen dies gesungen hatte, erwachte der Rattenkönig ein bischen und sagte halb im Traum: »Ei Frau Königin, Ihro Majestät singen wie ein Violenengel; o darf ich bitten, noch ein Stückchen« – und somit drehte er sich auf die andere Seite und entschlief wieder fest. Da sang Weißmäuschen weiter:

»Du träumst von Ihro Majestäten,
Ich singe von der Hungersnoth;
Erwache! sey recht schön gebeten,
Verschaff den armen Leuten Brod;
Aus der Königin goldnen Händen
Ißt und trinkst du nach Verlangen;
Die Elenden
Schwer gefangen
Müssen all vor Hunger sterben,
Hungernd müssen ihre Erben
Auch verderben,
Lasse Gnade sie erwerben!«

Hier erwachte der Rattenkönig wieder ein bischen, und sagte schlaftrunken: »Ich danke recht schön; ich nehms für empfangen an; ich habe erst einige Zuckerbretzeln zu mir genommen; ich habe keinen Appetit mehr« und drehte sich wieder herum und legte sich aufs Ohr und entschlief von Neuem.

Weißmäuschen wollte schier verzweifeln, den verschlafenen Rattenkönig zu erwecken; als es plötzlich ein Geräusch in der Kirche hörte, und Fackelschein aus der obern Kirche herunter fallen sah. Es irrte sich auch nicht und versteckte sich geschwind hinter die Krone der Königin, als der junge König Mausohr im Schlafrock von weißem Mausepelz die Treppe herab kam; er hatte eine Schlafmütze von grauem Mausepelz auf, und die Krone oben drauf, was recht gut ging; denn sie war ihm bei seiner Jugend noch zu weit, und hing ihm sonst gewöhnlich um den Hals auf die Schultern. Den Scepter hatte er der Quer im Maul; denn er hatte in der einen Hand die Fackel, in der andern die Kirchenschlüssel; und da er an das Grabmal kam, zupfte er den Rattenkönig am Schwanze, daß er erwachte und sich die Augen rieb. – »Mein liebster Freund!« – sagte König Mausohr, nachdem er den Scepter in den Gürtel gesteckt – »wer singt denn hier so beweglich und spielt die Harfe dazu? mir hat es die Schildwache gemeldet, die oben vor der Kirche steht, und da ich geschwind herzugelaufen, habe ich auch noch ein Stückchen vom Lied gehört, das gar betrübt von lauter Hunger und Kummer lautete.«

Nun machte der Rattenkönig, der sich endlich von seinem Schlaf erholt hatte, dem Mausohr tausend Entschuldigungen, daß er ihn so im Bett fände, daß er ihn vor Schlaf nicht gleich erkannt und sagte ihm hierauf: es sey ihm auch, als habe er im Schlafe singen und Harfe spielen gehört; er habe aber geträumt, die hochselige Mutter spiele ihm ein Lied zur Harfe, und wolle ihn hierauf zum Essen nöthigen, da er doch gar keinen Appetit habe; da aber die Schildwache und Mausohr das Singen auch gehört hätten, müsse es wohl etwas anderes als ein Traum seyn, und könne es gar nicht begreifen, was es nur in aller Welt seyn möge.« Mausohr sagte hierauf laut, daß das Gewölb wiederhallte: »Wer du auch seyst, der mit seinem Gesang über das Elend unglücklicher Menschen klagend, die Ruhe der Todten nächtlich gefeiert, laß den König Mausohr von Trier deine Klagelieder von Neuem hören, oder zeige dich ihm, er wird dir helfen; denn er hat ein menschliches Herz und hier bei der Ruhestätte seiner verehrten Mutter und seines geliebten Bruders kann er keinen Unglücklichen ungetröstet von sich lassen.«

Als Weißmäuschen hörte, daß Mausohr so gnädig war, schlüpfte es aus der Krone heraus und sang, indem es auf der Harfe herum tanzte, folgendermaßen:

»Schön Dank! schön Dank Herr Mauseohr!
Weil ihr mir also gnädig seyd,
Komm ich aus meinem Loch hervor
Und sing zur Harfe euch mein Leid.
König Hatto legt die armen
Mainzer, wenn sie Brod verlangen,
Ohn Erbarmen
Fest gefangen,
Spricht dann, wenn sie hungernd schreien:
Ei! wie mich die Mäuse freuen.
Herr! ich floh, will sie befreien,
Gott wird dir auch Trost verleihen.«

Als Mausohr und der Rattenkönig sich erst genug über das kleine artige Weißmäuschen verwundert hatten, ließen sie sich Alles von ihm erzählen, und es ließ sich das nicht zweimal sagen, und sagte ihnen, was es nur wußte von Ameleychen und der frommen Fischerin und von der Noth der armen Mainzer; auch schenkte es dem Rattenkönig das Zuckerbretzelchen, das ihm die Fischerin mitgegeben; es hatte es zu diesem Zwecke aufgehoben. Der Rattenkönig dankte ihm, und hängte es zum ewigen Angedenken an die gute Frau in die goldne Laube, über dem Grabmal, mitten unter die schönsten Edelsteine, wo es noch bis auf den heutigen Tag zu sehen ist.

Nun überlegten Mausohr und der Rattenkönig, wie den Mainzern am schnellsten zu helfen sey, und Mausohr sprach:

»Wenn gleich die Mainzer geholfen haben, meine selige Frau Mutter und meinen Bruder zu verspotten: so sind sie durch den Verlust ihrer Kinder, die ich im ersten Zorn in den Rhein gepfiffen habe, doch wohl schon zu hart bestraft; ich will mit meinen Soldaten hinmarschiren und den bösen König absetzen und die Gefangenen befreien.« – Hierauf sprach der Rattenkönig: »Ich will eine neue Armee von Ratten und Mäusen hinschicken, die sollen den König und die Königin allein anfallen; die Pfeife hat er damals in den Rhein werfen lassen, und er soll sie deßwegen diesmal nicht von sich vertreiben können; nun mache dich sogleich auf und zeige den noch übrigen Mäusen und Ratten auf der Insel bei Bingen an, sie sollen morgen Abend alle bei Rhense auf dem Königsstuhl sich versammeln, ich werde auch dort eintreffen; wir wollen einen Kriegszug thun, der glücklicher ausfallen soll, als unser letzter.«

Nachdem das Weißmäuschen diesen Auftrag erhalten, küßte es dem Rattenkönig die Pfote und bat sich die Erlaubniß aus, auch dem König Mausohr die Hand zu küssen. Dieser erlaubte es, und schenkte ihm eine goldene Schnupftabaksdose mit seinem Portrait mit Brillanten besetzt. »Ach!« sagte Weißmäuschen – »sie ist ja gar zu groß; wenn ich einmal Hochzeit halte, will ich drinn schlafen, hebt mir sie auf!« – »Nun das will ich«, – sagte Prinz Mausohr – »aber hier hast du was, das du gleich mitnehmen kannst, und nun nahm er einen brillantenen Hemdknopf aus seinem Hemdärmel, und band ihn dem Weißmäuschen um den Hals, worüber es eine große Freude hatte, und unter tausend Danksagungen, nachdem der Rattenkönig es aus den goldenen Händen der Königin hatte essen und trinken lassen, seinen Abschied nahm, um die Befehle auf die Insel bei Bingen zu bringen.

Der Rattenkönig begab sich gleich in die Stadt und pfiff alle Mäuse und Ratten zusammen, und schickte welche auf's Land, die auch pfeifen mußten, und mit Anbruch des Tages hatte er schon über eine halbe Million Mäuse beisammen. Damit sie nun, wo sie durchmarschirten, dem Lande nichts schaden sollten, wurden als Proviant eine ungeheure Menge von Kürbissen ausgehöhlt und mit Weizen angefüllt, und vor jeden 12 Mäuse oder 4 Ratten gespannt. Und so ging der Kriegszug in schönster Ordnung fünfzig Mann hoch, immer 2500 in einem Regiment, mit einer Spitzmaus an der Spitze als General. Diesen Spitzmäusen war befohlen, dann und wann zu pfeifen, damit man sich in der Nacht nicht verirren möchte.

Der Rattenkönig selbst ritt auf einem Iltis und hatte vier Irrwische vor sich hergehen, die ihm leuchteten.

So ging der Zug nach Rhense bei Koblenz auf den Königstuhl, wo die Versammlung seyn sollte.

Dieser Königstuhl ist eine steinerne runde Gallerie mit Bänken rings herum auf acht Säulen ruhend, wohinauf eine Treppe führt. Es kamen vor alten guten Zeiten die Leute da zusammen, die gerne einen König gehabt hätten und wählten, wie die Kinder im Spiel, mit lustigen Reimen nach den Sylben unter einander ab, wer König im Reich seyn solle, und Alles ging dabei unter offenem Himmel ganz deutsch weg. Nachher aber hat man dem Reich den Stuhl vor die Thüre gesetzt, und da man den Wirth nicht zahlen können, ihm den Stuhl auf Abbruch in die Zeche gegeben; der hat ihn dann in sein Wirthsschild gemalt. – Gerade wie die ehemals lebendigen Staatsthiere später in die Wappen gemalt worden sind.

Um diesen Königsstuhl nun versammelte sich das Kriegsheer des Rattenkönigs, und er ritt auf seinem Iltis mit den vier Irrwischen hinauf; er fand das Weißmäuschen und seine Leute von der Binger Insel schon oben auf der Bank herum sitzen, und nachdem sie sich bewillkommt hatten, begannen sie zu berathschlagen, wie man dem König von Mainz am schnellsten beikommen könnte. Nach langem Hin- und Herüberlegen gab Weißmäuschen folgenden Rath, der auch einstimmig angenommen wurde. Es sprach also: »So viel ich auf meiner Reise gehört habe, sollen Morgen die Bauern um Mainz herum dem König 6 Dutzend Melonen für seinen Hofstaat und 24 Dutzend Kürbisse für seine Soldaten nach Mainz in sein Magazin liefern, und für jede Melone, für jeden Kürbiß, der fehlt, hat er geschworen einem Bauern den Kopf abschneiden zu lassen; denn die Hungersnoth ist bereits so groß, daß er nichts mehr zu essen hat, als Melonen und Kürbisse, welche hier herum häufig wachsen. Die Pferde, die Hunde und die Katzen, was sehr gut für uns ist, sind bereits alle gegessen, und der König ist uneinig mit der Königin, weil sie eher als die Staatskatze, die uns allein gefährlich ist, ein Stück von sich selbst zum Braten hergeben will. Diese Melonen und Kürbisse nun liegen hier in der Gegend aufgehäuft, und ich meine es sollten sich, noch in dieser Nacht, in jede Melone ein Dutzend Braver von unsern Leuten hinein beißen, und in jeden Kürbiß drei oder vier Dutzend von unsern freiwilligen Tapfern, so würde dadurch Morgen um zwölf Uhr schon eine große Armee von uns nach Mainz auf Wagen ankommen; denn diese Früchte werden mit Vorspann von Menschen, weil alle Pferde verzehrt sind, im Trab nach Mainz gefahren. Da der König aber Niemand in sein Magazin läßt, aus Mißtrauen, es möchte ihm etwas gestohlen werden, so werden wir nach der Ablieferung ganz allein mit ihm seyn, und ihn anfallen können.«

Dieser scharfsinnige Rath des Weißmäuschens wurde sogleich mit vielem Beifall angenommen, und man rief die Freiwilligen auf hervorzutreten, die auch in solchem Überfluß hervortraten, daß man die Hälfte abweisen mußte; ja die große Armee hatte nicht einen einzigen Feigen, der sich weigerte für das Wohl der Menschheit in Melone, Kürbiß oder Gurke zu kriechen.

Nachdem sich nun immer die besten Kameraden dutzendweise zusammen gerottet hatten, wurden sie nach den rings gelegenen Dörfern kommandirt und beordert, sich vor Tage noch in die aufgehäuften Früchte einzubeißen; welches auch in der besten Ordnung geschah, so daß die Bauern sie vor Tag, ohne eine andere Verwunderung, als daß ihnen die Früchte etwas schwerer schienen als gewöhnlich, auf ihre Karren luden und gegen Mainz fuhren.

Weißmäuschen bat sich nun Urlaub vom Rattenkönig aus, nach Mainz zur frommen Fischerin zu laufen und durch sie die armen Bürger unterrichten zu lassen, daß ihnen bald würde geholfen werden; der Rattenkönig entließ es mit tausend Segenswünschen, und zog selbst mit seinem übrigen Heere ruhig gegen Mainz hin. Um den Jakobsberg zogen sie aber mit einem großen Umweg herum, weil es dort nicht sicher seyn sollte, denn die Kundschafter hatten gemeldet, daß von jeher ein Postillon dort ermordet worden sey.

Wie es dem bösen König Hatto und seinen Soldaten in dem Mainzer Kornhause so übel erging und wie er sich auf die Rheininsel bei Bingen flüchtete und dort mit seinen Mainzer Freimaurern den Mäusethurm erbaute.

Weißmäuschen lief nun so geschwind, daß es um 6 Uhr Morgens schon wieder unter der leeren Wiege Ameleychens saß. Die Fischerin war eben aufgestanden und verrichtete unter Thränen und Seufzern ihr Morgengebet auf ihrem Betstuhl und sagte unter andern: »Ach gütiger Himmel! nun ist Weißmäuschen schon vier Tage fort, ach Gott! erhalte es und bewahre es vor Unglück und sende es mir bald mit Trost und Hülfe zurück.«

Als sie diese Worte ausgesprochen hatte, sah sie daß sich die Wiege Ameleychens hin und her bewegte, und erschrack nicht wenig darüber; sie sprang hin und glaubte, ihr liebes Kind läge vielleicht wieder drin. Aber die Wiege war noch leer wie zuvor, und sie sprach traurig zu der Wiege:

»Schaukle nicht, du leere Wiege!
Als ob schlummernd das geliebte
Ameleychen in dir liege,
Das mich niemal nicht betrübte,
Das ich niemals wieder kriege,
Das ich also zärtlich liebte,
Schaukle nicht, du leere Wiege!

Wenn du schaukelst, leere Wiege!
Denk ich, daß nun in dem Rheine
Ameleychen schaukelnd liege,
Daß die Fluth an harte Steine
Ihm sein blondes Haupt anschlüge,
Und ich weine, weine, weine:
Schaukle nicht, du leere Wiege!«

Aber es war Weißmäuschen, das hatte an der Wiegenschnur gezupft, um die Fischerin aufmerksam zu machen und es sprach zu der guten Frau:

»Fischerin! Fischerin! ruhig nur,
Weine nicht, weine nicht, Hülfe naht,
Weißmäuschen zog an der Wiegenschnur,
Hülfe bringt es und Trost und Rath.«

Nun hüpfte Weißmäuschen unter der Wiege hervor, der frommen Fischerin in den Schooß, die sich vor Freude gar nicht zu fassen wußte; und nachdem es der guten Frau tausend Fragen der Freude und des Wiedersehens beantwortet hatte, erzählte es ihr: daß heute einige tausend Mäuse gegen den bösen König in seinem eigenen Magazin erscheinen würden, daß auch Morgen früh gewiß der König Mausohr von Trier mit seinem Freicorps in der Stadt seyn würde, daß er Brod und Fleisch und Wein der Menge mitbringe. Es komme nun Alles darauf an, daß man die ganze Stadt heimlich davon unterrichte, damit sie dem bösen König auf keine Weise Hülfe brächte; um zwölf Uhr würden die Bauern mit den Früchten da seyn, und nach Tisch würde der Anfall auf den König losgehen; »und nun« – sprach es – »kömmt es auf dich an, als auf eine kluge fromme Frau, diese Nachricht schnell und so zu verbreiten, daß sie hinreichend bekannt, und doch den Soldaten und dem König verborgen bleibt.« – »Gleich will ich mich aufmachen«, – sprach die Fischerin – »und es in der Frühkirche den Leuten verkünden; es soll Alles gut gehen; in einer halben Stunde bin ich wieder hier.«

Die Fischerin ging nun nach der Kirche, da machte so eben ihr Nachbar, der Barbier, Meister Schrabberling, seinen Laden auf und rief der guten Fischerin: »Einen guten Morgen, Frau Nachbarin! hat Sie wohl ein Stückchen Seife? ich armer Mann habe gestern Abend aus Hunger mein letztes Stückchen Seife gegessen, und nun kann ich heute Niemand rasiren!« – »Ich will Euch etwas vertrauen«, – sagte die Fischerin – »das wird den Leuten sanfter thun als Seife, und wenn Ihr es ihnen unter dem Rasiren erzählt, werden sie vor Freude lachen und weinen, wenn Ihr sie gleich mit stumpfen Messern trocken rasirt« – und nun erzählte sie dem Barbierer, was ihr Weißmäuschen befohlen, und der Barbierer hüpfte vor Freude, sagte es allen seinen Gesellen, und machte sich sogleich mit ihnen auf, es allen Leuten beim Rasiren zu erzählen. Als nun die Fischerin ein paar Häuser weiter ging, machte gerade der Perückenmacher, Meister Rupferling, seinen Laden auf und grüßte sie: »Guten Morgen, Frau Fischerin! ach! kann Sie mir nicht eine Hand voll Mehl und einen Löffel Butter schenken? ich habe gestern Abend aus Hunger all mein Puder und Pomade aufgegessen, und weiß nicht, wie ich heute die Leute frisiren soll.« – Da sprach die Frau: »Meister Rupferling! ich will Euch was erzählen, und sie werden vor Freude lachen und weinen, wenn Ihr ihnen auch die Haare ausrauft und ihnen die Haarnadeln in das Fleisch stecht« – und nun erzählte sie dem Perückenmacher Alles, was Weißmäuschen befohlen, und Meister Rupferling hüpfte vor Freude den Laden hinaus durch's Fenster und rief seinen Gesellen und sagte es ihnen wieder; und nun liefen sie mit ihren leeren Puderbeuteln die Nachricht zu verbreiten. Noch erzählte sie es dem Meister Kneterling, dem Bäcker, der eben kleine Brode, so groß wie Pfeffernüsse, aus Kleien gebacken an's Fenster legte, und dann dem Meister Hackerling, dem Fleischer, welcher einige Würste heraus hängte, die er aus alten ledernen Hosen und Schuhen zusammen gehackt hatte; hierauf kam sie an den Laden des Schusters,

Meister Kneiperling; er kaute an einem Stück von einem alten Schmierstiefel, so hungrig war er; dann kam sie zu Meister Meckerling, dem Schneider, er hatte gerade das letzte Horn seines alten Ziegenbocks, den er aus Hunger bereits aufgegessen, mit Wasser zum Feuer gesetzt, um eine Fleischbrühsuppe zu kochen, dem erzählte sie es auch, und so einem nach dem andern.

Da sie nun in die Kirche kam, worin es ganz dunkel war; denn das Oel in der Lampe und alle Wachslichter waren bereits aus Hunger von dem Pfarrer verzehrt, erzählte sie es einer Frau neben ihr und diese einer andern und immer so fort, bis es die ganze Kirche wußte.

Als sie nun wieder nach Haus ging, war die Geschichte schon so in der Stadt verbreitet, daß man es ihr wieder an allen Ecken erzählte; doch that Alles sehr heimlich, und merkte man es nur an den fröhlichen Gesichtern, mit denen sich die Leute grüßten, daß Gott den armen Leuten Hülfe bringe.

Endlich kam die Zeit, daß die Bauern mit den Früchten zum Schlosse einfuhren. Der König zankte und schimpfte, daß sie so spät gekommen; aber sie entschuldigten sich mit der Schwere ihrer Früchte. Der König freute sich darüber; denn er glaubte sie seyen schwer, weil sie besonders gut und reif wären. Ja wohl waren sie reif und voll lebendiger Kerne! – Nachdem sie alle richtig abgezählt und in das Magazin aufgehäuft waren, zogen die Bauern wieder nach Haus, und der König verschloß sich allein in sein Magazin, um Alles nachzuzählen. Da er aber eine Melone essen wollte, wunderte er sich über ihren schwarzen Stiel; denn es hing hinten ein Mäuseschwanz heraus. Er wollte ihn abreißen, aber sieh! da zog er die ganze Maus heraus, und die elf übrigen stürzten unter lautem Pfeifen nach. Als die andern dies Pfeifen hörten, stürzten sie haufenweise aus allen Melonen und Kürbissen, und es war recht entsetzlich, wie sie alle über den König herfielen und ihn zerbissen; zu dem kugelten die bewegten Melonen und Kürbisse über ihn her und er konnte sich gar nicht mehr helfen; er schrie und schlug und rief um Hülfe; aber es regte sich kein Mensch. Endlich konnte er die Thüre erreichen; aber die Mäuse stürzten ihm alle nach, und als er durch den Schloßhof lief, wo sich die Bürger versammelt hatten, erschracken sie fast vor ihm, so schwarz war er mit Mäusen bedeckt; aber kein Mensch wollte ihm helfen. Er eilte vor das Zimmer der Königin und schrie: sie solle ihm um Gotteswillen die Staatskatze ein wenig leihen; diese aber hatte sich eingeschlossen und rief zum Schlüsselloch heraus: »Nein, ich leihe Dir sie nicht, Du willst sie wie den Staatsvogel auffressen.« – Da kroch er aus Verzweiflung in einen großen leeren Adlerkäfig.

Der Adler, welcher der Staatsvogel eines Landes gewesen, das er dem seinigen einverleibt hatte und der hier das Gnadenbrod aß – denn hier hatte er einige Ruhe – den hatte er gestern bereits zum großen Unwillen der Königin aufgezehrt, welche mehr auf Herkommen hielt. Das Gitter war sehr eng, und mußten sich erst die kleinsten Mäuse aussuchen, welche durch die Öffnung des Drahtes konnten. Da dieser Kasten an einem offnen Fenster des Schlosses stand, konnten ihn alle Leute sehen; aber sie lachten ihn aus und gönnten ihm die Strafe seiner Grausamkeit. Er schrie laut nach seinen Soldaten, die um das Kornhaus herumstanden, wo die armen Bürger drin waren; sie kamen anmarschirt, aber hinter ihnen drein kamen auch schon die Gefangenen, die aus dem Kornhaus gebrochen waren, als es die Soldaten verließen. Die ganze Stadt war in Bewegung; ein Hagel von Steinen bedeckte die Soldaten von allen Seiten, und man ließ ihnen keinen andern Weg offen, als in das Kornhaus zurück, wo sie nun anstatt der armen Leute eingesperrt wurden, die jetzt von den übrigen umarmt und mit den Lebensmitteln erquickt wurden, die man in Menge aus dem offenen Kornhaus holte.

Der König aber kam von Neuem in Noth; denn nun waren die kleinsten Mäuse zusammengetreten und drangen in den Käfig ein, und als er seine Unterthanen um Hülfe anflehte, riefen sie ihm zu: »Gedenke, wie wir hungernd im Kornhause wimmerten, da sagtest du, ei wie meine Kornmäuse pfeifen; jetzt versuche auch wie die hungrigen Kornmäuse beißen.« – Als aber der König so im Käfig sich gegen die kleinen Mäuse wehrte und um sich schlug, fiel der Käfig vom Fenster in die Stube zurück, und er fing an sich in dem Käfig herumzurollen, wodurch er ziemlich frei von seinen Feinden wurde, weil sie Gefahr liefen erdrückt zu werden; er rollte sich bis vor den Saal der Königin, und flehte von Neuem so wehmüthig um die Staatskatze, daß sie sich endlich erbarmte und zur Thüre heraus trat. Als sie ihren Gemahl von Mäusen umringt in dem Käfig liegen sah, sprach sie: »Ihro Majestät haben sich dies Elend durch dero Treulosigkeit, Geiz und Grausamkeit selbst zugezogen; ich kann Ihnen aber mit der Staatskatze nicht dienen; es ist gegen alle Schicklichkeit dieses Familienthier nach seinem Naturstande zu gebrauchen.« – Der König bat sie um Gotteswillen ihre Weisheit auf ein andermal zu sparen und ihm nur jetzt zu helfen; er begehrte von ihr, sie möchte ihn aufs Wasser bringen und mit ihm auf die Insel nach Bingen fahren, wo er, vom Rhein umgeben, gewiß von seinen Verfolgern frei seyn würde. Sie rollte nun den Käfig in ihre Stube, in welche die Mäuse wegen der Staatskatze sich nicht hinein getrauten, und fragte aus dem Fenster das Volk, ob sie ihr und ihrem Gemahl freien Abzug nach der Binger Rheininsel gestatten wollten, so wollte er ihnen Freiheit und Ruhe und so viele Constitutionen zugestehen, als sie Lust hätten zu verbrauchen. Aber es müßten einige Maurer mitfahren und ihm dort einen Thurm bauen.

Das Volk, welches froh war, ihn los zu werden, gestand ihm Alles zu, und ließ ihn hundert von den eingesperrten Freischützen als Maurer mitnehmen. Und daraus sind die Freimaurer geworden.

Sie rüsteten sogleich ein Schiff aus, füllten es mit Lebensmitteln, und die Königin wälzte ihren Gemahl, während sie die Staatskatze trug, in dem Käfig die breiten steinernen Schloßtreppen herunter, daß der böse Schelm ach! und weh! schrie; und so wälzte sie ihn mit dem Fuße stoßend durch die ganze Stadt, mitten durch das Volk, welches ihm zurief: »Diese Bewegung ist dir gut zur Verdauung, denn du hast Alles selbst gegessen und uns hungern lassen.« – Endlich kollerte er auf dem Landungsbrette zum Schiffe hinauf, und von da plumps noch einen bösen Fall ins Schiff hinunter, welches unter den Verwünschungen der ganzen Stadt mit ihm und seinen Freimaurern den Rhein hinunter segelte.

Nun vertheilten die Mainzer die gefundenen Vorräthe unter einander, und jedes führte seinen armen gefangen gewesenen Gatten, Vater oder Bruder nach Haus, um ihn zu bewirthen und zu pflegen; und da es Abend und dunkel wurde, zogen sich die Mäuse wieder zur Stadt hinaus, dem Rattenkönig entgegen, um ihm zu berichten, wie übel zugerichtet der böse König Hatto nach der Binger Rheininsel geschifft sey.

Der Rattenkönig erhob nun die Mäuse, die sich bei dieser Gelegenheit mit Ruhm bedeckt hatten, eine nach der andern, in Adelstand, und gab der einen freie Erlaubniß sich die Parmesanmaus zu nennen, und künftig die Parmesankäse eines gewissen Krämers zu benagen; einer anderen gab er den Namen Edamermaus, einer andern Limburger-, einer dritten Schweizermaus, Bisquitmaus, Marzipanmaus u.s.w.; jeder auch die Anweisung auf irgend einen Ort, wo sie sich an den Speisen ihres Namens satt fressen könnte; und nun entließ er sie für diesmal, weil sie ihren Theil gethan hatten.

Mit der übrigen Armee zog er nach Bingen auf den Rochusberg, um zu überlegen, wie man dem König auf der Insel beikommen sollte, weil man gegen die Staatskatze gewisse völker- und naturrechtliche Rücksichten zu schonen hatte. Er sah die Freischützen des Königs die ganze Nacht schon beschäftigt, bei dem Schein der Fackeln Steine an dem Rüdesheimer Felsen zu brechen und zu sammeln, um den Thurm für den König zu bauen, und dies ergrimmte ihn um so mehr, weil dort ehedem seine Wohnung gewesen; aber er wollte doch gegen die Staatskatze die Schicklichkeit nicht verletzen, damit sie allein den Vorwurf trage, einen falschen Schritt oder vielmehr Sprung in das Hochzeitsschiff gegen ihn gethan zu haben, was gegen alle herkömmliche Unverletzbarkeit gewesen, und so sah er denn ruhig zu, wie man den Thurm gründete und baute.

Wie es dem Prinzen Mausohr in dem Feldzug mit seinen tapfern Soldaten erging.

Als die Mainzer die erste Nacht geruht hatten, zogen sie den frühen Morgen dem Prinz Mausohr entgegen und Weißmäuschen eilte ihnen voraus.

Der gute General, welchem Prinz Mausohr vor seiner ersten Reise nach Mainz einen Wink vom Krieg fallen lassen, hatte diesen nicht hinter den Spiegel gesteckt, sondern diesen Wink vielmehr an die große Sturmglocke und an die Kriegsfahne gehängt. *Rattenkahl und seine Mutter!* war Parole und Zapfenstreich geworden. Da die Vaterlandsliebe damals in ihren besten Jahren war, ließ sich kein Landeskind, ohne an Heimweh zu sterben, außer Landes gebrauchen, und man hatte deßwegen ein großes Freicorps von Überläufern angeworben, erstens weil sie von selbst kämen, und zweitens weil man durch ihr Überlaufen gewiß war, daß sie von der Stelle zu bringen seyen. Diese Helden bestanden meistens aus Lalenburger und Schildaer Freiwilligen, und einem Rest Kochemer Landsturm; auch aus Gaskonien waren viele Messerträger dabei, berühmt und gefährlich wegen ihrem Aufschneiden. Man hatte diese alle in Ketten gelegt, um sie wilder zu machen. Wenn nun die Wildesten aus den Ketten heraus brachen, legte man diese in stärkere Bande, und da brachen die Stärksten wieder heraus, die man wieder anschmiedete, und die welche dann zum drittenmal heraus brachen, das waren die rechten Leute und wurden mit Ehren überhäuft.

So hatte man einen Extrakt des Heldenmuths in wenigen Leuten und sie brauchten so keine breiten Wege und machten nicht so vielen Staub als die vielen Leute; es war dieses eine schöne Erfindung, ist aber, wie vieles Alte, wieder abgekommen.

Diese Kerntruppe wurde auch erstaunlich gelehrt, Tag und Nacht stand der Oberprofoß, wovon nachher das Wort Professor gekommen, bei ihnen im Kerker; lehrte sie die verschiedenen Sprachen von Trier bis Mainz sprechen, und die verschiedenen

Weine durch Beschreibung, der Nüchternheit halber, kennen; der Tambourmajor lehrte sie heldenmäßige fürchterliche Stellungen, nach alten Heidenfiguren, die noch an allen Ecken standen; auch die Kunst, selbst im Schlaf mit gestreckten Beinen und martialischem Schnarchen einen gewaltigen Eindruck zu machen, erlernten sie, was gegen nächtliche Überfälle eine unfehlbare Waffe ist; dann lehrte sie abwechselnd mit der Kunst resolut zu sterben der Feldprediger den Umgang mit Menschen und Vieh, und der Staatstrompeter gab Unterricht, sich mit Aufblasen ein Ansehen zu geben, in der Eile die schönsten Proklamationen selbst zu machen und in Chören abzusingen. Der General selbst gab Unterricht in der Weltgeschichte aus dem gehörnten Siegfried, der schönen Magelona, der Genovefa, den vier Haimonskindern u.s.w., und da sie nun ausmarschirten, las man ihnen auf dem Marsche die Schwabenstreiche, das Lalenbuch und die Schildbürger vor, und Komma und Punktum wurde mit Trommel und Pfeife dazwischen bemerkt.

In solcher tiefsinnigen Gelehrsamkeit marschirten sie, einer hinter dem andern, um kein Aufsehen zu machen, auf den kleinen Fußpfaden, ohne weiteren Unfall als daß der Trommelschläger einigemal *semicolon* statt *duo puncta* und einmal Fragezeichen statt Ausrufungszeichen trommelte, wodurch große Unordnung in den Marsch kam, weil sie das linke Bein mit dem rechten verwechselten.

In einem solchen zerstreuten Augenblick kamen sie in die Gegend, wo eben der Storch Langebein seine Schuljungen zusammen klapperte; da glaubten sie der Tambour schlage *et cetera,* was das Zeichen zum allgemeinen Davonlaufen war. Mit ungemeiner Genauigkeit wurde dieses Manöver ausgeführt.

Meister Langebein mußte, um nicht über den Haufen gerannt zu werden, in die Lüfte fliegen, und da sie seinen rothen Schnabel für einen feurigen Kriegskometen hielten, so liefen sie in forcirten Märschen. Nun schlug zwar der Prinz Mausohr selbst *Parenthesis* und *Claudatur*; aber vergebens; er stand allein auf der Wiese, und Meister Langebein kam vor ihm nieder geflogen.

Obschon nun der Storch Langebein sich aus den Lüften herabließ, so gab ihm doch Prinz Mausohr an Herablassung nichts nach; denn er drückte ihn Allerhöchst zärtlich an sein Herz, wobei der Storch den Schnabel auf den Rücken legte, und mit zugedrückten Augen einen respektvollsten Klapperlispel ergehen ließ. Es war dieses eine Gruppe von der größten Anmuth und Wirkung und ist nachher von den Bildhauern, Tänzern, Kunstbäckern und Hundepantomimen oft mit Beifall wiederholt worden. Langebein legte aber früh genug seinen Schnabel wieder in die erste Position, um nicht ein Opfer dieses schönen Augenblicks zu werden; denn Mausohr drückte stark, und die vielen blanken Knöpfe, Schnallen und Zierrathen auf seiner Brust machten einen etwas starken Eindruck auf Langebeins hagere Brust, so daß ihm das Übermaß seiner Empfindung nächst gefährlich ward. Es wäre zwar ein beneidenswerther Tod gewesen, aber der Titel als Commerzienrath war auch nicht zu verachten; denn diesen gab ihm Mausohr sogleich, da er ihn aus seinen Armen entließ; jedoch unter der Bedingung, ihm wieder eine solche Versammlungspfeife, wie das erstemal, zu bringen. Der Herr Commerzienrath war gleich auf den Beinen, und Mausohr setzte sich an die Trommel, welche der Tambourmajor bei dem allgemeinen Fluchtmanöver weggeworfen hatte. Diese Situation im Feldzug Mausohrs beschreibt eine schöne Stelle in dem Heldenbuch mit folgenden Worten:

Der Held auf seiner Trommel sitzt
Im schicksalvollen Wiesengrund,
Die Mütze sinnt, das Knopfloch blitzt,
Zum Pfeifen spitzet sich der Mund.

Durch wenig Interpunktion,
Durch plötzliches *et cetera*
Und große Subordination
Kam seinem Heer die Flucht zu nah.

Commerzienrath! Commerzienrath!
Die Sammelpfeife bring heran,
Und zeige dich mit schneller That
Als Favorit und Unterthan.

Es spricht der Held, es läuft der Storch,
Die Pfeife lockt vom Heldenmund,
So süß, so milden Klang, horch! horch!
O schicksalsvoller Wiesengrund.

Rings um den Moor, rings um den Sumpf
Zieht kühn heran die Heldenschaar
Und stellet sich mit schwarzem Strumpf
Schön uniform von Unten dar.

Die Pfeife lockt sie in den Bach
Und gleich stehn alle unbewegt,
Weil schnell des Storches Trommelschlag
Parenthesis Claudatur schlägt.

Dieses Lied sagt Alles. Die Kriegskunst Mausohrs übertraf sich selbst, er pfiff einen Generalpardon und eine Proklamation und eine Höchste Zufriedenheit in schöner Abwechslung durcheinander und schloß mit einem Triller von Gehaltzulage, als sie in dem Bache standen mit allgemeinem Beifall. Dieses Finale war um so kühner, weil sogleich die ganze Heldenschaar mit vorgehaltenen Mützen aus dem Bache heraus wollte, um die erhöhte Gage zu fassen.

Aber hier zeigte sich das Talent des Commerzienraths Langebein, den Augenblick zu benützen, im höchsten Glanz. Er hatte sich während dem Pfeifen Mausohrs die Trommel auf den Rücken gehängt, beugte seinen Schnabel darauf hin, und trommelte mit solcher Kraft *Parenthesis* und *Claudatur*, daß das Heer, wie in Klammern festgebannt, im Bache stehen blieb; so machte er sein früheres unglückliches *et cetera* wieder gut. – Mausohr degradirte nun den Tambourmajor wegen falscher Interpunktion, und stellte dem Corps den Commerzienrath als Reichstambour vor. Langebein hatte während dieser neuen Standeserhöhung so seine eigenen Gedanken und Nahrungssorgen, und schaute etwas links in's Gras, fuhr auch mit dem Schnabel nach einem kleinen Thierchen, das er in die Luft schleuderte, um es bequemer im Niederfallen aufzuschnappen; aber Mausohr, für Mäusestimmen ungemein reizbar, hörte früh genug den Schrei des Weißmäuschens: *Hilf! Hilf! Mausohr!* – Er warf sogleich seine Pelzmütze in die Luft, welche dem Meister Langebein sich durch den Schnabel spießend über den Kopf fiel und ihn ungefährlich machte. Während nun Weißmäuschen, das zu den Füßen Mausohrs gefallen war, sich ein wenig von seinem Schrecken erholte, und dann dem Prinzen auf die rührendste Weise für seine Rettung dankte, bemühte sich der Storch umsonst die Pudelmütze vom Kopf zu kriegen, denn der Schnabel war ihm durchgespießt, und konnte er weder klappern noch sehen, und lief wie toll auf der Wiese herum und stolperte und schüttelte mit dem Kopf. Endlich kamen die Kinder und machten ihrem Herrn Schulmeister, nachdem sie sich lange über seine schöne Perücke erfreut hatten, die Pudelmütze wieder los.

Weißmäuschen erzählte dem Prinzen den ganzen Sieg der Mäuse in Mainz, und daß ihm nichts mehr zu thun übrig sey, als in die Stadt zu ziehen, deren Bürger ihm schon mit den Schlüsseln entgegen kämen, um sie als König in Besitz zu nehmen. Auch sagte Weißmäuschen, er würde gut thun, seine Soldaten hier im Lande zurück zu lassen, da wenig zu essen in Mainz sey und an keinen Widerstand zu denken; doch möge er sogleich mit ihm gehen, denn die Mainzer Abgesandten seyen kaum eine halbe Stunde weit mehr von hier, und sey zu fürchten, die Freude würde getrübt werden, wenn die armen Leute hier die Kinder sähen; denn da sie durch ihn ihre Kinder verloren, würde der Anblick dieser Kleinen eine traurige Erinnerung in ihnen erwecken.

Mausohr wollte eben den Vorschlägen Weißmäuschens seinen

Beifall geben, als der *Salvo Titulo* Storch, der eine Zeitlang verdrießlich im Hintergrunde gestanden, vor ihn trat und bitter klagte, daß er durch den Wurf mit seiner königlichen Pelzkappe um alle Reputation und Respekt vor seiner Schuljugend gekommen. Mausohr aber sagte:

»Ritterthum gibt Königshand,
Königskappe gibt Verstand;
Setz die Kappe auf das Ohr,
Kommandir mein Heldenchor.«

und setzte ihm die Mütze feierlich vor der Armee auf mit dem Befehl, in ihrer Position ruhig bis auf weitere Ordre zu verweilen und in stiller Haltung durch die darin befindlichen Blutigel ihr Blut für das Vaterland fließen zu lassen, was ihnen versprochen sey; zugleich aber dadurch ihren allzugroßen Muth für den Frieden abzukühlen, und als brauchbare Staatsdiener zurück zu kehren. Dem neuen Commandant sollten als Proviant für den Mann täglich ein Frosch und eine Handvoll Brunnenkresse vergütet werden. Leider war später die falsche Beschuldigung im Umlaufe, sie hätten über den andern Tag mit einer Heuschrecke vorlieb nehmen müssen. Aber der Herr Commerzienrath fanden es unter ihrer Würde auf solche niedrige Verleumdungen zu antworten. Als Studium ward der Festungsdienst in Wasserpositionen angeordnet, und auch die Preisfrage aufgeworfen, mit einem halben Sold als Belohnung, den eigentlichen Ort auszumitteln, wo jeder Schwabenstreich zuerst geschehen ist. Als Mausohrs Willen mit großem Beifall angehört worden, schlich er sich, unter bitterlichen Abschiedsseufzern seiner Helden, mit Weißmäuschen, wie eine Katze zum Taubenschlag davon, herzlich froh, seine tapfern Soldaten, die ihm auf dem kurzen Marsch so viele Arbeit gemacht, nicht nöthig zu haben.

Die Wagen mit Lebensmitteln waren der Armee schon vorausgegangen, und er fand sie zwei Stunden vor Mainz, wo er gerade noch so viel Zeit hatte, sich auf einen Wagen voll Sauerkraut zu setzen, als schon die Mainzer Abgesandten ihm entgegen kamen. Um sich aber doch, da er so ganz allein und ohne Armee kam, einiges Ansehen zu geben, ließ er den ganzen Zug der Viktualien sich folgendermaßen ordnen: er selbst saß auf einem ungemein großen Schinken, der auf einem Wagen voll Sauerkraut lag, und dieser Wagen war mit Guirlanden von allerlei Würsten und Schinken umgeben, und von acht der schönsten Mastochsen gezogen. Auf beiden Seiten standen zwei Wagen voll Erbsenmuß, und weiter zwanzig Karren voll Brod, und dann noch unzählig viele Kälber, Kühe, Schweine u.s.w.

Dem angenehmen Geruch dieser Delikatessen zogen die armen hungernden Abgesandten entgegen. Sie bestanden aber: zuerst aus dem Fischer und seiner frommen Marzibille, aus dem Barbier Schrabberling, dem Friseur Rupferling, dem Schuster Kneiperling, dem Fleischer Hackerling und dem Schneider Meckerling. Ach! welche Gefühle von Ehrfurcht und Liebe hatten sie beim Anblick des Sauerkrauts und der Würste und des Prinzen. Sie übergaben ihm die Schlüssel der Stadt, und nachdem sie sich etwas an seiner Pracht sattgegessen, folgten sie seinem Zug nach Mainz, dort spannten ihm sogleich die Einwohner seine Ochsen aus, die sie schlachten ließen, und zogen ihn selbst in die Stadt.

Alle Lebensmittel wurden vertheilt, die Soldaten auf ihr Ehrenwort aus dem Gefängnisse entlassen, und da sie es selbst begehrten, alle in Ruhe gesetzt, worauf allgemeines Schmausen und Gesundheittrinken begann. Nachdem diese Feierlichkeiten vorüber, machte Mausohr den Bürgern bekannt: da all ihr Unglück aus der Treulosigkeit des Königs gegen seine nun entschlafenen Anverwandten und gegen den Müller Radlauf herrühre, so wolle er damit anfangen dieses gut zu machen. Er begehre also, daß vor dem Schloß, wo der Galgen gestanden, eine Pyramide aufgerichtet werde; auf der einen Seite sollte seiner Eltern, auf der andern des Müllers, auf der dritten der Ameley und der Kinder Untergang, auf der vierten der Errettung der Stadt durch die Mäuse, gedacht werden. Er selbst nahm die Stadt nur in Besitz, bis der Müller Radlauf, der verschwunden sey, wieder erscheine, der solle sodann ihr König seyn.

Die Bürger waren sehr erfreut darüber und schrien: Vivat! Den folgenden Tag legte Mausohr den Grundstein zur Pyramide, theilte den Bauern Saatkorn aus und zog sodann wieder von den Bürgern begleitet zum Storch und zu seiner Armee, wo ihn die Bürger unter tausend Segenswünschen verließen.

Vierzehn Tage war er weggewesen, und wie war er von der Kriegszucht seiner Armee gerührt, da er sie alle miteinander noch auf derselben Stelle im Fußbad begriffen fand, wo er sie gelassen. Das Blutbad hatte ungemein gewirkt, und war ihre Tapferkeit so gemäßigt, daß sie ordentlich miteinander sprachen und gegen einander über die schwere feuchte Position fluchten, daß es eine Art hatte. Der Prinz kommandirte sie nun selbst aus dem Wasser heraus; aber sie antworteten durch einen Trompeter, daß sie sich nicht eher ergeben würden, bis ihnen das Schnupftuch in der Tasche brennte, sie hätten während der vierzehn Tage solche Fortschritte in der Subordination gemacht, daß diese Festung, die ganz unter Wasser sey, und wo ihre Füße bis an die Waden eingegraben seyen, nicht eher übergeben werden könne, bis alle Laufgräben zum laufen eröffnet und ein Loch geschossen sey, durch das man entwischen könne.

Der Prinz hatte nun nebst dem *P. T.* Storch von Neuem seine Noth; er konnte sie auf keine Art aus ihrer eingebildeten Festung herausbringen; endlich ließ der ehemalige Schulmeister durch die Kinder das Bächlein oben abdämmen, und sie standen bald im Trocknen; dann ging der Prinz und steckte mit seiner Tabakspfeife einem nach dem andern das Schnupftuch in der Tasche an, und sodann zogen sie auf eine ehrenvolle Capitulation hin, wo sie Lust hatten, um die aufgegebene Preisfrage ruhig auszuarbeiten. Der Prinz dankte Gott, daß er seine braven und großen Helden los ward, und zog auch nach Trier zurück. Von diesen ausgezeichneten Helden sind nachher alle die vielen Burgen und Thürme am Rhein und an der Mosel erbaut worden, denn sie hatten Abscheu gegen das Wasser erhalten.

Nun wollen wir aber sehen, wie weit der König Hatto mit seinem Thurme gekommen. Aber der ist bereits fertig, und steht mitten auf der Insel; der König und die Königin sitzen in ihrer Kammer und lachen den Rattenkönig aus, der sie auf dem Rochusberg ruhig beobachtet. Dann und wann zeigt die Königin dem Rattenkönig die Staatskatze zum Fenster hinaus, und ladet ihn höhnisch zum Besuch. Aber der Rattenkönig rümpft die Nase und bleibt in seiner Haltung.

So stehen die Sachen als Hatto sagt: »Nun muß unser Thurm einen Namen haben; ich will er soll Mäusethurm heißen, weil er mich von den Mäusen gerettet.« – »Nein«, sagt die Königin, »der Name würde der Staatskatze, welche die Mäuse haßt, verdrießlich seyn, lasse das »s« weg und nenne ihn Mauthurm, weil die Katze durch ihr Mauen die Mäuse abhält.« – Das wollte der König nicht, sie zankten sich, und als er sagte, die Katze sey solcher Ehren gar nicht werth, seit sie durch ihren Sprung ins Hochzeitschiff ein großes Unglück veranlaßt habe, schwieg die Königin, und begab sich, da es Nacht war, hinab, setzte sich auf das Schiff und fuhr den Rhein weiter hinab, und baute sich ein Schloß bei St. Goar, das sie die Katze nannte und worauf sie ruhig fortlebte.

Als der Rattenkönig durch seine Schildwachen erfuhr, daß die Königin mit der Staatskatze fort sey, ließ er sogleich seine ganze Armee in der Nacht von den Wasserratten nach der Insel übersetzen, und nun rächte er den Spott des Königs Hatto, der umsonst nach seiner Gemahlin und der Staatskatze rief, bitter. Er stürmte von allen Seiten den Thurm, und ehe es noch Abend geworden war, hatte er den König sammt allen seinen Leuten aufgefressen. Nun ließ er die Mäuse, die von der Insel waren, drauf zurück und begab sich mit den übrigen wieder nach Trier, wo er sie entließ, und seine Wohnung auf dem Grab der alten Königin wieder einnahm. Um der Königin von Mainz aber auf ihrem Schlosse die Spitze zu bieten, ließ er auf der andern Seite, dem Schlosse Katz gegenüber, ein Schloß bauen, dem er den Namen Maus gab, und das er mit Mäusen und einigen von des

Königs Mausohr da herumstreifenden Kriegsstudenten besetzte. Beide Schlösser sind noch bis auf den heutigen Tag zu sehen.

Wie das Goldfischlein wieder zum Vorschein kam und was es von dem alten Vater Rhein und den Kindern erzählte.

Als die Mainzer Bürger sich durch Essen und Trinken ein wenig herausgefüttert hatten und mit der Pyramide fertig waren, wurden sie durch die Inschrift derselben wieder gar sehr an den traurigen Verlust ihrer Kinder erinnert, und waren wieder gar sehr betrübt. In solchen traurigen Gedanken lag auch an einem Sonntagmorgen Marzibille und der Fischer im Bett, und sprachen von ihrem Ameleychen. »Ach!« sagte der Fischer, »was die Sonne so schön über dem Rhein aufgeht, gehen wir hinaus und rufen dem Goldfischchen, vielleicht bringt es heute Nachricht.« Sogleich machten sich beide auf, füllten das Glas des Fischchens mit frischem Wasser, und streuten Brosamen hinein und nun gingen sie, da die ganze Stadt noch schlief, an den Fluß und setzten sich an die Stelle, wo das Fischchen vor einem Jahr dem Ameleychen in den Schooß gesprungen war, und nun rief Marzibille:

»Sonnenschein
Überm Rhein,
Goldfischlein
Im Wellenschein
Sag geschwind
Wie der Wind,
Ob mein Kind
Wolle oder Seide spinnt?«

Siehe, da machte das Wasser einige Ringe, und hopp! sprang das Goldfischlein der Fischerin in das Glas, das sie auf dem Schooß hatte und sprach:

»Seide, Seide, Seide
Spinnt dein Kind voll Freude;
In dem Sonntagskleide
Sitzt es auf dem Wasserschloß
In des alten Rheines Schooß;
Spielt ihm in dem grünen Bart
Mit den kleinen Händen zart;
All die andern Kinder sitzen
Rings und thun die Ohren spitzen,
Weil der alte Wassermann
Märchen schön erzählen kann;
Und die fromme Prinzessin
Sitzt im Kreise mitten drin;
Ameleychen läßt euch grüßen
Recht von Kopf bis zu den Füßen,
Danket euch für Rock und Schuh,
Für das Hemdlein auch dazu!«

Als der Fischer und die Fischerin diese Worte des Goldfischchens gehört hatten, waren sie ganz außer sich vor Freude; sie liefen geschwind mit dem Goldfischlein nach Hause, deckten ihr Tischchen mit einem weißen Tuch, stellten das Fischlein drauf und setzten sich beide dazu, und nun sprach Marzibille: »Erzähle Fischchen, erzähle«; aber da kam Weißmäuschen auch unter der Wiege hervor und sprang voller Freuden herum, daß das Goldfischchen wieder da war, und sie ließen das Weißmäuschen auf dem Tisch springen, und da saß es ganz aufmerksam, und sie hörten alle drei zu, was das Goldfischchen erzählte.

»Als ihr mich in den Rhein warft, Frau Marzibille, und das Bündelchen Kleider hinter mir drein, kamen gleich ein paar große Hechte heran geschwommen und glaubten die rothen Schuhe wären was zu fressen; ich schlüpfte aber in den einen Schuh, und hörte wie sie sagten:

Fischer Petrus und seine Frau lauschen den Erzählungen des Goldfischleins

›Das ist wieder nur ein Klumpen
Bunter Lumpen,
Mag den Kindern wohl gehören,
Die wir täglich lachen hören,
Die wir gar zu gerne fräßen,
Wenn sie nicht im Schlosse säßen.‹

Und nun schwammen sie fort; ich war voller Freude, daß ich gehört hatte, die Kinder säßen in einem Schlosse und lachten; doch blieb ich in meinem Schuhe sitzen und lauerte weiter. Sieh, da kamen ein paar dicke Rheinkarpfen anspazirt, ein paar alte Leutchen, sie hatten graues Moos vor Alter auf dem Kopfe wachsen, da sagte die Karpfin zum Karpfen:

»Alterchen! das wär so was,
Zieh das Röckchen an zum Spaß,
Ich will in das Hemdchen schleichen,
Daß wir so den Menschen gleichen,
Und dann schwimmen wir zum Schloß,
Machen tolle Sprünge groß,
Und die Kinder werden meinen,
Daß wir seyen, was wir scheinen:
Ich ein Mädchen, du ein Bübchen;
Und sie werden dann, mein Liebchen!
Zu uns vor die Thüre kommen,
Daß wir werden aufgenommen;
Dann paß auf, wie ich dann schnappe,
Einen Jungen mir ertappe,
Du ein Mägdlein magst erwischen,
Jeder soll sich eines fischen.«

Der alte Karpfen war ganz bereit zu der Maskerade, die ihm sein närrisches junges Weib vorschlug, sie half ihm in das Jäckchen und schlüpfte selbst in das Hemd und schwammen sie lachend, von vielen andern Fischen verfolgt, den Rhein hinunter. Nun wäre mir das eine schöne Gelegenheit gewesen, mit ihnen nach dem Wasserschloß zu kommen; aber ich wollte die schönen rothen Schuhe nicht zurücklassen, und auch änstlich war es mir, daß sie mit Ameleychens Kleidern auf und davon gingen.

Als ich kaum einige Minuten nachgedacht hatte, was ich anfangen sollte, siehe! da ging der Mond auf und ergoß sein erquickendes Licht von den Rebenhügeln hinab bis auf den Grund des Rheines, und die Fluth schimmerte unter und ober mir wie ein fließender Smaragd, meine goldenen Floßfedern schimmerten, und die rothen Schuhe, in denen ich steckte, glänzten wie eine Koralle; es war mir durch und durch wohl und selig; da rauschte etwas mit den gelben Wellen des Mainstromes an mich heran und bald erkannte ich eine heitere Schaar von Nymphen. Es zogen voraus zwei schöne muthige Jünglinge, der weiße Main und der rothe Main, die kräftigen Söhne des Fichtelberges; sie schwammen mit verschlungenen Armen und sangen ein Doppellied, um sie her gaukelten viele schöne Nymphen, ihre Gespielinnen, Geliebte und Bräute; die freudige Urdach, die freundliche Itsch, die lustige Baunach, Lautenbach und Ellern, dann die edle Nordgauerin, die Rednitz, mit ihren Gespielen, der kunstreichen Pegnitz, der Wiesent und Aisch, weiter die kluge Saale, und die sinnreiche Sinna, dann die spielende Lohr, und die berauschte Tauber, und zuletzt die liebliche Nidda; alle diese rauschten mit Weinlauf, Früchten, bunten Wimpeln, Harfen und Hörnern geschmückt, um die beiden Jünglinge singend und klingend, mit lautem Jubel in dem mondglänzenden Rhein. Als sie über mir waren, sangen sie alle miteinander:

»Himmel oben, Himmel unten,
Stern und Mond in Wellen lacht,
Und in Traum und Luft gewunden
Spiegelt sich die fromme Nacht.

Welch entzückend laues Wehen!
Blumenathem! Traubenduft!
Wie die Felsen ernsthaft sehen
In des Wiederhalles Kluft!

Rhein, du breites Hochzeitbette!
Himmelhohes Lustgerüst!
Wo sich spielend um die Wette,
Stern und Mond und Welle küßt.«

Und nun sangen die Brüder, der weiße und rothe Main:

›Aus dem alten Fichtelberge
Rauscht zu dir das Brüderpaar,
Im Gestein die klugen Zwerge
Machten uns manch Märlein klar.

Mit uns ziehen zu dir nieder
Viele Nymphen schön und klug
Und wir bringen alte Lieder,
Alte Märchen dir genug.

Rhein, du hast uns eingeladen
In dein grünes Wasserschloß
Zwischen jauchzenden Gestaden,
In den kühlen Felsenschooß.

Und wir wollen jenen Kindern,
Die du drin gefangen hast,
Märchen singend, bald vermindern
Ihres Heimwehs bittre Last.‹

Und nun sangen die Nymphen eine nach der andern:

›Freundlich bin ich, Rodach heiß ich,
Rother Röslein manchen Strauß
Von gebückten Büschen reiß ich,
Theil sie frommen Kindern aus.

Ich bin heimlich, heiße Itsche,
Wenn, wo Dorn und Schlehe blüht,
Still ich durch die Felsen witsche,
Lausche ich der Hirtin Lied.

Baunach, Leutenbach und Ellern
Sind wir, bringen Kiesel rund,
Die wir in den Felsenkellern
Ausgesucht hübsch glatt und bunt.

Ich bin edel, heiße Regnitz,
Stamme aus dem Nordgau her,
Aysch und Wiesent und die Pegnitz
Tragen meine Gaben schwer.

Aysch bringt rothe Pfaffenhütlein,
Wiesenblümlein Wiesent bringt,
Und manch Märlein und manch Liedlein
Wissen wir, das lieblich klingt.

Ich die Pegnitz sinnreich heiter,
Bring den Kindern Spielerei:
Trommeln, Pfeifen, Puppen, Reiter
Führ aus Nürnberg ich herbei.

Arche Noäh, Gänsespiele,
Pfefferkuchen, buntes Wachs,
Bilderbücher, ei wie viele!
Und manch Liedlein von Hans Sachs.

Ei! die Kindlein werden lachen
Über all den lieben Tand,
Breit ich erst die schönen Sachen
Ihnen aus im klaren Sand.

Heisa! lustig! Rockenstube,
Jahrmarkt, Niklas, heil'ger Christ,
Freu dich Mägdlein, freu dich Bube!
Alles hier beisammen ist.

Ich die kluge Saale heiße,
bin ein Nixchen wunderbar,
Stell verwandelt mancherweise
Bald als Kind, als Greis mich dar.

Sinnreich bin ich, Sinna heiß ich,
Wandle durch den Erlenwald,
Und vom Erlenkönig weiß ich
Auch manch Lied, das rührend schallt.

Rauschend durch die Mühlen spring ich,
Spiele gern und heiße Lohr,
Von dem Müllerburschen sing ich,
Der sein treues Lieb verlor.

Tauber heiß ich, Reben schwing ich
Trunken in dem Taubergrund,
Und den Kindern Tauben bring ich
Um die Hälse golden bunt.

Und ich heiße Nidda, Nidda,
Im Gebüsch versteck ich mich,
Rufe immer: Nit da, nit da,
Mit den Kindern neck ich mich.‹

Und nun sangen sie wieder alle zusammen:

›Seyd gegrüßt ihr Rebenhügel!
Seyd gegrüßt ihr Felsenstein'!
Die ihr unter Gottes Flügel
Also süß geschlummert ein.

Felder, Korn und Blumen tragend,
Hirtenflöten einsam klagend,
Hohe Thürme Glocken schlagend
Kirchlein, Schloß am Felsen ragend.

All ihr hochgeherzten Helden,
Die zu Bacchus Hochaltar
Sich zum blauen Spiegel stellten,
Seyd gegrüßt von unsrer Schaar!‹

Und nun wollten sie eben selig den Rhein, der unter dem blauen Sternhimmel, wie eine herrliche Gruft voll Edelsteinen hinaus schimmerte, hinabziehen, als die beiden Brüder weiß Main und roth Main die rothen Schuhe, in denen ich lauschte, bemerkten und niedertauchend also sangen:

›Aber sieh da! auf dem Grunde,
Wie das schimmert, sieh doch zu!
Ei potz tausend! ein paar bunte,
Neue, rothe Kinderschuh!

Ei! die nehm ich mit geschwinde,
Ehre leg ich damit ein,
Schenke sie dem frömmsten Kinde,
Das ich finde bei dem Rhein.‹

Da nahmen sie die rothen Schuhe mit, und ich versteckte mich ganz vorn in der Spitze des Schuhes, damit sie mich nicht etwa herausjagen sollten, und so rauschte ich mit ihnen den Strom hinab, noch immer besorgt, wo der alte Karpfen und seine Frau mit dem Jäckchen und dem Hemde möchten hingekommen seyn. Als wir an dem Bingerloch ankamen, wo der Rhein einen tiefen Strudel macht, tauchten die Nymphen unter und wir sahen einen hellen grünlichen Schein, und je tiefer wir kamen, je heller ward es, und endlich erkannten wir schon einige Lichter, und nun standen wir vor einem durchsichtigen gläsernen Haus; rings war es von unzähligen Fischen umgeben, die dem Lichte nachzogen, und mit den Nasen an den glatten gläsernen Wänden herumschnupperten, und nicht hinein konnten; da pochten nun die Jünglinge weiß Main und roth Main leise an, und es fragte ein alter Wassermann drin:

›Ei wer klopfet? wer ist draus?
Wer klopft an dies stille Haus?
Wo die Kindlein alle schlafen,
Träumen von den Wolkenschafen,
Seyd ihr es, ihr tollen Fische?
Wart! wenn einen ich erwische!‹

Aber nun antwortete der Main:

›Thu' auf! thu' auf die grüne Thür!
Der roth' und weiße Main ist hier
Mit vielen holden Wasserfrauen,
Sie wollen nach dem Rheine schauen,
Sie bringen seinen Kinderlein
Manch Lied und schöne Spielerei'n.‹

Nun kam der alte graue Wassermann heraus, der da Thorwächter war und sprach:

›Wie viel seyd ihr, daß ich zähle,
Daß kein Fisch herein sich stehle.‹

Nun sprachen die zwei Brüder:

›Wir zwei Brüder, vierzehn Frauen,
Sechzehn sind wir, du darfst trauen.‹

Nun sprach der Wassermann, indem er einen nach dem andern herein ließ und mit einem Ruder die Fische, die sich herzudrängten, zurückstieß:

›Leise! leise! plätschert nicht,
Wecket mir die Kinder nicht,
Die da rings in gläsern' Wiegen
In dem süßen Schlummer liegen.
Wenn ihr alle seyd herein,
Räume ich euch Betten ein.
Ihr kommt wohl zur rechten Zeit,
Von hier sind gereiset heut
Erst der Neckar und die Lahn,
Ich weis' euch die Betten an,
Wo sie lagen ausgestrecket,
Sie sind alle frisch gedecket.
Leise! leise! plätschert nicht,
Weckt den Vater Rhein mir nicht;
Er in der Mitte lieget
Und nachdem er eingewieget
Ameleychen hold ein Kind,
Selbst jetzt stille Träume spinnt;
Folget mir in einer Kette,
Stoßet nicht an jenes Bette
Auf korallenrothen Füßen,
Goldsand füllt die blauen Kissen,
Ameley die Prinzessin
Schlummert drin.‹

Und nun schlüpften die Jünglinge und Nymphen, eines nach dem andern, bei dem Wassermann zur Thüre hinein, und er zählte sie alle. Sieh! da kam auch ein Siebzehnter und ein Achtzehnter; aber der wachsame Wassermann erwischte die beiden bei den Ärmeln, und da blieb ihm das Jäckchen und Hemdchen in den Händen, und der alte Karpfe mit seiner listigen Frau kriegten eine solche Ohrfeige mit dem Ruder, daß sie sich auf den Rücken legten, was bei uns Fischen ein Zeichen des Todes ist.

Nun könnt ihr euch gar nicht denken, welche Herrlichkeiten da zu sehen waren, die Nymphen machten einen halben Kreis, und gaben uns mit Winken ihr Entzücken zu verstehen. Wir waren unter einem gläsernen Gewölbe, und über uns sahen wir das Gewässer mit Millionen bunter Fische, die sich mit ihren glänzenden Schuppen an das Glas anlegten und mit ihren Goldaugen hereinsahen, so daß die ganze Decke wie tausend Regenbogen durch einander schimmerte; wo sich die Fische wegbewegten, sah man wieder zwischen wunderbaren Felsen die Sterne und den Mond durch die dunkle Fluth leuchten, es war nicht zu beschreiben wie schön. Ja wenn aller blaue Himmel eine Wiese wäre, und alle Sterne bunte Blumen, und alle Wölkchen Lämmer, und der Mond ein Schäfer, und die Sonne ein goldener Brunnen, und die Morgenröthe eine erwachende Hirtin, und die Abendröthe ein ermüdeter Jäger, und die Liebe zöge wie ein Lüftchen durch die Blumen und bewegte sie, und die bunten Bänder der Hirtin spielten in ihr, und die Locken des Jägers wehten in ihr, und der goldene Brunnen spränge und ergöße sich durch die Wiesen, und die Lämmer tränken aus ihm, und der Schäfer stellte einen bunten Stab in den Brunnen vor die Augen der Lämmer, und Alles wäre selig, und ihr läget unschuldig wie euer Ameleychen in der Wiege, so wäre es doch noch nicht halb so schön, als was ich da sah.«

»Nun, nun« – sagte der Fischer – »du machst es auch gar zu schön, Fische bleiben doch Fische, und Wasser Wasser.« – »Ach!« sagte Marzibille, »es ist mir nur lieb, daß es schön ist; ich wollte, es wäre noch tausendmal schöner, wegen Ameleychen, das nun einmal dort ist; aber erzähle fort Goldfischchen! ich vergehe vor Ungeduld, von meinem lieben Kinde zu hören.«

»So sah es aus, wenn man über sich sah« – fuhr Goldfischchen fort – »ein solcher Himmel lag über Ameleychen und den übrigen Kindern. Aber als ich hinab sah, da ging mir das Herz erst auf, und wäre ich schier vor Freuden aus dem rothen Schuh gesprungen! Rund herum ging eine breite Stufe nach der andern hinab, und auf allen standen im Kreis herum eine Wiege, ein Bettchen am andern, und wir sahen in einen Himmel von tausend schlummernden Kindergesichtern; auf der einen Seite des Kreises schlummerten alle Mägdlein, auf der andern alle Knaben. Tief unten aber stand auf der einen Seite ein schönes Bett von lauter Korallen, darauf schlummerte die Prinzessin Ameley; auf der andern Seite stand ein Bett von Felsenstein mit Goldsand gefüllt, darauf schlief der alte Vater Rhein, ein gar ehrwürdiger, großer und starker Greis, sein langer grüner Schilfbart hing von seinem Lager herab über eine artige gläserne Wiege, und, ach Frau Marzibille! wer schlummerte in dieser Wiege?« – »Ach mein blondes Ameleychen«, schrie die Fischerin, und weinte vor Freude.

»Ja Ameleychen schlummerte da«, – sagte Goldfischchen, – »und lächelte im Traume, und hatte rothe Bäckchen, wie hier, und hatte seine Händchen gefalten, wie hier, und seine Kleiderchen lagen ordentlich und reinlich zusammengelegt auf dem kleinen Schemel, der bei seinem Bette stand, wie hier.«

»Ja es war immer ein gutes und frommes Kind«, sagte jetzt der Fischer und weinte auch.

Was das Goldfischchen weiter von den Wundern erzählt,
die es bei dem alten Vater Rhein gesehen.

Nun aber«, – fuhr Goldfischchen fort, – »muß ich euch auch noch sagen, woher das Licht kam, welches das ganze Gewölbe angenehm erleuchtete: rechts von dem Bette des Vaters Rhein und gerade in der Mitte des Bodens, war eine große und runde Öffnung mit einem goldenen Gitter umgeben; es führten Stufen hinab, und unten sah man rings eine Menge Bogengänge nach allen Seiten hinlaufen, aus deren jedem ein anderer Glanz heraus schimmerte: grün, roth, blau, gelb, violett, kurz alle möglichen Farben, und als die Nymphen den alten Wassermann fragten, woher dieser wunderbare Schimmer komme, sagte er:

›An diesem wunderbaren Ort,
Da ruht der Nibelungen Hort;
Um ihn geschah wohl mancher Mord;
Hier liegen Schilde, Helm und Ringe,
Manch goldnes Heft, manch gute Klinge,
Kleinode und viel andre Dinge,
Der Frauen Zier, der Helden Wehr
Ruht da viel tausend Zentner schwer,
Und streut das bunte Licht umher.‹

Da fragte der weiße Main:

›Was heißt das: Nibelungen Hort,
Um den geschah so mancher Mord?
Erklär' mir Wassermann dies Wort.‹

Da sagte der Wassermann:

›Es ist ein Schatz, der hier versenket,
Der Rhein des selbst nicht mehr gedenket,
Wer ihm denselben Schatz geschenket;

Doch leben noch vier alte Greise,
Macht ihr zu ihnen eine Reise,
So werdet ihr hierin gar weise.

Der erst' ediret an der Spree,
Er sagt der Schatz kam über See,
Er heißt der Doktor Hagene.

Der zweit' notiret an der Iser,
Wer ist weitläufiger als dieser?
Und Docen vom Dociren hieß er.

Der dritt' und viert' sitzt an der Fuld,
Grimm hießen sie, doch voll Geduld
Studiren sie an einem Pult.

Willst einen um den Schatz du fragen,
So werden alle vier dir sagen,
Daß sie ihn nicht in Rhein getragen.

Und werden drei von ihnen sterben,
So wird der viert' die Weisheit erben,
Den ganzen Schatz und alle Scherben.«

Da sagte der rothe Main:

›Sag besser uns, wohin die Gänge
Gewölbet auf der Säulenmenge
Zuletzt noch führen in der Länge?‹

›Die sieben Bogengänge führen
Zu sieben reinen goldnen Thüren,
Die sieben Treppen dann berühren.

Und diese Treppen auf sich winden,
Bis sie in einem Saal verschwinden,
Dem sieben Kammern sich verbinden.

Im Saal auf siebenfachen Thronen
Sitzt Lureley mit sieben Kronen,
Rings ihre sieben Töchter wohnen.

Frau Lureley die Zauberinne,
Ist schönes Leibs und kluger Sinne,
Hoch hebt sich ihres Schlosses Zinne.

Von innen aus der Maßen fein,
Von außen schroff ein Felsenstein,
Umbrauset von dem wilden Rhein.

Sie ist die Hüterin vom Hort,
sie lauscht und horchet immerfort
Und höret sie ein lautes Wort,
Singt, thut ein Schiffer einen Schrei,
So ruft die Töchter sie herbei
Und siebenfach schallt das Geschrei
Zum Zeichen, daß sie wachsam sey.‹

›Das ist recht wunderbar‹, sagte der weiße Main, ›ich will dich aber nicht fragen, wer die Frau Lureley eigentlich ist, und warum sie Alles siebenfach hat, und wie sie zu dem Wächteramt gekommen, du möchtest mich wieder zu deinen vier weisen Meistern schicken.‹ – ›Ach!‹ sagte der Wassermann, – ›die wissen auch gar nichts von ihr; Frau Lureley ist viel älter als diese Herren, obschon jeder von ihnen ein paar hundert Jahre älter ist als der andere. Frau Lureley ist eine Tochter der Phantasie, welches eine berühmte Eigenschaft ist, die bei Erschaffung der Welt mitarbeitete und das Allerbeste dabei that; als sie unter der Arbeit ein schönes Lied sang, hörte sie es immer wiederholen und fand endlich den Wiederhall, einen schönen Jüngling, in einem Felsen sitzen, mit dem sie sich verheirathete und mit ihm die Frau Lureley zeugte; sie hatten auch noch viele andere Kinder, zum Beispiel: die Echo, den Akkord, den Reim, deren Nachkommen sich noch auf der Welt herumtreiben. Doch das wird euch Frau Lureley selbst erzählen, und zwar siebenmal, wenn ihr sie darum fragt. Jetzt aber ist Schlafenszeit, hier oben seht eure Kammer, morgen früh um fünf Uhr müßt ihr aufstehen, und dem alten Rhein ein Morgendlied singen.‹

›Ja‹ – sagte der rothe Main, – ›aber lasse uns zuerst unsere Geschenke zu den Füßen des alten Rheins und auf die Betten der Kinder herum legen, damit sie morgen beim Erwachen sich recht freuen.‹

Nun spazierten die Nymphen in einer Linie rings an den Kreisen der schlummernden Kinder herum und legten ihnen allerlei Blumen, bunte Steine, Muscheln, Kränze, Sträußer, und die Pegnitz ihnen tausenderlei schöne Spielereien auf die Betten. Je tiefer wir kamen, je näher kamen wir zu Ameleychen, je heftiger pochte mir das Herz, und endlich waren wir an der Wiege; der Wassermann sagte leise: dies ist das frömmste liebste Kind hier, und legte die den Karpfen abgenommenen Kleider auf den Schemel, der an der Wiege stand; der Main stellte die rothen Schuhe, worin ich saß, auch dazu, die Pegnitz legte ihm die schönste Puppe in die Arme, und jede Nymphe gab ihm das beste, was sie hatte; und dann zogen sie alle miteinander in die Höhe, und schwammen in die Grotten, die ihnen angewiesen waren. Der alte Wassermann sagte jeder gute Nacht, und machte die Thüre zu; dann riegelte er auch nochmals die obere Thüre des ganzen Schlosses zu, drehte sich um und segnete das ganze Haus, und schlüpfte auch in ein Felsengewölb, wo er schlief.«

»Ei! Ei!« – sagte der Fischer, »mein lieber Goldfisch, du machst einem das Leben recht sauer, und hältst einen lange hin, bis du auf den Punkt kömmst, ob wir unser Ameleychen auch je wieder zu sehen kriegen; sonst sagt das Sprüchwort, stumm, wie ein Fisch; bei dir könnte man sagen, geschwätzig wie ein Fisch.«

»Ach lieber Petrus!« – so hieß der Fischer, sagte Marzibille – »laß ihn nur ruhig fortreden, ich höre ihn gar gern, ich gehe jeden Tritt und Schritt mit ihm, und denke mir, daß Ameleychen das alles erlebt hat, und ich hoffe, wenn die Kinder so heil und gesund und in so guter Pflege sind, Gott wird sie uns noch einmal wieder schenken; erzähle Goldfischchen, erzähle!«

»Ja, Gott wird sie euch wieder schenken« – sagte Goldfischchen – »darüber seyd ruhig und verzeiht mir, daß ich das Herz so voll habe, daß ich euch dies gleich zu sagen vergessen, und laßt ihr mich nun ohne Unterbrechung fortreden, so sollt ihr bald hören, wie eure Kinder zu retten sind. – Als nun der Wassermann zur Ruhe gegangen war, war ich es allein, der wachte; das Krystallwasser, welches das Schloß anfüllte, ward immer ruhiger, die ganze Herrlichkeit ober mir war klarer zu sehen; ich hörte rings die Herzen all der Kinder pochen, und sah wie das Wasser leise über ihrer Brust davon zitterte; ach! ihr könnt nicht denken, wie mir freudig und selig zu Muthe war, als ich Ameleychens Herz pochen hörte und das Wasser über seiner Brust zittern sah; ich konnte mich nicht mehr halten und schlüpfte aus meinem Schuh heraus, und schwamm in das bewegte Wasser über Ameleychens Herz, und ruhte so lange in der von ihrem Leben bewegten Fluth mit unendlicher Liebe. Als ich so stille stand, und das liebe Gesichtchen betrachtete, bewegte Ameleychen seine Lippen, und sprach im Traume: Ach liebe Mutter! ich bin recht erschrocken, ich bin ins Wasser gefallen; aber es ist recht schön hier; ich bin bei frommen Leuten, meine Pathe, die gnädige Prinzessin ist auch hier; Mutter komm doch auch.«

Als die Fischerin dies hörte, fing sie heftig zu weinen an, und schrie: »Ja, ja, ich will kommen, drum hat es mich immer so hinuntergezogen, wenn ich am Rhein ging, du hast mir gerufen« – und nun wollte sie zu der Thüre hinaus laufen, und sich ins Wasser werfen, aber Petrus hielt sie beim Rock zurück und sagte: »Bleib sitzen, Marzibille! und laß den Fisch ausreden, hernach, wenns nöthig ist, springe ich mit in den Rhein.« Marzibille umarmte den guten Petrus, da er dies gesagt, und sie saßen mit verschlungenen Armen bis zum Ende der Erzählung.

»Mich rührte diese Rede, wie euch« – sagte Goldfischchen – »und als über ein Weilchen das Kind wieder sagte: ›Goldfischchen! Goldfischchen! wenn du hier wärest, das wäre ein herrlich Leben für dich und für mich‹ – da war ich so über die Rede erfreut, daß ich näher zu ihm schwamm und mich zwischen es und die Puppe an sein treues Herzchen legte.«

»Hat es denn von mir gar nicht gesprochen?« – fragte Weißmäuschen traurig.

»Warte nur noch ein bischen« – sagte der Fisch – »gleich kömmt auch die Reihe an dich. Ich schlummerte an einer so lieben Stelle, und erwachte nicht eher, als durch den Druck von Ameleychens Hand. Die Sonne ließ eben ihre ersten Strahlen in den Rhein niedersinken, der wie ein fließendes Gold zitterte; man sah die Felsen oben und die Städte und die Berge und die Menschen und die Schiffe; man sah an der Felswand das ganze Haus der Frau Lureley hinauf bis an den blauen Himmel, wo die Vögel hin und her schwebten; man sah den Reiher niederstürzen und einen vorwitzigen Fisch holen; ein Schifflein zog oben und darauf fuhren zwei Knaben, der eine freudig mit braunen Haaren, der andere traurig mit schwarzen Haaren, als sie an dem Fels waren, riefen sie:

›Lureley! Lureley!
Es fahren zwei Freunde vorbei.‹

Und nun sang der Schwarze:

›Am Rheine fahr ich hin und her
Und such den Frühling auf;
Mein Sinn so leicht, mein Herz so schwer,
Wer wiegt sie beide auf?
Der Mond gehet unter,
Die Liebe geh't unter,

Das Schiff zieht hinunter,
Wer hält sie auf?‹

Und Frau Lureley rief siebenmal

›Wer hält sie auf?‹

Und dann sang der Braune:

›Die Sonne geht auf,
Wonne, Wonne still in Schauern
Dich umfangen frische frische Luft;
Sinnend auf die Strahlen lauern
Spielend in dem Morgenduft;
Lieben und geliebt zu werden
Ist das Einzige auf Erden,
Was ich könnte, was ich dächte, was ich möchte,
Daß es mir nur könnte werden,
Lieben und geliebt zu werden.‹

Und nun sprach Frau Lureley ihm siebenmal zurück:

›Lieben und geliebt zu werden!‹

und sie schwammen hinab. – Darüber nun war Ameleychen aufgewacht, und hatte mich bemerkt und nahm mich voller Freude in die Hand, wodurch sie auch mich erweckte. Ihr könnt gar nicht denken, wie das Kind mich herzte und drückte, und es fragte gleich nach der Mutter und dem Vater, und auch nach dir, Weißmäuschen, und ich erzählte alles, was ich wußte, und kaum hatten wir eine halbe Stunde gesprochen, so rauschte der rothe und weiße Main und die übrigen Nymphen aus ihren Grotten und begannen ein Morgenlied, worauf der alte Vater Rhein und die Kinder sich alle regten und die Augen wischten. ›Geschwind‹, sagte Ameleychen zu mir, ›verstecke dich in meine gläserne Wiege, wo du Alles hören und sehen kannst; denn es dürfen keine Fische hier herein; auf die Nacht, wenn Alles schläft, rede ich wieder mit dir‹ – und nun steckte sie mich in die Wiege, an eine bequeme Stelle, wo ich Alles belauern konnte. Als die Kinder rings erwachten, und ihre Spielsachen fanden, entstand ein allgemeiner Jubel. Alle schrien: das Christkindchen war da, der heil. Niklas war da. Alle Knaben zogen auf Steckenpferden mit Trommeln und Pfeifen am Bette des alten Rheins vorüber. Alle Mädchen kamen mit ihren Puppen und Blumen an das Bett der Prinzessin Ameley; dazwischen sangen die Nymphen das Morgenlied, und man hörte den Gesang der Lerchen, die über dem Wasser die Sonne begrüßten, die durch den ganzen Himmel voll Unschuld und Freude niederstrahlte. Da aber Ameleychen dem Vater Rhein seine Spielsachen zeigte, und dabei in neuen hübschen Kleidern und in den rothen Schuhen hübsch geputzt dastand, fragte er: ›Ei Ameleychen, wo hast du denn die Kleider und die rothen Schuhe her?‹ Da sagte das liebe Kind: ›Die waren schon lange mein, die Mutter hat sie immer in unserem großen Schranke aufgehoben, sie hat sie mir gewiß herabgeschickt‹; und nun kamen die Nymphen und die beiden Brüder Main herab, und nachdem sie der alte Vater Rhein begrüßt hatte, spielten die Nymphen mit den Kindern; aber der alte Rhein, der rothe und weiße Main, die Prinzessin und Ameleychen blieben beisammen. Der Main erzählte, wie er die Schuhe gefunden, und wie der Wassermann dem Karpfen die Kleider abgenommen; siehe! da fand Ameleychen einen Zettel in der Tasche ihres Rockes, den ihr Frau Marzibille hineingelegt, und gab ihn der Prinzessin zu lesen:

›Lebst du noch, so bete fromm,
Bist du todt, in Himmel komm;
Bitt die lieben Engelein,
Daß auch ich bald komm' hinein.
Dieses ist der einz'ge Wille
Deiner treuen Marzibille.‹

Als Ameleychen dies hörte, fing sie heftig an zu weinen, und rief immer: ich will sterben, ich will in den Himmel zu meiner Mutter; auch die Prinzessin weinte sehr, und der alte Rhein war sehr gerührt über eure Mutterliebe, Frau Marzibille! und die beiden Brüder Main lobten euch sehr. ›Ach‹ – sagte die gute Prinzessin, ›wenn wir nur die gute Frau könnten wissen lassen, daß Ameleychen noch lebt.‹ – ›Ich weiß nicht, wie es anzustellen ist‹, – sagte der alte Rhein – ›ja wenn Radlauf, der Müller, wieder käme, ich kann mit den andern Leuten nicht sprechen.‹ – Als die Prinzessin den Namen Radlaufs ihres Bräutigams hörte, weinte sie von neuem sehr heftig, und der alte Rhein tröstete sie und sprach: ›Schöne Ameley! ich bin es, der euch zuerst in seine Arme geführt, ich werde euch wieder mit ihm vereinigen: und wenn es auf Erden nicht seyn kann, so werde ich ihn zu euch herab bringen, wenn er wieder kömmt, seyd ruhig; aber wie fangen wir es denn an, der guten Frau Marzibille Nachricht zu geben? die großen Fische sind zu grob und zu dumm, die kleinen würden leicht unterwegs von den großen gefressen und überdies, weil Frau Marzibille eine Fischerin ist, werden die Fische nichts mit ihr zu thun haben wollen.‹ ›Ach!‹ sagte Ameleychen – ›ich weiß wohl ein Fischlein, das gehört mir; es ist mir selbst in den Schooß gesprungen, es steht auf unserem Blumenbrettchen in einem Glase zu Hause bei meiner Wiege, wenn das hier wäre, es ist gar klug und fromm, und würde gewiß die Botschaft ausrichten.‹ – ›Närrisches Ameleychen!‹ sagte der Rhein, ›wenn es hier wäre, so wäre uns freilich geholfen; aber wie solls herkommen?‹ – ›Freilich‹, sagte Ameleychen, ›es kann nicht kommen, es dürfen ja gar keine Fische herein.‹ – Da sagte der Rhein: ›Wenn es hier wäre, es sollte mir lieb seyn, weil es fromm ist und dir gehört, und uns dienen könnte.‹ – ›Nun, da ist es!‹ sagte Ameleychen, und hob seine Decke auf und legte mich dem alten Rhein in den Schooß. Er fragte mich freundlich, wie ich hergekommen, und die Brüder Main lachten, als sie hörten, daß sie mich in den rothen Schuhen hergetragen, und nun mußte ich Alles erzählen, was ich von Mainz wußte. Als ich von der

Hungersnoth und der Verzweiflung der Eltern um ihre Kinder erzählte, weinten die Prinzessin und Ameleychen, und bald stimmten alle Kinder mit in die Trauer ein, der alte Rhein und die Nymphen wurden auch sehr betrübt, und da die Prinzessin ihn sehr bat, er sollte den armen Eltern doch die Kinder wieder geben, sprach er: ›Alles zu seiner Zeit, was sollen sie mit den Kindern, da sie selbst kaum Brod für sich haben. Wenn der Müller Radlauf wiederkömmt und König von Mainz ist, und wenn ich kein einziges Märchen mehr weiß, um es den Kindern zu erzählen, dann soll er mir eins erzählen und dafür will ich ihm auch seine liebe Braut wiedergeben, und dann soll mir einen Tag um den andern eine gute Mutter aus Mainz ein Märchen erzählen, und dafür will ich ihr immer ihr Kind wiedergeben, bis sie alle droben sind; und du, Fischchen! schwimme zurück und grüße die Frau Marzibille, und sage ihr, was du gehört zum Trost.‹ Alle dankten nun dem alten Vater Rhein für sein Versprechen; ich aber bat mir die Erlaubniß aus, so lange da zu bleiben, bis die Brüder Main wieder nach Hause zögen, damit ich in ihrem Schutz vor den Raubfischen sicher hierher käme, und das wurde mir zu meiner und Ameleychens großer Freude erlaubt. Nun erzählten während der vierzehn Tage, die ich dort war, die Flüsse die artigsten Märchen, die sie wußten, und die Nymphen sangen allerlei schöne Lieder dazu, wobei alle Kinder sehr vergnügt zuhörten. Da sie aber alle nichts mehr wußten, nahmen sie Abschied, und brachten mich wieder her, und schwammen nach Franken zurück. Das ist alles, was ich weiß, Ameleychen läßt euch viel tausendmal grüßen.«

Der Fischer und die Fischerin sagten dem Goldfischchen viel tausend Dank für die freudige Botschaft, und thaten ihm alles Liebe an, und da sie ihm sagten, wenn es wieder in den Rhein wolle, so wollten sie es hin tragen; sagte das Goldfischchen: »ich will jetzt bei euch bleiben, bis der Radlauf kömmt, dann will ich geschwind zurück und Ameleychen die nahe Hilfe anzeigen« – womit auch die beiden guten Leute ganz zufrieden waren.

Nun dachten sie daran, wie sie auf alle Weise die Nachricht des

Goldfischchens den andern Bürgern zum Trost bekannt machen wollten, und gingen gleich in die Kirche und beteten, und nach der Kirche setzten sie sich in den Kirchhof in den Sonnenschein, und luden die andern Bürger und Bürgersfrauen zu sich ein, und erzählten ihnen Alles. Da ward die Freude und der Jubel allgemein in der ganzen Stadt, und Abends war Illumination und Freitheater und Ball und aller möglicher Spektakel.

Wie Radlauf von seiner Reise zurückkehrt und König von Mainz wird.

Nun aber wollen wir uns wieder einmal an den Müller Radlauf erinnern, der mit dem Testament des Herrn von Staarenberg in den Schwarzwald zu dem Grubenhansel gezogen war; was ihm aber da begegnet ist, wird er hernach selbst erzählen; ich darf jetzt nichts anders sagen, als daß er gerade wieder in der Nacht zu Hause ankam, ehe Goldfischchen zur Frau Marzibille zurückkehrte.

Es war Abends um sechs Uhr, als Radlauf mit den zwölf Rittern, die ihn zurückbegleiteten, auf dem Berg aus dem Wald herausritt; er sah den Rhein zu seinen Füßen und die hellen Thränen standen ihm in den Augen; er drehte sich zu den Rittern um und sprach: »Meine lieben Getreuen! wenn ich gleich jetzt euer Fürst bin, so kann ich doch nicht anders; ich muß wieder Müller werden, wenn ich den herrlichen Rhein sehe und die Mühle klappern höre, wo ich meine schöne Ameley zuerst gesehen. Lieben Ritter! schlaget euch hier im Walde ein Lager, indeß ich allein hinabgehe, meine Heimath begrüße und dem alten Rhein wieder ein Willkommen singe; morgen früh sehe ich euch wieder.« Da antworteten die Ritter: »Herr! wir thun nach eurem Befehl«, und sie stiegen ab und schlugen sich ein Lager.

Radlauf aber legte seinen Helm und Panzer ab und zog seine Müllerkleider an und nahm einige schöne Kränze mit, die er unterwegs geflochten hatte, und so stieg er ruhig den Berg hinab; er war sehr gerührt, wieder in seiner Heimath zu seyn, und je näher er seiner Mühle kam, desto lauter pochte sein Herz; aber wie wunderte er sich, da er den bekannten Fußweg ging und seine Mühle nicht fand; denn er wußte nicht, daß sie König Hatto hatte abbrechen und in den Thurm verbauen lassen. Das Rad lag umgestürzt an der Erde, und was ihm bei demselben begegnete, wird er später selber erzählen.

Wie er fortging, trat er plötzlich ins Wasser, das die Ruinen seines Hauses umspielte; mit Mühe zog er sich heraus und kletterte auf den Mühldamm, und so traurig er über den Verlust seiner Mühle war, so erquickte ihn doch der Anblick des herrlichen Stromes und er sang:

»Wie klinget die Welle!
Wie wehet ein Wind!
O selige Schwelle!
Wo wir geboren sind.

Du himmlische Bläue!
Du irdisches Grün!
Voll Lieb und voll Treue,
Wie wird mein Herz so kühn!

Wie Reben sich ranken
Mit innigem Trieb,
So meine Gedanken
Habt hier Alles lieb.

Da hebt sich kein Wehen,
Da regt sich kein Blatt,
Ich kann draus verstehen,
Wie lieb man mich hat.

Ihr himmlischen Fernen!
Wie seyd ihr mir nah;

Ich griff nach den Sternen
Hier aus der Wiege ja.

Treib nieder und nieder
Du herrlicher Rhein!
Du kömmst mir ja wieder,
Läßt nie mich allein.

Meine Mühle ist brochen,
Und klappert nicht mehr,
Mein Herz hör' ich pochen
Als wenn's die Mühle wär'.

O Vater! wie bange
War mir es nach dir,
Horch meinem Gesange,
Dein Sohn ist wieder hier.

Du spiegelst und gleitest
Im mondlichen Glanz,
Die Arme du breitest,
Empfange meinen Kranz.«

Kaum hatte er ausgesungen, so entschlief er, und im Traume erschien ihm der alte Rhein und sagte ihm nichts, als: »Willkommen König von Mainz! ziehe in die Stadt, du wirst Segen über sie bringen, kehre heut Abend bei dem Fischer Petrus ein, und er wird dir sagen, was du sollst.«

Als nun Radlauf erwachte, sah er, daß die Sonne schon hoch am Himmel stand; er blickte nach seiner Mühle, die war nicht mehr da; er blickte nach der Binger Insel, da stand ein hoher Thurm darauf; er erkannte seine Heimath kaum wieder, und da er über die Wiese ging, stand sie voller Rittersporn und Kaiserkronen und Königskerzen. Betrübt sah er in den Schutt seines Hauses, und indem er einen Stein aufhob, warf er ihn in den Boden und sprach:

»Ein Müller war ich,
Ein Fürst bin ich;
Ich werfe den Stein,
Hier wohne der treuste Mann am ganzen Rhein.«

Und somit ging er zu seinen Rittern, legte seine Rüstung wieder an und zog mit ihnen gen Mainz; und als sie Abends um zehn Uhr durch das Thor ritten, war es gerade, da man die Stadt illuminirt hatte. Alles jubelte und schrie: Vivat der König Radlauf! und keiner wußte es, daß er es war. Da er durch das Rheingäßchen ritt, kam er vor ein kleines Haus, da war über der Thür ein Bild illuminirt, darauf stand ein Mühlrad, worauf zwei Kronen lagen und viele Kinder standen drum herum, über den Kronen aber war geschrieben:

»Ich harr' und hoff'
Auf dich, Radloff!
Kommt er herbei,
Wird Ameley,
Die in dem Rhein,
Frau Königin seyn,
Und Ameleychen
Der Fluth entsteigen
Ich harr' und hoff'
Auf dich, Radloff!«

Als Radlauf dies las, pochte er an, und da ein Mann ihm aufmachte, fragte ihn dieser: »Was wollt ihr vom Fischer Petrus?« – »Bei ihm wohnen«, sagte Radlauf, und trat ein und gab sich zu erkennen, und Alles war im Hause voll Jubel. Die Ritter banden ihre Pferde vors Haus, und die kleine Stube war so voll, daß man sich nicht regen konnte. Nun erzählte Frau Marzibille dem Radlauf Alles; aber er fragte das Goldfischchen selber aus, und weinte vor Freude, als er hörte, daß Ameleychen noch lebte.

Da nun die zwölf Pferde die ganze Straße versperrten, so

sammelten sich die Menschen immer mehr, und endlich ward der Lärmen so groß, daß Gezänk entstand, und die Leute auf den Fischer schimpften; da trat Radlauf heraus und sprach: »Seyd ruhig, ihr Leute! der König Radlauf ist hier.« Kaum hatte er dieses gesagt, als Alles Vivat schrie, und alle Menschen drängten sich herbei, und Radlauf stieg zu Pferd, und die Ritter auch, und sie ritten durch die ganze Stadt und das Volk huldigte ihm.

Am andern Morgen ward er gekrönt, und hielt eine schöne Rede, und sagte unter anderm: »Nun lieben Bürger! wollen wir vor Allem daran denken, die Prinzessin Ameley und die übrigen Kinder bei dem alten Vater Rhein auszulösen, wer soll ihm das erste Märchen erzählen?« Da schrien ein paar alte Judenweiber: »Ich, ich, mein Nathan ist ein wahrer Daniel, meine Rachel ist ein Wunderkind!« Die andern Leute schrien alle: »Der König Radlauf!«

Nun sagte Radlauf: »Ich danke euch; ihr zwei Judenweiber sollt wegen eurer Nasenweisheit die letzten seyn, und ich schlage vor, daß jeder seinen Nachfolger in der Erzählung nennen soll, und nenne ich dann nach mir den Fischer Petrus, der euch viel Gutes erwiesen.«

Alles war damit zufrieden, außer den zwei Judenweibern.

Nun sagte Radlauf: »Jetzt gehet hin und besinne sich jeder auf eine Geschichte; ich will mich auch besinnen. Das Wappen dieses Landes sey von nun an ein Rad, weil ich ein Müller war. Morgen früh bei Sonnenaufgang kommt an den Rhein, da will ich mein Märchen erzählen, und ihr könnt gleich eure Königin empfangen, denn wir sehen sie gewiß sogleich wieder; der Rhein hält Wort, gut' Nacht!«

Alles legte sich schlafen, außer den Zimmerleuten; die schlugen einen Thron am Rhein auf, und schmückten ihn mit Blumen und Bändern; und eigentlich schlief Niemand viel, denn alle besannen sich auf Märchen. So ging die Nacht hin.

Kaum graute der Morgen, so versammelte sich das Volk; aber die ersten schon, welche Petrus und Marzibille waren, fanden den Platz nicht leer, denn Radlauf hatte die ganze Nacht, von seinen zwölf Rittern umgeben, auf dem Thron gesessen und mit Sehnsucht des Tags erwartet. Als Alles versammelt war, erzählte Radlauf folgende Geschichte.

Das Märchen von dem Hause Staarenberg und den Ahnen des Müllers Radlauf

Radlauf erzählt, wie er den Kohlenjockel, den Kautzenveitel und den Grubenhansel fand, auch von der alten Mühle und den zwölf Mühlknappen und wie er mit dem Leichenzug des schwarzen Hans vom Wasser verschlungen wurde.

Liebe Männer und Frauen von Mainz, vor Allem muß ich euch erzählen, wo ich so lange gewesen bin, nun hört also:

Schon seit mehreren Jahren hatte ich einen schönen schwarzen Staarmatz in einem Käfich auf meiner Mühle; er war mir von freien Stücken zugeflogen und war gleich so vertraut mit mir gewesen, als kennten wir uns von Kindesbeinen auf; wenn ich in meiner Mühle herum ging, hüpfte er mir von einem Sack zum andern nach; wenn ich aß, saß er auf meinem Tisch. Nie beschmutzte er etwas; wenn ich ihm Abends den Käfich nicht verschlossen, fand ich ihn Morgens oft dicht neben meinem Kopfe auf meinem Bett sitzen. Kurz er war voll Freundschaft zu mir, und so zu sagen verständig wie ein Mensch; nur eine Eigenschaft aller übrigen Staaren vermißte ich an ihm, die Lust zu schwätzen; nie ließ er einen Laut von sich hören, ich mochte ihm vorplaudern, vorpfeifen, sein Schnabel blieb verschlossen. Wenn ich manchmal gar zu sehr in ihn drang, sich doch vernehmen zu lassen, oder wenn ich ihn gar einen recht dummen stummen Vogel nannte: glaubte ich ihn traurig seufzen zu hören, und sah ihn den Kopf schütteln. So hatte ich mich ganz an sein Wesen gewöhnt, und wir verstanden uns vollkommen.

An dem Tag aber, da ich meine geliebte Braut Ameley aus dem Wasser zog und in meine Mühle führte, war mein schwarzer Hans auch ganz ungewöhnlich traurig; er hing die Flügel und den Kopf als sollte er sterben. Die Prinzessin machte in der Stube und ich in der Kammer den Küchenzettel; wie erschrack ich nicht, als mein Vogel plötzlich anfing zu sprechen; er sagte mir, daß er der Fürst von Staarenberg[1] sey, und daß er die Prinzessin Ameley noch einmal sehen wolle und dann sterben; dabei sah er so vornehm aus, und hatte eine so adelige melancholische Miene, daß ich ihm meinen Respekt nicht genug bezeigen konnte; ich öffnete ihm die Thüre, er ging zu der Prinzessin Ameley, sagte ihr abermal, er sey der junge Fürst von Staarenberg und wolle nun sterben; dabei zog er vor ihren Augen eine goldne Nadel, die er unter dem Flügel trug, hervor und stach sie sich durchs Herz, daß sie vor Schrecken ohnmächtig niedersank. Wir rupften und brieten und aßen den liebenswürdigen Selbstmörder unter bittern Thränen, und ich habe ihn nie vergessen können.

Als ich nun glücklich hier aus dem bösen Königskerker entkommen war, fand ich auf meiner Mühle einen Mehlsack, worauf mir des seligen Herrn von Staarenberg Hochwohlgeborne Gnaden ihren letzten Willen geschrieben; ich sollte mit diesem Sack und dem Siegelring, den ich im Käfich fand, nach dem Schwarzwald gehen, und mich bei dem Grubenhansel als seinen Erben melden; und dahin machte ich mich nun auf den Weg, und daher komm ich nun zurück. Nun hört aber zu.

Nach vielen Tagereisen sah ich endlich ein dunkles waldiges Gebirge wie eine Gewitterwolke vor mir aufsteigen; je näher ich kam, je höher ward es; nun kamen mir eine Menge Bauernwägen mit Holz entgegen; ich fragte Einen nach dem Andern, ob dies der Schwarzwald sey? Ja, sagten sie; – »Wo wohnt denn der Grubenhansel?« fragte ich; das wußte aber keiner.

Ich ging nun Berg an; da krochen arme Weiber und Kinder unter den Bäumen herum, und suchten sich Reiserholz zusammen; »Ihr guten Leute, wo wohnt der Grubenhansel?« Sie wußten es nicht. Ich ging in einer wilden Waldschlucht an einem

1 Der Dichter schreibt abwechselnd den Namen des Schlosses und des Geschlechtes bald Stahremberg, Stahrenberg, bald Staarenberg, je nachdem er eben an seine Ableitung von den Staaren oder an den bekannten historischen Namen dachte.

Anmerk. des Herausgebers.

Bächlein hinauf; da grasten Ziegen und Kinder saßen dabei und schnitzten Kienspäne: »Ihr Kinder, wo wohnt der Grubenhansel?« – Aber kaum daß ich diese Worte gesagt, flohen sie mit großem Geschrei vor mir in die Gebüsche.

Ich zog immer weiter in den Wald; es ward immer dichter und wilder und stiller. Da hörte ich eine Weiberstimme singen; ich ging auf sie los; sie suchte Arzneikräuter und grub Wurzeln, und war eine Frau von etwa fünfzig Jahren; ich fragte sie freundlich: wo der Grubenhansel wohne? Sie lachte mir ins Gesicht und sprach: »Das weißt du gewiß so gut als ich, du willst meiner nur spotten«, – und so oft ich ihr auch versicherte, daß ich es nicht wisse, sprach sie immer wieder: »Du willst mich zum Narren halten, wer wird das nicht wissen.«

Unwillig über sie ging ich tiefer in den Wald; da kam ich auf einen offnen Platz, wo Kohlen gebrannt wurden; ich suchte rings herum nach dem Köhler, konnte ihn aber nicht finden; endlich hörte ich etwas schluchzen und weinen; die Stimme kam aus dem hohlen Baum. Als ich nahe hinzu trat, fand ich einen alten greisen Mann, wohl 70 Jahre alt, in dem Baume stecken; er drehte das Gesicht weg, so daß er mich nicht sah und schrie immer: »Kautzenveitel! schlag den Kohlenjockel nicht mehr.«

Mit vieler Mühe überzeugte ich ihn, daß ich der Kautzenveitel nicht sey und ihn auch nicht schlagen wolle; und da der alte wunderliche Mann endlich aus dem Baum herausgekrochen war, sperrte er vor Erstaunen über mich das Maul auf.

Ich fragte ihn, warum er weine: »Ach!« sagte er, »mein Vater hat mir Schläge gegeben.« – »Wer ist denn euer Vater?« sagte ich. »Ich bin der Kohlenjockel«, erwiederte er, »mein Vater ist der Kautzenveitel.« Hierauf fragte ich ihn, wo der Grubenhansel wohne. »Eine Stunde von hier«, sagte er. »Führe mich doch zu ihm«, sprach ich. – »Behüte Gott!« erwiederte er, »wenn mich mein Vater erwischte, daß ich spazieren ging, er schlüge mir Arm und Bein entzwei.« Nach diesen Worten lief er an seinen Kohlenhaufen und arbeitete ängstlich.

Höchst verwundert über dieses alte Kind ging ich tiefer in den

Wald; selten erblickte ich ein wenig blauen Himmel über mir; die Eiche deckte mit ihren breiten Armen Alles zu, aber die Vögel sangen und schrien laut durcheinander und es gellte ihr grelles Pfeifen von den Felsen ringsum zurück.

Nun bemerkte ich hie und da Sprenkel und Dohnen und sonst allerlei Schlingen gestellt, in denen sich verschiedene Vögel gefangen hatten; dann kam ich an einen Vogelherd; dann an eine Krähenhütte; zuletzt aber an einen ziemlich hohen blätterlosen Baum, auf welchem ein so entsetzlich großer Eulenkautz saß, daß ich ihn vor Schrecken kaum ansehen konnte.

Die Vögel groß und klein: Auerhahnen, Birkhähne, Kraniche, Trappen, Fasanen, Tauben und alle Arten von Singvögel flogen um das Ungeheuer herum und schrien es an; wenn sie sich aber auf den Baum setzten, der mit Vogelleim bestrichen und mit vielerlei Schlingen behängt war, waren sie gefangen; und wie erschrack ich nicht, als der große Eulenkönig einen Arm mit ordentlichen Fingern unter dem Flügel hervorstreckte und nach den gefangenen Vögeln griff.

Ich that vor Schrecken einen lauten Schrei, worauf der Kautz mich bemerkte, und zusammenfahrend mir entgegen rief: »Nun, nun Bengel! erschreck die Leute nicht so, du jagst mir ja alle Vögel hinweg.« Nach diesen Worten kam das Unthier den Baum herab geklettert; meine Angst war nicht klein, und ich wollte eben entfliehen; aber die Frau, die ich früher Kräuter suchen sah trat mir in den Weg: »Ha, ha, Landsmann! bist du auf dem Weg«, sagte sie mir und somit wendete sie sich gegen den großen Kautz, den ich nun in der Nähe als ein steinaltes Männchen erkannte, das aus einem Kittel von Eulenfedern heraus guckte.

Sie küßte ihm die Hand und sprach, indem sie ihm einen Bündel Wurzeln und Kräuter gab: »Guten Abend, lieber Großpapa, Kautzenveitel! der Papa Kohlenjockel läßt seinen unterthänigen Respekt vermelden, und schickt Ihnen hier die verlangten Kräuter, *herbas* und die Wurzel *radix*; er läßt euch nochmals recht sehr um Verzeihung bitten, daß er dem lieben Großpapa ungehorsam war, und die Kräuter erst heut geschickt; ach! er hat den ganzen Nachmittag geweint, weil ihn der liebe Großpapa geschlagen; ach! ich bitte recht sehr für ihn um Verzeihung« – und dabei schmiegte sich das Weib an den Alten, wie ein schmeichelndes Kind und strich ihm den Bart.

Er sagte nun zu ihr: »Ja, ja, ich weiß schon, wenn er etwas angestellt hat schickt er dich immer Abbitte zu thun, du Schmeichelkatze! weil er weiß, daß ich dir, du närrische Wurzelgrethe! nichts abschlagen kann; nu geh nur hin und sage dem Vater, es solle Alles gut seyn; da bring ihm den Braten mit« – und somit gab er ihr einen Trappen und einen Kuß; sie nahm den Vogel wie eine Puppe auf den Arm, küßte dem lieben Großpapa die Hand und ging singend ab.

Ich war ganz stumm vor Verwunderung über diese Leute, und stand dem Kautzenveitel gegenüber, der ganz ruhig die Kräuter betrachtete und dazu sang: »Was man doch mit seinen Kindern für tausenderlei Sorg und Plage hat« – dabei schlug er einen langen Triller wie eine Nachtigall, und als er fertig war, sagte er: »Was willst du?« – »Ach Gott!« sagte ich, »ich möchte gern zum Grubenhansel, können mir der Herr Kautzenveitel nicht sagen, wo er wohnt?« – »Tölpel«, erwiederte er, »ich werde doch wissen, wo mein Papa wohnt; übrigens ist es gut, daß ihr dahin wollt, so könnt ihr ihm die Kräuter mitnehmen, und ich brauche nicht selbst hinzulaufen; der gute Mann fängt an und kömmt in die Jahre, und hat immer etwas zu predigen; solchen Leuten kann man nichts recht machen; er hat mich gestern erst geschlagen, und drum hab ich den Kohlenjockel heut früh recht ausgeklopft; denn Kinderzucht muß seyn in dieser argen Welt; geht nur immer dem Pfad nach, hier habt ihr die Kräuter, vermeldet ihm meinen gehorsamen Respekt.« – Als er dies gesagt, wendete er sich von mir, und kletterte wie eine wilde Katze, in ein paar Sprüngen den Baum hinauf, wozu er sang: »Ich bin erst hundert Jahre alt, unschuldig und nichts weiter.« Ich ging mit meinen Kräutern schnell fort, denn der Kautzenveitel machte mir angst und bang.

Als ich eine halbe Stunde durch die bewachsenen Felsen

durchgezogen war, rauschte mir ein kleiner Fluß entgegen, an dem sich der Weg verlor; ich wußte nun nicht mehr wohin, auch getraute ich mich nicht durchzuwaten, weil das Wasser reißend und tief war; die Sonne war bereits untergegangen, nur an den höchsten Baumgipfeln hing noch ein wenig Glanz, und es wurde sehr schaurig im Wald; ich setzte mich nieder und holte ein Stück Brod aus der Tasche und gedachte schon mein Nachtlager hier in der Wildniß zu halten. Das Rauschen des wilden Flusses zu meinen Füßen, die Ruhe und Einsamkeit erinnerten mich an den Rhein und an Ameley und ich sang mir ein Abendlied.

Weit bin ich einher gezogen
Über Berg und über Thal,
Der treue Himmelsbogen
Er umgibt mich überall.

Unter Eichen, unter Buchen,
An dem wilden Wasserfall
Muß ich nun die Herberg suchen
Bei der lieb' Frau Nachtigall.

Die im brünst'gen Abendliede
Ihre Gäste wohl bedenkt,
Bis sich Schlaf und Traum und Friede
Auf die müde Seele senkt.

Und ich hör dieselben Klagen
Und ich hör dieselbe Lust
Und ich fühl das Herz mir schlagen
Hier wie dort in meiner Brust.

Aus dem Fluß, der mir zu Füßen
Spielt mit freudigem Gebraus,
Mich dieselben Sterne grüßen
Und so bin ich hier zu Haus.

Echo nimm dir recht zu Herzen
Und erlern die Melodie
Meiner Freuden, meiner Schmerzen:
Ameleya! Ameley!
Blühet stolz ihr Königskerzen,
Ameleya! Ameley!

Als mir das Echo vom jenseitigen Ufer diese Worte immer entgegen rief, fand ich ein solches Vergnügen an der Wiederholung dieses Namens, daß ich ihn wohl eine halbe Stunde lang in süßer Träumerei bald leiser aus tiefster Seele, bald laut aus voller Seele durch die Stille der Einsamkeit ertönen ließ, und mein Herz wuchs mir dabei in der Brust, als wolle es sie zersprengen.

Nun stieg der volle Mond über den Bäumen herauf, und es war mir, als sey es das Antlitz meiner lieben Ameleya, und meine Wirthin die liebe Frau Nachtigall begann von Neuem süßer als je zu locken; und fest entschlossen dem Mond so lang ins Auge zu schauen, bis ich entschlief, und morgens erwachend ihn in die Sonne verwandelt sähe, sang ich, um zwischen Mond und Sonne, diesen zwei leuchtenden Bergen, in die wundervolle Gruft der Träume niederzusteigen, folgende Strophen:

»Wunderinseln, sel'ge Augen,
Die ein liebes Antlitz sehn,
In dem Monde untertauchen,
In der Sonne auferstehn.

Sonn und Mond, ihr lichten Hügel,
Schließet ein die irdsche Kluft
Und das Leben senkt den Flügel
In des Traumes Zaubergruft.

Wo die Tiefe sich entsiegelt,
Und die Liebe frank und frei

In der ganzen Seele spiegelt
Ameleya! Ameley!«

Hierauf gab das Echo eine wunderliche Antwort, es sang nämlich:

»Heiapopeia, Heiapopei
Ei ja, Ei ja, Ei! Ei! Ei!
Welch ein einerlei Geschrei!«

Hierüber verwundert sprang ich auf, und sah auf dem jenseitigen Ufer einen langen alten Mann mit einem großen weißen Bart stehen, der ihm wie ein Wasserfall über die Brust herabwallte; er hatte einen Stock, oder vielmehr einen ziemlich jungen Baumstamm in der Hand, und da er mich erblickte, sagte er: »Liebster Freund und Gönner, du verführst ja einen gewaltigen Lärm mit deinem Wiegenliede; es kann ja weder Mensch noch Vieh vor deinem ewigen Heiapopeia schlafen; das währt ja schon eine geschlagene Stunde; ich glaube, wenn man mir vor hundert und zwanzig Jahren, da ich noch ein Kind war, dergleichen vorgesungen hätte, ich wäre noch nicht aufgewacht. Wer bist du aber, und was suchst du hier?« – Da sagte ich ihm, daß ich zum Grubenhansel wollte, und nicht über den Fluß könnte.

Auf diese Worte ging der Alte schnurstracks durch das Wasser auf mich zu, nahm mich wie ein leichtes Bündel unter seinen Arm und trug mich nicht nur durch das Wasser zurück, sondern auch ein gut Stück weiter bis vor seine Hütte, wo er mich mit den Worten niedersetzte: »Nun bist du bei dem Grubenhansel, nun richte deinen Auftrag aus.« – Er führte mich bei der Hand in seine Wohnung, die in einem Felsenkeller bestand, dessen Wände mit den wunderbarsten Krystallen, Edelsteinen, Gold- und Silbererzstufen ausgelegt waren, welche von der Beleuchtung einer Lampe so herrlich durcheinander schimmerten, daß einem das Herz lachte.

Ich gab ihm die Kräuter des Kautzenveitels, wobei er sehr auf diesen zankte, und ihn einen naseweisen, faulen Jungen nannte; sodann gab ich ihm meinen Mühlknappenbrief und den Sack, worauf der schwarze Hans sein Testament geschrieben, und kaum hatte er dies gelesen, als er mich scharf anblickte und mich dann mit großem Ungestüme umarmte: »Ach, Gott sey Dank!« sagte er, »so sehe ich doch endlich ein Kind meines lieben unglücklichen Ur-Ur-Ur-Urenkels bei menschlichem Leibe; nun kann ich doch endlich hoffen, des langweiligen Lebens los zu werden und einmal zu sterben.« Dabei lachte und weinte er und trocknete sich die Thränen immer mit seinem Barte ab. »Ach Gott!« sagte ich, »Ihr wäret also mein Ur-Ur-Großältervater?« »Ja«, erwiederte er, »und Morgen sollst du meinen Vater sehen; das ist erst ein respektabler Mann, gegen den bin ich nur ein junger Aufschößling zu nennen.«

»Liebes Ahnherrchen!« sprach ich mit inniger Angst, »wann hat es denn ein Ende? Wird der mir denn auch einen Vater zu zeigen haben?« – »Ach!« erwiederte der Alte, »das kann er nicht, er ist eine arme Waise seit seiner frühesten Jugend; aber jetzt mußt du schlafen gehen, und zwar in deiner Mühle, in deines Vaters Mühle, in meiner Mühle. Morgen früh hole ich dich; komme mit, es ist kaum hundert Schritte von hier; ich war erst vor sechzig Jahren drin, und es wird noch Alles in Ordnung seyn; doch muß ich dich bitten, Alles so zu machen, wie es einem rechtschaffenen Mühlburschen zukömmt.«

Ich war so erstaunt, daß ich, ohne ein Wort zu reden, mitging. Er führte mich einen steilen Weg hinab, und neben uns brauste der Strom. Da führte er mich durch einen Garten, in dem die ungeheuersten Eichen standen, in eine Mühle, die meines Vaters Mühle am Rhein wie zwei Tropfen Wasser glich, und hier sagte er mir gute Nacht und verließ mich.

Da stand ich nun allein in einem wildfremden Hause; kein Licht hatte ich, und sollte doch zu Bette gehen. Nachdem ich ein paar Minuten stille gestanden, wurde mir, als sey ich zu Hause am Rhein; ich ging links an den kleinen Schrank, wo dort das Feuerzeug stand, und siehe da! ich fand den Schrank, ich fand das

Feuerzeug; schnell schlug ich Licht und ging mit dem brennenden Schwefel nach der Stelle, wo am Rhein die Lampe an einem Pfeiler hing; ich fand den Pfeiler und die Lampe; aber es war kein Oel drinnen, ich steckte daher einen Kienspan an, und wie das Licht um mich herleuchtete, sah ich Alles, Alles rings um mich: Treppen, Räder, Mühlbeutel, Thüren und Hausrath wie zu Hause; ja der Mondschein fiel durch einen Spalt in der Stubenthüre auf den Hausflur wie zu Haus; ich eilte in die Stube selbst: da stand der Tisch, der Stuhl, das Bett wie zu Haus. Ich war wie in einem Traum und eilte nun noch hinaus auf den Mühldamm, um zu sehen, ob denn auch der Rochusberg mir gegenüberstehe und ob ich denn wirklich am Rhein sey. Alle kleinen Gänge und Stufen bis zu dem Damm waren dieselben. Gegen mir über war ein Berg mit einem hochgethürmten Schloß; es war aber nicht die Rochuskapelle, und vor mir breitete sich der weite Spiegel eines Sees aus, und es war der Rhein nicht; doch machte die Gegend mir einen ähnlichen Eindruck, nur stiller, einsamer, weiter und ernsthafter. Lang saß ich und sah in die grünen Wellen des Sees, den Mond und die Sterne an; aber die Augen sanken mir, ich vergaß ganz, wo ich war und ging in meine Stube zurück und legte mich aufs Bett.

Ich hatte die Gewohnheit zu Hause, indem ich mich niederlegte, an der Klingel zu ziehen, um meine Mühlbursche zu erwecken, und so griff ich denn auch hier im Dunkeln nach der bekannten Schelle, fand sie, klingelte und legte mich nieder.

Kaum aber hatte ich wenige Minuten gelegen, so hörte ich ein verwirrtes Plaudern und Lärmen in der Mühle, das mich nicht wenig ängstigte: »Kunz, steh auf!« schrie einer, »die Reihe ist an dir; fülle den Trichter auf!« – »Ei, Dietz!« schrie der Andere, »du hast's verschlafen, du bist dran.« – »Martin! Martin! das ist ein dummer Spaß«, rief ein Anderer zornig, »das hast du gethan, mich so in Haare einzuwickeln.« – Endlich schrie ein Anderer: »Was ist das? Die Mühle steht ja still! Wartet, ihr Schelme, wenn das Meister Radlauf merkt!« – Und so ward das Gespräch immer heftiger, und bald ward es ein lautes Getös und Schimpfen.

Ich gerieth darüber in eine wunderliche Unruhe, weil ich geglaubt, die Mühle sey ganz unbewohnt; da ich nun endlich meinen Namen Meister Radlauf hörte, ermannte ich mich, trat mit dem Licht an die Thüre und rief heraus: »Nur die Räder sollen in der Mühle lärmen, die Knappen aber fein ehrbar und züchtig seyn; tretet alle herein und sagt mir euern Streit, damit ich Gerechtigkeit handhabe.« – Kaum hatte ich dies gesprochen, als zwölf wunderbar alte Männer zu mir hereintraten, ich erstaunte aber kaum so sehr über dieselben, als sie selbst über einander und über mich; ja sie waren vor Schrecken über die langen grauen Bärte, die sie hatten, und über ihre alten Gesichtszüge ganz außer sich, und geriethen endlich in eine solche Angst, daß sie wie die Kinder weinten. Mit Mühe brachte ich es dahin, daß einer von ihnen für alle die Anderen folgendermaßen sprach:

»Liebster Meister! wir müssen wohl erschrocken seyn, und wundert es mich, daß ihr selbst nicht bestürzter erscheint; seht uns an, wir sind durch Hexerei grau und alt geworden; gestern tanzten wir auf der Kirchweihe alle andern Bursche nieder; wir waren die letzten auf dem Platz und alle Mägdlein gaben uns den Preis und banden uns die Bänder von ihren Mützen um die Hüte; ach Gott! noch höre ich das Hackbrett zimpern und den Dudelsack summen; noch ist mir, als wenn der Tanzboden sich mit mir umdrehte, und nun da wir durch eure Klingel erweckt wurden, finden wir uns alt, müd, verdorrt und verrunzelt und in unsere langen grauen Bärte verwickelt, und seht den Jammer nur an! Seht hier den Kirmskuchen, den wir gestern frisch mit nach Hause brachten, er ist so hart als unsere Mühlsteine; da jeder erwachend nach seinem Kuchen griff, bissen sich mehrere die alten Zähne aus und schlugen dem Andern ein Loch mit dem Kuchen in den Kopf, weil jeder glaubte, der Andere habe ihm einen Schabernack angethan. Ach! und ihr selbst, Meister! seyd so ganz ruhig, als sey nichts geschehen; seht euch doch einmal näher an; ihr habt ja eine ganz wunderliche Tracht auf dem Leibe, und habt die Haare zugestutzt, wie ich mein Tage nichts gesehen.«

Ich sagte ihm, daß dies bei mir zu Lande am Rhein die gewöhnliche Kleidung der Müller sey, daß sie im Gegentheil Jacken an hätten wie mein seliger Vater, als er vor vierzig Jahren an den Rhein gezogen. – »Das ist wieder wunderbar gesprochen, euer Vater ist ja frisch und gesund und hat gestern auf der Kirmes mitgetanzt; er war sein Lebtag nicht am Rhein; er ist noch nie von seiner Köhlerhütte weggekommen.« – Nun ward mir endlich der Wirrwarr zu groß und ich sagte, um sie los zu werden: »Schweigt und thut eure Pflicht, bringt die Mühle in Gang, der Tag wird Alles erklären.« Aber lange ward ich sie nicht los, sie stürzten schnell wieder herein und versicherten mich, der Teufel müsse sein Spiel mit der Mühle gehabt haben, denn es seyen ganz dicke Bäume quer durch das Mühlrad von der entgegengesetzten Felswand durchgewachsen und das Rad sey halb verfault. Unter solchen Klagen und Verwirrungen brach der Tag an, die Schwalbe begann in dem Nest zu schwätzen, und ein frischer kühler Wind strich über den See und kräuselte seine Wellen, und wie es heller ward, begrüßten die alten Mühlknappen Alles um sich herum mit neuem Erstaunen. Der Eine sah das Korn aus dem Mühltrichter heraus gewachsen, der Andere sah ein Loch im Dach, die Säcke waren vermodert und geplatzt; der Wind, der durch die verfallene Mühle gestrichen war, hatte die Körner durch die ganze Gegend geweht, und rings um die Mühle standen dichte Ährenfelder; vor Allem aber ward ihr Schrecken groß, als sie statt der beiden wachsamen Hunde vor der Mühle zwei glänzende, von Regen und Sonne weißgebleichte Gerippe in den Hütten an Ketten liegen sahen. Da fühlten sie zuerst tiefer, daß es seit gestern wohl lange her seyn müsse, und als sie in den Stall kamen und die sechs Esel des Müllers auch nichts mehr waren als Gerippe, durch deren Rippen Distelstöcke, die sie sonst gefressen, frei duchwuchsen, brachen sie in ein lautes Jammern aus. Als ich so ihren seltsamen Klagen zuhörte, sah ich den Grubenhansel herankommen, und hoffte, daß er diese närrischen alten Knappen zur Ruhe bringen würde.

Als sie ihn erblickten, schrien sie Alle: »Ach, Urgroßväterchen, was seyd ihr gealtert seit gestern!« – Er aber hieß sie schweigen, grüßte mich freundlich und bezeugte eine große Freude, daß ich meinem Vater so ähnlich sey; hierauf wollte er gleich mit mir fort, um mich zu seinem Vater zu bringen; die Knappen aber wollten ihn nicht loslassen und drangen darauf, er müsse ihnen sagen, wie sie zu den Bärten gekommen und wie sie so alt geworden.

»Meine lieben Kinder!« sagte er, »seit vierzig Jahren ist keine Seele in der Mühle gewesen, und ihr habt einen guten Schlaf gehabt; der Jüngling, der hier vor euch steht, ist euer Meister Radlauf nicht; es ist dessen Sohn, den er am Rhein erzeugte und der seit gestern diese Mühle erst betreten. Vor vierzig Jahren ist Meister Radlauf hier von seiner Mühle verschwunden, und ihr habt wegen naseweiser Reden, die ihr auf der Kirchweihe geführt, bis heut geschlafen.«

»Was wir geredet, muß der Wirth noch wissen«, sprach der Eine, »wir waren alle bei Verstand, da wir es sagten; wir haben nichts gesagt, was wir nicht verantworten könnten, nichts, worüber man einen vierzig Jahre lang um das liebe Leben bestiehlt.« – »Was haben wir gesagt, das nicht recht wäre?« schrie ein Anderer, »um das, was wir gesagt, laß ich mir kein graues Haar wachsen, viel weniger einen ganzen Bart, wie wir ihn Alle haben.« – »Ja wohl!« schrien sie Alle durcheinander und machten ein ungeschicktes Geschrei, und sagten, sie wollten hin und dem Wirth, der sie gewiß verschwätzt habe, die Fenster einschlagen. »Geht hin«, sprach der Grubenhansel, »ihr werdet euch verwundern; doch wenn ihr unterwegs die schöne Bäuerin wieder begegnet, die vor vierzig Jahren oder gestern, wie ihr meint, die Erdbeeren in dem Walde suchte, und eurem Meister in die Mühle trug, so seyd gewarnt, nicht wieder schlechte Reden zu führen.« – »Aha, die ist es also, die uns eingewiegt«, sprach einer der Keckstem unter ihnen, »so war sie doch eine Hexe und hat den Herrn ins Unglück gebracht; als wir sie sahen, saß sie an einem Bache, es war am Sonnabend; ich hörte in dem Schilf was rauschen; ich dachte, da es Abend war, vielleicht ein wildes

Entennest da auszuheben und schlich heran: da merkte ich im Mondenschein zwischen dem grünen Schilf die hübsche Jungfer sich im Bad erkühlen, und von der Brust herab war sie eine – « Kaum hatte er so weit gesprochen, als die Sonne sich verfinsterte, eine Wolke von schwarzen Staaren senkte sich über die Knappen nieder, und die schrien und hackten dermaßen auf sie ein, daß sie sich gar nicht erwehren konnten und mit großem Angstgeschrei in die Mühle flohen und die Thüre zumachten; aber die Staare stürzten von allen Seiten durch die Öffnungen der zerfallenen Mühle ihnen nach und quälten sie so, daß ihr Lamentiren mich rührte, und ich den Grubenhansel bat, ihnen zu helfen. »Ei«, sagte dieser, »ich kann den Staaren nicht gebieten; aber du selbst kannst sie wohl zur Ruhe bringen, hast du doch den Käfich, worin der schwarze Hans gelebt, und seine Gebeine bei dir; fordere sie laut auf zum Leichenbegängniß.« Da trat ich auf einen Mühlstein und rief mit lauter Stimme:

»Ihr schwarzen tapfern Kriegsgesellen,
Ich bitt den Kampf jetzt einzustellen;
Du schwarz gefiedertes Gewitter
Hör' an den rheinischen Leichenbitter;
Ich komme, um euch einzuladen
Zur Todtenfeier Ihro Gnaden,
Des Staarenberger schwarzen Hans,
Der mit dem Muthe eines Manns
Aus treuer Lieb, vor wenig Wochen,
Das Herz am Rhein sich abgestochen;
Im Käfich, den ich bei mir trage,
Durchlebt er seine letzten Tage;
Seht hier in diesem Schächtelein,
Trag ich sein edeles Gebein;
Laßt ab vom Kampf, es ist genug
Und folgt mit mir dem Leichenzug!«

Kaum hatte ich diese Worte laut und vernehmlich ausgesprochen, als unter den Staaren ein wehklagendes Geschrei entstand, als ob sie sich untereinander den betrübten Todesfall erzählten; und sodann sammelte sich der ganze Schwarm, hob sich in die Höhe, schwenkte einmal mit dem Klagegeschrei durch die umliegende Gegend, und kam wohl noch einmal so groß zurück, und so eben wollte er über meinem Haupte niedersinken, was mir bei aller ihrer guten Meinung doch bange machte. Aber der alte Kautzenveitel und der Kohlenjockel kamen den Berg herunter zu uns und die Staare blieben vor dem Kautzenveitel in einer ehrerbietigen Entfernung; der Grubenhansel zankte seinen Sohn, den Kautzenveitel, daß er so spät gekommen sey, und dieser zankte wieder seinen Sohn, den Kohlenjockel, daß er ihn so lange habe warten lassen. Hierauf stellte mich der Grubenhansel dem Veitel als Urenkel, dem Jockel als Enkel vor, und erzählte ihnen, warum ich hier sey, bat sie auch beide dem Leichenbegängnisse des schwarzen Hans zu folgen.

»Wer ist denn dieser schwarze Hans gewesen?« fragte Kautzenveitel, »daß so viel Lärmen um ihn ist.« – »Ein Staar«, sagte der Grubenhansel mit solchem Nachdruck, daß der nasenweise Kautzenveitel sich nicht weiter zu fragen getraute.

Hierauf ordnete der Grubenhansel den Leichenzug an. Die zwölf alten Mühlknappen mußten herauskommen und thaten es mit großer Angst vor den Staaren. Der Grubenhansel aber beruhigte sie und gab ihnen Befehl sogleich das Boot, welches bei der Mühle lag, mit dunklen Tannenzweigen zu schmücken, und sich selbst zwölf junge Stämme als Ruder abzuhauen. Sie griffen rasch zu und während der halben Stunde, die sie damit zubrachten, suchten wir das ganze Leichenbegängniß zu ordnen. Zuerst zog ein Schwarm Staare, jeder mit einem Tannenzweiglein im Schnabel; hierauf folgte ich mit einer jungen Tanne, woran der Mehlsack mit dem Testament des Hansen als eine Fahne befestigt war; hierauf folgte wieder ein Schwarm Staare, jeder mit einer reifen Kornähre im Schnabel; und hierauf folgte der Grubenhansel, der auf seinem langen Bart, den er wie ein silbernes Kissen zusammengelegt hatte, das Schächtelein mit den Gebeinen des Verewigten trug, und auf seinen Schultern saßen zwei Staare, von welchen einer ein Myrten-, der andere ein Lorbeerzweiglein im Schnabel hatte; hinter ihm kam wieder ein Schwarm Staare, welche Thimian und Rosmarin und allerlei Würzkräuter trugen; dann folgte der Kautzenveitel mit dem Käfich, der offen stand und in welchem ein Staar, den Kopf unter den Flügel steckend, als ein Bild des Todes saß; hierauf folgte wieder ein Schwarm Staare, jeder mit einem Wachholderästchen; und nun kam der Kohlenjockel, er trug das Freßtröglein des Hansen, ein alter Staar saß darauf und hatte den Siegelring im Schnabel; den ganzen Zug aber beschloßen die noch übrigen Staare, die überhaupt in so ungeheurer Menge den Zug umgaben, daß dadurch Alles schwarz und trauernd aussah.

Anfangs wollten die Staare alle zu Fuß gehen; es ging aber zu langsam von der Stelle; sie mußten also an ihrer bestimmten Stelle fliegen. Da nun die alten Knappen den Kahn bereitet hatten, begaben wir uns hinein; die leidtragenden Vögel umgaben uns theils, theils saßen sie auf der Tannenlaube des Schiffes; und wer das Schiff vom Lande gesehen, mußte es wohl für einen lebendigen Trauerwagen halten, so war er in die Trauerfarbe gehüllt; auch machten die Staare mit ihrem Flügelschlag einen solchen Wind, daß das Schiff mit vollen Segeln den breiten See durchschnitt.

Als wir in der Mitte des Sees waren, stieg eine dunkle Wolke über dem entgegengesetzten Schloßberge auf, welche sich donnernd über den Himmel verbreitete; zugleich begann sich der See zu bewegen und immer heftigere Wellen zu schlagen; umsonst bemühten sich die zwölf alten Knappen mit angestrengtem Rudern das Boot noch hinüber zu führen; der Gegenwind hielt uns immer zurück. Da es zu regnen begann, so steckte ich das Schächtelein mit den Gebeinen des schwarzen Hans und seinen Käfich und Siegelring in den Testamentsack, und dachte in der drohenden Todesgefahr ununterbrochen an die liebe Ameley, und meine Trauer war, daß wenn ich ertrinken sollte, es nicht am Rhein sey, daß ich nicht in ihrer Nähe umkommen sollte.

Während dem schwankte unser Schiff immer heftiger, und die Staare, das Wetter scheuend, stiegen mit lautem Geschrei in die Höhe und stürzten durch die noch schwärzere Luft nach dem Ufer; wir waren in diesem Augenblicke einigen Felsen sehr nah, zwischen welchen der See einen heftigen Wirbel bildet, und indem die rudernden Knappen von denselben mit Gewalt ablenken wollten, schrien sie laut auf: »Ei sieh da! da ist die schöne Hexe wieder, die uns so lang schlafen gemacht.« – Ich wendete meine Augen nach dem Fels, da sah ich eine wunderschöne junge Frau sitzen; ganz schwarz ihr Röcklein, weiß ihr Schleier, blond ihre Haare, und in tiefster Trauer; sie weinte heftig, und kämmte ihre langen Haare. Die Knappen aber hörten nicht auf, sie zu verhöhnen; da ward der Sturm immer heftiger; das Schiff ward mitten in den Strudel geworfen, und begann sich wie eine Spindel zu drehen.

Der Hansel, der Veitel und der Jockel waren bis jetzt ganz ruhig gewesen; nun aber, da sich das Schiff so drehte, wurden sie ausdermaßen vergnügt und sangen folgenden Reim:

»Lustig, lustig, rundum herum
Geht das Schifflein quer und krumm,
Donner! lieber Donner! brumm,
Sonst war Alles stumm und dumm.

Lange haben wir gegessen,
Kraut und Wurzeln viel gefressen,
Neue Jahre ausgemessen,
Alte Jahre viel vergessen.

Frühling, Sommer, Herbst und Winter,
Kindes-Kindes-Kindes-Kinder
Kamen alle Jahr geschwinder,
Wurden dennoch niemals minder.

Lustig, lustig, rundum herum,
Donner! lieber Donner! brumm,
Welle wirf das Schifflein um,
Daß uns geht die Zeit herum.«

Auf einmal that es einen Schlag, ich hielt meinen Sack mit beiden Händen fest, und das ganze Boot wurde von dem Strudel hinab geschlungen.

Wie Frau Lureley mit ihren sieben Töchterlein ihn zu seinem Urvater, dem Mondenschäfer Damon, führt, und wie dieser nebst den andern Altvätern begraben wird; wie er seine Mutter findet und die Rückreise antritt.

Als ich hinab gesunken, stand ich in einer grünen Laube von Wasserbinsen geflochten; die vier Pfähle, worauf sie ruhte, waren vier Korallenbäume; rings herum standen sieben Wasserlilien und auf jeder saß eine sehr traurige Jungfrau; in der Mitte aber saß dasselbe holdselige Weib, das ich auf dem Felsen gesehen hatte, als unser Boot unterging. Ich war in ihren Anblick ganz verloren, sie aber schien mich nicht zu bemerken und sang also –

Frau Lureley.

Es fahren die Lebenden über den See,
Sie bringen den Todten nach Haus;
Es hebt sich ein Wetter am Berg in die Höh,
Der Wind macht die Wellen so kraus:
Töchterlein, Töchterlein Herzeleid!
Was hast du gesponnen so lange Zeit?

Herzeleid.

Ich habe gesponnen manch Kissen reich
Von Gold und Seide und Sammt,
Drauf liegt des Helden Haupt gar weich,
Dem dieses Haus entstammt –

Frau Lureley

Frau Lureley.

Töchterlein, Töchterlein Liebesleid!
Was hast du gesponnen so lange Zeit?

Liebesleid.

Ich hab gesponnen drei Särge breit,
Drei Särge von Elfenbein,
Sie stehen und harren schon lange Zeit
Drei Greise steigen hinein.

Frau Lureley.

Töchterlein, Töchterlein Liebeseid!
Was hast du gesponnen so lange Zeit?

Liebeseid.

Ich habe gesponnen von Gold so roth
Ein Herz im dunklen Haus,
Der treu gestorben den Liebestod
Deß Beinlein füllen es aus.

Frau Lureley.

Töchterlein, Töchterlein Liebesneid!
Was hast du gesponnen so lange Zeit?

Liebesneid.

Ich habe gesponnen zwölf Mühlstein rund –
Zwölf Mühlstein im dunklen Haus,
Die wider die Liebe geschworen den Bund
Zwölf Knaben füllen sie aus –

Frau Lureley.

Töchterlein, Töchterlein Liebesfreud!
Was hast du gesponnen so lange Zeit?

Liebesfreud.

Ich habe gesponnen den Perlenkranz;
Gesponnen den Perlenstrauß,
Der schmücket die holde Braut zum Tanz,
Der schmücket die Liebste zu Haus.

Frau Lureley.

Töchterlein, Töchterlein Reu und Leid!
Was hast du gesponnen so lange Zeit?

Reu und Leid.

Ich habe gesponnen die goldne Kron,
Die Krone im dunklen Haus,
Die reichet dem Vater zu Dank der Sohn,
Und ziehet den Pelzrock ihm aus –

Frau Lureley.

Töchterlein, Töchterlein Mildigkeit!
Was hast du gesponnen so lange Zeit?

Mildigkeit.

Ich habe gesponnen drei Krönelein,
Drei Krönelein im dunklen Haus,
Zu schmücken die artigen Söhnelein,
Goldfischlein und weiße Maus –

Als sie so gesungen hatten, stand die schöne, blonde Frau auf, und sprach zu mir: »Nun lieber Radlauf, komm!« – und da nahm sie mich mit einer überaus holdseligen Miene an der Hand, und führte mich durch die Wellen, die wie zwei Mauern von Krystall fest neben uns hinliefen; vor uns aber ging erst Herzeleid mit ihrem schöngestickten Sammtkissen, dann Liebesleid, neben der die drei Elfenbeinsärge herschwammen, ihr folgte Liebeseid mit einer goldnen herzförmigen Kapsel, Reu und Leid mit einer goldnen Krone, Mildigkeit mit drei kleinen Kronen, Liebesfreud mit Perlenkranz und Perlenstrauß. Dann ging ich an der Hand des lieben blonden Wasserfräuleins, und hinter uns ging Liebesneid mit einer Ruthe und trieb die zwölf Mühlsteine wie eine Heerde Schafe vor sich her. Bald kamen wir an einen Felsen, der sich aufthat und nun stiegen wir viele Treppen hinan, bis wir in einem gewölbten Saale ankamen; da stand ein großer Tisch von gewachsenem Erz und oben an dem Tisch saß ein uralter Mann; er stützte sein bleiches Angesicht auf seine zwei Hände, seine Ellenbogen ruhten auf dem Tisch, sein silberweißer Bart war durch den Tisch durchgewachsen und glänzte wie Asbest, seine Augenbrauen waren auch sehr lang, und seine Augen sahen unter ihnen durch eine große blitzende Brille wie zwei traurige Gefangene hervor; er hatte einen Schäferrock an von dem zartesten Lammfell, einen breiten goldgelben Schäferhut auf, auf dem die Fürstenkrone befestigt war und um seinen Nacken hing ein Lamm, dessen Beine über seine Brust zusammengebunden waren; in seinem Arm lehnte ein hoher weißer Schäferstab; an seiner Seite hing ein Dudelsack von einem schwarzen Bocksfell; neben ihm saß ein zottiger Schäferhund mit einer Laterne im Maul. – Er war ganz still und schien mit offnen Augen zu schlafen; zu seiner Rechten saß der Grubenhansel in seinem Knappenhabit, dann saß der Kautzenveitel in seinem Eulenwammes, und dann der Kohlenjockel in seiner Kohlenjacke; alle in derselben Stellung, alle ganz still; die zwölf Knappen aber saßen ringsum auf der Erde mit dem Rücken an die Wand gelehnt.

Erstaunt über diesen Anblick wollte ich fragen, ob dieser alte wunderbare Schäfer mein ältester Ahnherr sey, und ob alle meine andern Urväter hier todt seyen oder nur schliefen. Aber die liebe blonde Frau Lureley hielt mir den Mund zu und winkte mir mit dem Finger zu schweigen; hierauf begann sie mit einer hellen Silberstimme zu singen:

»Heil dem, der die Zeit erfüllet,
Der die ew'gen Maaße mißt

Und die Pein mit Schlaf umhüllet,
Wenn die Schuld versühnet ist.

Damon, der den Fluch gewecket,
Blicke auf und schlafe ein,
Auf die Kissen ausgestrecket
Bettet dich Frau Mondenschein.

Hans, der treulos auch mißtrauet,
Blicke auf und schlafe ein,
Dir ward auch ein Sarg gebauet,
Dich begräbt Frau Edelstein.

Veit, dein Trug kam an die Sonne,
Blicke auf und schlafe ein,
Dir ward auch ein Sarg gesponnen,
Dich begräbt Frau Federschein.

Jockel, der nicht Wort gehalten,
Blicke auf und schlafe ein,
Dich legt wie die andern Alten
In den Sarg Frau Feuerschein.«

Während diesem Liede ging Frau Lureley an dem Tische umher und stieß die vier Alten an: da erwachten sie, sahen sich einander und die Frau Lureley und mich gar innerlich freudenselig an und lächelten und weinten und nickten mir freundlich und küßten mich der Reihe nach auf die Stirn; und auch ich mußte heftig weinen; dann aber sang Frau Lureley wieder und alle sangen mit:

»Heil dem, der die Zeit erfüllet,
Der die ew'gen Maaße mißt
Und die Pein mit Schlaf umhüllet,
Wenn die Schuld versühnet ist.«

Und unter diesem Gesang schliefen die vier wunderbaren Greise einer nach dem andern wieder ein, und sanken mit ihren Häuptern auf den Tisch. Nun that sich hinter ihren Sesseln die Felsenwand in vier Thüren auf und vier schöne wunderbare Frauen, jede mit einem Gefolge von seltsamen Jungfrauen kamen herein. Hinter dem Stuhle des Urgroßvaters Damon trat eine schlanke Frau mit schneeblonden Haaren auf; sie hatte einen schneeweißen Schleier an, der sie ganz bedeckte bis auf ihre silbernen Schuhe, ihr Angesicht glänzte wie der Mond, und um die Stirne hatte sie einen Kranz von weißen Nachtviolen mit einer Menge von Johanniskäfern besetzt; sie ging auf meine Führerin zu, und sie grüßten einander folgendermaßen:

Frau Mondenschein.

Grüß dich Gott, Frau Lureley fein!
Mit deinen sieben Töchterlein;
Ich möcht' gern wissen,
Ob fertig die sammtenen Kissen?

Ihr antwortete

Frau Lureley.

Schön Dank, schön Dank, Frau Mondenschein!
Mit deinen sieben Jungfräulein:
Mit Palmenkätzchen und Spinnenseil,
Mit Blumenfädchen und Schneckenpfeil,
Mit Mottenflügel, Johannislicht,
Altweibersommer vergeß ich nicht,
Die Sammetkissen sind bereit,
Von meinem Töchterlein Herzeleid.

Hierauf nahm Frau Mondenschein nebst ihren Mägdelein die sammtnen Kissen; sie schnitt dem alten Mondschäfer den Bart mit einer silbernen Scheere vom Tische ab, und sie legten dann den alten Herrn auf die Kissen und trugen ihn stille zu ihrer

Thüre hinaus. Nun nahte sich die Frau, die hinter dem Grubenhansel stand, meiner Führerin; sie war auch sehr schön, aber doch eines ernsthafteren Anblickes als Frau Mondenschein; ihre Haut war schneeweiß, ihre Haare schön goldfarb; ihre Augen schillerten ins Grüne; Mund und Wangen waren lichtroth; groß war sie nicht, aber ungemein rüstig und fest in ihren Bewegungen; auch trug sie eine Schürze von Goldstoff und einen Brustharnisch von geschlagenem Gold mit Edelsteinen besetzt; ihr Kopf aber schimmerte von tausendfarbigen Edelsteinen; sie nahte sich mit ihren sieben Begleiterinnen und sprach:

Frau Edelstein.

Grüß dich Gott, Frau Lureley fein,
Mit deinen sieben Töchterlein,
Ich möchte gern berichtet seyn,
Ob fertig der Sarg von Elfenbein?

Da antwortete ihr

Frau Lureley.

Schön Dank, schön Dank, Frau Edelstein!
Mit deinen sieben Erdfräulein:
Zinnober, Naphtha und Asbest,
Quecksilber, die keine Ruhe läßt,
Spiesglanz und auch Marienglas,
Kobold, die lacht ohn' Unterlaß,
Nimm' hin den Sarg, er steht bereit,
Bei meiner Tochter Liebesleid.

Nun nahm Frau Edelstein einen von den drei Särgen, die bei der Jungfrau Liebesleid standen und legte dann mit Hilfe ihrer sieben Mägdelein den Grubenhansel hinein, worauf sie mit demselben durch die Thüre hinwegzogen.

Die Frau, welche hinter dem Kautzenveitel stand, hatte schöne braune Locken und blaue lustige Augen; ihr ganzes

Wesen war fröhlich und leicht und sanft und heftig zugleich; sie hatte einen Mantel von lauter Pfauenfedern an, und in jedem Ohre einen Kolibri hängen; auf dem Kopfe trug sie einen rothen Kranz von Vogelbeeren, der mit glänzenden Federn umsteckt, eine Krone bildete. Sie sprach zu Frau Lureley:

Frau Phönix Federschein.

Grüß dich Gott, Frau Lureley fein!
Mit deinen sieben Töchterlein,
Ich hätte gern von dir Bescheid,
Ob mir auch ward ein Sarg bereit?

Da antwortete ihr

Frau Lureley.

Schön Dank, schön Dank, Frau Federschein.
Mit deinen sieben Luftfräulein:
Mit Pfauenauges Farbenblitz,
Mit Reiherbusch und Schwalbenwitz,
Mit Turtel, Flämmchen, Nachtigall
Und Schwanenliedes Trauerschall.
Nimm dir den Sarg, er steht bereit
Bei meiner Tochter Liebesleid.

Frau Phönix Federschein empfing nun den zweiten elfenbeinernen Sarg von Jungfer Liebesleid, legte mit ihren Luftfräulein den alten Kautzenveitel hinein und zog mit ihm zu ihrer Thüre hinaus.

Nun war nur noch die Frau hinter Kohlenjockels Sitz übrig; aber sie füllte mit ihrem Gefolge doch die ganze Stube aus; denn sie waren meistens von einer lebendigen Art und konnten mit Geräusch und Hin- und Herzucken gar nicht zur Ruhe kommen. Sie hatte hochrothe Locken, die ihr wie Flammen um das bewegliche Köpfchen spielten; ihr Antlitz glänzte wie eine Sonne und blaue Adern schossen wie Schlangen unter ihrer weißen

Haut hin und her und war sie so hastig und lebendig, daß man ihr das Herz unter ihrem Röcklein von Asbest hüpfen sah. Sie stürzte auf Frau Lureley zu und sprach:

Frau Feuerschein.

Grüß dich Gott, Frau Lureley fein!
Mit deinen sieben Töchterlein,
Nun sag mir gleich, sag mir geschwind,
Wo ich den Sarg bereitet find'?

Da antwortete ihr

Frau Lureley.

Schön Dank, schön Dank, Frau Feuerschein!
Mit deinen sieben Glutfräulein:
Mit Flämmlein und Fünklein klein,
Mit Lichterloh und Ascherlein,
Mit Hitzenblitz und Rußerauch,
Und Fräulein Kohlenschwärzel auch,
Der dritte Sarg steht dir bereit
Bei meiner Tochter Liebesleid.

Da fuhr Frau Feuerschein mit ihrem Gefolge schnell auf den Sarg los; sie faßten den alten Kohlenjockel und legten ihn hinein und eilten mit ihm ihre Thüre hinaus.

»Diese alten Herren haben nun alle ihre Ruhe«, sagte Frau Lureley, »und nun muß ich den zwölf frechen Mühlknappen, die mich so oft verhöhnt und verrathen haben, auch ihren Lohn geben«; da befahl sie ihrem Töchterlein Liebesneid, welche die zwölf Mühlsteine bereitet, sie sollte vor jeden dieser Knappen einen der Steine hinwälzen. Liebesneid trieb die Steine vor sich her, und vor jedem Knappen blieb einer stehen. Da sprach Frau Lureley:

»So viel Narren, so viel Kappen;
Auf, ihr alten frechen Knappen!

Fahret durch die breiten Kragen,
Die ihr sollt wie Rathsherrn tragen,
Setzt euch um den Tisch herum,
Sinnt und denkt und bleibet stumm.«

Nach diesen Worten fuhren die zwölf Knappen mit ihren Köpfen durch die Löcher der Mühlsteine durch und setzten sich wie zwölf Rathsherren mit breiten Kragen um den Tisch ganz stockstill herum, als hätten sie eine große Sorgenlast auf den Schultern. Nun zog Frau Lureley mit mir und ihren sieben Töchterlein durch die Thüre hinweg, durch welche Frau Mondenschein gegangen war. Wir traten in eine schöne Kirche von wunderbar künstlicher Bauart; sie bestand aus fünf Kapellen, die in der Gestalt eines Kreuzes aneinander gebaut waren. Die mittelste war höher und aus ihr überschaute man die vier andern. Die Kapelle in der Mitte war ganz dunkelblau und mit einem Schimmer von Mondenschein durchgossen; denn die Kuppel von blauem Glas war von einem vollen Monde und vielen Sternen erleuchtet; ihr Boden war mit lebendigen Blumen besät und schien ein zarter Rasen zu seyn. Lämmer von Alabaster lagen um einen marmornen Sprudelquell, der zu den Füßen eines künstlichen Felsens von Blumen umwachsen murmelte; in diesem Felsen aber lag der Leib des Mondenschäfers auf den Sammtkissen, die mit Thimian und Würzkräutern ausgefüllt waren, und man konnte den alten Herrn sehr wohl durch einige Krystallscheiben, die vor der Höhle angebracht waren, betrachten; auf dem Felsen aber ruhte ein Schäfer von Marmor; er hatte eine Flöte und einen Hund neben sich und schien über dem Gemurmel der Quelle in angenehmen Träumen entschlummert; über dem Eingange dieser Kapelle aber standen folgende Worte:

»Hier ruht Damon, der gute Hirt,
der erste Fürst von Staarenberg,
er verlangt nichts mehr zu wissen.«

Die Kapelle gegen Mitternacht war ganz finster und Wände und Kuppen waren mit unzähligen Erzstufen, Edelsteinen und Mineralien bedeckt, und der goldne Sarg, worin der Grubenhansel lag, stand unter einem Gebäude von Krystall, auf dem ein Bergknappe saß von gediegenem Gold, der mit einem silbernen Grubenlichte auf dem Kopfe einen wunderbar zauberischen Schimmer über die funkelnden Wände warf; über dem Eingang dieser Kapelle standen die Worte:

»Hier ruhet Johannes, der emsige Bergmann,
zweiter Fürst von Staarenberg,
er verlangt nichts mehr zu wissen.«

Hier traten wir in die Kapelle gegen Morgen; sie war ganz eine große Laube von Marmor in durchbrochener Arbeit und die Räume zwischen den Zweigen und Blättern waren mit durchsichtigen rothen und saferanfarbigen Edelsteinen ausgefüllt; von außen aber war die Kapelle mit unzähligem Rankengewächs umzogen, und man glaubte, wenn man in der Mitte stand, in einer von der Morgenröthe durchschimmerten Laube zu stehen; in der Mitte der Kapelle stand in einem goldenen Käfich von der schönsten Arbeit der Sarg, in welchem man den Leichnam des Kautzenveitel in seiner Vogelstellertracht ruhen sah; über dem Käfich aber erhob sich ein silberner Baum mit goldnen Blättern und Vogelbeertrauben von Rubin. Mitten in diesem Baume saß ein Jüngling von Alabaster mit einer Eule auf der Hand, und alle Zweige des Baumes waren mit den schönsten künstlichsten Vögeln bedeckt, die aus mancherlei Federn und Edelsteinen bunt zusammen gesetzt waren. Über dem Eingang der Kapelle aber stand:

»Hier ruht Veit, der Vogler,
dritter Fürst von Staarenberg,
er begehrt nichts mehr zu wissen.«

Hierauf betraten wir die Kapelle gegen Mittag; sie war aus glänzenden Schlacken erbaut, und mit mancherlei Schmelzwerk ausgeziert; ihre Kuppel bestand aus feuerfarbenem Glase, durch das die Sonne in wunderbarem Glanze herein strahlte; in der Mitte stand der Sarg des Kohlenjockels von goldenen Flammen umgeben, und über ihm stand ein Jüngling von Erz, der in den Händen ein Becken voll lebendigen Feuers trug – über dem Eingang standen die Worte:

»Hier ruht Jakob, der Köhler,
der vierte Fürst von Staarenberg,
er verlangt nichts mehr zu wissen.«

Alle diese Kapellen war ich an der Seite der schönen Frau Lureley durchwandelt und nun traten wir in die letzte gegen Abend. Sie war von weißem Marmor und ruhte auf goldnen Säulen, welche Garben vorstellten; in der Mitte durchfloß sie eine lustige Quelle, die ein silbernes Mühlrad trieb, das mit harmonischen Schellen behängt, ein liebliches Getön hervorbrachte; sonst war noch kein Sarg hier und kein anderes Bild, auch keine Inschrift stand über dem Eingang.

Als die blonde Frau herein trat, ward sie sehr traurig und weinte, und sagte zu mir: »Radlauf, gib mir die Gebeine des schwarzen Hans.« – Ich gab sie ihr, sie benetzte sie mit ihren Thränen, legte sie in die goldne herzförmige Kapsel, die ihr Mägdlein Liebeseid gesponnen hatte, und hängte sie über dem Rade an einer silbernen Kette auf, die von der Decke herab hing. In dem Augenblick stürzte ein ungeheurer Schwarm von Staaren mit durchdringendem Geschrei durch die offene Kuppel der Kapelle, und Lureley sprach zu ihnen:

»Die Tage der Rache sind zu Ende, ihr treuen Diener eures unglücklichen Herrn! gehet auf den Hof des Schlosses, ich will euch seinen frommen Sohn vorstellen.« – Nach diesen Worten hoben sich die Staare von dannen und sie sprach zu mir: »Mein theurer Radlauf! erschrecke nicht über das, was ich dir sagen werde, unterbrich auch nicht meine Rede mit Worten und Fragen und Ausrufungen; sobald du redest, muß ich dich verlassen, und du zerbrichst ein Werk, was dich und mich beglücket; reiche mir deine Hand, umarme mich, o komm an mein Herz, ich bin deine Mutter.« Hier schloß sie mich in ihre Arme; Schauer und Entzücken nahmen mir die Sinne; aber sie benetzte mein Antlitz mit dem Quell, und mir ward unendlich wohl – dann fuhr sie fort: »Der schwarze Hans, den wir hier begraben haben, ist dein Bruder; hier diese Kapelle ist die Grabstätte deines Vaters, noch ruht er nicht hier, noch lebt er, du wirst ihn noch einmal umarmen; noch mehr Geschwister hast du, du sollst sie alle sehen; in wenigen Stunden muß ich dich verlassen; drum bleibt mir nicht die Zeit, dir Alles zu erklären, was dich heute mit Erstaunen erfüllt; aber bald seh ich dich wieder, und du lernst mich kennen, jetzt folge mir, daß ich dich deinen Unterthanen vorstelle, die dich erwarten.«

Stumm und erschüttert, mehr durch ihre Erzählung, als durch ihr Gebot zu schweigen, folgte ich ihr in der Begleitung ihrer sieben Jungfrauen. Wir gingen aus der Kirche hinaus; auf schönen reinen Treppen stiegen wir zu hinteren Terrassen mit mancherlei Bildsäulen und schönen Gefäßen, aus denen Wasser sprudelte, geschmückt; so gelangten wir durch geräumige Vorsäle in prächtig geschmückte Gemächer, die bequem und vornehm an einander gereiht, auf bunten Teppichen durchwandelt wurden, bis sie auf einer großen Marmorgallerie wieder zu Tage liefen. Von diesem Standpunkte übersah man den grünen Spiegel des See's und das jenseitige Waldgebirge, das so zu sagen erst die Folge dieser Säle beschloß; aber hinausgetreten auf den Balkon, erblickte ich den Hof des Schlosses und die ihn umgebenden Gärten und Terrassen mit einer Menge von Menschen bedeckt, die mit Hüten und Tüchern wehend einem freudig stürmenden, jauchzenden Meere glichen, das mit tausend Wogen des Jubels an mein bestürztes Herz schlug, und immer: Heil! Heil! unserm Fürstensohne, Heil! Heil! seiner Mutter, rief.

Die liebe blonde Mutter aber sprach zu mir: »Sage mein Sohn, an wen gedenkst du jetzt, du, der kummervoll und arm war, und jetzt mit allem weltlichen Entzücken berauscht ist?« – Da sprach ich: »Daß der Vater lebt, ist mir lieb; daß ich meine Mutter sehe, ist mir süß; aber ich wollte, ich wäre am Rhein und dieses Schloß wäre meine Mühle und dieses Volk wäre der Rhein; Ameley wäre in seinen Wellen, ich stürzte hinein, trüge sie in meinen Armen auf die Wiese ans Ufer, und sähe in ihre holdseligen Augen; ach! das wäre süßer als Alles.« – Darauf sprach meine Mutter: »Du bist der treueste Mann, und glücklich die dich liebet; bald sollst du sie wiedersehen.« Dann sprach sie zu dem Volke: »Rüstet das Land und das Schloß, in wenigen Tagen kehret euer Herr zurück.« Somit wendeten wir uns um und gingen durch die Gemächer, über die Treppen, durch die Kirche, hinab in das Gewölbe, wo die zwölf Knappen um den Tisch saßen, wie Rathsherren. »Nun«, sagte Lureley, »muß ich dich verlassen, bitte dir eine Gnade aus, bald sehe ich dich wieder.« – Ich wußte über alle diese Herrlichkeiten nicht, was ich begehren sollte, und da ich die zwölf alten Knappen so gewaltig besorgt sitzen sah, sagte ich: »Verzeihe diesen armen Schelmen und lasse sie deiner Milde genießen, und schenke sie mir zur Begleitung, daß ich nicht so mühsam nach Hause ziehen muß.« – Da umarmte sie mich und küßte mich und verschwand; ich aber wußte nichts mehr von mir, ein wunderbarer Schlaf befiel meine Augen.

Vom Tanz der Frau Mondenschein und wie sie ihren sieben Töchterlein ihre und des Mondenschäfers Geschichte und den Fluch der Frau Aglaster erzählt.

Als ich erwachte, lag ich am Eingang eines Waldes in dem Schatten einer sich weitausstreckenden Eiche, und um mich her standen zwölf ehrbare Ritter; dieselben, die mich hieher zu euch geleiteten, ihre Rosse standen an den Bäumen umher gebunden; sie grüßten mich als Fürsten von Staarenberg und fragten: »Wohin geht unser Weg?« Ich sagte: »Wir ziehen zum Rhein« – und somit bestiegen wir unsere Rosse und zogen fröhlich durch die gesegneten Thäler hinab.

Als am Abend die Sonne hinab sank über einem spiegelglatten Landsee, machten wir Halt an einem bequemen Ort; ich befahl meinen Gefährten das Lager zu rüsten und das Abendbrod zu bereiten; ich selbst aber wollte gehen, mich in den schimmernden Wellen des Sees badend zu erquicken, und meiner theuren Ameley zu gedenken. Trauernd schlich ich am Ufer durch die düstern Erlen dahin, entkleidete mich auf dem Rasenufer einer kühlen Bucht, und tauchte mein sehnsüchtiges Herz in den labenden Spiegel des Sees. Schon war die Sonne hinabgesunken; das Lied der Vögel verstummte; ein leiser Wind trieb die Wellen gräuselnd gegen meine Brust; der Abendstern stand lächelnd über dem jenseitigen Berg; eine wehmüthige Lust durchdrang mein Herz bei dem Klange einer Hirtenflöte, die in der Gegend über die Wiese hinspielte.

O süße Ameley! rief ich aus, und indem ich meine Arme in den Wellen ausbreitete, als wollte ich sie an mein Herz schließen, und diese Bewegung oft wiederholte, begann ich zu schwimmen und richtete meinen Weg nach einer anmuthigen Insel, die von Erlen umgeben in der Mitte des Sees lag. – Hier setzte ich mich in den Arm einer hohen Weide, die sich gekrümmt über das Ufer des Sees vorlehnte, und ihr zartes Laub in die Wellen senkte, wie eine Jungfrau, die sich weinend ihre Locken wäscht; und ganz eingeschleiert von den dichten Blättern des Baumes schaute ich trauernd bald über die Fläche des Sees, auf der schon der bleiche Mond und die Gestirne sich spiegelten, bald über die entschlummerten Blumenglocken der Insel, die einen von Büschen geschmückten Weidenrasenplatz bildete; so ward ich Zeuge eines reizenden Schauspiels.

Die Frau Mondenschein, die ich mit ihren sieben Mägdlein in der Gruft gesehen, wandelte über die Wipfel der Bäume daher; die Zweige die sie berührte, schimmerten mit silbernem Glanz und die Nachtigallen begannen in den Büschen zu singen, und schienen mir immer Ameleya! Ameleya! zu rufen.

Als aber die wunderbare Frau mit ihren Gespielen auf den Grashalmen und Blumenkelchen hinwandelte, erwachten die Heimchen, und begannen ein süßes vertrautes Geschrille; die Quellen murmelten traulich und das Echo zitterte das träumende Lustgeräusch wieder; die Mägdlein aber umgaben einen schönen grünen Rasen, und in ihrer Mitte schwebte Frau Mondenschein und sang also:

»Nochmals laßt mit zarten Füßen
Uns im Thau die Kreise ziehen,
Nochmals uns die Blumen grüßen
Und dann von der Erde fliehen,
Von der Erde, die betrogen
Unser helles leichtes Herz,
Uns vom Lichte abgezogen
Zu der Tiefe finsterm Schmerz;
Reihet, reihet meine Schwestern!
Und ich fing mein irdisch Weh;
Ach! vierhundert Jahr wie gestern
Ich mir heut verschwunden seh.« –

Nun tanzten die sieben Mägdlein um sie her und eine jede that, was ihres Amtes war. Spinnenseil trug einen silbernen Rocken, von dem sie feine Fäden zog und damit den Tanzplatz umgab. Dazu sang sie:

»Daß kein Kobold ungeladen
In der Elfen Tanz eingeh,
Zieh ich einen Silberfaden
Jetzt von Blum zu Blum im Klee,
Spinnerin bin ich, Fädlein spinn ich;
Weberin web ich, rings umschweb ich,
Unsern Tanz so fein und sinnig
Rings mit sichrem Netz umgeb ich.«

Schneckenpfeil aber war mit Bogen und Pfeilen wie eine rüstige Jägerin bald hier bald dort, und wies eine Menge von Fledermäusen, Nachtschmetterlingen, Eidexen und andern unbequemen Gästen, die der Glanz der Frau Mondenschein herbei lockte, mit ihren Pfeilen zurück, wozu sie sang:

»Eines kräftgen Käfers Zange
Ist mein Bogen; Spinnenseil
Drehte Fäden mir zum Strange
Und ich schieß den Schneckenpfeil;
Pfeile spend ich, von uns wend ich
Eider, Kauz und Fledermaus;
Alle blend ich, alle send ich
Witzig spitzig bald nach Haus.«

Die dritte Jungfrau aber, welche Mottenflügel hieß, schweifte von Blume zu Blume, und sammelte den Thau, und bestreute mit seinen Perlen den Rasen um Frau Mondenschein her, wie man die Tanzböden gegen den Staub zu besprengen pflegt; ihr Gesang aber lautete also:

»Ich bestehl im Thal am Hügel
Alle Blümelein im Traum,
Schüttle Perlen von dem Flügel
Hier in unsres Spieles Raum;
Perlen setz ich, leis benetz ich
Unsre Au mit kühlem Thau,
Daß ihr Füßlein nicht verletz sich
Mondenschein, die zarte Frau.«

Palmkätzchen, die vierte Jungfrau, trug allerlei weiche Blüthenflocken, zarten Flachs und Flaum herbei, und breitete Teppiche zum Sitzen der Frau Mondenschein aus; auch verstopfte sie die Glocken der Blumen aus einer übertriebenen Sorge, sie möchten vom Tanze bewegt läuten und die nächtliche Feier verrathen, bei welchem Geschäfte sie folgendermaßen sang:

»Flachs von fauler Dirnen Rocken,
Flaum von zarter Knaben Kinn
Stehl ich, streue weiche Flocken
Unter eure Füße hin.

Weit her schlepp ich euch den Teppich,
Daß ihr nicht zerreißt die Socken
An dem Eppich – Wolle stepp ich
Ins Geläut der Blumenglocken.«

Die fünfte Jungfrau, Blumenfädchen, sammelte allerlei Wohlgerüche, die sie auf einem Rauchfaß, das sie in Gestalt einer Rose in der Hand schwenkte, auf dem Tanzraum mit folgendem Gesange verbreitete:

Ich umschweb die Blumenkelche,
Raube ihnen süßen Duft,
Schwenke, daß das Fest hoch schwelge
Dann mein Rauchfaß durch die Luft.

Ich bin lustig, Rose ruft mich,
Mir winkt Lilie, seufzt Viole,
Rings süß duftig mach die Luft ich
Euch ums Haupt und um die Sohle.«

Ihr folgte in emsigem Geschäfte die sechste Jungfrau, Johannislicht; sie zündete rings im Gras und in den Büschen kleine schimmernde Lichter an, machte kleine Laternen aus den Kelchen der Glockenblume, und ließ eine Menge leuchtender Funken die verschiedenen Kreise des Tanzes, wie ein Feuerwerk auf dem Teppich der Nacht, hinschweben, wobei sie also sang:

»Ich begleite mit Gefunkel
Eure Füße auf dem Plan,
Zünde rings im Nachtesdunkel
Tausend bunte Lampen an.

Es umgränze und umglänze
Duftberauscht und mondlichttrunken
In dem Lenze unsre Tänze
Glühend der Johannisfunken.«

Die siebente Jungfrau, der fliegende Sommer, auch Altweibersommer genannt, brachte einen schönen Schleier heran, und reichte ihn der Frau Mondenschein, die ihn traurig anlegte, wozu sie sang:

»Frühling war ein lust'ger Freier,
Sommer ernst ein Ehemann,
Herbst webt schon den Wittwenschleier
Und der Winter legt ihn an.

Jungfraun lauern hinter Mauern
Unterm Schleier auf den Freier;
Wittwen trauern und bedauern
In dem Schleier Todtenfeier!«

Als Frau Mondenschein den Schleier angelegt hatte, tanzten die Jungfrauen um sie her, und die Heimchen grillten im Takte, wozu Frau Nachtigall bald lustig schmetterte, bald in süßen Klagen zu zerfließen schien; endlich aber verstummte die Musik und die Tänzerinnen wurden ruhig, der Mond trat hinter die Wolken; die leichten Frauen allein warfen einen milden Schein auf Blumen und Gras, aber keinen Schatten; da sprach Frau Mondenschein also:

»Meine lieben Mägdlein, jetzt ist die Stunde, wo ich euch endlich erzählen kann, was mich schon vierhundert Jahre lang so traurig macht; mein Leid ist vorüber, morgen ist Alles vergessen, morgen bin ich wieder jung, neu und glücklich.

Vor vierhundert Jahren hatte ich noch keine Gesellinnen, ich war einsam und allein, und wandelte sehnsüchtig und träumend hier auf dieser Insel umher, die mir besonders lieb war; aber sie war damals noch keine Insel, der Raum zwischen hier und dem jenseitigen Ufer war ein wildes Felsenthal, und hier war eine anmuthige Bergwiese. Viele Jahre besuchte ich diesen einsamen Fleck, und badete mich Nachts in dem Brunnen, der dort am Fels hinter den Erlen quillt; – als ich einst traurig über meine Einsamkeit in dem Bade saß, bekam ich plötzlich eine Gesellschafterin. Frau Echo, die lange in dem Felsen geschwiegen hatte, erwachte plötzlich und sang mir die Melodie einer Hirtenflöte ins Ohr, die vom jenseitigen Ufer ertönte; lange lauschte ich entzückt ihren Tönen, und weinte, als sie leiser, immer leiser wieder verstummte. Ich, die nicht wußte, wo der süße Klang herkam, irrte und suchte rings umher; sieh! da eilte am Rande dieser Wiese mir ein silberweißes Lamm entgegen; ihr könnt euch denken, wie ich entzückt war, einen so lieblichen Gespielen in meiner Einsamkeit erhalten zu haben; – ich pflegte und liebkoste mein Lamm, als wenn es mein Brüderchen wäre; führte es zur Weide, wo das Gras am zartesten, die Kräuter am gewürzigsten waren, und hatte meine Freude viele Tage mit ihm. Seit das Lamm bei mir war, sang mir Frau Echo täglich das Flötenlied vor und ich bemerkte, daß mein kleiner Gespiele dann immer sehr unruhig ward und sehnsüchtig blöckte. Auch stellte sich nun Frau Nachtigall ein, und sang mit Frau Echo um die Wette, und so entschlummerte ich einstens hier auf dem Hügel, das Lamm in meinem Arm in seligen Gedanken.

Ich mochte kaum einige Minuten geschlafen haben, als das Lamm plötzlich sich aus meinen Armen riß und vor mir herstürzte; auch ich sprang auf, denn neben mir stand ein junger Schäfer, schön und freundlich; das Lamm war ihm entgegen gesprungen, und eine fröhliche Heerde tummelte sich auf der Wiese umher. Er grüßte mich freundlich und sagte mir, das

Lamm, das sich nämlich von seiner Heerde verloren, habe ihn hieher gelockt, und er danke mir, daß ich es so gütig gepflegt. Wir wurden bald bekannt; er verließ mich am Morgen mit dem Versprechen, am Abend wiederzukehren. Mit Sehnsucht erwartete ich den Abend. Damon kehrte zurück, wir erzählten uns Märchen, sangen uns Lieder, flochten Kränze und waren selig. Oft hatte er mich besucht; bald aber kam die Stunde, daß er mich nie verlassen sollte. Als wir einst hier am Hügel neben einander entschlummert waren, es war schon gegen Morgen und die Sonne trat schon hinter den Bergen hervor, erweckte uns ein heftiges Geräusch; wir sahen die Heerde erschreckt vor uns herstürzen und folgten ihr ängstlich nach dem Rande dieser Wiese; denn über uns war ein großer Bach entsprungen, der sich wild zu dem Felsthal hinabstürzte; er schien uns boshaft zu verfolgen; ich hätte zwar leicht entschweben können, aber mein Damon war mir zu lieb und ich wollte ihn nicht verlassen; blindlings folgten wir der Heerde, die sich in eine weite Felsenhöhle flüchtete.

Kaum waren wir hineingetreten, als von dem Sturm der Schaafe aufgestört eine Wolke von Staaren über uns her zu der Höhle hinaus flog; wir faßten uns fest in die Arme, um nicht umgeworfen zu werden. So von den blöckenden Lämmern umdrängt hatten wir uns kaum eine kleine Weile erholt, als plötzlich über die Höhle und ihren Ausgang nieder das Wasser in das Thal stürzte, und den Ausgang verschloß. – »Damon«, sagte ich, »wie ist dir? wir sind gefangen.« Er aber antwortete: »Mir ist wohl in dieser festen Burg mit krystallner Thüre; an deiner Seite bin ich wie ein König; dieser Lämmer sind ein liebes lenksames Volk, und ich will uns ein Trostlied spielen.« Da setzte er seine Hirtenflöte an die Lippen und spielte ein wundersüßes Lied, das Frau Echo aus geheimen Gängen der Höhle wiederholte, und das rauschende Wasserthor und das Blöcken der Lämmer begleiteten: da sagten wir uns, wir wollten immer beisammen bleiben. Das niederstürzende Wasser mehrte sich, und wir mußten uns in der Höhle einrichten, so gut als wir konnten. Damon fand einige anliegende Gewölbe und trieb die Schaafe hinein; viele Kräuter wuchsen am Eingang, und Laub hing von überhängenden Büschen herein; der Wassersturz drängte die Zweige herab, und Damon als ein treuer Hirt streifte das Laub ab und sammelte die Kräuter und machte Bündelchen daraus, um die Schaafe in Hungersnoth zu fristen, sie leckten dazu das Salz, das an den Wänden ausgeschlagen war. Er selbst nährte sich von den Staareneiern, die in vielen Nestern an der Felsenwand waren. So lebten wir einige Tage, und das Sonderbare unserer Lage gefiel uns noch immer wohl.

Am dritten Morgen hatte Damon so eben in der düsteren Höhle aus einem besonders schönen Neste ein Ei genommen, als wir bemerkten, daß der Wassersturz vor dem Eingang dünner geworden war, und einen Durchgang bildete; schnell eilten wir hinaus und sahen in eine ganz veränderte Gegend: das Felsenthal ringsum hatte sich in einen See verwandelt, ein Regenbogen stand über uns ausgespannt, und Tauben schwebten über den Spiegel.

»Sieh da!« sagte Damon, »der Himmel selbst will, daß wir beisammen bleiben; diese Höhle ist eine Insel geworden, ohne Schwimmen kann ich mit der Heerde nicht mehr hinüber. Der Ort schickt sich gut zu meiner Nahrung, auf diesem Eiland esse ich mein Ei«, und somit knickte er das Ei, das er in der Hand hatte, an einer scharfen Stelle des Felsens, brach es in zwei Hälften und schlürfte es aus.

Kaum aber hatte er dieses gethan, als eine schwarze Wolke den Himmel bedeckte und mit einem wimmernden Geräusch nahte, und sieh! es war der große Staarenschwarm, der über uns her mit stürmender Hast in die Höhle kehrte. Die geflügelte Windsbraut zog uns mit in die Höhle, und Damon warf sich vor ihrem Ungestüm platt an den Boden in einen Winkel; ich ahndete wunderbare Dinge und berührte Damon mit meinem Fuß, auf daß er entschlummerte und nicht hören möge, was er nicht ändern konnte, und er sank in einen tiefen Schlaf.

Mit wildem Geschrei flatterten die Vögel durch die Höhle hin und her, und wehklagten über ihre zerstörten Nester, und ergrimmt hackten sie sich in die Wolle der Schaafheerde fest, die geängstigt unter Geblöck aus der Höhle heraus stürzten, und sich über den Hügel zerstreuten; und da die größere Anzahl der Staare sie verfolgend die Höhle verlassen hatte, kam ein größerer Vogel, der ein Krönchen auf seinem Haupt hatte, heftig gegen mich angeflogen; erst umschwebte er mich mit großem Wehgeschrei, und holte dann die zwei halben Eierschalen, die vor dem Eingang auf dem Felsen lagen, legte sie auf einen Steinvorsprung vor sich nieder und brach in folgende Worte aus:

»Weh! weh! Frau Mondenschein!
Was that ich Ihr zu Leide,
Daß solche Noth und Pein
Ich Ärmste durch Sie leide!
Mein Ei! mein Wunderei!
Zerbrochen und verzehret!
Der Staaren Bau zerstöret!
O höre mein Geschrei,
O *Cisio Janus* steh mir bei!

Schwärmerin! Härmerin!
Gleicherin! Schleicherin!
Schweigerin! Schmachterin!
Trachterin! Heuchlerin!
Schmeichlerin! Träumerin!
Säumerin! Hehlerin!

Stehlerin! Grüblerin!
Lieblerin! Rührerin!
Verführerin! Sehnerin!
Gähnerin! Thränerin!
Scheinerin! Meinerin!
Schläferin! Schäferin!
Weh! weh! mein Wunderei!
O *Cisio Janus* steh mir bei!«

Und so setzte sie in ihrer Staarensprache immer mit Wehklagen und Schmähworten abwechselnd ihr Hilfsgeschrei nach *Cisio Janus* fort. Mich jammerte das arme betrübte Mutterherz, ich unterbrach sie nicht in dem ersten Ausbruch ihes Wehs; aber ich ergoß meine tröstendsten Strahlen durch die Höhle. Die Sonne war untergegangen, die Sterne traten am Himmel hervor und besahen sich verwundert in dem neu entstandenen Wasserspiegel; es war, als drängten sie sich dicht zusammen, und als schaue einer dem andern über die Schulter. Und sie blitzerten so frisch, frei und freundlich, als gefielen sie sich wohl. Da schaute ich den schlafenden Damon mit meinen tiefsten Augen an, und er verstand meinen Willen. Träumend ergriff er seine Hirtenflöte und spielte eine ungemein rührende Melodie. Nach einer kleinen Weile milderte sich schon das Klaggeschrei der Staarenkönigin, und bald war es nur ein einzelnes Schluchzen und Seufzen; so oft sie aber wieder die zerbrochene Eierschale betrachtete, schrie sie von Neuem: »Mein Ei! mein Wunderei! O *Cisio Janus* steh mir bei!« und begann eine neue Reihe von Schmähworten gegen mich, die sich aber immer milderten, und ich hörte zuletzt gar das Wort Trösterin von ihrem Schnabel erklingen; worauf sie ganz verstummte, und aufmerksam mit gewendetem Kopf wie andere Staare zuhörte, als wolle sie ein Lied lernen; viele andere Staare kamen leise herein geschlüpft und setzten sich hie und da wie studirende wißbegierige Männchen umher und drehten den Kopf bald links, bald rechts, fingen auch an hie und da ein Endchen der Liederweise nachzupfeifen.

Wie wird mir? Wer wollte wohl meinen,
Wenn winkend aus wiegendem See
Süß sinnend die Sternelein scheinen,
Werd' heiter, weich' weiter du wildwundes Herz.

Komm Kühle, komm küsse den Kummer,
Süß säuselnd von sinnender Stirn,

Schlaf schleiche, umschleire mit Schlummer
Die Schmerzen, die schwül mir die Seele umschwirrn.

Flöß flehend du Flötengeflüster
Mir Himmel und Heimath ans Herz,
Leucht lieblich und lispele düster
Und fächle, daß lächle im Schlummer der Schmerz.

Sieh! sind schon die Sonnen gesunken,
Glück glimmet in Abendlichts Glut
Und Finsterniß feiert mit Funken,
Licht locket ins Leben das liebende Blut.

Wir wanken in wohnsamer Wiege,
Wind weht wohl ein Federlein los,
Wie's wehe, wie's fliege, wie's liege,
Fein fiel es und spielt es dem Vater im Schooß.

Bis hieher hatte die Staarenkönigin sich beruhigend, mein Trostlied gehört, als sie aber die letzte Strophe nachschwätzen wollte, brach ihr Leid wieder aus, und sie sagte nur weniger heftig als im Anfang:

»Weh! mein Ei! mein Wunderei!
So grausam zu zerbrechen,
Vom Federlein dann sprechen,
Das fort geflogen sey.

So könnt ein Jeder sprechen;
Und eines Schäfers Magen
Nennt Sie des Vaters Schooß!
Frau Mondschein, ich muß sagen,
Der Unterschied ist groß,
Die Ähnlichkeit kurios!«

»Ich danke Ihr für das schöne Trostlied, es hat mir bis auf den seltsamen Schluß ganz wohl gethan; aber ich weiß wohl, der Mondschein erlaubt nicht, etwas genau zu unterscheiden. So wisse Sie denn, ich bin die Staarenkönigin Aglaster, und Ihr tölpelhafter Schäfer hat mit diesem Ei die Hoffnung der Welt, den künftigen Regenten des Staarenvolkes vernichtet. Es war dieses Ei aber ein Schicksalsei, gar wunderbar gezeichnet, und wenn erst Herr *Cisio Janus* kommt, der wird Ihr schon auslegen, was der Schäfer gethan hat.«

Ich erwiederte hierauf: »War es ein Schicksalsei, so hat Damon ein Schicksal mit sich verbunden; o ihr edles schwarzgefiedertes Staarenvolk willst du deiner Königin Sohn dienen, wo er auch sey?«

Auf diese Frage erhob sich ein allgemeines Geschrei der Staare: »Das wollen wir, das wollen wir!« – »Wohlan«, fuhr ich fort, »so gehorchet ihm in dem edlen Schäfer Damon, mit welchem sich dieses Schicksalsei verbunden hat, was wahrlich ein Schicksal zu nennen ist, ein unabänderliches, unverschuldetes und recht gutes; denn ihr werdet in ihm einen weisen und milden Regenten haben, und in mir, seiner Braut, eine wohlthätige Mutter. War es eurer guten Königin Aglaster nicht vergönnt, aus diesem Schicksalsei einen Staarenprinzen zu brüten, so hat mir der Himmel doch verliehen, euch alle in Menschen zu verwandeln, was ihr in euren Voreltern gewesen, und ich will euch gründen ein Land Staaren, und ihr sollet Weizen und Korn bauen und Weinbeer essen in alle Ewigkeit.«

»Weinbeer! Weinbeer! Vivat Prinz Damon!« schrie das Staarenvolk nun allgemein. Frau Aglaster aber war ganz anderer Meinung, sie schüttelte mit dem Kopf und sagte: »Ich habe mich hinreichend überzeugt, daß man eher bei Menschen Staarenverstand, als bei den Staaren Menschenverstand findet, und so wäre es besser, Damon würde ein Staar und verbände sich mit mir, die eine arme Wittib ist, euch zu regieren.«

Über diesen Vorschlag lachte und schrie das ganze Volk, sie sagten, das hieße vom Pferde auf den Esel kommen, und schrien fortwährend: Vivat Weinbeer, Weizen und Menschenverstand! –

Da war die ganze gute Stimmung der Frau Aglaster vorüber, und sie rief wieder: »Mein Ei! mein Wunderei! Komm *Cisio Janus* steh mir bei!« – Ich aber sagte: »Ei was, es fällt kein Sperling vom Dach ohne Gotteswillen« – und wollte mich entfernen, da erwiederte sie: »Vorhin spracht Ihr von einem Federchen, jetzt ist es schon ein Sperling; aber es ist hier von einem Schicksalsei und einem Nest die Rede, das kein Dach ist.«

»Höret, höret!
Es ist leicht ein Ei zu kauen;
Aber was im Ei gelebt,
Läßt sich nicht so leicht verdauen;
Denn es wird sein Ziel erschauen,
Was da lebet, was da schwebt.
Weh! mein Ei! mein Wunderei!
Janus, Janus, Cisio!
Ach und Oh!
Steh den Wittwen und Waisen bei!

Höret, höret!
Äußrer Faden abgerissen
Spinnt sich weiter innerlich
Und der leicht verschluckte Bissen
Wird nach Wissen und Gewissen
Einst auch wieder äußerlich.
Weh! mein Ei, mein Wunderei!
Janus. Janus. Cisio!
Ach und Oh!
Steh den Wittwen und Waisen bei.

Höret, höret!
Dieses Leben, das im Eichen
Ihr verzehret, war bestimmt

Nach der Schale Wunderzeichen
Viel Verkehrtes auszugleichen,
Was nun andre Wege nimmt:
Weh! mein Ei! mein Wunderei!
Janus, Janus, Cisio!
Ach und Oh!
Steh den Wittwen und Waisen bei.

Ein Geschick habt ihr verschlungen,
Schien es gleich nur Staarenei,
Was sein Flügel hätt' geschwungen,
Was sein Schnabel hätt' gesungen,
Das ist darum nicht vorbei:
Weh! mein Ei! mein Wunderei!
Janus, Janus, Cisio!
Ach und Oh!
Steh den Wittwen und Waisen bei.

Was dem Staar war zu verzeihen,
Neugier, Glanzsucht, Plauderei,
Wird manch Menschenherz entzweien,
Daß es muß zum Himmel schreien,
Weh um die Verrätherei!
Weh! mein Ei! mein Wunderei!
Janus, Janus, Cisio!
Steh den Wittwen und Waisen bei.«

Während Frau Aglaster mit aller traurigen Majestät, deren ein kinderlos, verwittwetes, gekröntes Staarenhaupt fähig ist, diese prophetische Weheklage ausseufzte, hörte ich mehrmals ein entferntes Stöhnen wie eines Mannes, der auf mühsamem Wege begriffen ist, und bei diesem Stöhnen ward ihr Ruf immer heftiger. Schon wollte ich fragen, wer ist nur der *Cisio Janus*, der so lange ausbleibt?! – Da sagte sie, als wisse sie meine Frage schon: »Sparen Sie die Frage, hier ist er schon.« In diesem Augenblick kam ein Mann herein, der mich arme Frau Mondenschein, welche damals eine gar schüchterne Braut war, in eine ungemeine Verlegenheit setzte; es wurde mir, als kenne er mich durch und durch in allen meinen vier Vierteln, alle meine Conjunktion, Complexion, Temperament und Leidenschaft. Es wurde mir ganz kurios zu Muthe; denn es war mir, als schaue mir der Herr *Cisio Janus* bis in das feinste Strählchen meines Innern hinein. Ihr wißt wohl, wie einem zu Muthe wird, wenn man eben sehr superfein und engelrein wie Edelstein und Elfenbein und Heiligenschein in der Nähe werther Freunde sich zieret, und es tritt der Hofmeister herein, der einen abgestraft; der Hausarzt, der einem den Buckel, die schiefe Hüfte, die hohe Schulter vertrieb, und Inneres und Äußeres eingerichtet hat; der Zahnarzt, Nägel- und Hühneraugen- und Staarstecher, der einen reparirt hat; oder die Kleiderhändlerin, die einem den Prachtanzug gebracht hat, oder die Näherin käme und sagte: das Hemd ist gar nicht mehr zu flicken, und breite es vor Jedermann aus, und dergleichen menschliche Haushaltungsfälle, die einem das Blut in die Wangen treiben.«

»O ja, wir wissen schon, wir wissen schon, es ist zum Sterben!« riefen die Fräulein. »Aber wie geschah das durch den fatalen Herrn *Cisio Janus* so? wie sah er denn aus? Wer ist er? Wie wußte er das? Lebt er noch? Könnte er jetzt wieder kommen? Ach, wenn er doch säße, wo der Pfeffer wächst!«

So fragten alle die Hoffräulein durcheinander und drängten sich ängstlich an Frau Mondenschein heran, als sey der Herr *Cisio Janus*, der alles wisse, schon in der Nähe.

Frau Mondenschein lächelte über die Besorgtheit ihrer Dienerinnen, und mit ihrem Lächeln kam eine innige süße Ruhe über alle, und sie waren wieder zufrieden; das artige Mäulchen, das sie im Lächeln machte, erinnerte mich an die freundliche Prinzession Ameleya, wie sie sich so lieblich umschaute, da ich armer Radlauf ihr die nasse Schleppe trug nach ihrer Errettung aus der Rheinfluth, damit sie ihr nicht so an die Beine schlagen sollte.

»Beruhigt euch ganz«, fuhr Frau Mondenschein fort, »Herr *Cisio Janus* lebt nicht mehr; ihr werdet hören, wie es ihm ergangen. Ich zog mich, als ich Fußtritte hörte, etwas hinter den Schäfer Damon zurück, und siehe! da trat ganz außer Athem ein Mann herein, nicht jung und nicht alt; er sah aus, wie einer, der alle Tage anders ist und doch immer einerlei; wie einer, der ewig fortfährt und am Ende wieder von vorn anfängt. Sein Mantel hatte drei Bahnen, sein Hemd hatte drei Bahnen, seine Hosen hatten drei Bahnen; jede dieser 12 Bahnen war von anderer Farbe und in vier gleiche Felder getheilt; jedes dieser Felder wieder in sieben Feldchen, und jedes dieser sieben Feldchen in vier und zwanzig halb helle und halb dunkle Würfel; alle diese kleinen Felder auf den Kleidern des Herrn *Cisio Janus* waren mit den Todesanzeigen vieler berühmter Leute besteckt, deren Geister ihn jährlich einmal am bestimmten Tage besuchen. Wenn dieses besonders ausgezeichnete Leute waren, so waren die Anzeigen von rother Farbe.

Alles dieses beobachtete er mit der größten Pünktlichkeit und war von oben bis unten und überall mit unzähligen Merkzeichen besetzt. Er hatte an jeder der zwölf Bahnen ein anderes Ordenszeichen hängen und folgte reihum dem Einfluß dieser großen Herren; sie waren wie die zwölf Himmelszeichen; was mir aber ganz ärgerlich war, ist, daß er mein Porträt unzähligemal bald ganz voll und roth, bald halb Profil, bald ganz Profil, bald rabenschwarz wie Knöpfe auf seine Kleider genähet hatte, und daß diese Knöpfe keineswegs allein auf der Brust, sondern überall herumsaßen; er sah aus, als ob er wunder was für vertraute Bekanntschaft mit mir hätte. Er hatte einen Wuchs wie ein Kerbholz, Beine wie ein Maßzirkel, Arme wie ein Zollstock; sein Gesicht war wie eine Sonnenuhr und die Nase wie der Zeiger; seine Perücke war in zwölf Locken um die Stirne frisirt, welche zwölf Stundenzahlen vorstellten; sein eines Auge sah immer nach dem Schatten, den seine Nase warf, und das andere sah bald die Leute an, mit denen er sprach, bald irrte es auf den vielen Zeichen seines Gewandes umher, meistens aber schaute es nach den Sternen durch eine Brille, die er gewöhnlich trug, oder ein Sehrohr, das er am Hut befestigt hatte. Dieser Hut aber war ganz abenteuerlich; er drehte sich und rauschte wie ein Bratenwender und der Lauf der Gestirne bewegte sich daran, aber nicht allerdings ganz richtig; und da er behauptete, daß dieses ganze Werk nur eine Fortsetzung seines Gehirns sey, welches er mit seinen Gedanken bewege, pflegte er sehr bös zu werden, wenn man sagte, es scheine doch aufgezogen zu seyn wie eine andere Uhr, denn sein Haarbeutel gehe ja wie ein Perpendikel und wozu denn die langen Schnüre niederhingen mit den Gewichten? Er sagte aber, dieses seyen die Kleingewichte, an denen das Gleichgewicht von Europa regiert werde, und der Haarbeutel sey das von ihm erfundene *perpetuum mobile*, was ihm aber nicht geglaubt worden ist. Auf seiner einen Schulter saß ein Hahn und in der rechten Hand führte er einen langen hohlen Stab, worauf eine kreischende Wetterfahne befestigt war, die ihm aber auch als Sehrohr diente. Auf seiner Schnupftabaksdose war ein Kompaß und in ihr selbst war Schneeberger Schnupftabak, jedoch weit mehr kleine weiße Erinnerungspapierchen, um dies und jenes nicht zu vergessen. Er schnupfte sie immer mit dem Tabak, und wenn er nießte, stoben sie wie Schneeflocken um ihn her. Zu seiner seltsamen Kleidung gehörte noch, daß er hinten über den Haarbeutel eine Schlinge befestigt hatte, woran er sich, wenn er ruhte, an die Wand hängen ließ, und außerdem war der seltsame Mann mit weißem Papier durchschossen, worauf allerlei Zinsen und Schulden, Geburts- und Sterbfälle aufgekritzelt waren. Man sollte meinen, das Alles müßte sehr geraschelt haben; aber nein, er that Alles Schritt vor Schritt und zu seiner Zeit, darum kam er auch gleich auf den Ruf der Frau Aglaster; denn er hatte die Reise schon aus den Sternen gesehen und sich zur gehörigen Zeit auf den Weg gemacht.

Jetzt könnt ihr euch den seltsamen, bunten, krausen, schnurrenden, perpendikelnden Mann denken, der doch ganz stille, leise und pathetisch war; aber sein Diener, der ihm mit einer Papierlaterne leuchtete, war nicht weniger wunderlich; er hieß . . .[1] und was sein Herr an Kleidern zu viel hatte, das hatte er zu wenig. Sein Kleid lag ihm so dicht auf dem Leib, daß der Hundertste hätte glauben sollen, er hätte gar keines an; er hatte wunderbare Manieren und ließ sich nie von der Seite sehen. Wie man nach ihm schaute, trat er einem mit dem ganzen Leib entgegen, spreizte die Füße und streckte die Arme kreuzweis auseinander. Eine ganz besondere künstliche Einrichtung aber an ihm war, daß an sehr vielen Stellen seines Leibes Schnüre befestigt waren, an deren Enden auch eines der Ordenszeichen hing, die sein Herr anhangen hatte, und wenn sein Herr ihn rief, stiegen diese Zeichen mit den Schnüren in die Höhe, und es war, als ob ein Pfau ein Rad schlägt. Er war übrigens, obwohl man alle seine Adern hüpfen sah, ein gelassener Mensch und ohne viele Worte; denn er sagte nichts, als: gut lassen oder bös lassen, was so viel hieß, als: ja, Ihro Wohlweisheit, oder: nein, Ihro Wohlweisheit. – Seine Papierlaterne war auf einem Stabe befestigt, an welchem eine Tasche voll Schröpfköpfe, Lanzetten, Aderlaßschneppern und vielen weißen und rothen Binden hing.

Das sind die Leute, die in die Höhle traten. Eben wollte Frau Aglaster ihm ihre ganze Leidensgeschichte vorerzählen, aber er nahm sogleich das Wort und sagte:

»Es ist mir nur allzu bekannt, daß alle Aspekte von Conjunkturen und Constellationen ihrer Nativität auf den Gipfel einer gefährlichen Entscheidung gekommen waren in diesen Tagen, und ich habe bereits Alles voraus notirt. Ich war immer der treueste Diener ihres hohen potentatischen Hauses und Resident und Geschäftsträger derselben bei den hohen himmlischen Häusern und dem Thierkreis des Herrn Sternenreichs, was die mich bedeckenden vielen hohen Orden rühmlich beweisen. Ich habe die geheime, treulose, intrigante Politik des mit der hohen Pforte nicht umsonst so nahe verwandten Mondhofs gegen Dero hohe und lautere Ansprüche Allerhöchst Dero Stammes gründlich

1 Statt des Namens findet sich hier eine Lücke in der Handschrift; es ist damit das Aderlaßmännlein gemeint.

Anmerk. des Herausgebers.

mit meinen Augen und sonstigen Hilfsmitteln ausgemittelt und mir zum Voraus dargestellt und dessen gefährliche Insinuationen immer früh genug entlarvet, um derselben nachtheilige Wirkungen zu evitiren. Bei Hochderoselben Geburt waren bekanntlich die Aspekte über Dero hohes Haus ganz ungemein bedrohlich: es ergab sich aus den Gestirnen Dero Temperaments Complexion als von den tragischsten Ereignissen begleitet; ja es ergab sich, daß durch Hochderoselben vermuthlichen Nachkommen ein gänzlicher Umsturz des königlichen Hauses erfolgen könne. Es ward daher in einem hohen Familienrath beschlossen, Hochderoselben Eigenschaften: Neugier, Hang nach blinkenden Gegenständen, Plauderei und vor Allem hochfliegende Gesinnung für Dero Stamm unschädlich zu machen, und so wurden Hochdieselben durch meine ungemeinen Bemühungen und Connexionen bei dem feindlichen Mondhofe durch denselben selbst in einen Staarenvogel mit Beibehaltung königlicher Würde verwandelt, und einem melancholisch gewordenen hochgebornen Forstjunker Picus de Mirandola Hochdero königlichen Hauses anvertraut, auf daß er Hochdieselben hier in den Schwarzwald, als eine Dero nunmehriger Persönlichkeit entsprechende und von Dero Heimath genugsam entfernte Gegend bringen sollte. Dieser ausgezeichnete, nur etwas überspannte Mann ist Hochdero Person nur allzu bekannt, Dero Trauer als Wittwe ehret sein Angedenken.«

Hier unterbrach Frau Aglaster die lange Staatsrede des *Cisio Janus* mit einem rührenden Schluchzen, wobei sie die Flügel betrübt niederhangen ließ und auch alle anwesenden Staare piepten und jammerten, welche einfache Naturstimmen wunderbar mit dem geschraubten Staatsstyl des *Cisio Janus* zusammen stimmten.

Cisio Janus fuhr fort: »Des hochseligen Herrn Gemahls Picus de Mirandola ernste Gesinnung, seine großen Naturstudien, seine früherlangte Doktorwürde und gekrönte Preisschrift von der Einheit der vier Elemente, seine gelehrten Würden als wirkliches Mitglied der fruchtbringenden Gesellschaft der Erde, correspondirendes Mitglied der atmosphärischen Gesellschaft der Luft, begleitet mit dem Orden der Windrose, assekurirtes Mitglied der Akademie des Feuers, Inhaber des Phönixordens, schwimmendes Mitglied der Akademie des Wassers mit dem Orden der Arche Noah und dem Ehrenzeichen des gekrönten Mühlrads, alles dieses, verbunden mit einer entschiedenen Neigung unverehlicht zu bleiben, entsprachen ganz der Wahl seiner Person zu Allerhöchst Dero Exilsvollstreckung. Aber man hatte desselben gefährlich poetische überspannte Richtung und Hang zum Mysticismus und seine gefährliche Hinneigung zur Politik des Mondes nicht erwogen. Es zeigte sich hier das alte Sprichwort im vollen Maße als wahr:

Des Gestirnes Schicksalszwirn
Kannst du höchstens nur verwirrn;
Endlich kommt er an die Sonnen,
Ist er noch so fein gesponnen.

Man hatte Hochdieselben hier in diese Höhle bringen lassen, weil hier damals keine Staare waren, und so einer etwaigen Neigung Hochderoselben *zur Ehe* zu schreiten begegnet war. Der Hochselige Herr Picus de Mirandola gewann aber zu Hochderoselben liebenswürdigen Eigenschaften eine große Zuneigung; er wollte dieselben nie mehr verlassen; er überließ sich hier in der Höhle seinen ferneren Studien, und das trügerische Kabinet des Mondes trieb ihn mit seiner scheinheiligen Influenz endlich so weit, daß er durch geheimnißvollen Selbstmord sich in einen Staaren verwandelte, und mit Hochderoselben das Ehebündniß schloß. Das hier anwesende edle Volk der Staare verdankt dieser Verbindung seine Anwesenheit allhier, aber auch die allgemeine Klage über vorliegendes zerbrochenes Schicksalsei; er selbst ward von einem ausgesendeten königlichen Kammerjäger, um diese Conjunkturen zu vermeiden, welche ich vorausgesehen, aber leider zu spät, erschossen; das Schicksalsei war schon gelegt, und es blieb dem Kammerjäger nichts übrig, als die Quelle über den Eingang zu leiten, um das Ausbrüten des gefährlichen Schicksalseies zu stören. Dieses gelang, aber zum Schaden, denn durch die List der Frau Mondenschein geschah der Handel mit dem Schäfer, der das Ei verschluckte und das Schicksal mit demselben, welchem nun ferner abwendend zu begegnen unserer geringen Einsicht obliegt. Es wird daher vor Allem nötig seyn, die zurückgelassene Schale zu inspiciren und *ad acta* zu legen, nach gehöriger Vergleichung mit meinen einschlagenden Notizen aus dem Gestirn.« Indem griff er mit der einen Hand nach einem spitzigen Messerchen, und da er etwas auf seinem wunderlichen beschriebenen Rock nachsehen wollte, und diese Hand dazu brauchte, nahm er das Messer in den Mund; er besah das Ei und die Zeichen seines Rocks vergleichend ganz tiefsinnig. Indeß nahte die Zeit, daß ich, Frau Mondenschein, mich verändern sollte, ein Moment, wo meine Gewalt so groß wird, daß selbst das Meer meiner Schleppe folgt. Das Aderlaßmännchen fühlte die Veränderung in allen seinen Adern, und lispelte schon die Worte: Bös lassen, bös lassen, die Räder auf dem Kopf des *Cisio Janus* fingen an sich zu drehen, der Hahn auf der Schulter streckte den Hals; alle diese vielen Conjunkturen vereint mit der Beschauung der Nativität des Schicksalseies spannte den Mann aufs Äußerste; er stand wie erstarrt, während alles zu ihm Gehörige bewegt zitterte. Ich aber sah der Frau Aglaster scharf ins Gesicht; sie hatte die Worte des *Cisio Janus* mit Trauer und Erbitterung gehört; die Art, wie er von ihrem verstorbenen Picus de Mirandola gesprochen, die Eröffnung, daß er durch ihren Stamm bei Seite geschafft worden, daß man den Untergang ihres Eies durch den Wassersturz beabsichtigt, alles das und vor Allem ihr dringendes Geschick trieben sie auf den äußersten Punkt der Verzweiflung; aber sie verrieth sich nicht, und sprach folgende Worte:

»Mein Volk! du hast gehört,
Ich bin zum Weh geboren;
Ein Opfer für mein Haus,

Hab ich den Wald erkoren;
Prinzessin ward zum Staar,
Doch Picus folgt mir nach,
Der euer Vater war,
Der also weislich sprach,
Er fiel durch ein Geschoß,
Aus meines Stammes Hand,
Und auch mein letzter Sproß,
Den Tod durch diese fand.
Nun rief um Hülfe ich
Den *Cisio Janus* an,
Der hat gar grausamlich
Mir weh im Herz gethan.
Mir bleibet keine Wahl,
Geht folgt dem Schäfer ihr,
Ich ende meine Qual,
Als eine Heldin hier.
Hört meinen letzten Spruch,
Mondschäfer! euren Stamm,
Ich jetzt mit ernstem Fluch
Zu Staarenart verdamm,
Neugier und Sucht nach Glanz,
Leichtsinn und Plauderei,
Der Tiefsinn meines Manns,
Bei Kind und Kindskind sey;
Bis einst später Erbe
Als Staar wie ich, so edel sterbe.«

Bei diesen Worten schrie das Aderlaßmännchen. Hart lassen, hart lassen, und der Hahn krähte mit lautem Schrei. Aber Frau Aglaster stürzte sich mit ausgebreiteten Flügeln mit solcher Heftigkeit gegen das Angesicht des schielenden *Cisio Janus*, daß sie ihr edles Herz auf der Lanzette durchspießte, die er im Munde hatte, und mit dieser in seine Weste todt hinab sank, die er eben aufgeknöpft hatte.

Alles dieses geschah in einem Augenblick, doch störte es den Herrn *Cisio Janus* gar nicht, er lächelte und las, die Weste zuknöpfend, von derselben folgende Worte ab:

Gut Aderlassen auf den Schreck,
Die Königin bringt zu dem Zweck!

ist eingetroffen; dann sagte er zu den wehklagenden Staaren: beruhigen sich die Fräulein und Junker einstweilen und hören meinen ferneren Bericht über meine Erkenntnisse, insofern sie die hochselige Frau Aglaster und deren Dependenz betreffen; denn das Verfahren meines respektiven Hofes ist allerdings offen und scheuet das Licht nicht.

Erstens meine Aufmerksamkeit und schnelle Abreise für Frau Aglaster:

Bös Eierlegen, groß Gefahr,
Für Mensch und Fisch und Katz und Staar.

Verspätete Ankunft:

Mit dichten Stiefeln versehe dich,
Der Wassermann geußt heftiglich.

Eingetretene hohe Unfälle:

Groß Schicksal für gekröntes Haupt,
Der Mutter wird das Kind geraubt.

Unmaßgebliche schon erwahrte Folgen:

Gut Aderlassen auf den Schreck,
Die Königin bringt zu dem Zweck!

Das Schicksalsei betreffend:

Die Sterne schreiben ihre Schrift,
Wenns auch ein kleines Ei betrifft.

Nun aber schreite ich zur Erklärung der wunderbaren Signatur des Schicksalseies selbst, und damit zeigte er auf der Eierschale hinter einander abgebildet und erklärte folgende Figuren.

Erstens eine Viertelmondscheibe und ein Schäferstab dabei:

Des Mondscheins letztes Viertel noch
Verliebt sich in den Schäfer doch,
Die Schäferin kommt hoch in Flor,
Die Menschen schiert, der Schaf sonst schor.
Er bleibt vom Mondenschein behext,
Bis durch den Tisch der Bart ihm wächst.

Hierauf eine Reihe Figuren, die feineren Nachkommen betreffend, erstens: Der Mondschäfersohn verbunden mit einer Erdentochter bedeutet durch einen Edelstein:

Ein Kind im Schäfermond geboren,
Liebt Glanz und Stein herauszubohren;
Die Habsucht treibt es in den Grund,
Die Neugier bricht den edlen Bund.

Weiter der Enkel und seine Braut durch einen Vogel abgebildet:

Ein Kind im luft'gen Mond geboren,
Mit Feuer und mit Erd verschworen,
Bringt Land und Leut in Brandgefahr,
Neugier verbrennt seine Mutter gar.

Weiter der Urenkel und seine Braut als Mühlrad abgebildet:

Ein Kind im Feuermond geboren,
Geht in dem Wasser schier verloren,
Neugier, Leichtsinn, Verrätherei
Aus altem Stamm wird werden frei.

Das Mühlrad, ein Staar mit einer Linie durchzogen, eine weiße Maus und ein Fisch. Ich sehe wunderbare Dinge in den Sternen:

Wunderzeit, wenn Ratz und Katz
Geleiten einen Schatz zum Schatz
Wohl auf des alten Rheines Flut,
Es wird dann Alles werden gut,
Glück dann hält deines Rades Lauf
Der Brautkranz und die Krone auf.
Freiwillig stirbt ein edles Haupt,
Dem Müller wird die Braut geraubt,
Aglasters Fluch erfüllet sich,
Bis einer edel stirbt, wie ich;
Es gibt die Luft sich selbst den Tod,
Es läuft die Erd nach Zuckerbrod,
Das Wasser schlüpft in rothe Schuh,
Das Feuer nur allein hat Ruh,
Vermählet mit der Quellen Flut
Thut's krankem Vieh und Menschen gut.
Groß Theuerung und Hungernoth,
Der Pfeffer ist voll Mäusekoth,
Es lachet auf des Rheines Grund
Manch blaues Aug, manch rother Mund.
Der Müller ziehet über Land
Und trägt den Sarg in seiner Hand,
Und legt zur Ruh der Väter Haupt,
Die Krone kehrt, die war geraubt.

Das sind nun die unfehlbaren Überschriften der zukünftigen Geschichte; aber ich verstehe die Katze und Ratze dem Schluß gegenüber nicht und zwar:

> Die Katze ist ein dunkles Bild;
> Sie scheinet auf die Ratze wild;
> Sie kämpfen gegen, kämpfen für
> Gleich wie zwei Advokaten schier.

Weiter findet sich noch hier in meinen Adspekten notiret:

> Der Freund verändert die Natur
> Zu huldigen der Freundin nur,
> Zum Sarge wird sein treues Herz
> Zu rächen den gerechten Schmerz.

Ich kann dieses nicht anders auslegen, als daß Frau Aglaster hier an meinem Herzen ruht, wie alle Interessen ihres königlichen Stamms.«

So weit hatte er gesprochen, als meine Zeit zu verschwinden auf dem letzten Punkt stand: da sagte ich zu Damon vor die Höhle zu gehen und die Flöte zu blasen; er that es und alle Staare folgten ihm nach, ich aber trat dem *Cisio* entgegen und sprach:

Ich will dir das von der Katze und dem Herzenssarge erklären; ich berührte ihn mit meinem letzten Strahl und der ganze zusammengeflickte schnurrende Mann mit all seinem Lauern und Haschen war in eine große Katze verwandelt, welche die verstorbene Frau Aglaster rupfte und aufzehrte. Das Aderlaßmännlein ritt auf derselben schnell davon als Courier nach Hause, die Nachricht zu melden; erhielt aber ein so schlechtes Trinkgeld, daß er später Leibchirurg beim hinkenden Boten und endlich gar Blutigel geworden.

Lieben Freundinnen!« fuhr Frau Mondenschein fort, »dieser Fluch der Frau Aglaster ist wahr geworden. Als die Königin so herrisch gestorben war, sprach ich zu ihren Unterthanen: »Nun begebt euch in diese Höhle, begrabet die Frau Aglaster, nach drei Tagen werden wir uns wieder sehen.« Über diese Verhandlungen war es Nacht geworden, und da die Zeit herannahte, da ich, wie ihr wißt, mich verdunkle, und immer kleiner werde, ja sogar durch ein wunderbar Geschick ein paar Hörner bekomme, eilte ich, mich vor meinem Geliebten zu verbergen, der mich nur in meinem vollen Glanze gesehen hatte, weil ich fürchtete, er möge mich dann weniger lieben.

Ich erweckte meinen Damon, und sagte zu ihm: »Komm mein lieber Hirt, ich will dich zu meinem Vater führen, und ihn bitten, daß er uns zu unserer Ehe seinen Segen gebe.« Er folgte mir, nur fragte er oft: »Wer ist dein Vater? wo wohnt er? ist es noch weit?« und schien überhaupt sehr neugierig geworden, was mich ängstigte, darum machte ich ihn wieder schlafen, und so hob ich ihn empor über die Gipfel der Berge zu meinem alten Vater, dem Mond, der hinter einer Wolke saß, und allerlei alte abgetragene Monde und Sterne, die da in der Rumpelkammer lagen, musterte. »Was machst du Vater?« sagte ich. – »Ei« sprach er, »mein Kind! ich suche mir unter den alten Invaliden einen aus, der mir die Sterne hüten könnte, wenn ich mich verfinstere.«

Da komm ich ja recht gelegen, sprach ich, seht da bring ich euch einen Hirten schön und tugendhaft, er wird euch die Sterne gar wohl hüten. »Aber um welchen Lohn«, sagte mein Vater, »wird er mir meine Sterne hüten?« – Ich antwortete ihm, um keinen geringeren Lohn, als der edelste Schäfer Jakob von seinem Herrn Laban genommen hat, um mich, um eure Tochter. – Da lachte mein Vater und sagte: »Ei, ei! weht der Wind daher, aber wo willst du mit ihm wohnen?« – Ich habe ihm schon ein Schloß erbaut, und Land und Leute soll er finden, erwiederte ich, und erzählte meinem Vater Alles; auch die Verwünschungen der Frau Aglaster. – Hierauf rieth er mir, meinem neuen Geliebten meine Abkunft zu verbergen, und ihm unter der strengsten Strafe zu verbieten, daß er mir, wenn ich abnehme und im letzten Viertel verschwinde, irgend nachforsche; das versprach ich ihm, und so gab mir der gute Vater seinen Segen, worauf er mir sagte, ich sollte mit ihm zu meiner Großmutter gehen, die er immer besuchte, wenn er sich verfinsterte. Während er sich zu dem Weg bereitete, weckte ich meinen schlafenden Damon, gab ihm einen Schäferstab in die Hand und zeigte ihm die Sterne, die er hüten sollte, mit dem Versprechen in wenigen Tagen ihn wieder zu finden, worauf ich ihn verließ und meinem Vater zur Großmutter folgte. Unterwegs erzählte mir der Mond, mein Vater, Folgendes: »Es ist lange, daß ich nicht bei der Großmutter war, und ich weiß gar nicht, ob sie noch lebt. Ich will dir nun sagen, warum ich nicht gerne zu ihr gehe. Es war im ersten Winter, den die Welt jemals erlebte, sehr kalt; ein junger zarter Knabe war ich und da kam es mir ganz spanisch vor, so nackt wie ich bin, Nachts die Laterne am Himmel herumzutragen; ich lief daher weinend zu meiner Mutter, und sprach: Mutter macht mir einen warmen Rock, denn mich friert ungemein. Von Herzen gern, sagte meine Mutter und nahm mir das Maaß; ich war damals gerade im Zunehmen, und da ich wie Kinder keine Ruhe hatte, lief ich von meiner Mutter weg und schweifte mit meiner Sternenheerde am Himmel herum; aber die Kälte trieb mich wieder hin zu ihr, nach meinem Röcklein zu fragen. Sieh, da war ich unterdessen so groß geworden, daß ich gar nicht in den Rock hinein konnte. Meine Mutter begann nun das Röcklein wieder aufzutrennen und die Nähte aller Orten auszulassen, damit der Rock mir passen möge. Ich konnte das aber nicht erwarten, und lief ihr wieder davon zu meiner Heerde. Sie nähte emsig manche lange Nacht bei dem Lichte eines Kometen, und da sie nun fertig war und ich ganz erfroren wieder nach Hause kam: sieh, da war ich wieder so dünn, schmal und blaß vom vielen Laufen geworden, daß das Röcklein wie ein Sack über mir hing, so daß ich bei jedem Schritt und Tritt stolperte. Darüber ward meine Mutter so verdrossen, daß sie mir verbot, je wieder ihr Haus zu betreten, sie jagte mich hinaus und seitdem muß ich armer Schelm nackt und blos am Himmel herumlaufen, bis jemand kommt und mir ein Röcklein thut kaufen. Du kannst daraus leicht abnehmen, daß die Großmutter ein bischen verdrüßlich ist und dich wahrscheinlich übel anfahren wird, besonders wenn sie etwas von deiner Liebschaft hört, aber mache dir nichts draus, die alten Leute sind wunderlich.«

Unter solchen Gesprächen kamen wir in den Thierkreis, über dem die Großmutter wohnte, und als wir endlich an ihr Haus kamen, das von außen wie ein alter Hühnerkorb aussah, pochten wir an; aber du mein Gott, was herrschte da drinn eine Pracht! Alles spiegelte und blinkte, auf den Treppen war Sand von gestoßenen Sternen gestreut, alle Wände standen voll blanker Teller und Kannen; kurz Alles war so aufgeputzt, daß man nicht wußte, wo die Füße hinsetzen.

Wir pochten an vielen Thüren, aber alle waren verschlossen, bis uns ein Geklimper und Gezänke in den Hof lockte; – da war ein merkwürdiger Spektakel; die zwölf Zeichen des Thierkreises standen umher und scheuerten und putzten an einer Menge von Monden, Sonnen und Kometen, daß ihnen die Finger bluteten. Meine Großmutter stand mitten unter ihnen; sie hatte einen Kamm in der Hand und kämmte einen großen Kometenschweif aus. Kaum hatte sie uns gesehen, als sie davon lief, und dann eilig in einem andern Kleide wieder kam; die Haube hatte sie in der Bestürzung verkehrt aufgesetzt. Als sie nun meinen Vater erblickte und erkannte, fing sie gleich an zu zanken: »Was! du unverschämter Bursch, laufst du immer noch nackend herum? du verlorener Sohn! Kömmst gewiß wieder um ein Kleid zu betteln, und was hast du denn da für eine gezierte Dirne bei dir?« – »Liebe Mutter«, sagte mein Vater mit Thränen, »es ist meine Tochter, die euch die Hände küssen will« – und nun ging ich hin und küßte der Großmutter den Saum ihres Gewandes, worüber sie sehr gerührt wurde und mich weinend an ihr Herz drückte, meinem Vater aber schenkte sie ein gestricktes Kleid, Hosen und Wamms an einem Stück, welches man Leib und Seele zu nennen pflegt, und das sich nach seiner verschiedenen Größe in die Weite und Länge dehnte. Nun hieß sie uns erst recht willkommen, führte uns in ihre prächtigen Stuben und zeigte uns alle ihre Schätze. Da standen wohl viele hundert Monde und Sonnen und

Sterne, alle blank wie Spiegel gescheuert; wohl an die hundert Centner Kometen waren in Vorrath da, ein ganzer Speicher voll Nordscheinen, zwei Keller voll Sternschnuppen, jeder in ein Papierchen gewickelt; unzählige hunderte von Irrwischen in Flaschen petschirt; was mich aber am meisten freute, einige hundert Dutzend der schönsten Regenbogen in nasses Stroh eingewickelt; kurz da war Alles vollauf.

Als wir diese Schätze hinreichend bewundert hatten, sprach sie: »Ihr kommt heute gerade recht, denn meine Katze hat sich heute so viel geleckt und geputzt, daß ich gewiß Gesellschaft bekomme; drum habt ihr mich auch mit putzen und Scheuern beschäftigt gefunden.« Hierauf klagte sie sehr über die Verderbtheit des Gesindes heutzutage, stellte Spieltische zurecht und räumte hie und da in der Stube auf.

Kleine Zeit darauf kamen vier alte Schwestern zu ihr, die eben so gut geputzt waren wie sie. Sie bewillkommten sie mit unendlichen Complimenten und ihre Lieblingsthierchen, die sie mit sich trugen, spielten miteinander. Die Großmutter stellte ihren Sohn als *Monsieur* Mond, mich, ihre Enkelin, als *Mademoiselle Claire de Lune* vor, und die Damen empfingen uns mit ungetheiltem Beifall; – nachher setzten sie sich an den Spieltisch und spielten Karten, wobei ich, die Langweile zu vertreiben, die Damen etwas näher betrachtete.

Die eine hieß Frau *Luft*. Sie war sehr mager und leicht und durchsichtig gekleidet und pfiff ein wenig mit der Nase, was ihr Papagei, den sie auf dem Arme trug, nachmachte. Die Andere hieß Frau *Erde*. Sie war eine Wittwe, dick und fett und hatte einen grasgrünen Sack mit Diamanten besetzt; sie mußte nicht ganz wohl seyn, denn es rumpelte ihr oft im Bauch, worauf sie nießte, und Alle *Gotthelf!* sagten; auf ihrem Arm hatte sie einen Affen sitzen. Die Andere hieß Frau *Feuer*. Sie hatte wenig Ruhe und wackelte immer hin und her; ihr Rock war von geschlagenem Gold und Asbest; alle Augenblick bat sie sich einen kühlen Stuhl aus und leckte sich vor Hitze den Mund, in ihrem Schoß hatte sie einen Salamander sitzen, den sie sehr liebkoste.

Die vierte Dame hieß Frau *Wasser*. Sie hatte ein Kleid von Binsen an, mit Perlen gestickt; bald war sie ganz ruhig und sanft, bald aber, wenn Frau Luft einen guten Trumpf machte, runzelte sie die Stirne und wurde recht zornig; mit Frau Feuer aber konnte sie sich am wenigsten vertragen, und fuhr ihr alle Augenblick übers Maul. Übrigens hatte sie einen schönen Goldfisch im Schooße, mit dem sie spielte; auch nahm sie alle Augenblick einen Vorwand bei Seite zu gehen: bald drückte sie der Schuh, bald war ihr nicht wohl, bald dieses, bald jenes.

So war die Gesellschaft und ich merkte meinem Vater wohl an, daß er eben so gern als ich im Freien gewesen wäre; denn er begann schon wieder zu wachsen und seine Jacke war ihm doch unbequem. Nach dem Spiel wurde geschmauset, und endlich fing meine Großmutter an, davon zu sprechen, ob ich nicht Lust hätte, mich zu verheirathen. Ich ward über und über roth und sagte ja, und mein Vater sagte: »Darum kommen wir eben, ihr Bräutigam ist bei mir zu Hause und hütet mir die Sterne, ein munterer schöner Schäfer.« – »Brav!« sagten die vier Damen, aber die Großmutter sagte sehr zornig: »Was, brav! daraus wird nichts; ich bin noch ein bischen reicher als sonst jemand, und werde meine Enkelin eher einem Schiebkärrner geben, als solch einem Vagabunden, Poeten, Landstreicher, so einem Schäfer!« – »Ei, ei!« sagte Frau Erde, »hat doch Apollo selbst die Schaafe des Königs Admet gehütet.« – »Und war doch Jakob ein Schäfer, der die Rachel am Brunnen sah«, sagte Frau Wasser, und Frau Luft und Feuer stimmten ein und vertheidigten meine Wahl.

Da ward meine Großmutter sehr zornig und sagte: »Wohlan! so mögen Ihre Töchter, meine Damen! alle solche Mißheirathen thun; darum will ich den allmächtigen Jupiter bitten; ein Bergknappe, ein Vogelsteller, ein Kohlenbrenner, ein Müller mögen eure Nachkommen werden.« – »Das soll ein Wort seyn, ja und Fürsten und Könige!« schrien die Damen aufstehend und in die Hände patschend. – Da schrie die Großmutter: »Fort! packt euch aus meinen Augen, Freunde sind wir gewesen!«

Mein Vater konnte sich nun nicht mehr halten; der Zorn hatte ihn so aufgetrieben, daß ihm ein Knopf von seiner Jacke gerade der Großmutter ins Maul sprang, die darüber in eine Ohnmacht fiel, und somit brach die Gesellschaft in allgemeiner Verwirrung auf, und ich eilte mit meinem guten Vater zurück auf die Himmelswiese, wo ich meinen Damon schlafend fand.

Mein Vater legte seine Hand in die meinige und sagte zu ihm: »Du hast mir gedient, wie Jakob dem Laban, ich gebe dir meine Tochter, doch frage nie, wer sie ist, und wenn sie sich von dir entfernt, wolle nie wissen, wo sie hin ist. Während der Zeit ihrer Abwesenheit hüte du redlich meine Sterne. Jetzt lebet wohl. Gott segne euch.«

Traurig nahm ich Abschied von meinem Vater und brachte meinen Damon wieder hinab auf die Erde. Kaum hatte er sie mit dem Fuße berührt, als er heftig zusammen fuhr, als erwache er plötzlich: »Ach«, sagte er, »welchen seligen Traum habe ich gehabt!« Und nun erzählte er Alles, was ihm geschehen war.

Ich aber hatte mich nicht auf dieser Insel, sondern auf dem Berge, wo jetzt das Staarenberger Schloß steht, mit ihm niedergelassen und sagte ihm, daß ich seine Frau seyn wolle, daß ich ihn aber nur in mondhellen Nächten besuchen könne, und daß ich mich das letzte Viertel des Monats ganz von ihm zurückziehen müßte; wenn er mir schwöre, mir nicht nachzuforschen, so wolle ich ihn und unsre Nachkommen mit Glück und Segen überhäufen. »Ach«, sagte er, »wenn ich nur in der Zeit deiner Abwesenheit immer so selig träumen könnte, wie heute, von einer so schönen Wiese, einer so herrlichen Heerde, so will ich niemals in deiner Abwesenheit nach dir verlangen.«

Nun aber berief ich die Staare zusammen, welche sich alle in kräftige und gesunde Menschen verwandelt hatten, und in langen Zügen den Berg heranwallten. Ich stellte ihnen meinen Gemahl als Fürsten von Staarenberg vor; sie huldigten ihm, und nun ward der Grundstein zu dem Staarenberger Schloß gelegt. Gold und Silber fanden sie die Menge in dem Berge, wo sie die Steine brachen, und bei unermüdeter Thätigkeit sah bald das Schloß glänzend und herrlich nieder in den Spiegel des Sees. Ich besuchte meinen Gatten alle Abend, sobald mein Vater an dem Himmel erschien, der eine rechte Freude über mein Glück hatte und unser Schloß recht freudig ansah.

Das Erstemal, als ich ihn im letzten Viertel meines Vaters verlassen mußte, schlief mein Damon ein und ich hob ihn an den Himmel, und er hütete unsere Sterne, bis mein Vater wieder selbst an sein Amt trat und ich meinen Gatten wieder besuchte, der mir mit Freuden erzählte, daß er abermals jenen schönen Traum gehabt habe.

So lebten wir glücklich; das ganze Land verschönerte sich, und am Ende des Jahres brachte ich meinem Damon einen Sohn, den wir Johannes nannten und der von nun an unsere Freuden sehr vermehrte.

Als ich Nachts einmal erwachte, hörte ich eine Stimme bei seiner Wiege singen, und weil ich seine Wärterin sonst nie singen gehört, zog ich den Vorhang zurück und sah den Geist der Frau Aglaster, aber nicht in Staarengestalt, sondern wie eine altfränkisch gekleidete weiße Frau mit einem Krönlein auf dem Haupte neben der Wiege stehen. Sie hatte einen blitzenden Diamantring am Finger und funkelte dem Kinde damit vor den Augen, welches begierig die Hände darnach streckte, dazu sang sie gar beweglich:

»Ein Kind im Schäfermond geboren
Liebt Glanz und Stein herauszubohren,
Es lockt der Schatz im tiefen Grund,
Und Neugierd bricht den treuen Bund!«

Da fielen mir die Worte des *Cisio Janus* in der Staarenhöhle ein, und ich sagte: Gnade Gott, Frau Aglaster! sie aber sprach: »Tugend und Laster, bringt seine Frucht; Segen ist gesegnet, Fluch ist geflucht;« und da verschwand sie. Die Leute hatten alle noch viel von der Staarenart, die Wärterin hatte das Lied gehört, ich hörte sie es nochmals an der Wiege singen, ich verbot es, und sendete sie fort, da kam es gar unter die Leute, und ich mußte es oft hören!

Als Johannes mehrere Jahre alt war, pflegte er mit den Arbeitern an dem Berg herum zu laufen, und besonders war er gern in den Steinbrüchen, und freute sich, wenn die großen Marmorblöcke losbrachen und mit lautem Geprassel in das Thal niederstürzten; ja er hatte eine solche Freude an dieser Arbeit, daß er in den Nächten, wo ich abwesend seyn mußte, und Damon träumte, als hüte er die Sterne, sich heimlich wegschlich, mit einer Lampe in dem Steinbruch herum kletterte, und alle Steine hinabrollen ließ, die er bezwingen konnte.

Eines Abends nun hatten die Steinbrecher einen ungeheuren Block schier bis zum Niederstürzen losgebrochen und verließen ihn, als es dunkel ward mit den Worten: »Lassen wir ihn, er wird heute Nacht durch sein Gewicht schon von selbst losbrechen«, und so gingen sie mit dem kleinen Johannes nach Haus.

Nun aber konnte dieser seiner Begierde, den großen Marmorblock losstürzen zu sehen, nicht mehr widerstehen, und kaum schlummerte Alles im Schloß, als er mit seiner Lampe zurück nach dem Steinbruch schlich. Mit gespannter Erwartung setzte er sich in eine Höhle neben den Block und hielt seine Lampe hervor, um den Block recht zu beleuchten, wenn er losstürze. Eine ganze Stunde hatte er gesessen, als die Glocke auf der Schloßuhr zwölf schlug und der Stein mit ungeheurem Geprassel niederflog und weit, weit in die Mitte des Sees stürzte, dessen Wellen mit ungeheurem Geräusch um ihn in die Höhe schlugen. Die Berge rings hallten wieder, die Erde zitterte, und der kleine Johannes hatte ein namenloses Vergnügen an dem Lärm. Wie groß aber war seine Verwunderung, als er, da das Geräusch vorüber war, in seiner Nähe ein ängstliches Gewimmer hörte, und wo der Marmorblock niedergebrochen war, eine offene Höhle erblickte, in welcher einige kleine graue Weiblein ängstlich tiefer hinein flohen und eine krystallne Wiege verließen, in der ein wunderschönes Mägdlein schlief.

Neugierig trat der kleine Johannes an die Wiege, und da er nie ein anderes Kind gesehen hatte, verursachte ihm der Anblick die größte Freude. Die kühle Nachtluft, die in die Höhle drang, erweckte die Schläferin und sie wollte weinen; aber da wiegte sie der kleine Johannes, und sie lächelte, worüber er eine unaussprechliche Freude hatte.

Kaum hatte er des Vergnügens einige Minuten genossen, als die kleinen grauen Frauen wieder kamen, die Wiege aufpackten und mit ihr tiefer in den Berg eilten. Johannes lief nach, und gelangte endlich in eine schöne Krystallhöhle, wo eine hübsche alte Frau an einem erzenen Tisch saß, und eine Menge Edelsteine vor sich hatte. Es war die Frau *Erde*, die ich euch schon bei meiner Großmutter beschrieben habe. Sie spielte mit ihrem Affen Schach, und alle die Figuren des Schachbretts waren lebendige Thierchen, und machten allerlei artige Posituren.

Da die Wiege hereingebracht wurde, nahm sie ihr Töchterlein, Edelsteinchen genannt, auf den Schooß, und der kleine Johannes, der sie verwundert anschaute, nahte sich unbekümmert, spielte mit dem Kind, und Frau *Erde* gewann ihn lieb. Sie schenkte ihm eine Menge bunter Steine, und führte ihn am Morgen selbst in Begleitung ihres Töchterleins an einer andern Stelle zu Tag. Die beiden Kinder umarmten sich zärtlich; Frau Erde verbot dem kleinen Johannes von Allem, was er gesehen, zu sprechen, und lud ihn ein, jede Nacht, wenn die Mutter abwesend sey und sein Vater schlafe, sie wieder zu besuchen, und gab ihm eine Wurzel, mit der er nur den Stein, wo er jetzt hinaus gehe, berühren sollte, dann würde er sogleich wieder herein können.

Mein Söhnlein Johannes sagte uns kein Wort davon und ging wohl bis in sein sechzehntes Jahr alle Monate, wenn ich abwesend war, bei Frau *Erde* und ihrer Tochter zu Besuch. Als ihn aber *Damon*, sein Vater, einst bei einem großen Kasten voll Edelsteinen sitzend fand, und ihn erstaunt fragte, wo er alles dies her habe: wollte er es ihm nicht sagen, und als ich Abends zu meinem *Damon* kam, fragte ich den Jüngling selbst aus. Aber auch mir verschwieg er die Quelle seiner Reichthümer. Ich ließ ihn nun nicht mehr aus den Augen, und da ich ihn Nachts zu jeder Stunde auf seinem Lager fand, merkte ich wohl, daß er in der

Zeit meiner Abwesenheit allein zu den Edelsteinen gelangen könnte, und bat daher meinen Gemahl, ihm am Ende des Monats, wenn ich mich entfernte, zu sich in sein Bett zu nehmen und die Thüren wohl zu verschließen.

Wie ich befohlen hatte, geschah's; der Mond war im letzten Viertel, ich mußte meinen Damon verlassen; er legte sich nieder zu träumen, wie er meinte, aber er war eigentlich im Himmel und hütete an meines Vaters Stelle die Sterne.

Johannes ward sehr traurig, als er zu seinem Vater ins Bett mußte, und die Thüren fest verschlossen waren. Er konnte nicht hinaus, er weinte und klagte; *Damon* aber schlief fest. So ging die erste, die zweite Nacht hin, daß er nicht zu seiner Gespielin, der Tochter der Frau Erde, konnte; in der dritten Nacht aber hörte er ein erbärmliches Wehklagen unter dem Boden der Kammer. »Johannes! Johannes! warum kommst du nicht zu mir?« rief das Fräulein Edelstein, »bist du todt? fehlt dir etwas? o mein Johannes komm zu mir!«

Da konnte sich der Jüngling nicht mehr halten, er zerriß den seidenen Faden, mit dem ihn *Damon* an seinen Arm geknüpft hatte, berührte mit der Wurzel den Boden, der sich öffnete und stieg hinab zu seiner Gespielin.

Als Damon den Faden zerrissen fühlte, ließ er die Sternenheerde laufen, wie sie wollte, erwachte und folgte seinem Sohn in das Gemach der Frau *Erde*.

Erstaunt sah ihn die edle Frau an; sie grüßte ihn als einen werthen Gast, und schnell vergaß er über ihrer Freundlichkeit, daß er unsern Sohn Johannes, der neben ihm mit Fräulein Edelstein stand, über seine unerlaubte Entfernung strafen sollte; er dachte nicht mehr an das Hüten der Sternenheerde, was er überhaupt nur für einen schönen Traum hielt. Er vergnügte sich ausnehmend und spielte mit dem Affen Trismegistus Schach, der ihn immer gewinnen ließ, um sein Vertrauen zu erschmeicheln. Als er am Morgen mit Johannes nach Hause kehren wollte, bat ihn Frau Erde, doch in der folgenden Nacht ja wieder zu kommen. Er versprach es, wenn er nur vermöge sich des Schlafes zu enthalten, wobei er immer träume, eine wunderschöne Heerde von glänzenden Lämmern zu hüten. »Ach ja, ich kann mirs denken«, sagte Frau *Erde*, »aber so Ihr kommt, seyd Ihr willkommen.« Der Affe Trismegistus begleitete ihm zur Thüre und sagte, indem er ihm von unten auf über den Rücken strich: »Mein theurer Freund! schlaft bei Tag, und kommt morgen wieder.«

Damon nach Hause gekehrt sank auf sein Lager, und träumte lauter herrliche Dinge aus der Erde, und kam nicht des Mondes Heerde zu hüten. Am folgenden Abend stieg er mit seinem Sohne abermals in die Gemächer der Frau Erde hinab, und spielte mit dem schalkhaften Affen Schach. Dieser war ein ehemaliger Spion des *Cisio Janus* bei dem Forstjunker Picus in der Staarenhöhle gewesen, und war ganz im Bunde, Damon und seine Nachkommen irre zu führen. Als er Damon einen der folgenden Morgen zurück führte, sagte er ihm:

»Wir werden wohl bald die Freude eurer Gesellschaft entbehren, weil die Heimkehr der Frau Liebsten nahe seyn dürfte, nehmt hier diesen Erdspiegel von dem Putztisch der Frau Erde, sie läßt euch dieses Andenken durch mich überreichen; ihr habt einen hohen Thurm in eurem Hof, wenn ihr Abends hinauf schlafen geht, stellt ihn vor euch, so werdet ihr sehen, was eure Freunde und selbst eure Liebste in ihrer Abwesenheit dann eigentlich treiben.« Dabei hauchte der Affe über den Spiegel, und fuhr kurios drüber hin, als wolle er ihn putzen, und auch über den Rücken fuhr er Damon wieder ganz verkehrt.

Am folgenden Abend ließ Damon unsern Sohn Johannes allein zur Frau Erde hinab gehen und setzte sich selbst auf den Thurm, in den trügerischen Erdspiegel zu schauen, was ich in meiner Abwesenheit treibe.

Es war ihm ganz verborgen gewesen bis jetzt, daß ich das Kind einer andern Welt, die Tochter des Mondmannes sey. Er hielt mich für die Tochter eines Schäferkönigs jenseits der Berge. Nun aber sind die Schäfer bekanntlich sehr abergläubig, ja oft zu allerlei Zauberkünsten geneigt, und der Erdspiegel macht den, der hineinschaut, allen Kräften des Mondes, denen die Kreaturen unterworfen sind, besonders unterthan.

Es nahte aber mein neues Licht, da ich bald mit zwei Lichthörnchen wieder erscheinen sollte: da legt die Schlange den Balg ab, da wachsen die Haare, Klauen, Nägel und Zähne, da legen die Hirsche die Hörner ab, und sprossen neue auf ihrer Stirne. Ich hatte viel zu thun; Damon hatte in den letzten Tagen die Sternenheerde im Traum nicht gehütet; ein großer und ein kleiner Bär hatten sich in ihrer Nähe sehen lassen. Eilig nahm ich Pfeil und Bogen und die Hunde meines Vaters und verjagte die wilden Thiere; ich fand auf der Jagd den Vater Mondmann schlafend, ich setzte mich auszuruhen neben ihn, schnitt ihm die Nägel und Haare, seifte ihn ein und rasirte ihn; dann machte ich seine Laterne zurecht, weil sie bald wieder sollte angezündet werden, ich scheuerte den Ruß ab, schneuzte den Docht mit den Fingern, und füllte frisches Öl auf; jetzt aber begab ich mich mit euch meinen Mägdlein, wie ihr wißt, in den Spiegel des Lichtsees, um den Ruß und Ölgeruch von mir abzuwaschen, und dann wieder blank und klar zu dem undankbaren Damon zurück zu kehren. Ihr wißt, wer in dem Lichtsee badet, sieht alles was auf Erden geschieht, und wer in den Lichtsee sieht, sieht sich auch selbst, und erscheint sich dem Einfluß des Mondes unterworfen.

Damon sah mich im Bad, und ich sah ihn, als gucke er neugierig durch eine Hecke; da schrie ich und ihr alle über den frechen Sterblichen, und ich schleuderte Wasser nach ihm; da fühlte er sich allem thierischen Einfluß des Mondes unterworfen: er glaubte, daß er Hörner kriege wie die Hirsche, er glaubte, daß meine Hunde ihn jagten, und erwachend eilte er unter heftigen Schmähungen gegen mich von dem Thurm herab in den Wald. Aber ihn verfolgten keine Hunde, ihn verfolgte das böse Gewissen.

Schon war er fliehend an einen Eingang der Wohnung der Frau Erde gekommen, als er mich Ärmste bleich und schwach von Anstrengung und Schrecken vor sich stehen sah; ich wollte ihn wie sonst immer freundlich in meine Arme schließen, und ihn dann mit einer ruhigen Ermahnung verlassen; aber der Unglückliche stieß mich zurück und rief aus:

»Weich von mir, du heuchlerische Zauberin, Nachtjägerin, Waldbuhlerin! ich glaubte einer Hirtin und keiner Waldteufelin vermählt zu seyn!«

Da rief ich aus: »Weh mein Sohn! mein Sohn Johannes! Ich scheide ewig von dir, treuloser Damon! gehe hin zur Erde, dein Bart halte dich dort fest, bis ich ihn dir wieder löse.« – Da stürzte Damon, die Springwurzel gegen den Felsen stoßend, so heftig in den Berg, und der Affe warf ein großes Faß voll Schatten gegen mich um, das da stand, damit ich nicht herein kommen sollte, und es entstand eine Mondsfinsterniß; sie ergoß sich über das Antlitz meines Vaters, des Mondmannes, der, mit Schrecken erwacht, seine zerstreute Heerde zusammen suchte.

Verwundert und bestürzt lief Damon hinab zur Frau *Erde*, um sie um Rath zu fragen; sie schwatzte ihm allerlei vor, und indeß er ihr zuhörte, wuchs ihm der Bart durch den goldenen Tisch, und er konnte nicht mehr herauf. Da er immer lamentirte und klagte und weinte, und Frau Erde ihn nicht los machen konnte, verließ sie ihre Kammer, und ließ ihn allein sitzen, und hat ihn nachmals sein Sohn Johannes dann und wann besucht. Ihr habt den Treulosen selbst heut nach vierhundert Jahren dasitzen sehen, ihr habt gesehen, wie ich ihm neulich den Bart gelöst und ihn begraben. Weinend durchirrte ich noch einmal alle Gemächer der Staarenburg, und zog mich in tiefer Betrübniß hier auf die Insel, in die Höhle zurück, wo ich den Bund mit Damon geschworen hatte.

Als ich an den Stein trat, worauf er das wunderbare Staarenei zerschlagen, trat der Geist der Frau Aglaster, als dieselbe weiße Frau mir entgegen, die ich an der Wiege meines kleinen Johannes hatte singen hören. Sie hatte die Schalen des Schicksaleies in der Hand und sagte mit traurigem Ernste zu mir:

»Er bleibt vom Mondenschein behext,
Daß durch den Tisch der Bart ihm wächst.

Hört meinen letzten Spruch:
Mondschäfer! euren Stamm
Ich jetzt mit ernstem Fluch
Zur Staarenart verdamm,
Bis einst ein später Erbe
Als Staar wie ich, freiwillig sterbe!«

Hierauf seufzte sie und verschwand.

Diese Worte machten mich schaudern, und ich wollte eben aus der Höhle fliehen, als ich ein unheimliches Schnurren hörte. Ich sah mich um, da sah ich den großen Kater, in welchen ich *Cisio Janus* verwandelt hatte, mich mit glühenden Augen anblicken und einen großen Buckel gegen mich machen.

Hinweg! schrie ich, auch du willst mein Leid verhöhnen, und eilte bestürzt zu meinem Vater, dem Mondmann; der tröstete mich und söhnte mich auch mit seiner Frau Mutter aus, welche mir hierauf euch, liebe Fräulein! zu Gespielinnen gab. Nun wißt ihr, warum ich damals immer so traurig war.«

Die Gespielinnen der Frau Mondenschein hörten dieser Erzählung ihrer lieben Herrin ganz stille zu, und auch ich verlor kein Wörtchen. Nun aber begann sie wieder zu tanzen und zu reihen, und da ich mich weit vorlehnte, um den schönen Tanz der Stammutter meines Hauses besser zu betrachten, lastete ich zu sehr auf die Schwäche des Astes, der mich trug, und er brach sammt mir mit großem Geräusch herab, worüber die Elfen erschrocken die Flucht nahmen.

Schüchtern ging ich an die Stelle, wo sie getanzt hatten, und nahm den Schleier, den Altweibersommer gewebt hatte, zu mir; denn die Frau Mondenschein hatte ihn in eiliger Flucht liegen gelassen, und er soll nun der Hochzeitsschleier meiner lieben Ameleya werden, wenn ich sie erst wieder habe.

So erfuhr ich den ersten Ursprung meines Stammhauses und die Geschichte des Mondenhirten Damon, den ich am Tische mit dem Barte angewachsen und nachmals in seinem schönen Grabe gesehen.

Aber schon graute der Tag, die Schwalbe schweifte mit ihrer silberweißen Brust über den Spiegel des Sees, der Morgenstern funkelte fröhlich über den Hügel, und meine Rosse begrüßten ihn wiehernd am jenseitigen Ufer. Ich wickelte den Schleier dicht zusammen, band mir ihn auf den Kopf in meine Locken fest, damit er nicht naß werden möge, und stürzte mich mit ausgebreiteten Armen in den See, dessen jenseitiges Ufer ich bald erreichte.

Schnell kleidete ich mich an, schwang mich auf mein Roß, so thaten auch meine zwölf Begleiter, und sinnend über alles, was ich gesehen, legten wir in mäßigem Schritt eine Tagesreise zurück.

Am Abend gelangten wir in eine wilde Gebirgsgegend, und ich gebot meinen Begleitern auf einem schönen grünen Eichenplatz unser Nachtlager aufzuschlagen. Während sie damit beschäftigt waren, schritt ich in Gedanken etwas höher im Gebüsch, um in die dämmernde Landschaft zu schauen, als mir plötzlich in einem Hohlweg ein feiner, ehrbarer, alter Bauersmann entgegen schritt. Er war mit einem grauen Rock bekleidet, auf dem Hut hatte er eine schwarze Binde, am Hals ein weißes Feldzeichen, einen gelben Riemen um den Leib geschnallt, und rothe Stiefel an seinen Füßen; in seiner Hand trug er zwei Lilienblumen auf einem Stiele gewachsen, die er sehr ernsthaft betrachtete, denn sie waren sehr schön und glänzend, die eine roth, die andere weiß und gaben einen süßen Geruch von sich; in der andern Hand aber trug er eine Haselruthe. Als ich ihm nahe gekommen war, stand er plötzlich still. Ich sah, daß die beiden Blumen ihre Kelche aufthaten und sich gegen mich wendeten, und die Haselruthe sich zuckend bewegte.

»Guten Abend, Vater!« sagte ich; er aber sprach hastig zu mir: »Willkommen, willkommen, vieltausendmal willkommen! endlich hab ich dich gefunden; jetzt mußt du mir gleich den gelben Riemen aufschnallen, und den grauen Rock ausziehen, und die rothen Stiefel, der graue Hut, Alles muß herunter; du bist es, du kannst es.«

Ich war höchlich erschrocken über den Alten, und glaubte er sey wahnsinnig und könne mir Leides anthun, darum wollte ich fliehen; er aber trat mir in den Weg, und sagte: »So haben wir nicht gewettet, nur munter, schnalle den Riemen auf.« Dazu hatte ich nun keine Lust, und zog mein Schwert gegen ihn. – Er berührte dieses aber mit der rothen Lilie, und sieh, es schmolz mir glühend nieder bis ans Heft, worüber ich sehr erschrack. »Sieh«, sagte er, »das hättest du dir ersparen können; ich habe nicht umsonst so lange auf dich gewartet; munter den Riemen aufgeschnallt.« – »Kannst du denn das nicht selber?« sagte ich. – »Nein«, sprach er, »sonst brauchte ich dich nicht dazu.« – Ich mochte nun wollen oder nicht, ich mußte mich dran machen, ihn auszuziehen. Mit leichter Mühe schnallte ich den Riemen auf, zog ihm den Kittel aus; aber wie erstaunte ich nicht, da ich ihn darunter ganz mit Gold und Edelsteinen geharnischt sah. Die rothen Stiefel mußten auch herunter, der graue Hut, Alles lag am Boden, und er stand vor mir wie ein funkelnder Götze. Sein ganzes Wesen war prächtig und herrisch. Eitel trat er etwas höher auf einen Stein und sprach: »Nun, mein Vortrefflichster, wie gefalle ich dir? Hier nimm den Haselstecken zum Lohn, er öffnet dir alle Felsen und geheimen Schätze; ich brauche die sauere Arbeit nun nicht mehr, denn hier ruht der Stein der Weisen; Gold kann ich machen, ewiges Leben kann ich geben« – und mit diesen Worten schlug er mit geballter Faust wider seinen Brustharnisch, daß es rasselte. – »Lebe wohl, du hast das Glück gesehen« und somit wendete er sich und ging eilends den Berg hinan.

Aber wie ward mir angst und bange, als ich sah, daß ihm der graue Rock, der grüne Hut und die rothen Stiefel eiligst nachliefen. Der ganze Kerl hatte mir etwas Schreckliches, Fatales, und doch wieder Lächerliches. Froh so leicht davon gekommen zu seyn, nahm ich auch meinen Weg zurück; aber ich mochte gehen, wie ich wollte, ich konnte mich in den wilden Wegen nicht mehr zurecht finden, und entschloß mich endlich, da ich einen heimlichen Waldwinkel fand, hier den Tag abzuwarten.

Ich setzte mich nieder, und um mein Haupt bequemer an einen Fels anzulegen, wollte ich einige Kräuter, die auf ihm wuchsen, mit der Haselruthe des Alten, die ich noch immer in Händen trug, herunter schlagen; kaum aber berührte ich den Stein mit der Haselruthe, als er sich aufthat und mir ein wunderbares Schauspiel zeigte. – Ich sah tief hinab wie in einen Keller; da liefen eine Menge grauer Männchen und Weibchen herum und schleppten allerlei Kisten und Kasten und Körbe, und stellten sie in Ordnung, gerade als wenn man in eine neue Wohnung gezogen ist und nun einräumt. Was sie aber trugen, war lauter Silber und Gold und Edelstein, und schien das da unten gemeiner als bei uns die irdenen Töpfe. Wenn sie ein wenig langsamer gingen, kam gleich ein alter Mann in einem blauen Rock und schrie:

»Eilet, eilet, nicht verweilet,
Alles reinlich eingetheilet,
Hübsch nach dem Gewicht geleget,
Daß sich ja nichts weg beweget;
Schweres unten, Leichtes oben,
Daß die Ordnung sey zu loben,
Werth nach Innen, Glanz nach Außen,
Machet nicht so lange Pausen.«

Auf diese Worte liefen sie viel schneller, und hatten bald Alles in der schönsten Ordnung, nun aber sagte der Alte:

»Und jetzt hauet eine Stufe,
Daß sich bildet eine Kufe,
Wo die Fräulein Edelstein
Mit den sieben Jungferlein
Sich bequemlich können pflegen,
Wenn sie in das Bad sich legen.«

Darauf ging es an ein Gepicke und Gehacke und Gebohre, mit Meiseln, Schlägeln, Keilen und Bohrern; aber alles im Takte, daß es eine artige Musik war. In wenigen Minuten hatten sie ein tiefes Bad mit mehreren Stufen abwärts rein und glatt in den Boden des Gewölbes gehauen. Als sie fertig waren, rafften sie ihr Arbeitsgeräthe zusammen und verschwanden mit dem Alten in der Wand des Felsens.

Nach einer kleinen Weile trat Frau Edelstein mit ihren sieben Fräulein ein, wie ich sie gesehen hatte in jenem Gewölbe hinter dem Stuhle des Grubenveitel stehen. Sie sah sehr betrübt aus und sprach:

Mägdlein lasset mir zum Bade
Nur die frische Quelle los,
Daß ich mich des Staubs entlade
In der neuen Heimath Schooß;

Eine kämmet mir die Haare,
Eine salbt und eine schminkt,
Bis der Schmerz so vieler Jahre
In dem guten Bad ertrinkt.

Eine soll den Spiegel halten,
Eine trocknet mir den Leib,
Jede muß ihr Amt verwalten,
Singt dazu zum Zeitvertreib.

Kobold.

Aber was soll ich denn machen?
Ha! ha! ha!

Frau Edelstein.

Was du immer thuest: lachen.

Kobold.

Ha! ha! ha! ich lache ja.

Nun öffnete Fräulein Quecksilber eine Röhre und es stürzte ein heller Strom von Quecksilber in die Kufe bis zum Rand, wozu sie sang:

Rüstig, lustig stürze nieder,
Ohne Ruhe, ohne Rast,
Um der Herrin helle Glieder
Schmiege dich, du blanke Last,

Kecke Quelle, kalt und helle,
Feuerflüchtig und durchsichtig,
Schwer und schnelle, feste Welle
Nun ists richtig, 's Bad ist tüchtig.

Kobold.

Potz Merkurius wie lustig,
Ja das wußt ich,
Und ich lache
Zu der Sache
Ha! ha! ha!

Frau Edelstein wälzte sich in dem Bad hin und her, und als sie glaubte, daß es genug sey, kam Fräulein Asbest, und trocknete sie ab mit folgenden Worten:

Mit dem Tüchlein klar gesponnen,
Fein gewebt in Staarenberg,
Weiß gebleicht an Phosphor-Sonnen
Von dem klugen Meister Zwerg;

Ich dich reibe, daß dir bleibe
Auch kein Schmitzchen oder Ritzchen
Dir am Leibe, ich vertreibe
Jedes Spitzchen, jedes Kritzchen.

Kobold.

Ei Potz Blitzchen!
Wer gern tanzt, dem ist gut geigen
Und was weiß, ist leicht zu bleichen,
Leicht zu trocknen, was nicht naß ist,
Leicht zu lachen, was ein Spaß ist.
Ha! ha! ha!

Als Frau Edelstein abgetrocknet war, stellte sie sich auf einen goldnen Stuhl und Fräulein Naphta salbte sie über und über, wozu sie sang:

Naphta.

In der heimlichsten der Grüfte
Kocht die Salb ein Feuergeist,
Und ich salb dir Fuß und Hüfte,
Daß dich heiße Gluth durchreißt.

Wie es feuert, rasch gescheuert!
Mich entzückst du, Blitze schickst du,
Sey betheuert, glanzerneuert,
Funkelnd blickst du, dich erquickst du.

Kobold.

Mich erquickst du,
Denn zu deinen Heucheleien
Und zu deinen Schmeicheleien,
Die den Demant nicht poliren,
Ihn mit Eitelkeit foliiren,
Muß ich lachen ha! ha! ha!

Frau Edelstein schimmerte nun sehr schön, sie setzte sich auf den goldnen Schemel und Fräulein Spießglanz kämmte ihr die Locken mit ihren spitzen glänzenden Fingern, wozu sie sang:

Spießglanz.

Deine Locken ich durchstreife
Mit der Link und Rechten hier,
Glänzend wie Kometenschweife
Drehe ich die Flechten dir.

Sieh ich schlinge helle Ringe,
Goldne Flöckchen, lichte Löckchen,
Und nun springe, lustig klinge
Wie ein Glöckchen, schönes Döckchen!

Kobold.

Ei du Glöckchen!
Ei du zierlich Spinneröckchen!
Schlittenpferd und Kinderrassel
Machen immer solch Geprassel
Als du mit der Schellenkappe,
Daß dich nur kein Narr ertappe,
Ich muß lachen ha! ha! ha!

Wenn gleich Fräulein Kobold ein wenig anzügliche giftige Bemerkungen machte, so hatte sie doch nicht ganz unrecht mit ihrem Lachen; denn Spießglanz hatte die Goldhaare der Frau Edelstein in tausend Schneckenhäuser, Korkzieher, Hobelspäne, Schlangen, Haken und Spirallinien gedreht, und wenn sie sich bewegte, gab ihr Haupt ein wunderbares Geräusch von sich. Nun aber trat Fräulein Zinnober herbei und schminkte die Frau Edelstein.

Zinnober.

Wie die Purpurrosen prangen
Neben weißer Lilien Schnee,
Schminke ich dir deine Wangen,
Die gebleicht von tiefem Weh.

Wie die spröden, scheuen, blöden,
Keuschen Frauen niederschauen
Mit Erröthen, wenns von nöthen,
Kannst du schauen voll Vertrauen.

Kobold.

Selbst die schlauen,
Scham und Zucht entwöhnten Frauen,
Die es zahlen, kannst du malen,
Daß sie mit der Unschuld prahlen,
Leicht ists einen roth zu machen!
Ich muß lachen ha! ha! ha!

Nun wollte Frau Edelstein aber auch sehen, wie sie aussehe, und Fräulein Marienglas hielt ihr den Spiegel vor, daß sie sich von oben bis unten betrachten könne: *Fräulein Marienglas* sang dazu:

Spiegle dich, du liebe Holde!
Wie der Schwan zum blanken See
Niederschaut im Abendgolde,
Ob er nicht sein Sternbild seh.

Schöne Frauen im Beschauen
Sich erquicken mit Entzücken,
Wie die Pfauen auf den Auen
Sich erblicken, schöner schmücken.

Kobold.

O ihr Pfauen!
Glanzgerüstet, goldgebrüstet,
Wollt auf eure Füße schauen,
Pfui der rauhen schwarzen Klauen!
Garst'ge Stimme, o wie schlimme!
Ich lob mir die Nachtigall:
Schlechtes Röcklein, süßer Schall,

Guter Name, Ehrendame,
Ich muß lachen über all dies Schönermachen,
Ha! ha! ha!

»Du hast wohl recht, Koboldchen«, sagte Frau Edelstein, »all dieser Putz ist leerer Tand; aber ich mußte doch wieder einmal dran denken, mich wieder zu erneuern, und es ist mehr aus tiefer Traurigkeit, als aus Freude, daß ich mich so schmücke; denn wisset vor mehreren hundert Jahren habe ich in ähnlichem Schmuck hier gesessen und ich beziehe dieses Haus zur Erinnerung. Kommt, setzt euch, daß ich euch erzähle was mir geschehen ist.« Nun setzten sich die Jungfrauen rings um das spiegelnde Bad auf die Stufen und Frau Edelstein erzählte wie folgt: »Als ich noch ein kleines Mägdelein war, lag ich Nachts in Staarenberg in einer krystallenen Wiege, die abgesondert von der Wohnung der Frau Erde, meiner Mutter, in einem einsamen Gewölbe stand. Einstens um Mitternacht, als ich über einem Märchen meiner Wärterinnen entschlief, that es einen gewaltigen Krach, als wenn das Gewölbe einstürzte, zugleich wehte mich kalte Luft an, und da ich hievon erwachte, sah ich die Wand des Felsens niedergestürzt und hatte den wunderbaren Anblick des gestirnten Himmels. Meine Wärterinnen waren entflohen, und erschreckt von dem nie gesehenen Glanze der Sterne, wollte ich eben anfangen zu weinen, als ein schöner blonder Knabe an meine Wiege trat, mich liebkoste und wieder einwiegen wollte. Sein Anblick machte mir unbeschreibliche Freude; denn ich hatte bisher kein anderes Kind gesehen, und wie schrie und weinte ich, als meine Wärterinnen nun zurückkehrten und mich mit der Wiege nach der Stube meiner Mutter trugen; aber bald war ich getröstet, als ich sah, daß der Knabe auch in die Stube trat. Er sagte meiner Mutter auf ihre Frage, daß er Johannes, des Fürsten von Staarenberg Söhnlein sey, und sie gewann ihn lieb, schenkte ihm Edelsteine und lud ihn ein, uns alle Nacht zu besuchen, wenn seine Mutter abwesend sey und sein Vater schlafe.

Dies geschah alle Monate einige Nächte lang, und er stellte sich immer richtig ein; denn die Mutter hatte ihm eine Springwurzel geschenkt, mit der er alle Felsen öffnen konnte. So wuchsen wir wie Geschwister mit einander heran. Johannes war ein Kind in unserm Berg, er sah alle Arbeiten der Berggeister mit an, und hatte eine besondere Liebe zu dem Geschäft. Vor Allem aber hatte er eine große Freude an den Possen eines Affen, den meine Mutter hatte und der gewöhnlich mit ihr Schach spielte. Er hieß Trismegistus und war ein tiefsinniger, wunderlicher Gesell. Er machte Alles nach, was er die Berggeister machen sah, und war dann sehr verdrüßlich, wenn wir ihn alle auslachten, daß er immer verkehrtes Zeug heraus kriegte. Dieser Affe war anfangs sehr neidisch auf den kleinen Johannes, weil er sah, daß ich lieber mit diesem spielte, als mit ihm; nachher aber ging er meinem jüngeren Freunde überall nach und schmeichelte ihn und diente ihm mit allerhand Handreichung, wenn der kleine Johannes spielend mit den Berggeistern arbeitete.

So lebte ich in kindlicher Lust wohl sechszehn Jahre mit Johannes, als er plötzlich ausblieb; ich konnte mir die Ursache nicht denken und war in größter Angst; ich zog durch alle Gegenden unter der Oberfläche des Berges hin und rief ihm mit den zärtlichsten Namen; er kam nicht.

Die folgende Nacht ging es mir ebenso, in der dritten endlich gelang es mir, die Gegend des Berges zu finden, über der sein Schlafgemach war. Er hörte mein Weinen und Klagen; die Decke öffnete sich und er eilte in meine Arme; indem wir nach der Kammer meiner Mutter liefen, so erzählte er mir, daß sein Vater die vielen Edelsteine, die er von uns erhalten, gefunden und ihn sehr gedrängt habe, zu sagen, wie er zu solchen Schätzen gelangt sey, und daß er ihn, da er es seinem Versprechen gemäß verschwiegen, Nachts, auf den Rath seiner Mutter, in sein Bett genommen und mit einem seidenen Faden an seinem Arm gebunden habe, er aber auf mein Angstgeschrei denselben zerrissen und so zu mir gelangt sey.

Kaum waren wir in die Kammer meiner Mutter gelangt, so

trat sein Vater auch hinter uns ein, und wollte ihn eben tüchtig auszanken; aber meine Mutter fiel ihm in die Rede, der Affe Trismegistus machte ihm tausend Kratzfüße, und er fand sich durch den Glanz der Edelsteine und besonders durch das Schachbrett meiner Mutter, worauf alle Figuren lebendig waren, so zerstreut und hingerissen, daß er dem kleinen Johannes nicht nur verzieh, sondern sich bei uns auch sehr wohl gefiel.

Er unterhielt sich die ganze Nacht mit meiner Mutter und Trismegistus und verließ uns erst am Morgen, die folgende Nacht kam er wieder und so öfters.

Einstens, da meine Mutter krank war, unterhielt er sich mit dem Affen allein, der setzte ihm allerlei böse Grillen in den Kopf über die Gewohnheit der Frau Mondenschein, ihn monatlich einige Zeit zu verlassen, und gab ihm ein wunderliches Glas, wodurch er sie belauschen könne. Er ging mit dem Glase unruhig, früher als gewöhnlich, von uns. Nun erwartete ich in der folgenden Nacht ihn und Johannes nicht, der Mond schien wieder, und da kamen sie nie. Aber siehe da! da kamen sie beide, und der Vater war in großer Unruhe; er setzte sich zu meiner Mutter an den Tisch und klagte ihr sein Unglück, daß ihn seine Gattin seiner verbotenen Neugierde wegen verlassen und verflucht habe.

Der Besuch war meiner Mutter nicht ganz gelegen, denn sie war eben mit ihren geheimsten Arbeiten beschäftigt; sie ließ einen goldnen Tisch wachsen; nun bat sie zwar den unglücklichen Herrn sich nicht drauf zu legen, aber in seinem großen Kummer vergaß er es und sein Bart streifte auf den Tisch, und wuchs ihm hinein, so daß er nicht mehr aufstehen konnte.

Meine Mutter verwies ihm nun ernstlich seine Neugierde und sagte ihm, daß es außer ihrer Macht stehe, ihm zu helfen; sie legte ihm ein Buch vor, in dem er las und heftig dabei weinte; endlich brach er in folgende Worte aus: »Frau Erde! ich fühle wohl, ihr könnt mir nicht helfen; ich muß hier sitzen bis der Fluch der Frau Aglaster und der Großmutter meiner Frau erfüllt ist. Nun aber rufet mir meinen Sohn Johannes, daß ich ihm die Regierung meines Volkes übergebe.« Johannes ward gerufen, er hörte das Unglück seines Vaters, er übernahm die Regierung; meine Mutter nahm ihm die Springwurzel; sie sagte ihm, nie mehr solle er uns sehen, denn sie sehe wohl, daß aus der Gemeinschaft der Geister mit den Menschen nur Treulosigkeit und Unglück erfolge. Meine und seine Bitten halfen nichts, ich mußte ihn lassen; eine Menge unbarmherziger Kobolde faßten ihn und führten ihn mit Gewalt an die Oberfläche der Erde.

Meine Trauer, meine Weheklagen halfen nichts, meine Mutter war unerbittlich und nahm sich vor, diesen Aufenthalt zu verlassen. Ehe wir aber abreisten, wollte sie den vorwitzigen Affen Trismegistus noch bestrafen; man suchte ihn überall und konnte ihn lange nicht finden. Endlich, da meine Mutter in der geheimsten Kammer aufräumen wollte, wo sie das Gold machte und den Stein der Weisen liegen hatte, fand sie den Schelm ganz von oben bis unten vergoldet. Er war ihr über die Tiegel gerathen und hatte sich so mit der Tinktur angestrichen. Erzürnt über ihn, sprach sie: »Warte, du sollst deines falschen Schimmers niemals genießen, du unglückstiftender Verräther!« und somit zog sie ihm einen grauen Rock an, schnallte ihm einen gelben Riemen um und setzte ihm einen grauen Hut auf, zog ihm rothe Stiefel an und sagte: »So sollst du nun den gefangenen Mondenhirten bedienen, den du durch deine Schwätzerei ins Unglück gebracht, bis er einstens auf der Erde im schönen Grabe ruht; keiner soll dir den Gürtel lösen können, als der, der alle diese Schicksale löst, und ewig sollst du grübeln, forschen und nachäffen, und nie das Gold sehen, das dir doch näher ist als das Hemd!« – Somit schleppte sie ihn zu dem festgewachsenen Mondenschläfer, legte ihn an eine Kette, setzte das Schachbrett zwischen beide, schloß den Berg zu und zog mit mir und allen den Ihrigen hierher in diesen Berg.

Johannes, der nun die Staarenberger regierte, hatte mich so wenig vergessen als ich ihn. Das Erste, was er that, war, daß er sein ganzes Volk nach und nach zu Bergleuten verwandelte; er hatte Vieles bei uns gelernt und nun zog er Schachten und

Gruben, wohl an die neun Jahre lang, in dem Berge hin und her. Aber Alles war fruchtlos, da wir nicht mehr da wohnten.

Endlich wollten seine Leute nicht mehr arbeiten, denn der Berg war schon so untergraben, daß sie fürchteten, er möge einstürzen. Zornig verließen sie ihn mit der Versicherung, nicht mehr zu arbeiten, an einem Abend, und er blieb mit seinem Grubenlicht, Fäustel und Schlegel allein in dem Stollen.

Ängstlich durchirrte er alle die vielen Gänge, die er seit zehn Jahren hatte hauen lassen, und legte sich eben traurig an eine Felsenwand nieder, um zu schlafen.

Kaum war er entschlummert, als er ein Kettengerassel hörte, er wachte auf und lauschte. Sieh! da klang es hinter ihm an der Wand; muthig fing er an zu arbeiten, und je tiefer er drang, je lauter rasselte es; laut schrie er den Bergmannsruf aus: Glückauf! Glückauf! und Glückauf! antwortete es ihm; noch wenige Minuten gearbeitet und er fand in dem Gewölbe seinen Vater. Aber der sah ihn mit großen Augen an und lachte nicht und sagte kein Wort, wie ein Lebendigbegrabener.

Johannes gab sich alle Mühe, ihn mit seinen Liebkosungen zu ermuntern; aber er blieb stille und erstarrt und sah immer auf das Schachbrett, als sinne er über einen Zug.

Vor ihm saß Trismegistus und hatte die größte Freude über die Erscheinung des Johannes. »Geschwind«, sagte er, »mach mir meine Kette los, und lasse mich aus diesem langweiligen Loch heraus; der alte Herr spielt so langsam, er thut alle Jahre einen Zug, helfen kannst du ihm nicht; wenn ich übers Jahr komme und ihm einen andern Zug thue, ist es gerade hinreichend Gesellschaft für ihn; schnell führe mich hinweg, ich will dir auch bald auskundschaften, wo Fräulein Edelstein, deine Liebste ist.« – Johannes ließ sich von ihm verführen, er machte die Kette des Affen los, küßte seinen Vater, der es aber gar nicht zu bemerken schien, und verließ mit Trismegistus, der immer noch das graue Habit anhatte, die Gruft.

Als sie in der Stube des Johannes angekommen waren, sagte dieer: »Nun, Trismegistus! halte Wort und sage mir, wie ich zu meiner Liebsten, der Fräulein Edelstein komme.« »Ja«, sagte Trismegistus, »aber du mußt mir vorher noch versprechen, mich hier auf deinem Schloß sicher und verborgen zu halten und mich zu ernähren, und daß du mir niemals zumuthest, einen Schritt tiefer als die Oberfläche der Erde zu gehen, damit mir die Mutter deiner Liebsten nichts anhaben kann; denn hier oben kann sie mir nichts thun. Lasse mir daher einen Thurm bauen, auf dem oben ein Gewölbe und ein guter Rauchfang ist, da will ich für mich und dich die Planeten observiren, und allerlei chemische Laborationen vornehmen und mir die Zeit damit vertreiben. Wenn ich es nur so weit bringe, den grauen Rock los zu werden, so solltest du sehen, daß ich leuchte wie Gold; die Frau Erde ist nicht umsonst so zornig auf mich, ich habe ihr die besten Stückchen abgelernt.« – Schnell ließ Johannes, der wegen seinem vielen Graben von seinem Volke der Grubenhansel genannt wurde, auf einem abgelegenen hohen Wartthurm des Schlosses einen Rauchfang bauen und ihm Alles einrichten, wie er es wollte, und als Trismegistus schon oben wohnte, drang er nun in ihn, ihm die Mittel zu lehren, wie er zu mir gelangen könne. Worauf ihm der Affe sagte: »Bester Grubenhansel! heute will ich es dir sagen, früher hätte es dich nichts genützt, denn heute Nacht um zwölf Uhr muß die Wünschelruthe geschnitten werden; gehe hinab an den See, dort wirst du eine Weide finden, von welcher du dir eine kleine Ruthe schneidest; diese Ruthe in der Hand gehe so lange nach Norden, bis die Ruthe niederschlägt, dann wirst du nicht lange ohne dein Liebchen seyn.« Johannes that nach seinen Worten: er schnitt die Ruthe, er hielt sie vor sich und reiste bis hieher. Da schlug die Ruthe nieder, der Fels öffnete sich, und er sah mich hier auf dieser Stelle so sitzen und weinen, wie ich jetzt hier sitze. Er rief meinen Namen aus, ich sah ihn und wir umarmten uns mit unendlicher Freude. Nun war es gerade um Weihnachten, wo meine Mutter die Wache bei dem Stein der Weisen hielt, weil um diese Zeit alle goldgierigen Menschen nach diesem Schatze trachten. Wir waren also sicher, nicht überrascht zu werden. Aber der Morgen brach an und wir hatten in der Dunkelheit der Grube ihn nicht bemerkt; meine Mutter trat herein und fand uns beisammen.

Anfangs war sie heftig erzürnt; aber unser Bitten versöhnte sie und sie gab mir endlich den Grubenhansel zum Gemahl mit der Bedingung, daß ich immer den siebenten Tag der Woche zu ihr kommen sollte, und daß er mir dann niemals folgen sollte, noch mich fragen, was ich zu verrichten hätte. Er versprach es und ich folgte ihm in den Staarenberg zurück, wo ich ihn immer am Sonnabend verließ und zu meiner Mutter ging, Sonntags aber wieder kam.

So lebten wir einige Jahre, und ich gebar ihm einen Sohn, den wir Veit nannten. Trismegistus ließ sich nicht vor mir sehen und saß immer auf seinem Thurm und destillirte. Mein Gemahl verrieth ihn auch nicht, und wenn ich ihn fragte, was denn das für ein immerwährender Rauch sey, der oben aus dem Thurme heraussteig, sagte er mir: »Dieser Thurm ist's, von welchem mein Vater nach meiner Mutter, Frau Mondenschein, geschaut hat, und weil ich in meiner heimlichen Liebe zu dir die erste Ursache seines Verbrechens war, so lasse ich jetzt einen ewigen Rauch auf dem Thurme aufsteigen, ein Opfer um meine Frau Mutter zu versöhnen, ich räuchere mit lauter Edelsteinen, dieselben, die du mir früher geschenkt.«

Aber Johannes betrog mich, denn in den Nächten, da ich abwesend war, ging er immer selbst auf den Thurm hinauf, mit dem Affen zu laboriren; sie suchten den Stein der Weisen, welcher ewiges Leben gibt und Alles in Gold verwandelt. Der Affe hatte meiner Mutter allerlei Kunstgriffe abgelernt, die er nun ohne Verstand und Zusammenhang auf alle mögliche Weise hintereinander folgen ließ, nur nie auf die rechte. Seine Hauptbemühung war immer, den grauen Rock und die Stiefel herunter zu kriegen; aber er konnte es nie zu Stande bringen; er versuchte es wohl hundertmal, sein Habit zu vergolden; kaum hatte er sich mit dem Metall überzogen, als Alles wie vorher grau und trübe wurde.

Schon war alles Gold des Schlosses zum Schornstein hinausgeflogen, und so viel ich dessen auch brachte, nie reichte es hin, und doch erfuhr ich nie, wo es hinkam. Mein Sohn Veit, der seinen Vater immer um Gold fragen hörte, schleppte nun alles an, was blinkte; aber immer lachte ihn der Vater aus; doch ließ sich der Knabe nicht irre machen und hatte eine große Leidenschaft zu wissen, was der Vater mit all dem Golde anfange. »Vater«, sprach er, »was ist denn Gold?« – »Es ist ein köstliches Metall«, sagte Grubenhansel; in demselben Augenblick fuhr der kleine Veit, der sehr naschhaft war, mit einigen Goldkörnern, die auf dem Tische lagen, in den Mund. Grubenhansel in der Angst, er möge daran ersticken, öffnete ihm den Mund mit Gewalt, und erblickte zu seiner größten Verwunderung einen goldnen blinkenden Zahn in seines Söhnleins Mund.

Es war gerade zur Zeit meiner Abwesenheit. Grubenhansel entdeckte seinen wunderbaren Fund dem Affen Trismegistus und dieser gerieth darüber in die ausgelassenste Freude. »Geschwind bringet eueren Veit herauf«, sagte er, »er hat, was ich ewig suche, was uns allen hilft: animalisches Gold.«

Veit war eben einem schönen Pfau nachgeklettert, der ihn mit seinem goldschimmernden Hals reizte, und da die Sonne unterging, war dieser Vogel nach seiner Gewohnheit auf ein Dach geflogen, um ihr nachzuschreien. Eine kühle Luft erhob sich und spielte in den Federn des Vogels; schimmernde Tauben durchschnitten die Luft und goldne Fische sprangen aus dem See, dem kühlen Abendwinde entgegen; ganz ungemein glückselig fühlte sich der kleine Veit neben seinem Pfau auf dem Dache; aber so oft er die Hand ausstreckte, dem Vogel eine Feder zu entreißen, flog dieser auf einen höhern Punkt und Veit folgte immer weiter, bis endlich der Vogel in den Wald flog und seinen gierigen Blicken entschwand.

Veit saß nun so hoch oben, daß er schwer herunter konnte; aber es war ihm ganz wohl, und er hatte die größte Lust oben zu bleiben, als er die Stimme seines Vaters im Hofe hörte. Er besann sich nicht lange, rutschte auf den Dächern nieder, lief wie eine Katze in den Dachrinnen, schwang sich von Giebel zu Giebel, und sprang endlich heil und gesund vor den Füßen seines erschrockenen Vaters zu Boden.

Dieser nahm ihn verwundert über seine Geschicklichkeit mit sich auf den Thurm, wo ihm der Knabe gern folgte, weil er die Höhen liebte. Kaum hatte ihn der Affe erblickt, als er ihm auch den Mund mit einem silbernen Löffel aufmachte, und ihm, noch ehe der Vater eine Einrede dagegen machen konnte, den goldnen Zahn unter heftigem Geschrei ausriß. »Nun ist uns geholfen«, sagte der Affe, »mit diesem Zahn führe ich dich, Grubenhansel! in die Kammer, wo deine Frau jetzt den Stein der Weisen bereitet; wir überraschen sie, sie muß uns Alles heraus geben, und wir sind die Herren der Erde und leben ewig.«

Grubenhansel ließ sich bethören, er schlich mit dem zitternden weinenden Veit und Trismegistus herab. Den Knaben brachte er zu Bette und versprach ihm so viele Pfauen und Tauben als er nur wollte, wenn er schwiege, und der Knabe gab sich zur Ruhe.

Als meinem Söhnlein der Zahn ausgerissen wurde, empfand ich denselben heftigen Schmerz in meiner Kinnlade, und hörte sein Geschrei bis in die Tiefe der Erde. »Ach!« sagte ich, »meinem Kinde geschieht weh« – und ängstlich erwartete ich den Anbruch des Tages, um nach Hause zu kehren, als plötzlich Grubenhansel und Trismegistus vor mir standen, und letzterer hastig nach dem Stein der Weisen griff, der vor mir zwischen drei Lilien lag, einer blauen, einer rothen und einer weißen. Aber ich stellte meinen Fuß auf den Stein, der sogleich in die Erde versank, und der gierige Affe riß nun die weiße und rothe Lilie ab, und entfloh wie ein Pfeil aus der Grube, weil er den Schritt meiner Mutter hörte.

Schon hatte ich meinen Gatten mit den bittersten Vorwürfen überhäuft, daß er seinen Schwur gebrochen; als meine Mutter, die Frau Erde, eintrat und mit ungemeinem Zorn den Johannes bei mir fand. »Deine Herrlichkeit ist aus«, sagte sie, »du hast mit dem goldnen Zahn deinem Glücke die Wurzel ausgerissen, gehe und lebe bis der Vater stirbt, den auch der Affe verführt hat.« –

Nach diesen Worten rührte sie ihn mit der Hand an die Stirne und er vergaß alles, was ihm geschehen war und schlief ein. Nun ließen wir ihn durch die Berggeister in einen der Stollen, die er gegraben hatte, zu Tage legen; wo er nachmals in einer Höhle bis vorgestern als ein Quacksalber und Laborant gelebt hat. Seinen Vater, der im Berge am Tische angewachsen, besuchte er dann und wann und spielte Schach mit ihm, wußte aber gar nicht anders, als er sey in der Grube gesessen und habe laborirt. Als er heute gestorben, habe ich ihn zu Grabe gebracht, ihr wart alle dabei, Gott gebe seiner armen Seele Ruhe!

Der Affe Trismegistus begab sich schnell nach seinem Thurm zurück und stellte sich, als wenn er von gar nichts wüßte; er begann nun mit Hilfe der rothen und weißen Lilie zu laboriren, kriegte aber nie etwas heraus. Noch mehrere Jahre lebte er auf der Burg, wurde aber endlich von meinem Sohne Veit, der ihn, seit er ihm den Zahn ausgerissen, tödtlich haßte, vertrieben. Nun irrt er ewig in der Welt herum und sieht, wo er einen Narren findet, der mit ihm Gold macht, das heißt zum Schornstein hinaustreibt. Seine Anstalten und Rezepte haben sich unendlich vermehrt.

Zum Unglück kann er nicht sagen, was er will; er weiß es wohl, aber er nimmt immer ein Wort für das andere, und so kömmt nie was zu Stande, und seinen grauen Rock kriegt er nie herunter, denn er läuft ihm immer wieder nach.«

»Hätte ich ihn hier im Bade«, sagte Fräulein Quecksilber, »ich wollte ihn zwagen«; – »Wie wollte ich ihn auslachen!« sagte Koboldchen.

Kaum aber hatten sie dies gesagt, als ich ein Gerassel in dem Busche hörte, ich sah den goldnen Affen in größter Angst daherlaufen, und Rock, Hut und Stiefel hinten drein. Jetzt holte ihn der Hut ein und sprang ihm auf den Kopf, jetzt hängt sich ihm der Mantel über die Schulter. Er lief in Todesangst immer in engeren Kreisen um mich und die Grube; jetzt waren ihm die rothen Stiefel an den Beinen, der Gürtel sprang um ihn und schloß ihn mit dem Baume zusammen. Er lamentirte ganz erbärmlich, ich sollte ihn ablösen. Ich schnallte ihm den Riemen auf und er plumpte hinab; da fielen die Jungfrauen über ihn her, rieben und wälzten ihn wie die Hutmacher den Filz, bis er wieder ein ordinärer Affe war, und ich sah, wie sie ihn an einer Kette fortführten und die Grube verließen.

Nun entschlummerte ich, und als ich erwachte, stand die Sonne schon am Himmel; ich nahm die Weidenruthe und die beiden Lilien, die neben mir lagen, um meine Gesellen zu suchen, welche ich in kleiner Entfernung von mir schon zu Pferde fand. Schnell warf ich mich auf mein Roß und setzte meine Reise ruhig fort.

Wie Radlauf die Verjüngung der Frau Phönix Federschein ansieht und diese ihre Geschichte mit dem Kautzenveitel erzählt.

Schon kletterte die Sonne an den Baumstämmen hervor, ein kühler Wind spielte in dem Laub, die Vögel sangen ihr Morgenlied und ich dachte an die arme Ameley. Als wir aber an den Mainstrom kamen, der den Wald durchschnitt und keine Brücke vorhanden war, ließ ich meine Begleiter mit den Rossen den Fluß hinaufreiten, um eine Fährte zu suchen, ich selbst aber erreichte das andere Ufer schwimmend.

Von dem Strom durchnäßt, erstieg ich einen Fels, um mich der Sonne auszusetzen, und ward so der Zuschauer eines wunderbaren Schauspiels.

Auf der andern Seite des Felsens lag in einem Bergkessel ein Hügel, in dessen Mitte die höchste und mächtigste Eiche, die ich je gesehen, ihr Laubgewölb ausbreitete. Im Kreise um sie, am Fuße des Hügels, wie Diener um eine Königin, standen eine Ulme, eine Linde, ein Nußbaum, eine Birke, eine Esche, eine Erle und eine Weide. Zu den Füßen der Eiche entsprang eine Quelle, die von Felsen unterbrochen in zwei Arme getheilt, von dem Hügel herabstürzte; der eine Arm bildete auf der rechten Seite des Bergkessels einen klaren Spiegelsee, der andere Arm durchschlängelte zur Linken den Seegrund, der mehr einem Garten von wohlriechenden Gewürzkräutern, Blumen und Rosenbüschen, als einem wilden Waldthale glich.

Ich saß auf einer hohen Felsenwand hinter Wachholdersträuchen und übersah den heimlichen schönen Waldgrund, ohne von dort aus bemerkt werden zu können. Jetzt aber erhob sich ein Lüftlein und regte die Gipfel des Hains auf, und eine Menge Vögel aller Art schnäbelten auf dem Gipfel der Eiche, und schienen beschäftigt ein großes Nest von den mannigfaltigsten wohlriechenden Hölzern und Kräutern zu erbauen. Der Mond lief noch nackt am Himmel herum, und der junge Tag, der aufstehen sollte, schämte sich vor ihm und erröthete; nun aber zog der Mond ein weißes Hemd an, und trat mit den Sternen hinter den himmelblauen Vorhang. Da machte sich die Sonne auf und hob ihr strahlendes Haupt über den Bergen empor, und wie sie den Rand der Wälder vergoldete, begann in der Linde die Nachtigall zu singen, und eine Weile drauf trat Frau Phönix Federschein, meine dritte Ahnfrau, unter der Eiche hervor und sang:

Der Mai will sich so günstig
Inbrünstig beweisen,
Ich hörs an aller Vögelein Gesang.
Der Sommer kommt, vor nicht gar lang
Hört ich Frau Nachtigall singen,
Sie sang recht wie ein Saitenspiel:
Der Mai bald will
Den lichten Sommer bringen, und zwingen
Die Jungfräulein zu singen und springen.

Jedoch so sind die Kleider
Mir leider zerrissen,
Ich schäme mich vor anderer Mägdlein Schaar,
Mit meinen Füßen geh ich baar,
Als wenn ich baden wollte;

Der Reif und auch der kalte Schnee
That mir wohl weh,
Ich will als Badgesellen bestellen
Die Jungfraun an den hellen Waldquellen.

Komm! komm! lieb, lieb Agneta,
Margaretha, Sophia,
Elisabetha, Ameleya traut,
Sibylla, Lila, Frau Gertraut,
Kommt bald ihr Mägdlein schöne,
Kommt mich zu baden säuberlich
Und schmücket mich;
O kommet! die Jungfrauen im Thauen
Mich baden und beschauen, ja schauen.

Kaum hatte sie dies Lied nach der Melodie der Nachtigall gesungen, als ihre sieben Fräulein aus den umstehenden Bäumen zu ihr auf den blumigten Rasengrund traten; Pfauenaug aus der Ulme, Nachtigall aus der Linde, Reiherbusch aus der Kastanie, Turtel aus dem Nußbaum, Flaum aus der Birke, Schwanenlied aus der Erle, und Schwalbenwitzchen aus der Weide. Sie hatten alle ihre Röcklein aufgeschürzt, und trippelten um Frau Phönix, die in dem Quell stand, herum und wuschen ihr die Füße und schmückten sie. Als sie aber fertig waren, sagte Frau Phönix:

Ich bin Frau Phönix Federschein,
Begraben hab ich den Liebsten mein;
Mein Hals war goldgelb, licht und klar,
Mein Leib und Flügel purpurn war –
Der goldnen Kron auf meinem Haupt
Hat Trauer Licht und Glanz geraubt,
Nun sammlen mir die Vögelein
Weihrauch und Myrrhen und Spezerei'n,
Von edlem Holz wohlriechende Ästlein;
Sie bauen mir daraus ein Nestlein,

Darüber schwing ich mein Gefieder
Am Sonnenlichte auf und nieder,
Bis daß das Rauchwerk sich entzündet,
Die Flamme sich zur Höhe windet:
Dann laß ich mich herab zur Gluth,
Verbrenne willig, wohlgemuth.
Aus meiner Asche wird entstehn
Ein Würmlein leuchtend anzusehn,
Woraus ich wieder rein und pur
Mich neu erschwinge zur Natur.
Nun saget mir, ihr Fräulein all!
Was euer Amt ist in diesem Fall?

Fräulein Pfauenaug sang nun, indem sie Frau Phönix ihr Gewand ordnete:

Mit dem Tausend-Augen-Kranze
Ich auf deine Reize schau;
Mit der Federn Purpur-Glanze
Schmück ich dich, du holde Frau!

Ich erweck dir nach der Sonne
In dem Herzen die Begierde,
Denn so heller Farben Wonne
Leiht ihr Schein erst rechte Zierde.

Fräulein Nachtigall sprach zu ihr:

Ich, Frau Phönix! lehr dich singen,
Wenn dir will das Herz zerspringen
Lehret dich Frau Nachtigall,
Gott zu grüßen tausendmal;

Auf der Eiche in der Spitzen,
Wenn die Flammen dich umblitzen,

Lehret dich Frau Nachtigall,
Gott zu loben tausendmal.

Fräulein Schwanensang, welche ein Lorbeerkrönchen trug, sagte ihr hierauf:

Sängerin ist sie, ich bin Dichter,
Dichte nur ein einzig Lied,
Mich begeistern Himmelslichter,
Wenn der Mond ins Wasser sieht.

Und ich will dies Lied dir sagen,
Das ich sterbend pfleg zu singen,
Wenn die Flammen um dich schlagen,
Dich im Feuer zu verjüngen.

Fräulein Fläumchen aber brachte eine Menge leichte Federkissen herbei und sprach:

Allen Vöglein ihre Wiege
Füttre ich recht weich und zart,
Daß die junge Brut nicht liege
In den Reisern rauh und hart.

Als Bettmeisterin die Kissen
Trag ich dir zum Feuerneste,
Leid wär mirs, wenn dir die Äste
Nur ein Federlein zerrissen.

Fräulein Schwalbenwitz nahte nun in ihrem grauen Sibyllenmantel und sagte:

Wenn die andern schlafend nicken
Les ich auf des Tages Stirn
Das Geschick, mit leisen Blicken
Winket mir das Nachtgestirn.

Traumausdeuter, weiser Meister,
Sing ich dir die künft'gen Zeiten,
Wenn die wilden Feuergeister
In dem Neste um dich streiten.

Fräulein Turtel trat nun freundlich herzu und sagte zu ihrer Gebieterin:

Einst sang ich dir unverdrossen,
Wie der Pelikan sein Blut
Kinderliebend hat vergossen
Zu erquicken seine Brut.

Nun reich ich, du Holde, Treue!
Dir den dunklen Wittwenschleier,
Daß die Flamme dich erneue
In der glühen Todtenfeier.

Fräulein Reiherbusch nahte zuletzt und sang:

Ich will dir die Flamme fachen
Mit der Flügel regem Schlag,
Daß sie freudig um dich lachen
Lichter als der junge Tag,

Wenn du schöner und belebter
Triumphirst in Jugendwonne,
Schwing ich dann den Federzepter
Vor dir hin durch Luft und Sonne.

Frau Phönix dankte ihnen allen und sagte: »Bis mein Scheiterhaufen bereitet ist, will ich euch noch erzählen, wer der Vogelsteller Veit war, den wir heute begraben haben, oder vielmehr, wie ich den jungen Fürsten Veit von Staarenberg kennen lernte, sein Weib ward, und wie er mich betrogen hat.

Herr Johannes, der Fürst von Staarenberg, der ein leidenschaftlicher Bergmann war, blieb einst ungewöhnlich lange aus. In den ersten Tagen glaubte sein Volk, daß er in irgend einer Grube reiche Ausbeute müsse gefunden haben; denn sie wußten wohl, daß er in solchem Falle oft mehrere Tage ausblieb. Als aber endlich eine ganze Woche herum ging und er noch nicht wiederkehrte, besorgte man, es möge ihn irgend ein Unglück in dem Bergwerke getroffen haben, und suchte ihn vergebens aller Orten.

Schon war Schloß und Land mit Trauer über seinen Tod erfüllt, als unter die Klagenden, die sich im Hofe versammelt hatten, ein seltsam gekleideter häßlicher Mann trat. Er trug einen grünen Hut, einen grauen gelbgegürteten Rock und rothe Stiefel, und kam einen Thurm herabgestiegen, auf den der Fürst immer allein zu gehen pflegte. Seine Erscheinung machte Jedermann aufmerksam, weil ihn nie Jemand gesehen hatte, und weil er aus dem geheimnißvollen Thurme kam. Er sagte hierauf: »Ihr Männer von Staarenberg! euer Herr und Fürst, mein großer Gönner und Freund, ist nicht mehr; ich war sein Astronom, heute Nacht hab ich die Sterne beschaut, und daraus gesehen, daß er nie wiederkehren wird. Nun aber ist euer künftiger Herrscher, der Erbprinz Veit, noch unmündig; wer aber kann besser sein Vormund seyn als ich, der der vertrauteste Freund seines Vaters war. Wollet ihr mir nun dieses Amt anvertrauen, so will ich eure Bergwerke bauen, besser noch als vorher, ich will eure Livereien mit Gold und Silber bedecken, Lust und Herrlichkeit soll überall verbreitet seyn; denn ich kenne alle Würzlein und Kräuter, alle Steine und Metalle, die Elemente sind mit unterthan, und die Planeten habe ich alle an einem Fädchen.«

Während er so sprach und dabei die seltsamsten Grimassen machte, nahte sich der kleine Veit, an der Hand eines alten Vogelstellers, mit dem er sich viel abzugeben pflegte; er hatte einen schönen Distelfink auf der Hand und war guter Dinge. Die Staarenberger empfingen ihren kleinen Fürsten mit aller Liebe eines treuen Volkes, und als sie ihm sagten, daß sein Vater gestorben sey, ließ er den Finken fliegen und begann heftig zu weinen, mehr aber aus Schrecken über den Trismegistus, den er, seit er ihm einen goldenen Zahn ausgebrochen hatte, tödtlich haßte, als über den Tod seines Vaters; denn er war noch zu jung, um zu wissen, daß der Tod schrecklicher sey als der Zahnbrecher.

Von Neuem erhob der graue Mann wieder seine Stimme, und pries seine Kenntnisse und seine Gelehrsamkeit, und als er wieder sagte: »Ich kenne alle Wurzeln und Kräuter«, unterbrach ihn der alte Vogelsteller: »Woran kennt ihr sie denn?« – Stolz erwiederte der Affe Trismegistus: »Zeigt es mir nicht das Gesicht, so zeigt es mir der Geruch; zeigt es mir nicht der Geruch, so zeigt es mir der Geschmack.« Nun bückte sich der Vogelsteller und sprach, indem er dem Affen etwas reichte, was er aufgehoben hatte: »Was ist denn dies für eine Wurzel, Herr Doktor?«

»Erstens muß es mir das Gesicht zeigen«, erwiederte der Affe, indem er das Dargereichte von allen Seiten betrachtete. »Das Gesicht zeigt es mir nicht; so muß es mir der Geruch zeigen« – nun roch er daran und fuhr fort: »Der Geruch zeigt es mir auch nicht, so muß es mir der Geschmack endlich zeigen« – und nun biß er hinein, und reichte mit Stolz das Dargereichte dem Vogelsteller zurück, indem er hoffärtig sagte: »Nehmt hin, mein Mann! ihr seyd betrogen, denn dies ist keine Wurzel, es ist getrockneter Affenmist.« – Kaum aber hatte er diese Worte gesagt, als man ihn allgemein auslachte, weil er den Koth so hoffärtig versucht hatte, und da der Vogelsteller sagte: »Hat man mich mit dem Affenkoth betrogen, so laßt euch, ihr Männer von Staarenberg! nicht von dem Affen selbst betrügen«, und als der kleine Veit noch dazu schrie: »Ja, der Spitzbub hat mir meinen goldnen Zahn ausgebrochen«, und ihm darauf einen Stein an den Kopf warf, gab er damit die Losung zu einem allgemeinen Steinhagel, mit welchem man den betrügerischen Affen Trismegistus zum Schloß hinaus verfolgte.

Als die Staarenberger sich nach dieser Verrichtung wieder um den kleinen Veit versammelt hatten, sagte dieser sehr verständig:

»Ich will mir meinen Vormund selbst aussuchen, und das soll Niemand seyn, als mein lieber Vogelsteller hier, den ich am liebsten unter allen Leuten habe.«

Einstimmig ward der Vogelsteller nun als Vormund Veits und Landesverweser anerkannt, und verwaltete dies Amt auch mehrere Jahre zu allgemeiner Zufriedenheit.

Der kleine Veit hatte bei ihm die glücklichsten Tage; er beschäftigte sich mit nichts als dem Vogelfang und mit Erziehung mancherlei Vögel. Bald aber war ihm dies nicht genug, er wünschte selbst zu fliegen. Anfangs machte er allerlei kindische Versuche, indem er sich seine Kleider mit Federn benähte und sich mancherlei Flügel an die Arme band; bald aber stiegen seine Versuche immer höher, und seine Einrichtung wurde künstlicher. Endlich in seinem sechszehnten Jahr hatte er mit vieler Mühe ein paar Flügel zu Stande gebracht, von denen er sich ungemein viel versprach, und er war fest entschlossen, sie in der folgenden Nacht zu probiren; denn bei Tag wagte er es nicht, da ihn sein Vormund schon mehrmal wegen seinem lebensgefährlichen Versuch gestraft hatte. Aber an selbem Morgen geschah ihm etwas, was seinen Versuch auf mehrere Tage verschob.

Ihr wißt, meine lieben Gespielen! daß wir, ich und ihr, durch den Willen des Geschicks alle vier Wochen die Gestalt von verschiedenen Vögeln während vier Tagen annehmen müssen, und dann allen Schicksalen dieser Thiere unterworfen sind. Ihr wißt auch, daß wir dann keine größeren Feinde haben, als die großen Raubvögel, und besonders die Eule, die uns zur Nachtzeit nachstellt. Nun war ich zwar von meiner Mutter, Frau Luft, hinreichend gewarnt, mich in Acht zu nehmen, aber die Jugend ist unvorsichtig.

Es war in einer mondhellen Nacht, und da Frau Eule das Licht scheut, dachte ich nicht, daß es so gefährlich sey, ein wenig spazieren zu fliegen; denn wenn ich gleich ein Vogel war, so war ich doch niemals als ein solcher geflogen, sondern mußte in diesem Zustand immer einsitzen.

Meine Frau Mutter, die Luft, regte sich nicht, und schlummerte ruhig; ich hatte eine unendliche Begierde, einmal den Himmel zu durchschweifen, besonders weil ein großer Komet am Himmel leuchtete, und meine Mutter mir auf meine Frage, was das sey, gesagt hatte, es sey mein Bruder im Himmel.

Leise schlich ich mich aus meiner Kammer hier in die Eiche, breitete die Flügel aus und schwebte selig durch die Luft; ich kann euch mein Entzücken nicht beschreiben, wie ich so das schlummernde Antlitz der Erde mondbeleuchtet unter mir sah; wie mich die mondlächelnden Flüsse und Seen wie glänzende Augen anschauten; aller Duft der Wälder und Gärten mir ans Herz stiegen, und wie die Nacht ihre blaue Sterndecke wie einen wunderbaren Traum über mich gespannt hatte. Jetzt schwebte ich über den glänzenden Thürmen des Staarenberger Schlosses und wollte mich eben, durch Ungewohnheit des Flugs ermüdet, auf den höchsten dieser Thürme niederlassen, als mich die Frau Eule, die auf ihm wohnt, bemerkte, mich mit ihren großen feurigen Augen ansah und mit dem Schnabel knappte. Da ergriff mich eine unbeschreibliche Todesangst, und wie ein Pfeil stürzte ich in einen naheliegenden Wald nieder; aber hier überraschte mich eine neue Gefahr. Ich stürzte in die Netze eines Vogelstellers, die mit Schellengerassel über mir zusammenschlugen.

Nicht lange sträubte und wehrte ich mich, als schon Veit von Staarenberg, ein schöner blonder Jüngling, sich nahte und mich mit ungemeiner Freude aus dem Netze hervornahm. Er war ganz entzückt über meine Schönheit; nie hatte er so etwas gesehen; er liebkoste mich, gab mir Zuckerbrod und eilte noch in der Nacht mit mir nach dem Schlosse in sein Gemach. Sogleich ließ er seinen Vormund rufen und zeigte mich ihm; und auch dieser war ungemein erstaunt bei meinem Anblick, er konnte mich nicht nennen, er hatte nie geglaubt, daß ein Vogel von solcher Schönheit existire.

Als der Alte nach seiner Kammer zurück gegangen war, legte mich Veit auf sein Kopfkissen, liebkoste mich und entschlummerte. Als der Tag anbrach, begann er seine Liebe und Freude mir von Neuem zu bezeugen; er breitete meine Flügel aus, fütterte mich aus seinem Munde, und seine Freundlichkeit rührte mich so, daß ich ihn lieb gewann, und ganz zahm und vertraulich gegen ihn ward.

Drei Tage war ich so bei ihm, und schon nahte der vierte Tag, an dem ich wieder meine Gestalt annehmen sollte. Unbeschreiblich wuchs meine Angst, mich dann nicht zu Hause zu befinden; aber Abends am vierten Tage wehklagte meine Mutter, die Frau Luft, durch alle Säle des Schlosses, und ich zeigte mit den Flügeln schlagend eine ungemeine Begierde zu fliegen.

Dies erweckte dem jungen Fürsten auch seine alte Sehnsucht wieder; er sagte zu mir: »Ja fliegen! fliegen! mein schöner Vogel, fliegen ist eine Seligkeit! gestern habe ich geträumt, ich flog an deiner Seite durch die Luft! und sobald ich es kann, wollen wir selig mit einander fliegen.«

Hierauf nahm er seine künstlichen Flügel und begab sich auf die Terrasse des Schlosses, befestigte sich die Maschine an den Schultern und stürzte jubelnd in die himmlische Freiheit. Ich blieb in der Stube versperrt und sah ihm durch die Fenster nach. Kaum aber bemerkte ihn Frau Luft, als sie gewaltig zu stürmen begann. Die Fenster des Schlosses zitterten, die Rauchfänge fielen herunter, Hagel und Schloßen schlugen die Fenster ein, es donnerte und blitzte, und da die Sternenheerde des Mondes scheu wurde, warf er mit Steinen nach ihnen, deren einer das Fenster meines Gemaches zerschlug und mir die Freiheit gab.

Die Luft, meine Mutter, empfing mich zürnend und trieb mich nach Hause zurück in schnellem Flug; aber ich war mehr um das Schicksal des armen Veits in dieser Nacht besorgt, als um den Zorn meiner Mutter.

Ich erzählte ihr viel von dem jungen Veit, und wie zärtlich er gewesen, und daß ich ihn liebe. Als ich aber meine Angst aussprach, wie es ihm auf seinem Fluge möge ergangen seyn, hörten wir ein Wehgeschrei und Geflatter in der Luft. Wir schauten auf, und es war Veit, auf dem Punkt niederzustürzen; ängstlich flog ich ihm entgegen, er rief: »Hilf, hilf, mein Vogel!«

aber meine Mutter riß mich zurück und der gute Veit fiel hier in diesen Teich.

Es war gerade um die zwölfte Stunde der Nacht, wo ich wieder menschliche Gestalt annahm. Ich eilte nach dem Teich und reichte ihm die Hand. Als er zu Lande gestiegen, war seine erste Frage, ob ich nicht den wunderschönen Vogel gesehen, dem er so eben begegnet sey, und in dessen Lobeserhebung er kein Ende fand.

Meine Mutter, die Frau Luft, trockente ihn, und wir lösten ihm seine zerrissenen Flügel ab. Er blieb einige Tage bei uns; meine Liebe war ungemein, und auch er liebte mich sehr; meine Mutter willigte in unsere Verbindung, und ich zog mit ihm als seine Braut nach Staarenberg zur Hochzeit, bei welcher er schwören mußte, mich immer in der vierten Woche des Monats an einem einsamen Platz im Walde zu verlassen, und ohne mir nachzuforschen, mich nach vier Tagen wieder zu erwarten. Zugleich mußte er versprechen, dem Vogelfang und dem Fliegen gänzlich zu entsagen; welches er leichter schwur als er es nachmals hielt.

Meine Mutter wollte die Hochzeit sehr feierlich haben; sie begleitete mich daher mit ihrem ganzen Hofstaat in Menschengestalt, und bei diesem Fest verrichteten Folgende die Ämter:

Der Adler führte mich zum Traualtar;
Der Dompfaff traute uns als Schloßpfaff;
Der Emmerling gab mir und ihm den Fingerring;
Der Rabe gab mir die Hochzeitgabe;
Der Vogelstrauß führt' wieder mich zur Kirch hinaus;
Der Goldfasan führte mich zum Tanzplan;
Der Auerhahn, der gab da alle Tänze an;
Der Reiher und der Geier, die spielten da die Leier;
Die Wachtel, die schlug den Takt drei Achtel;
Der Fliegenstecher kredenzte da den Hochzeitbecher;
Die Meise, die brachte manche Speise;
Der Stiegelitz führt nach dem Tanze mich zum Sitz;

Die Goldammer führte uns in die Brautkammer;
Der Habicht ging vor uns mit dem Nachtlicht;
Die Amsel gab mir das Nachtwamsel;
Die Taube, die reichte mir die Haube;
Der Grünspecht gab meinem Veit den Stiefelknecht;
Der Wiedehopf brachte uns den Nachttopf;
Die Schnepfe brach vor der Thür die Töpfe;
Und nach ihr sang Frau Nachtigall die ganze Nacht mit süßem Schall.

Mein lieber Veit aber war nicht recht fröhlich, und immer stack ihm noch der schöne Vogel im Kopf, den er gehabt hatte.

Ich durfte nicht sagen, daß ich es selbst war, und suchte seine Sehnsucht durch meine Liebe zu zerstreuen.

Am folgenden Morgen setzte er seinen Vormund, den alten Vogelfänger, ab, weil er ihm, wie er sagte, nicht Acht auf den schönen Vogel gegeben hatte, und setzte hohe Preise aus, wer ihm den Vogel wieder brächte. Nach drei Wochen verließ ich ihn mit meinem ganzen Hofstaat; wir gingen an einen einsamen Ort im Wald, er verließ uns und wir kehrten in Vögel verwandelt hierher zurück.

Nach vier Tagen kam ich allein wieder zu ihm und wir lebten glücklich.

Nach einem Jahr brachte ich ihm einen Sohn, Namens Jakob, den wir sehr liebten und wohl erzogen. Nur hatte er eine Eigenschaft, die uns sehr oft beunruhigte, nämlich eine große Freude am Feuer. Vielleicht, daß meine Eigenschaft mich im Feuer zu erneuern, ihm diesen Trieb in seine Natur gebracht. Als Kind von wenigen Monaten schon, lachte er immer beim Anblick des Lichtes und griff mit seinen Händchen nach der Flamme. Später steckte er jeden Span an, den er erwischen konnte, und mit dem Ofenheizer des Schlosses lief er von einem Kamin zum andern. Als Knabe war er nicht aus der Schmiede zu bringen, und auf einsamen Spaziergängen im Wald machte er sich immer ein Feuer an, und sprang darüber und jauchzte beim

Anblick der Flamme, so daß er, weil er oft berußt war, von uns den Spottnamen Kohlenjockel erhielt.

So lebten wir lange glücklich, aber Alles hat sein Ende, und so endete auch unser Glück. Die Eule und der Kuckuk waren meine Feinde, um so mehr, da sie nicht waren zur Hochzeit geladen worden. Der Kuckuk aber besonders; denn dieser freche Stutzer hatte sich immer vergeblich um meine Liebe beworben.

Als ich nun einst in Vogelgestalt hier im Baume saß, lud meine Mutter, mich zu zerstreuen, eine große Gesellschaft von Vögeln zusammen, und erklärte ihnen, daß nun fünfundzwanzig Jahre seit meiner Hochzeit verflossen seyen, und daß sie sich nächstens einstellen sollten, dies Fest meiner Vermählung auf dem Staarenberg abermal zu feiern.

Da drängte sich der Kuckuk plötzlich in die Gesellschaft, sprach allerlei Ungezogenheiten, und erklärte, daß er auch dabei seyn wolle; aber er ward einstimmig abgewiesen, und ich verbat mir seine Annäherung für immer; worauf er drohend und erzürnt die Gesellschaft verließ. Er begab sich nun zu der bösen alten Frau, der Frau Eule, und machte mit ihr den Plan, mein Glück zu vernichten, welches ihnen auch gelang.

Den ganzen Tag flog der Kuckuk um meinen Gemahl herum; er mochte gehn und stehn, wo er wollte, so schrie er ihm zu: Kuckuk! Kuckuk! und ebenso saß er des Nachts vor seinem Fenster und schrie: Kuckuk! Kuckuk! Veit wußte gar nicht, was dies bedeuten sollte, und wurde, da dies den zweiten Tag ebenso fortwährte, endlich ganz unruhig darüber.

Am folgenden Abend ließ sich Frau Eule bei ihm anmelden, als eine alte Anverwandte seiner Frau, vor der sie ihm Nachrichten zu bringen habe. Begierig ließ sie Veit zu sich herein; sie hatte eine tiefe Perrücke aufgesetzt, und hatte eine Pelzjacke an, und bat ihn das Licht auszulöschen, weil sie kranke Augen habe und den Schein nicht vertragen könne. Veit that nach ihrem Willen. Nun sagte die Lügnerin Folgendes: »Lieber Herr Veit! ihr dauert mich; seht ich bin die Amme eurer Frau; sie hat mich aber mit Undank verstoßen und muß ich mich nun kümmerlich mit

Spinnen und Wahrsagen ernähren; und so komme ich, um euch meine Kunst anzubieten und euch zu fragen, ob ihr denn gar nichts auf dem Herzen habt, was ihr gern wissen wollet.« »Ach!« sagte Veit, »wissen möcht ich, was der Kuckuk will, der seit mehreren Tagen mir unaufhörlich zuruft.« Darauf erwiederte ihm Frau Eule: »Mein lieber Veit! das ist ein böser Ruf, er sagt euch, daß eure Gattin euch nicht liebt und in der Zeit ihrer Abwesenheit gar nicht an euch gedenkt.«

Veit wurde darüber sehr bestürzt, und fragte die Frau Eule, wer der sey, über den er vergessen werde. Da sagte Frau Eule: »Es ist Jemand, den ihr in eurem Busen getragen, aus euern Händen ernährt habt, es ist der, der euch seit eurer Hochzeit verlassen hat, es ist der schöne bunte Vogel, nach dem ihr euch so sehr sehnt; dieser ist ein Zauberer, den ihr in dieser Gestalt gefangen; ach! hättet ihr ihn doch damals erwürgt und ausgestopft, es wäre euer Glück gewesen.«

»Wie kann ich ihn denn wieder habhaft werden, den Bösewicht?« fragte Veit, worauf ihm die böse Frau Eule folgenden Anschlag gab: »Ihr wißt, daß eure Gemahlin in der dritten Woche, wenn sie morgen zu euch kömmt, ihre silberne Hochzeit mit euch feiern will, und daß sie deßwegen ihren ganzen Hofstaat mitbringen wird; ihr müßt daher, ehe sie euch wieder verläßt, auf dem Platz im Walde, wo sie von euch geht, Alles mit Netzen und Schlingen umgeben; ich weiß, daß ihr Freund sie dort immer im Gebüsche erwartet; ich will da lauern und ihn schon in die Schlinge hinein treiben, und dann mögt ihr thun, was recht ist.« – So sagte die böse Frau Eule und verließ meinen Gatten.

Am folgenden Tag kam ich wieder zu ihm mit allen meinen Hochzeitgästen; Veit war ungewöhnlich heiter; die Feier der silbernen Hochzeit wurde veranstaltet; Alles war voll Freude und Vergnügen. Wir tanzten die letzte Nacht noch im Freien, als ich plötzlich den Ruf des fatalen Kuckuks wieder hörte. Erbittert bat ich meinen Gatten, er möchte mir den widerlichen Vogel fangen und braten: »Nein«, sagte Veit, »ich habe dir bei meiner

Hochzeit geschworen, keinen Vogel mehr zu fangen, und nie will ich auch diesen meinen Schwur verletzen, denn er ist ein Wahrsager.« Hierauf ward Veit ganz blaß und wieder roth vor Zorn, doch verstellte er sich wieder bald, und ward ausnehmend vergnügt.

Als nun die Stunde heran nahte, daß ich ihn verlassen sollte, sagte er mir spöttisch: »Lebe wohl, wir werden bald hören, was der Kuckuk wollte.« Ich weinte über sein wunderliches Wesen und verließ ihn. Kaum aber hatte ich im Gebüsch meine Vogelgestalt wieder angenommen und wollte nach Hause eilen, als ich mich in Netzen, die über mir und meiner Gesellschaft zusammen schlugen, gefangen sah, wozu der Kuckuk gewaltig lachte.

Veit stürzte herein in das Dickicht, nahm mich aus den Netzen und sagte: »Ha! verrätherischer Vogel, nun sollst du mir nicht wieder entgehen; du bist es, der meine Gattin zum Unrecht verführt, du mußt sterben« – und somit eilte er durch den Wald zum Schlosse zurück, indem er mich unter dem Arm hatte, und mich kniff und rupfte, daß ich laut jammerte. Frau Eule aber zerriß indessen mit ihren Krallen alle meine kleinen Hochzeitgäste, außer den Adler, der sie fest packte, und aus den Netzen, die der Vogel Strauß zerbrach, fortschleppte.

Mein Sohn Jockel hatte seiner Gewohnheit nach bei dem Tanz die Beleuchtung und alles Feuerwerk besorgt, und da er eben einen Scheiterhaufen von allerlei wohlriechendem Holz, um einen angenehmen Rauch zu machen, angesteckt hatte, fand ihn sein Vater, der mich unter dem Arm trug. Er warf mich im Zorn in die Flamme, immer in dem Gedanken, ich sey sein Feind.

Meine Mutter, die Frau Luft, tobte auf mein Angstgeschrei durch den Wald, das Feuer schlug hell auf und ich verbrannte. Wie erstaunte mein Gemahl, als ich mich aus der Asche schöner als vorher erhob und zu ihm sagte: »Treuloser Veit! du hast deinen Schwur gebrochen, du hast dein eigenes Weib, dein Glück ermordet, ich verlasse dich auf ewig.«

Nun kam meine Mutter, der Adler brachte auch die Eule herangeschleppt. Meine Mutter befahl ihm, der Eule das Fell abzuziehen; er that es und nun hängte sie es meinem Gatten um, und blies ihm dabei so heftig den Rauch ins Gesicht, daß er das Gedächtniß verlor, worauf sie ihm zuschrie: »Nun gehe zum Kuckuk! Kautzenveitel sollst du heißen und ein Vogelsteller seyn in Ewigkeit, bis dein Vater und Urgroßvater mir dir zur Erde gebracht sind.«

Veit lief nun bewußtlos in den tiefen Wald zum Kuckuk, ward ein Vogelsteller, und wußte nichts anders, als daß er von jeher einer gewesen sey. Sein Vater Grubenhansel, der in der Nähe wohnte, nahm ihn in strenge Zucht, und hat er da wohl hundert Jahre gesessen, bis wir ihn heute begraben haben, wobei ihr alle zugegen ward.«

So beschloß Frau Phönix ihre Geschichte, und nachdem sie eine kleine Weile geschwiegen hatte, sagte sie: »Wohlan! so der Scheiterhaufen fertig ist, und die Sonne stark genug, ihn zu entzünden, will ich mich hinauf begeben.« Nun eilte Fräulein Flaum als Bettmeisterin zu dem Nest in der Krone der Eiche, mit dem die Vögel schon fertig waren, legte die Kräuterkissen hinein und ordnete es bequem. Fräulein Pfauenaug aber sah in die Sonne und kündigte an, daß sie kräftig genug sey, den Scheiterhaufen zu entzünden; worauf Frau Turtel der Frau Phönix das Antlitz verschleierte. Fräulein Paradies flog voran, ihr folgte Dichterin Schwanenlied und die Sängerin Nachtigall und die Frau Sibylle Schwalbenwitz, dann folgte Frau Phönix Federschein und hinter ihr Frau Turtel, Fräulein Flaum und Pfauenaug. Erst umkreiste der Zug das Nest, dann ließ sich Frau Phönix drin nieder, die Jungfrauen aber setzten sich rings jede auf ihre Baumspitze.

Fräulein Paradies fing an gegen das Nest zu wehen, das bald vom Glanz der Sonn entbrannte; dann ließ sie sich auch auf ihren Baum nieder; nun strömte eine wohlriechende Luft durch die Gipfel der Bäume. Frau Phönix schwang sich nochmals empor, die Flamme des Nestes schlug hoch auf, sie stürzte sich hinein, und es ertönte folgender Gesang:

Frau Phönix.

In der Flamme wildem Streite
Athme ich nur milde Ruh,
Daß die Flamme züchtig mich entkleide,
Decken mich die linden, lieben, blauen Lüfte zu.

Chor der sieben Fräulein.

Lasse, o Sonne!
Das Opfer gelingen;
Flammen der Wonne!
Durch schimmernde Schwingen
Zucket ihr trunken,
Hebet in Funken
Lachende Farben,
Die in dem seligen Tode erstarben,
Der sie durchglühte
Jetzt wie die Blüthe,
Um sie zu zeitigen,
Schnell zu dem freudigen
Göttlich mitleidigen
Lichte empor.

Frau Phönix.

Mich durchglühen süße Flammen,
Mich durchkühlet milde Luft,
Mir im Herzen dringen sie zusammen,
Wie versöhnte Feinde sich umarmen in der Gruft.

Chor der sieben Fräulein.

Lasse, o Luft dir
Das Opfer gefallen;
Sieh, wie voll Duft hier
Die Wolken aufwallen;
Weiherauch trinkst du,
Rauschend aufschwingst du

Flammenpaniere,
Daß hoch die Jugend im Tod triumphire.

Frau Phönix.

O wie selig sind die Wunden,
Die das Wiedersehn erschließt;
Das Verlorne, Alles ist gefunden,
Und das liebe ew'ge Leben mir das Herz durchfließt.

Schwanenlied.

Wenn die Augen brechen,
Wenn die Lippen nicht mehr sprechen,
Wenn das pochende Herz sich stillet
Und der warme Blutstrom nicht mehr quillet:
O dann sinkt der Traum zum Spiegel nieder,
Und ich hör der Engel Lieder wieder,
Die das Leben mir vorüber trugen,
Die so selig mit den Flügeln schlugen
Ans Geläut der keuschen Maies-Glocken,
Daß sie all die Vöglein in den Tempel locken,
Die so süße wildentbrannte Psalmen sangen:
Daß die Liebe und die Lust so brünstig rangen,
Bis das Leben war gefangen und empfangen;
Bis die Blumen bluhten;
Bis die Früchte glühten,
Und gereift zum Schooß der Erde fielen,
Rund und bunt zum Spielen;
Bis die goldnen Blätter an der Erde rauschten,
Und die Wintersterne sinnend lauschten,
Wo der stürmende Sämann hin sie säet,
Daß ein neuer Frühling schön erstehet.
Stille wird's, es glänzt der Schnee am Hügel
Und ich kühl' im Silberreif den schwülen Flügel,
Möcht' ihn hin nach neuem Frühling zücken,
Da erstarret mich ein kalt Entzücken –

Es erfriert mein Herz, ein See voll Wonne
Auf ihm gleitet still der Mond und sanft die Sonne
Unter den sinnenden, denkenden, klugen Sternen
Schau ich mein Sternbild an in Himmelsfernen;
Alle Leiden sind Freuden, alle Schmerzen scherzen
Und das ganze Leben singt aus meinem Herzen:
Süßer Tod, süßer Tod
Zwischen dem Morgen- und Abendroth.

Schwalbenwitz.

Wahrlich, wahrlich, ich sage euch,
Himmel und Erde sind sich gleich.
Spricht der Himmel: Werde!
Da grünt und blüht die Erde!
Spricht die Erde: Sterbe!
Da wird der Himmel ein lachender Erbe.
Sterne sah ich blinken und sinken,
Den Mond in der Sonne ertrinken,
Die Sonne stieg in die Meere,
Ohne daß sich ein Fünklein verlöre.
Feuer und Wasser hassen sich,
Erde und Wasser umfassen sich,
Luft und Feuer entzünden sich,
Erde und Feuer ersticken sich,
Erde und Luft umkühlen sich,
Luft und Wasser umspielen sich,
Aber Alles ist Liebe, Liebe, Liebe
Und wenn sich Alles empörte, verzehrte, verschlänge,
Daß gar nichts bliebe, bliebe doch Liebe
Die Hülle, die Fülle, die Menge.

Nachtigall.

Sehnsucht, Schwermuth, Wehmuth,
O wie schwüle Gefühle fühle
Ich im kleinen Herzen,

Daß ich stolz in Demuth,
Recht im Gluthgewühle
Mir den Muth erkühle
Und in bittern Schmerzen
Süß kann scherzen,
O du Liebeswiderspruch!
Stummes Echo, segensvoller Fluch,
Feuer das erquicket, Luft die ersticket,
Wasser, das dürstend flehet,
Erde, die wie Luft und Feuer wehet.
O wie ist der Streit so geschwind und gelinde,
Daß die Lust die Liebe finde, beide überwinde
Mit dem blinden Kinde Amor, der die Binde
Seiner Augen niederreißt im Siege,
Um zu schauen, wie die Lieb der Lust erliege,
Daß das Leben sich zu beiden schmiege,
Und er sieht, der Kampf ist nur die Wiege,
Daß die weinende Sehnsucht schwiege
Und das neue Leben schaukelnd gaukelnd
Zu den Sternen fliege.

Während die Dichterin Schwanenlied, die Sibylle Schwalbenwitz und die Sängerin Nachtigall so sangen, hatte sich der Leib der Frau Phönix in den Flammen verzehrt; nur ein kleines schimmerndes Würmlein lag, wie ein Rubin glänzend, in der dunkeln Asche, und in dem Augenblick, als Frau Nachtigall verstummte, verwandelte es sich von Neuem in die Frau Phönix, die jubelnd, glänzender und schöner zum Glanz der Sonne emporstieg.

Alle die sieben Jungfrauen umkreisten sie mit Gesang und dann eilten sie freudig über den Berg hin und entschwanden meinen Augen.

Da ich aber bemerkte, daß der Weihrauch an den verbrannten Ästen, an den Zweigen der Eiche herabgetröpfelt war, stieg ich zu dem Thale herab, und sammelte dessen eine Menge, um doch auch ein Andenken von meiner Urgroßmutter, Frau Phönix Federschein, zu haben.

Kaum hatte ich dessen eine hinreichende Menge gesammelt, als mich das Wiehern der Rosse, das durch die Felsen schallte, überzeugte, meine Gefährten müßten in der Nähe seyn; ich folgte dem Bächlein, das unter der Eiche entsprang und fand bei dessen Ausfluß in den Main meine Gefährten versammelt; ich bestieg mein Roß und wir zogen durch das Gebirg weiter.

Wie Radlauf die Frau Feuerschein von ihrer Verbindung mit dem Kohlenjockel erzählen hört und nach Hause kömmt.

Es war, als habe sich an dem Feuer, worin sich Frau Phönix geopfert hatte, die Sonne selbst erhitzt; ihre Strahlen fielen ungemein heiß auf uns hernieder, die Luft war dick und schwül, Gewitter zogen sich rings zusammen; wir waren in einem wilden Waldgebirge, und ich ließ meine Gefährten in einer kühlen Felsenhöhle ihre Rosse einstellen und sich erholen. Mich selbst trieb die Sehnsucht, den Berg höher hinan zu steigen, ob ich vielleicht nicht die Gebirge meiner Heimath erblicken könne, die das Bett meines geliebten Rheins begleiten; denn das Land gewann mir ein heimisches Aussehen. Epheu und Reben kletterten an den Felsen hinan, und ich glaubte nicht ferne vom Altare des Bacchus zu seyn.

Mühsam erstieg ich den Gipfel des eichenbewachsenen Berges, und als ich mich seiner Spitze nähernd aus den Stämmen hervortrat, sah ich einen Rauch aus seiner Mitte aufsteigen. Aussicht aber hatte ich keine, weil der Wald rings hoch war.

Ich nahte mich der Stelle des Rauchs und erblickte eine Öffnung gleich einem Kessel und hörte in der Tiefe ein Murren und Sausen; der Himmel aber verfinsterte sich, die Gewitter zogen eine finstere Wagenburg um mich her, und indem sie tiefer sanken als ich stand und ihren Donner um mich rollen ließen, schien es mir, als sey ich allein auf einer Feste, die belagert würde.

Da nun der Rauch des Gipfels stärker wurde, auch dann und wann Flammen emporzuckten, und glühende Steine emporflogen, so ward ich beunruhigt und wollte meinen Weg wieder hinab nehmen. Ich war zu diesem Ende kaum hundert Schritte durch den Eichenwald zurückgegangen, als ich auf eine Höhle traf, deren Eingang ganz aus Schlacken und verglasten Steinen bestand, die künstlich auf einander verschmolzen schienen. Ich würde vorüber gegangen seyn, hätte ich nicht mehrere Stimmen darin flüstern hören.

Neugier und die Gewohnheit, seltsame Dinge zu hören, lockten mich einige Schritte tiefer in die Höhle; bald fand ich ihre Wände von zuckenden Flammen angeschimmert; ich schlich leise vorwärts und erblickte Frau Phosphor Feuerschein, meine Großmutter, und ihre sieben Gluthfräulein in einem runden Saale sitzen, der die Gestalt eines Backofens hatte. Sie saßen rings herum, eine jede hatte eine andere Arbeit vor. Frau Phosphor Feuerschein aber unterbrach plötzlich die Stille mit folgenden Worten:

Lange war mit stummem Grimme
Hier im Haus mein Schmerz verschlossen,
Aber da die Zeit verflossen,
Hört, Gespielen! meine Stimme.

Schon erschallt ein dumpfes Lachen
In des alten Berges Bauch
Und es speien hagre Drachen
Aus dem Gipfel Gluth und Rauch.

In der Tiefe Eingeweiden
Wüthet schon mein eigner Schmerz,
Meine Leiden all zerschneiden
Jetzt des Berges kaltes Herz.

Schwefel, Kalk und Kohle schwitzet
Eingemengt in banger Wuth,

In den Adern sich erhitzet
Der Metalle starres Blut.

Die verschiednen Geister drängen
Sich in banger Angst nach Luft,
Bald wird die Gewalt zersprengen
Dieses Trauerkerkers Gruft.

Wo der edle Wald jetzt kühlet,
Tobt dann Feuers Raserei,
Das schon summend aufwärts wühlet
Und macht meine Seele frei.

Hört, wie rings die Felsenknochen
Krachen in dem alten Berg,
Hört, wie heult erhitzt im Kochen
Laut der faule Heinz, der Zwerg.

Und es werden glühe Felsen
Fliegen aus des Berges Schlund,
Die sich donnernd niederwälzen
In den sanften Wiesengrund.

Wo jetzt still die Hirsche grasen,
An der kühlen Epheuwand,
Werden Lavaquellen rasen
Nieder in das rhein'sche Land.

Wenn die Zornfluth wird erkalten,
Klagen noch der fernen Zeit
Ihre schroffen Schreckgestalten
Meines Schmerzes Grimmigkeit.

Doch ich will hinab jetzt sinken
In der Nymphen Quellenhaus –

Und den Schwefelbecher trinken
Die versöhnten Quellen aus.

Ich versöhne meine Thränen,
Meine Gluth und meine Wuth,
All mein Stöhnen, als mein Sehnen
Mischend ihrem kühlen Blut.

Wenn ich mich mit ihr geselle
In des Berges tiefstem Schlund,
Sprudeln wir als Schwefelquelle
Heilend auf im Wiesengrund.

Krankes Weh soll dann genesen
In dem Feuer- und Wasserbund,
Die so lang getrennt gewesen,
Thuen so den Frieden kund.

Und dann eil' ich zu dem Rheine,
Wo der Biber hat gebaut,
Daß ich lebend mich vereine
Wieder mit des Sohnes Braut.

Über diese Worte waren die Gluthfräulein höchlich erfreut, und jede erzählte mit fröhlichem Ungestüm, was sie Alles bei dem verheerenden Feuer thun wolle; zuerst tanzte und gaukelte Fräulein Flämmchen hin und her und ward bald lang, bald breit, wie eine muthwillige Zunge; sie sang:

Vor dir will den Weg ich bahnen,
Denn ich werde von den Hecken
Auf die Bäume deine Fahnen
Glühend in den Wind aufstecken.

Wie ein feurig Eichhorn klettern
Will ich durch die grünen Hasseln,
Und die Nüsse niederschmettern
Daß sie glüh'nd am Fels zerprasseln.

Zu den Fichten will ich klimmen,
In den Eichen will ich stürmen,
Daß sie schrei'nd die Äste krümmen
Gleich verbrennenden Gewürmen.

Auf die hohen Cederthürme
Stecke ich den rothen Hahn,
Und er schreit die wilden Stürme
Als Gehülfen bald heran.

Nun unterbrach Fräulein Fünklein das Lied des Fräulein Flämmchen und indem sie aus ihrem Winkelchen hervorsprang, und in tausenderlei schön verschlungenen Linien an der Erde hinlief, sang sie also:

Auf dem Schlachtfeld lauf ich Fünklein,
Um die Todten zu begraben
Und mit einem Feuertrünklein
Die Ermatteten zu laben.

Wenn du, Flämmchen! ausgelecket
Satt im durst'gen Ungestüme,
Wird dein Muth oft neu gewecket,
Wo ich emsig suchend glimme.

In dem dürren Laube irrend
Samml' ich der Zerstreuten Chor, –
Am Wachholderbusch aufschwirrend
Zuckst du, Flämmlein! neu empor.

Auch bin ich der rasche Flieger,
Auf des Windes leichtem Flügel
Trag ich, Flamme! dich als Sieger
Über Thal und über Hügel.

Nun unterbrach aber Fräulein Hitze das Fünklein ungestüm und machte sich so breit und dick, daß Allen ringsum die Schweißtropfen auf die Stirne traten, indem sie sang:

Flämmlein! Fünklein! zu geschäftig
Preiset ihr hier eure Werke,
Sagt, was ist in euch denn kräftig,
Als allein nur meine Stärke?

Ich kann ohne euch bestehen,
Ohne euch bleib ich doch heiß;
Aber ohne mich euch sehen
Laßt ihr nicht, ihr Naseweis.

Ich bin eures Schwertes Schneide
Und wenn ihr so triumphiret,
Euch mit meinen Federn zieret,
Ist es nur, weil ich es leide.

Hierauf trat auch Fräulein Lichterloh auf und warf den beiden ersten ihre Eitelkeit mit folgenden Worten vor:

Ich bin es, die euch gestaltet,
Ei! ihr macht euch gar zu kraus,
Wenn ihr freudig euch entfaltet,
Sprecht ihr nur mein Wesen aus.

Häßlich wäre euer Treiben,
Nur ein Werk der Dunkelheit,
Nur ein schmutziges Zerreiben,
Gäb ich euch nicht Heiterkeit.

Was ist edel an dem Feuer,
Als daß es die Nacht zerbricht,
Dieses alte Ungeheuer
Unterliegt allein dem Licht.

Fräulein Rauch begann ihre Rede und ringelte und schlingelte sich durch das Gewölbe mit folgenden Worten:

Ich gleiche einer Riesenschlange,
Ringe über eurem Funklen
Mich empor in schwarzem Drange,
Daß die Sterne sich verdunklen.

Ist der Streit erst recht begonnen,
Wölb ich überm Gluthgetümmel,
Wo ihr kämpft gleich wilden Sonnen,
Euch den eignen Wolkenhimmel.

Wie sich meine Fahnen schwenken,
Muß sich eure Wuth auch drehen;
Flamme, willst du recht einlenken,
Nur auf mich, auf mich gesehen!

Als diese fertig waren, traten ganz bescheiden die zwei übrigen Fräulein, Kohlenschwärzchen und Äscherling auf, die eine im schwarzen trauernd, die andere im grauen Bußröcklein; sie sang wie folgt:

Kohlenschwärzchen.

Um euch trag ich noch die Trauer,
Kehren einst die scheuen Hirsche,
Fliehen sie in bangem Schauer,
Wenn ich unter ihnen knirsche.

Wenn der Wald hier ist verschwunden,
Dien' ich zu willkommnem Troste
Armen, die mich aufgefunden,
In des Winters hartem Froste.

Einsam bleibe ich zurücke,
Ringsum öd und ausgestorben,
Gleich ich doch der Ehrenkrücke,
Die im Kriege wird erworben.

Äscherling.

Asche warst du, und zur Asche
Sollst du einstens wieder werden,
Wenn ich naschend dich erhasche,
Sprach der Herr zum Sohn der Erden.

Wenn im eitlen Triumphiren
Eure Schimmer all verglühten,
Werde ich allein regieren,
Einsam hier die Wahlstatt hüten.

Traure Kohle, ich will büßen
Und der Erde nacktem Haupt,
Dem ihr allen Schmuck geraubt,
Will ich seinen Schmerz versüßen.

Denn mit meinen scharfen Laugen
Will ich hier den Grund ausscheuern,
Daß zur süßen Lust der Augen
Sich die Wiesen schön erneuern.

Also rufe ich zurücke,
Was die blinde Wuth verheerte,
Über meine graue Brücke
Treibt der Frühlingshirt die Heerde.

Nun aber sagte Frau Feuerschein: »Gebet euch zur Ruhe, keine hat Ursache sich zu brüsten, eine kann ohne die andere nicht bestehen, und mich verherrlichet ihr alle. Zum Lohn eures Diensteifers will ich meine traurige Geschichte erzählen, die einen so grimmigen Zorn in mir erregt hat, daß ich zu einem ewigen Angedenken dieses alte Felsenschloß zerstören und mich den Quellen, die in seinem Keller hausen, vereinen will. Setzet euch ruhig um mich her, jede nehme ihre Arbeit vor.« Jetzt setzten sich die Fräulein still und aufmerksam um Frau Feuerschein herum, und verfertigten Irrwische, Feuerkugeln, feurige Drachen und allerlei solche leuchtende Sachen, sie aber erzählte wie folgt:

»Jakob von Staarenberg hatte eine besondere Leidenschaft von Jugend auf, mit Feuer zu spielen, was er vielleicht von der Gewohnheit seiner Mutter, sich in den Flammen zu erneuern, mochte geerbt haben. Als sein Vater von den Staarenbergern vertrieben war, war Jakob bereits in einem Alter von 25 Jahren und hatte den Beinamen des Kohlenjockels. Seinen Regierungsantritt feierte er mit unendlichen Illuminationen, die so herrlich von den Bergen in den See schimmerten, daß die Fische an der Oberfläche tanzten.

So lange er regierte, mußten rings auf den Bergen ewige Feuer unterhalten werden; er brannte sich zur Augenlust ganze Wälder an, und oft machte er sich ein Vergnügen daraus, Abends in die Spinnstuben der Mägdlein zu gehen, und mit einer Fackel ihnen den Rocken zu verbrennen. Als er einstens in der Nacht mit einer Fackel durch einen Wald lief und ihn muthwillig entzündete, ward die Hitze so groß, daß er fliehen mußte und nicht zurückkehren konnte. Seine Fackel erlosch ihm und er sah bald einige Irrwische vor sich, denen er, als ihm ganz neuen Erscheinungen, begierig nachfolgte.

Unbekümmert, was seine Unterthanen über seine Abwesenheit denken möchten, ruhte er bei Tag in der Wildniß und setzte seine Verfolgung der Irrwische bei Nacht fort, bis er endlich hieher in diese Burg gelangte, die mir von meiner Mutter damals angewiesen wurde, als mich ein kühner Sterblicher, Prometheus genannt, ihr raubte und mich zum Erdfeuer machte. Hier saß ich einsam und trauerte über das Schicksal meines geliebten Entführers, den die Götter als einen Jungfrauenräuber an einen Felsen geschmiedet, als Jakob zu mir ermüdet und ächzend eintrat.

Er war ein schöner Jüngling und ich knüpfte mein Schicksal an das seine. Er bat mich, ihm als seine Gattin nach Staarenberg zu folgen; ich wollte dies aber nicht, um meine Freiheit nicht gänzlich aufzugeben, und machte den Bund mit ihm, daß er mich nie anders sehen sollte, als in mondlosen dunklen Nächten. Hierzu gab ich ihm einen Stein, mit der er nur an den Stahl seines Brustharnisches zu schlagen brauche, so werde ich seinen Ruf hören und ihm erscheinen, und zugleich mußte er mir schwören, mich nie auf eine andere gewaltsamere Art zu rufen.

Jakob ging den Bund ein und wir lebten glücklich mehrere Jahre. Auch gebar ich ihm einen Sohn, Christel genannt, und eine Tochter Margaretha. Diese zwei Kinder spielten wie ihr Vater gern mit dem Feuer.

Ihr wißt, daß mein Liebling ein rother Hahn ist, der die Gabe hat, wo er hingesteckt wird, Alles zu entflammen; diesen hatte Jakob durch vieles Bitten von mir erlangt, und er konnte sich bald mit seiner Lust, die Eigenschaft dieses seltsamen Thieres zu versuchen, nicht mehr bändigen.

Nun hatten die Kinder, während der Vater schlief, diesen Hahn heimlich in seinem eisernen Käfich an das Ufer des Sees genommen, in dem Gedanken ihn zu waschen und zu baden, womit sie dem Vater eine große Freude zu machen hofften, denn seine Federn waren voll Ruß. Als aber der unvorsichtige Christel ihn auf den Schooß nehmen wollte, entbrannten seine Kleider und er stürzte Hilfe suchend in den See.

Der kleinen Margaretha verbrannte das Thier die blonden Locken, und sie floh geängstigt in den Wald, und indem sie sich im Laube wehklagend wälzte, um das grimmige Thier los zu werden, fand sie der Einsiedler Berthold Schwarz, nahm sie zu sich, fing den rothen Hahn ein und war ungemein erfreut über seine Beute. Dieser Einsiedler war mein Feind, er beschäftigte sich mit allen geheimen Künsten, um das Feuer zu bannen und zu besprechen, und die Einwohner des Landes umher suchten oft Hilfe bei ihm.

Wenn mein Gemahl ihnen mit seinen ausschweifenden Feuerbelustigungen das Dach über dem Kopfe ansteckte, dann wußte er mit wenigen Zaubersprüchen der Flamme bald Einhalt zu thun. Ihr könnt euch denken, wie froh der alte Feuerkünstler war, als er mein Kind und meinen rothen Hahn in seiner Gewalt sah, die er beide sorgsam versteckte.

Als der Mond sich verfinstert hatte, und Jakob mich durch das Anschlagen des Steines an seinen stählernen Harnisch zurück rief, wollte ich meine Kinder und meinen rothen Hahn sehen, aber beide waren verschwunden. – Über die Nachlässigkeit Jakobs ergrimmt, raubte ich ihm den Stein und verließ ihn mit der Drohung, ihn nicht wieder zu sehen, bis er mir meine Kinder und meinen Vogel wieder verschafft. Jakob über diesen meinen Ernst erbittert, dachte, da ich ihm verboten hatte mich auf eine andere Art zu rufen, als die gewöhnliche mit Stahl und Stein, daß es doch noch ein anderes Mittel geben müsse.

Er forschte Tag und Nacht dem Geheimnisse nach, und ward endlich auch mit meinem Feind Berthold bekannt, der ebenfalls keine andere Absicht hatte, als mir zu schaden und auch dem Jakob, der das ganze Land mit seinen Feuerwerkereien verwüstete, das Handwerk zu legen. Jakob eröffnete ihm seine Verbindung mit mir und sagte ihm, wie ich ihm das Mittel geraubt ihn zu sehen.

»Es gibt allerdings Mittel, sie wieder zu euch zu zwingen«, sagte Berthold, »aber sie hat sie euch entrissen, weil sie dadurch überrascht werden könnte; denn ihr müßt wissen, wenn sie gleich sich mit euch verbunden, so hängt sie doch mehr an ihrem früheren Freunde Prometheus, der, seit er sie geraubt, an einen Felsen geschmiedet seufzet, und wenn sie nicht bei euch ist, sitzt sie bei jenem und tröstet ihn.«

Der Zorn meines thörichten Gemahls ward dadurch auf das

höchste gereizt, und er verlangte von Berthold, er solle mich herbannen, es koste was es wolle. Berthold gab nun meinem Gemahl den rothen Hahn und meine Tochter Margaretha zurück und forderte ihn auf, mit ihm zu arbeiten. Die kleine Margaretha mußte Kohlenpulver reiben, Jakob Schwefel darunter mengen, und Berthold mischte Salpeter dazu. Als sie aber in der besten Arbeit waren, flog der gierige Vogel, der lange gefastet hatte, auf das Gemenge, das er für sein Futter hielt; die Masse entzündete sich plötzlich, warf den Kohlenjockel und meine Margarethe weit zurück, und schleuderte den bösen Berthold hoch in die Luft, daß er todt niederschmetterte. Die Berge bebten, Thürme stürzten ein und der See trat aus seinen Ufern. Kaum hatte Jakob sich aus seiner Betäubung etwas erholt, als ich vor ihm stand und ihm zornig sagte: »Du hast deinen Schwur gebrochen, du hast mich gewaltsam hergezwungen, so hast du mich denn in meiner ganzen Schreckensgestalt gesehen; gehe hin in den Wald mit deiner Tochter Margaretha, die mitgeholfen hat mich zu betrügen, und sey was dein Beiname dich nennt, der Kohlenjockel. So zog er denn in den Wald, nicht weit von seinem Vater, dem Kautzenveitel, und war ein Köhler, bis das Schicksal dieses Stammes vor einigen Tagen durch meinen Enkel Radlauf den zweiten entschieden ward.

Als ich nun meinen rothen Hahn wieder eingefangen hatte und meinen Rückweg hieher nehmen wollte, sah ich meinen Enkel Radlauf am Ufer des Sees ohnmächtig liegen. Frau Lureley, eine Nymphe, saß bei ihm und suchte ihn ins Leben zu erwecken; ihr wißt, daß ich in Feindschaft mit den Wasserfräulein lebe, wir kamen in einen Streit um meinen Sohn, in dem sie mich heftig bedrängte, und der sich nur dadurch entschied, daß sie meinen Sohn zurück ins Wasser riß, wohin er ihr auch willig mit dem Ausruf folgte: Ein gebranntes Kind scheut das Feuer.

Traurig, von meinem Gemahl und meinen Kindern verlassen zu seyn, zog ich mich hierher in mein Schloß zurück und trauerte lange. Nun aber, da das Schicksal zu Ende gelaufen, da ich den Kohlenjockel begraben, will ich mich mit der Nymphe versöhnen, und nachdem ich dieses Haus der Trauer zerstört habe, als heiße Schwefelquelle auf ewige Zeiten in diesen Thälern Gesundheit und Wohlseyn aussprudeln. Nun rüstet euch, machet ein Geräusch, alle Thiere und Menschen zu verscheuchen, die in der Nähe sind; denn ich will keinen verletzen. Heiß ist der Tag, meine Mutter, das Sonnenfeuer, hat große Gewitter um dieses Felsenhaus gelagert, bald wird der Donner uns begrüßen, die Blitze werden mich suchen und küssen, lasset die Felsen erbeben, und murrend den Berg Feuer ausspeien, um meiner Mutter zu antworten.«

Dies sagte Frau Erdfeuerschein mit solchem finstern Ernst, und ihre Gespielinnen traten so ungestüm auf, ihr Werk zu beginnen, daß ich eilends die Flucht ergriff. Unter mir bebte der Boden, Bäume schlugen um mich nieder, rollende Felsen verfolgten mich, ich erreichte mein Roß mit Mühe, das ängstlich wieherte und unter mir wie ein Pfeil dahin flog. Bald hatte ich meine Gefährten erreicht, welche die Erschütterung des Berges auch bereits aus ihrem Schutzwinkel aufgeschreckt hatte, und wir eilten nun eine Strecke vorwärts, wo wir sicher die schrecklichen Zornäußerungen der Frau Feuerschein anschauen konnten. Donner und Blitz wechselten mit dem Geprassel des brennenden Waldes; eine heulende Feuersäule stieg aus dem Gipfel des Berges empor und stürzte dann wie ein Fontaine an allen Seiten des Abhangs in glühenden Strömen nieder, die alles entflammten, was sie berührten; zugleich bebte die Erde, ein dunkler Rauch bedeckte den Himmel und der Sturm trieb Wirbel von glühender Asche vor sich her; der Anblick war entsetzlich und auch in einiger Ferne unbequem; darum führte ich meine Schaar wieder in ein geschütztes Thal. Sieh, da trat mein Roß mit dem Huf auf die Wiese und sprang erschreckt bei Seite. Ich sah Dampf an der Stelle aufsteigen und sich eine siedende Quelle ergießen. Es war also geschehen, was Frau Feuerschein versprochen, sie hatte sich also mit den Nymphen vereinigt. Ich folgte der Quelle bis zum Rhein, in den sie sich ergoß. Einige Biber, die da ihre Wohnung hatten, verwunderten sich sehr, als sie das heiße Wasser schmeckten und entflohen. Ich aber ließ meine Gefährten in einem Busche halt machen, entkleidete mich und stieg in den Rhein, wo die heiße Quelle sich der kalten Fluth mischend angenehm erwärmt war, um der Erste zu seyn, der durch ihre Heilkraft gestärkt würde. Sodann nahm ich meinen Zug eilend den geliebten Strom abwärts nach meiner Mühle.

Wie Radlauf seine Mutter, Frau Lureley, auf dem Mühlrad sitzen sieht, wie sie ihm die Geschichte seines Vaters erzählt, wie er nach Mainz kömmt und seine Ameley erlöst.

Schon sah ich den Rochusberg und die dunkle Bergwand, wo der Rhein dem Anblick verschwindet; aber die Sonne sank und ich suchte meine Mühle vergebens. Ich ging auf dem wohlbekannten Pfade über die Wiese, und fand meine Mühle nicht mehr; der Mausthurm ragte mir gegenüber, den ich auch nie gesehen hatte. Da ich aber noch einen Rest meines Mühldammes erblickte, schwamm ich hinüber und setzte mich drauf. Ich schaute tief gerührt in den theuren Fluß und sang:

Weiß ich gleich nicht mehr wo hausen,
Find ich gleich die Mühle nicht,
Seh ich dich doch wieder brausen,
Heil'ger Strom im Mondenlicht.
O willkomm! willkomm! willkommen!
Wer einmal in dir geschwommen,
Wer einmal aus dir getrunken
Der ist Vaterlandes trunken.

Wo ich Sonnen niedersenken
Sich zum Wellenspiegel sah,
Oder Sterne ruhig denken
Überm See, warst du mir nah.

O willkomm! willkomm! willkommen!
Wen du einmal aufgenommen,
Wen du gastfrei angeschaut,
Keiner Freude mehr vertraut.

Ström' und Flüß' hab ich gesehen,
Reißend, schleichend durch das Land,
Aber keiner weiß zu gehen
Herrlich so durchs Vaterland.
O willkomm! willkomm! willkommen!
Schild der Starken, Trost der Frommen,
Gastherr aller Lebensgeister,
Erzmundschenk und Küchenmeister!

Ordensband der deutschen Erde,
Das der Weinstock um sie schlingt,
Wo am gastfrei deutschen Herde
Sie der Helden Wohlseyn trinkt.
O willkomm! willkomm! willkommen!
Andre Flucht kann mir nicht frommen,
Denn an deinem Ufer lauschen
Wein und Liebe, die berauschen.

Weines Feuer, Liebestreue
Männerkraft und Jungfraun-Zucht,
Daß mein Herz sich recht erneue,
Hab ich wieder euch besucht.
O willkomm! willkomm! willkommen!
Echo schlag die Freudentrommen,
Daß der Vater Rhein auch höret,
Wie ich bin zurück gekehret.

Laut ich durch die Felsen schreie:
Tauche alter Fluthgott auf,
Sage, ist lieb Ameleye
Noch getreu und recht wohlauf?

Daß willkomm, willkomm, willkommen
Sie nur, die mein Herz beklommen,
Mich in ihre Arme schließe,
Wie einst hier auf dieser Wiese.

Sag, wer hat den Thurm gebauet,
Der so finster aus dem Duft
Von der kleinen Insel schauet,
Auf des Rattenkahles Gruft?
Nicht willkomm, willkomm, willkommen
Scheint er mir dahin gekommen,
Wie ein finstrer böser Riese
Steht er in dem Paradiese.

Wer hat mir so bös zerbrochen
Hier mein gutes Müllerhaus,
Daß mein Rad nicht mehr kann pochen
In des Stromes Lustgebraus.
Nicht willkomm, willkomm, willkommen
Schein ich mir hier aufgenommen,
Seit ich bin ein Fürst geworden,
Stößt mich aus der Müllerorden!

Ich mochte aber singen und rufen, der alte Rhein hörte mich nicht. Als ich mich nun traurig umwendete und nach dem Platze sah, wo ehedem meine Mühle gestanden, sah ich dort meine Mutter, die schöne Lureley, mit ihren sieben Jungfräulein auf einem umgestürzten Mühlrad sitzen.

Meine freundliche blonde Mutter saß auf der Mitte des Rades, die sieben Jungfräulein aber auf den sieben Speichen. Anfangs war ich scheu, heran zu treten; aber sie sah nach mir und winkte mir mit ihrem Schleier, da trat ich zu ihr in den Kreis und setzte mich zu ihren Füßen. Sie sang hierauf mit ungemein freundlicher Stimme zu ihren Jungfräulein:

Lureley.

Singet leise, leise, leise,
Singt ein flüsternd Wiegenlied,
Von dem Monde lernt die Weise,
Der so still am Himmel zieht.

Denn es schlummern in dem Rheine
Jetzt die lieben Kindlein klein,
Ameleya wacht alleine
Weinend in dem Mondenschein.

Singt ein Lied so süß gelinde,
Wie die Quellen auf den Kieseln,
Wie die Bienen um die Linde
Summen, murmeln, flüstern, rieseln.

Herzeleid.

Wer nie sein Brod in Thränen aß,
Wer nie die kummervollen Nächte
Weinend auf seinem Bette saß,
Der kennt euch nicht, ihr himml'schen Mächte!

Wer einsam nie am Strome ging,
Wer nie wie die trauernde Weide
Sein Haupt zum Spiegel niederhing,
Der weiß noch nichts vom schweren Herzenleide.

Chor.

Sieh! wie wandelt der Mond so helle,
Horch! wie eilet die Quelle so schnelle,
Summ, summ, summ,
Kein Tröpflein kommt um.

Liebesleid.

Wer vor dem Fels die Hände ringt
Und eines Hirten Liedes fluchet,
Vom Brunn des Mondes nicht mehr trinkt,
Den hat das bittre Elend heimgesuchet.

Wer keine Blume brechen mag,
Sie lieber mitleidlos vernichtet
Mit seines Pilgerstabes Schlag,
Den hat der Liebe Leid wohl hingerichtet.

Chor.

Sieh! wie schlummern die Blumen so leise,
Horch auf der Nachtigall klagende Weise,
Summ, summ, summ,
Der Schmerz geht herum.

Liebeseid.

Wer glaubt, daß der Treue Schwur,
Den leicht die Lippe spricht in trunknen Stunden,
Ein leerer Schall des Rausches nur,
Deß Ehre ist an einer Frauen Haar gebunden.

Und wer die Götter lachen hört,
Als er den Liebesmeineid ausgesprochen,
Von dem hat sich der gute Geist gekehrt,
Sein Herz wird mit dem Glückesrad gebrochen.

Chor.

Sieh! wie das Auge der Eule glüht,
Horch! wie die Fledermaus rauschend zieht,
Summ, summ, summ,
Der Meineid geht um.

Liebesneid.

Wer Steine wirft in's grüne Haus,
Wo treue Turteltauben girren
Und falsche Lichter stellet aus,
Den Schwimmer auf der Liebesfahrt zu irren;

Wer in dem Thaue auf der Flur,
Um einer Hirtin Tugend anzuschwärzen,
Verräth der nächt'gen Liebe Spur,
Der nährt den Wurm des Neids in bösem Herzen.

Chor.

Sieh! wie ringelt zwischen Blumen die Schlange,
Horch! wie seufzet die Nachtigall bange,
Summ, summ, summ,
der Neid geht herum.

Reu und Leid.

Wer vor der Sünden Strafe bebt
Und nicht vor ihrem innern Tod erschrecket,
Noch fremde Schuld in seine webt,
In dem ist noch die Buße nicht erwecket.

Wer seine Zeit und die Gebrechlichkeit
In seiner eignen Schuld wagt anzuklagen,
Dem hat die Reue und das bittre Leid
Noch nicht so recht an's kranke Herz geschlagen.

Chor.

Horch! wie der Wurm im Holz dort naget,
Horch! wie die Weid im Teiche klaget,
Summ, summ, summ,
Die Reue geht um.

Mildigkeit.

Wer nie der Vöglein Brut gestört,
Wer auf der Schwalbe frühen Morgensegen
Mit süß erquickter Seele hört,
Der geht der Armuth mildreich auch entgegen.

Wer die zerknickte Ähre gerne hebt
Und gern die Mücke aus dem Netz befreit,
Der Spinne schonend, die es sinnreich webt,
Deß Herz ist voll von göttlichem Mitleid.

Chor.

Sieh! an den Dorn hängt das Lamm die Wolle,
Daß sich das Vöglein weich betten solle,
Summ, summ, summ,
Das Mitleid geht um.

Liebesfreud.

Wer lachend früh die Sonne grüßt
Und heiter an den Mittag blicket,
Und fromm im Abendsterne liest,
Zufrieden, wie die Nacht ihr Haus beschicket:

Der wird auch froh in Liebesaugen sehen
Und greifet in das falsche Rad dem Glücke,
Es muß vor seinem Frieden stille stehen,
Daß Liebesfreude gründlich ihn entzücke.

Chor.

Sieh! wie lächelt gen Morgen die Ferne,
Horch! wie grüßet die Lerche die Sterne,
Tireli, Tireli –
Der treue Müller ist hie.

Als die Jungfrauen so gesungen hatten, sprach meine Mutter, Frau Lureley: »Lieber Sohn Radlauf! du hast auf deiner Rückreise hieher die ganze Geschichte deines Stammes gehört; du hast die Erzählung der Frau Mondenschein, der Frau Edelstein, der Frau Federschein, der Frau Feuerschein belauscht; nun will ich dir auch die Geschichte deines Vaters und deiner Mutter erzählen, wir haben noch die Stunde bis Mitternacht, dann, wenn ich fertig bin, ziehst du nach Mainz.

Als der kleine Christel von Staarenberg mit seiner Schwester Margaretha den rothen Hahn, während ihr Vater schlief, an den See getragen hatte, in der Idee ihn dort zu baden, ward der Feuervogel, der das Wasser haßt, sehr ergrimmt; er entzündete dem Christel seine blonden Locken, der vor Angst in den See sprang, und Margaretha nahm aus Furcht, ohne ihren Bruder nach Hause gehen zu müssen und weil der rothe Hahn nach dem Walde flog, auch ihren Weg dahin zu dem Einsiedler Berthold. Christel aber brachte seine Zeit in dem Staarenberger See recht angenehm zu. Ich wurde damals bei der Staarenberger Wasserfrau erzogen, und wir wohnten in einem schönen gläsernen Schloß. Meine Neigung zu ihm ward täglich größer, denn er war sanft und bescheiden.

So lebte er beinahe ein Jahr mit uns, als ich einst gegen Abend Arm in Arm mit ihm auf den Stufen des gläsernen Wasserschlosses saß, um zu erwarten, daß der Mond und die Sterne durch das Wasser schimmern sollten: da zuckte ein plötzlicher Feuerstrahl durch die Luft, von einem solchen heftigen Donnerschlag begleitet, daß der See bis auf den Grund erschüttert wurde und sich hoch aufbäumte, zugleich ergriff mich und den kleinen Christel eine Welle und warf uns beide an das Ufer. – Christel war ohnmächtig, ich gab mir alle Mühe, ihn zu ermuntern; aber plötzlich kam Frau Feuerschein, seine Mutter, und wollte ihn mir entreißen; ich stritt lange mit ihr, und siegte allein dadurch, daß ich meinen lieben Christel wieder ins Wasser zog. Am andern Morgen saß ich wieder mit ihm auf der Schwelle des Wasserschlosses, da sahen wir ein paar Fische auf dem See hinfahren, die laut klagten, daß Herr Jakob von Staarenberg verschwunden sey, und der Erbprinz und die Prinzessin auch, und daß nun kein Mensch wisse, wer das Land regieren solle. Christel, der diese Worte hörte, war sehr betrübt und sagte zu mir: »Liebe Lureley, ich wollte, ich wäre wieder auf dem Schloß!« und begann heftig zu weinen. »Lieber Christel«, erwiederte ich ihm, »nach Hause kannst du leicht kommen; wenn die Fischer das Netz auswerfen, darfst du nur hineinspringen, so ziehen sie dich hinauf; aber wird es dir nicht leid thun, mich zu verlassen?« – »Ach, freilich wird es mir leid thun«, sagte Christel, »und drum sollst du mitkommen und immer bei mir bleiben.« – »Das kann ich nicht, lieber Christel«, sagte ich, »so gern ich auch wollte, aber wenn du dir eine Mühle dort an den See bauen läßt und manchmal hineingehst, so will ich dich dort besuchen.« Christel versprach mir das, wir umarmten uns, das Netz der Fischer war nah, Christel sprang hinein, und als die Fischer es aufgezogen, begleitete ich ihn noch bis an die Oberfläche des Wassers.

Die Freude der beiden Fischer beim Anblick ihres jungen Fürsten war ungemein, und als sie sahen, daß er lebte, hätten sie bald vor überraschender Freude das Netz wieder fallen lassen. Aber Christel faßte schnell den Rand des Kahns und sprang heil und gesund hinein zu ihnen. Nun knieten die Fischer vor ihm nieder und baten ihn, er möge ihrer in Gnaden gedenken. Er versprach ihnen alles Gute, sie führten ihn zurück und brachten ihn unter dem Jubelgeschrei aller Staarenberger auf das Schloß. Da er noch sehr jung war, so wurde ihm der Vorschlag gemacht, einen Vormund zu wählen, und er wählte, ohne sich lang zu besinnen, den ältesten der beiden Fischer, die ihn errettet hatten. Das Erste, um das er seinen Vormund bat, war die Erbauung einer Mühle am See, zum Andenken seiner Rettung. Die Mühle ward bald aufs allerzierlichste erbaut, und er besuchte sie häufig. Auch wurden ihm zwölf schöne junge Knaben als Mühlknappen gekleidet zugesellt, die ihm in Allem gehorchen mußten. In der Kammer der Mühle aber war ein Loch im Boden, das man auf- und zumachen konnte, und da kam er, wenn er sich in der Kammer eingeschlossen hatte, bald zu mir, bald ich zu ihm.

So lebten wir wie Gespielen und Geschwister wohl zehn Jahre lang, als unser Glück unterbrochen zu werden drohte. Meine Mutter kam, mich aus dem Staarenberger See abzuholen; sie sagte mir: »Du bist groß genug, jetzt selbst einem See vorzustehen, und ich will dich nach Laag, wo ein schöner See in der Nachbarschaft des alten Rheines entstanden ist, bringen, da kannst du zeigen, was du hier gelernt hast; es ist dort sehr still und fromm, die heilige Genovefa liegt nicht weit von dort begraben, auch wird dort am See ein prächtiges Kloster erbaut, und ist es ein recht schicklicher stiller Ort für dich.« Die Worte meiner Mutter machten mich sehr betrübt; ich bat sie, mich hier zu lassen; aber sie wollte nicht einwilligen, und als sie einen goldnen Ring an meinem Finger sah, schöpfte sie einen Verdacht, den sie verschwieg.

Als die Nacht herankam, schlich ich mich von ihrem Lager und eilte zu Christel in die Mühle, dem ich unter Thränen erzählte, daß ich ihn verlassen müsse. Er weinte auch sehr und ich schwur ihm, sobald wiederzukehren als möglich und sein Weib zu werden.

Gegen Morgen verließen wir uns, aber meine Mutter war mir gefolgt und hatte uns belauscht. Sie schmähte mich aus und sagte mir: »Lureley! du wirst sehr unglücklich seyn, du hast dich einem Staarenberger verbunden und er wird dich verrathen, wie alle seine Vorfahren ihre Frauen verrathen haben; lasse von ihm ab.« Da weinte ich heftig und sagte ihr, daß ich das nicht könne. »Wohlan«, sagte meine Mutter »du sollst deinen Willen haben; die Bedingung aber sey, daß du sein Weib wirst, ohne daß er weiß, wer du bist, und daß du ihn nie ganz für seine Verrätherei verlassen darfst.« Ich mußte mich ihrem Willen fügen, und sie brachte mich den andern Morgen in den Laager See.

Hier war ich einsam und traurig; meine Ufer waren mit alten Eichen bedeckt; nur der Glockenklang vom Chorgesang der Kirche unterbrach die Stille, und ich hatte alle Zeit, meiner Sehnsucht zu meinem lieben Christel nachzuhängen.

Ein Jahr war herum, und da meine Mutter sah, wie ich mich kümmerte, sagte sie mir: »Lureley! gehe hin, wohin dein Herz dich treibt, aber gebe dich nicht zu erkennen.« Ich verließ also beim Anbruch des Frühlings meinen Aufenthalt, und begab mich in der Gestalt, wie du mich siehst, nach Staarenberg. Diese Kleidung, dieses Aussehen habe ich von einem hessischen Bauernmädchen entliehen, die ich auf meiner Reise im Walde Erdbeeren suchen sah, und die an einem Brunnen, in dem ich übernachtete, heftig über ihre böse Stiefmutter weinte. Sie war so wunderschön und lieblich, daß ich sie der Brunnenfrau herzlich empfahl und mich ganz so gestaltete, wie sie, und wenn gleich meine eigene Gestalt glänzender und reizender ist, als diese, so hat doch niemals ein so edles, frommes und schönes Menschenbild gelebt, als dieses.

So kam ich nach Staarenberg und setzte mich in den Wald, nicht weit von der Mühle und hatte ein Körbchen voll Erdbeeren im Schooß. Es war am Morgen, Christel kam von der Mühle her, und es freute mich zu sehen, daß er die Mühle noch besuchte. Er schien mir sehr traurig, als er mich aber sah, erheiterte sich sein Antlitz, er war durch meinen Anblick gerührt.

Er setzte sich zu mir ins Gras, er aß von meinen Erdbeeren und gewann mich so lieb, so lieb, daß er mich bat, seine Ehegattin zu werden. Traurig willigte ich ein, weil ich sah, daß er mich nicht kannte, und daß er mich also vergessen hatte. Doch machte ich ihm die Bedingung, mich unter harter Strafe am siebenten Tage in der Woche in der Nähe der Mühle allein zu lassen, und nie nachzuforschen, was ich dann mache. Er versprach mir Alles heilig und brachte mich nach Staarenberg. Wir hielten Hochzeit und lebten glücklich.

Nach einem Jahre gebar ich ihm zwei Söhnlein, schön und lieblich wie die Engel. Ich zog die Kinder auf und sie waren schon ziemlich herangewachsen und begleiteten mich immer Freitag Abends, wenn ich nach der Mühle ging, bis an die Thüre. Christel aber wollte nie mitgehen nach der Mühle, denn er dachte heimlich, was er mir dort einst unter anderer Gestalt geschworen hatte, und hatte drum kein gutes Gewissen.

Nun hatten meine beiden Söhnlein einen Lehrer, der sehr weit gereist war; es war ein ernsthaft wunderlicher Mensch, trug immer rothe Strümpfe und weiße Hosen und Rock; er war sehr pathetisch und melancholisch; und führte die Kinder zurück von der Mühle. Christel brachte, während ich abwesend war, immer seine Zeit mit ihm zu, und dieser verdrießliche Mann erregte zuerst die Neugierde in ihm, zu wissen, wer ich sey und was ich in der Mühle den Sonnabend mache. Christel ließ sich von ihm verführen; doch wagte er es nicht, selbst zu lauern, weil ich es ihm zu streng verboten hatte; der Hofmeister aber übernahm es, meine beiden Söhnlein dazu abzurichten und die armen Kindlein ließen sich von dem Schelm verführen.

Am folgenden Morgen schlichen sie sich in die Mühle mit dem Schulmeister; ich saß in dem offenen Boden der Kammer, wo ich sonst Christel besucht hatte, in meiner Wasserjungfergestalt mit meiner Mutter, die mir die Haare kämmte, da trat der Schulmeister und meine zwei Kinder herein. Ich erschrack, daß ich ohnmächtig wurde, meine Mutter aber sagte: »Sieh, liebe Lureley! daß ich recht prophezeite, man verräth dich.« Und somit verwandelte sie meinen Sohn Georg in eine weiße Maus, den Philipp aber in einen Goldfisch und den Schulmeister in einen Storch, und sprach: »Ziehe fort mit ihnen, Verräther! und lasse dich nicht wieder sehen, bis die Kleinen durch ihre Treue und Tugend wieder gut gemacht haben, was sie jetzt verderben wollten.« Sogleich nahm der Storch die weiße Maus und den Goldfisch in den Schnabel und flog eilends davon. Ich war sehr traurig über den Verlust meiner Kinder; aber meine Mutter sagte mir: »Sey ruhig, sie sind gut aufgehoben, du wirst sie einst in Ehren wieder sehen.«

Als ich nach Staarenberg zurückkehrte, fragte mich Christel nach den Kindern und ich sagte ihm, die Wasserfrau habe sie vor meinen Augen geraubt. Da ward Christel sehr traurig und dachte, es müsse eine Strafe der Wasserfrau seyn, weil er sie verlassen und mich geheirathet.

Als ich aber am nächsten Sonnabend wieder in der Mühle war, ließ sich Christel von den zwölf Knappen verführen, mich zu überfallen, als ich im Bade saß, und Christel sah, daß ich von der Brust hinab die Gestalt eines Fisches hatte. Erzürnt sprach ich zu ihm: »Du verräthst mich zum zweitenmal, dafür bestrafe ich dich und nehme dir das Gedächtniß«, und somit bespritzte ich ihn und die Knappen mit Wasser und verschwand.

Christel wußte nun nichts mehr davon, daß er Fürst von Staarenberg gewesen, daß ich sein Weib war; er und seine Knappen hielten sich für Müller von jeher, und trieben es, wie es andere Müller auch treiben, und da die Einwohner von Staarenberg sahen, daß ihm auf keine Weise einzureden sey, daß er jemals ihr Herr gewesen sey, ließen sie ihn bleiben, was er wollte und brachten ihm ihr Korn zu mahlen. Da ich ihn nach dem Schwur meiner Mutter nicht verlassen konnte und ihn auch immer noch liebte, besuchte ich ihn wieder in dieser meiner Verkleidung, und brachte ihm Getreide zu mahlen. Er liebte mich von Neuem; ich machte von Neuem den Bund mit ihm, daß er mich am siebenten Tag in einem Erlenwäldchen verlassen mußte.

Ich begab mich dann immer nach jener Insel, wo du die Frau Mondenschein gesehen, und wo in der Höhle die Frau Aglaster begraben liegt. In dieser Höhle erwachte ich in der Sonntagsnacht, und sah wieder zwei schöne Knäblein bei mir liegen, die ich dem Christel bringen wollte; das eine hatte Frau Mondenschein im Arm, das andere der Geist der Frau Aglaster. Frau Mondenschein sagte: »Der Knabe soll Radlauf heißen, und sein Geschlecht in die Höhe bringen.« Frau Aglaster sagte: »Der Knabe soll Hans heißen, und wenn er durch Schwätzerei ein Staar geworden, sollen alle Staarenberger wieder Staaren werden, bis er so freiwillig stirbt wie ich.«

Erschrocken über den Anblick der zwei Frauen und ihre Reden, sprang ich auf und nahm der Frau Aglaster das Kind mit Gewalt, sie lachte und verschwand. Frau Mondenschein aber gab mir das Kind freundlich lächelnd und sagte mir: »Dieser dein

Sohn Radlauf wird ein König werden und dir Freude machen« – dann verließ sie mich.

Ich kehrte zu Christel zurück, er freute sich über die Kinder, und wir erzogen sie mit vieler Liebe und Sorgfalt.

Als aber Hans vier Jahre alt war, begann er bereits seinen geschwätzigen Charakter zu zeigen: Alles, was er hörte plauderte er nach, und ängstigte mich nicht wenig mit seinem Vorwitz. Ich begab mich seit der Geburt meiner Kinder nicht mehr nach der Insel, weil ich mich vor Frau Aglaster fürchtete, und ging statt dessen in ein nahes Erlenwäldlein, wo eine schöne Quelle floß, und kam dort mit meiner Mutter zusammen. Die frechen Mühlknappen führten allerlei Reden über meine Abwesenheit, Hans schnappte sie auf und ging vorwitzig, gegen das strenge Verbot, Abends in den Erlenwald, mich zu belauschen. Meine Mutter erblickte ihn, ergriff ihn und wollte ihn so eben in einen Staaren verwandeln; aber ich bat sehr für ihn und sagte ihr die Drohung der Frau Aglaster. Da ließ sich meine Mutter rühren, und sagte: »Wohlan! ich überlasse es der Frau Aglaster, ihn einst selbst zu strafen; aber hier muß er weg, er verräth dich sonst spät oder früh, ich nehme ihn mit an den Rhein und lege ihn zu Mainz dem König vor die Schwelle, der mag ihn erziehen.« Sie nahm ihn und verschwand.

Als ich in die Mühle zurück kehrte, lagen die Knappen noch alle schlafend; sie waren Abends vorher auf einer Kirchweih gewesen; jeder hatte noch ein Stück Kirmskuchen neben sich, und ich agte ihnen zur Strafe: »Schlafet so lange, bis mein armer Hans begraben ist.« Nun ging ich zu Christel und sagte ihm: »Deinen Sohn Hans wirst du nicht wieder sehen, seine Neugierde ist bestraft worden; ich selbst verlasse diese Gegend und ziehe an den Rhein, wo ich her bin; verlassen werde ich dich nicht, wenn du mir getreu bleibst« – und nach diesen Worten verschwand ich vor seinen Augen. Christel blieb nun keine Stunde mehr im Land, er nahm dich, lieber Radlauf! an der Hand und zog an den Rhein und baute hier diese Mühle.

Hier lebte er anfangs still und ruhig und studirte viel; ich kam oft zu ihm und schenkte ihm Gold und Silbersand und Perlen, und er ward sehr reich; du warst ein guter frommer Jüngling.

Ich baute mir damals ein Schloß und wohnte zugleich mit der Frau Echo darin, es ist der Lureleyfelsen bei St. Goar. Während ich da arbeitete zog die Königin von Trier durchs Land, und übernachtete bei Christel auf der Mühle. Er bewirthete sie so herrlich und zeigte ihr so viel Silber und Gold, daß sie eine große Liebe zu ihm gewann, und ihn beredete, seine Mühle zu verlassen und ihr zu folgen.

Christel besann sich nicht lange, er packte seine Schätze auf ein Schiff und zog mit ihr nach Trier; dich ließ er zurück, du warst damals sechs Jahre alt, und so verlassen fand ich dich eines Morgens in der Mühle. Nun war mein Unwille gegen deinen Vater sehr groß; ich stand am Rhein und klagte, da stieg der alte Rhein aus seinen Wellen hervor und sagte: »Geh nach Haus, Frau Lureley! in den Echofels und lebe für dich einsam, ich will mich deines Kindes annehmen.« Ich folgte seinem Rath, küßte dich und zog in mein neues Schloß. Der alte Rhein gab dir einen Wassermann zum Erzieher; es war jener alte Knappe, den du für deinen Vater hieltst, und der dich in deinem sechszehnten Jahr, als du ein vollkommener Müller warst, verließ. Du glaubtest er sey ertrunken, da du ihn vor deinen Augen in den Fluß stürzen sahst; aber er lebt noch und ist der Wächter in dem Wasserschloß des alten Rheins.

So lebtest du nun ruhig und fromm eine lange Zeit, und fingst einst einen Staaren, den du sehr lieb gewannst; dieser war niemand anders als dein Bruder Hans, an dem der Fluch der Frau Aglaster wahr geworden ist. Hans war vor der Schloßthüre des Königs von Mainz, wo ihn meine Mutter hingelegt hatte, gefunden worden und zwar von der kleinen Prinzessin Ameley, deiner Braut; er wurde mit ihr erzogen, und als er heran wuchs, liebte er sie sehr, und sie war ihm auch gut; aber seine außerordentliche Schwätzerei war ihr zuwider. Als sie ihm dieselbe vorwarf, versprach er ihr hoch und theuer zu schweigen; sie sollte ihn auf irgend eine Probe stellen. Sie willigte ein und schenkte ihm ihre goldne Haarnadel mit dem Verbot, sie nie zu zeigen und nie davon zu reden, daß sie sie ihm gegeben habe. Aber Hans konnte der Versuchung nicht widerstehen, als die andern Pagen mit ihm zusammen kamen, mit seiner Nadel zu prahlen: siehe! da verwandelte er sich plötzlich in einen Staaren und flog davon. Zugleich kam er ganz wieder zu Sinnen, er wußte wer er war, er wußte daß er ein Fürst von Staarenberg sey, und flog nach Staarenberg aufs Schloß; kaum war er dort angekommen und hatte sich auf dem Thurmknopf niedergelassen, als sich alle Staarenberger wieder in Staare verwandelten. Frau Aglaster erschien ihm und erzählte ihm die ganze Geschichte seines Stammes. Er besuchte den Grubenhansel, den Kautzenveitel, den Kohlenjockel, und sah sie alle mit stummer Traurigkeit an, und flog dann hierher zu dir in die Mühle, wo er saß, bis er sich vor den Augen der Prinzessin Ameley aus Liebe mit der Nadel ermordete. Dein Vater lebte nun als König von Trier mit der Königin, der er gefolgt war, und sie schenkte ihm einen Sohn, den Rattenkahl. In der Nacht nach seiner Geburt erschien ich ihm im Traum und warf ihm seine Treulosigkeit vor, und bat ihn, in sich zu gehen. Er versprach es mir heilig, aber er hielt es nicht, und da ihm nach mehreren Jahren die Königin den kleinen Mausohr schenkte, verwandelte ich ihn zur Strafe seiner Falschheit in den Rattenkönig. – So ist meine und deine Geschichte, das Übrige ist dir bekannt.« – »Ach!« unterbrach ich hier die Frau Lureley, »so ist dann der gute Rattenkönig mein Vater? O liebe Mutter! helfet ihm, verzeihet ihm; und wo sind meine Brüder Weißmaus und Goldfisch hingekommen? Ach! werde ich sie alle nicht wieder sehen?«

»Mein Sohn«, sagte sie, »jetzt breche auf und ziehe nach Mainz wie ein Fürst und Herr ein, dort wird sich Alles entwickeln; erzähle alles, was du erfahren hast, und es wird dir deine Braut werden.«

Nach diesen Worten umarmte sie mich, ihre Gespielinnen sprangen auf und riefen alle: »Heil dir, König von Mainz!« und so stürzten sie in den Rhein und ich hörte das Echo noch lange rufen: Heil dir, König von Mainz!

Ameleyis Rückkehr

Kaum hatte Radlauf so weit erzählt, als alle Bürger auch laut riefen: Heil dir König von Mainz! und es auf dem Rhein erschallte: Heil dir König von Mainz! Ein goldnes Schiff mit Schwänen bespannt schwamm ans Ufer; daraus stieg ein würdiger alter Herr mit grauem Bart und einer Fürstenkrone, daraus stieg die schöne Ameley wie eine Braut geschmückt, daraus stiegen zwei wunderschöne Prinzen, der eine ganz in Silber, der andere ganz in Gold gekleidet, daraus stieg ein ehrbarer alter Schulmeister mit rothen Strümpfen.

Es war der Rattenkönig, Weißmäuschen und Goldfischchen und der Storch, die wieder ihre Gestalt angenommen. Der Jubel des Wiedersehens war allgemein.

Christel ward von den zwölf Knappen empfangen, und zog bald mit ihnen nach Staarenberg als Fürst zurück. Prinz Georg und Prinz Philipp blieben noch bei Radlauf, der Ameley heirathete; Mausohr kam auch auf die Hochzeit, der Schullehrer Storch ward oberster Präzeptor im ganzen Land.

Kaum war die erste Freude etwas vorüber, als sich die Mainzer Bürger an ihre neue Königin Ameley heran drängten, und nach ihren Kindern im Rhein fragten. »Sie befinden sich alle recht wohl«, sagte Frau Ameley, »und besinnt euch nur auf hübsche Märchen, so werden sie bald, wie ich, befreit werden; von nun an sollen alle Morgen hier Märchen erzählt werden, und morgen früh wird der Anfang gemacht; wer heute erzählt, muß immer den ernennen, der morgen erzählen soll, und so ist von meinem lieben Radlauf die gute Fischerin, Frau Marzibille, auf morgen ernannt, und wenn sie hübsch erzählt, wird ihr liebes Töchterchen, mein Taufpathchen Ameley, wieder zu ihr kommen; das liebe Kind läßt sie hübsch grüßen, es war das artigste Kind, das der alte Rhein bei sich hatte.«

Frau Marzibille weinte vor Freuden, daß sie morgen ihr Kind wieder haben sollte, und als sie nach Tisch saß und nachdachte, was sie doch morgen für einen Rock anziehen sollte, wenn sie vor allen Leuten dasitzen und erzählen würde, kam eine alte Judenfrau zu ihr und sagte: »Gottes Wunder, Frau Marzibille!

wie wird sie sich morgen ankleiden, um in der Gesellschaft zu erzählen; hör sie, ich will ihr leihen ein seidnes Kleid mit goldnen Blumen, es ist ganz neu, ich habe es gekauft von dem Schloß; es war ein Vorhang von dem königlichen Bett, da kann sie Staat mit machen wie eine Prinzessin« – und somit legte sie das wunderliche alte Kleid vor der armen Frau auseinander, und begehrte dafür, daß sie ihr nach ihrer Erzählung die Stimme zum folgenden Märchen geben sollte.

Frau Marzibille aber jagte sie fort und sagte: »Ich werde in meinen ehrlichen Bürgerskleidern erzählen, häng sie ihren alten Vorhang selbst um! wenn sie mir aber hier für mein Muttergottesbildchen über meinem Betstuhl einen neuen schönen Rock schenken will, so soll sie nach mir erzählen.« Das wollte die alte Jüdin nicht und ging fort.

Viele Leute kamen noch und baten um ihre Stimme; aber sie sagte es keinem zu und sagte, wenn sie erst ihre Ameley habe, werde sie es schon sagen.

Der Morgen kam, Radlauf und Ameley saßen auf dem Thron am Rhein; auf Radlaufs Seite standen seine Brüder, Philipp und Georg, die Fischerin saß auf der unteren Staffel des Throns, ein Zeichen des Stillschweigens ward gegeben und Marzibille erzählte Folgendes.

Das Märchen vom Murmelthier

Frau Lureley, die gute und schöne Wasserfrau, reiste über Land, und als sie in Hessen ins Gebirg und in den wilden Wald kam, neigte sich die Sonne schon zu ihrem Untergang, und immer hatte sie noch keinen Brunnen gefunden, in dem sie übernachten konnte. Sie war daher etwas besorgt und legte sich dann und wann auf die Erde, um zu lauschen, ob sie nicht einen Brunnen murmeln höre.

Als sie auch einmal so lauschte, hörte sie das Getrappel von einer Heerde Schaafe, und eilte nun nach der Gegend zu, wo das Geräusch erschallte, weil sie wohl wußte, daß die Hirten sich in der Nähe der Brunnen gerne aufhalten. Nicht lange ging sie noch durch den Wald, als eine schöne Wiese vor ihr lag, worauf eine kleine Heerde weidete; da sie aber hervortrat, stürzten die Schaafe durch ihre Erscheinung erschreckt nach der andern Seite der Wiese dem Walde zu, und zugleich sah sie ein junges Hirtenmädchen der Heerde nacheilen, um sie zurückzuhalten. Die Hirtin hatte ein schwarzes Röckchen an, ihr Mieder war roth, ihre Haube auch schwarz und ihre Haare hingen ihr in zwei langen blonden Zöpfen die Schultern herab, und während sie lief, spann sie ängstlich an einem Rocken. Endlich hatte sie die Heerde wieder gesammelt, und da sie nun die schöne Wasserfrau erblickte, welche einen blauen, mit Silber durchwirkten Rock an hatte, stand sie erschrocken still, und warf sich dann demüthig auf die Kniee. Frau Lureley aber nahte sich ihr und hob sie auf und sprach ganz freundlich zu ihr: »Mein Kind! fürchte dich nicht, ich bin ein reisendes Wasserfräulein und suche einen Brunnen, in dem ich heute übernachten kann; willst du mir einen Brunnen zeigen, so will ich dich belohnen.«

»Recht gern, mein schönes Fräulein!« sagte die Hirtin. »Ich muß nur noch meinen Rocken abspinnen und mein Körbchen voll Erdbeeren lesen, dann treibe ich die Heerde an einen recht schönen Brunnen, der nicht weit von hier ist, um sie zu tränken und wasche auch meine Erdbeeren dort.« – »Komm, gib mir deinen Rocken«, sagte das freundliche Wasserfräulein, »ich will ein Weilchen spinnen, so sammle deine Erdbeeren geschwind, damit wir eher an den Brunnen kommen.«

Die Hirtin gab ihr den Rocken und suchte Erdbeeren, die sie plötzlich in solcher Menge fand, daß ihr Körbchen schnell gehäuft voll war. »Ich bin recht glücklich«, sagte sie, »mein Körbchen ist schon voll, jetzt will ich euch zum Brunnen führen.« – »Gut«, sagte das freundliche Wasserfräulein; die Hirtin trieb nun ihre Heerde voran und folgte an der Seite des Wasserfräuleins durch den schönen stillen Abend.

»Wie heißt du, mein liebes Kind?« fragte Lureley. Die Hirtin erwiederte: »Ich heiße Murmelthier.« – »Murmelthier!« sagte Lureley erstaunt, »Murmelthier! Wer hat dir diesen häßlichen Namen gegeben? Du bist ja so freundlich und hast hübsche rothe Wangen und ein paar helle blaue Augen; so sieht ja kein Murmelthier aus.« Als Lureley so gesprochen hatte, sah sie, daß die Hirtin weinte, und bat sie nun sehr, nicht zu weinen und ihr zu erzählen, was für ein Kummer sie betrübe.

»Ach, liebes Wasserfräulein!« sagte die Hirtin, »ich weine oft hier auf der Wiese; denn es geht mir recht übel. Nicht weit von hier, im wilden Walde wohnt meine Mutter und meine Schwester; sie lieben mich nicht, nichts kann ich recht machen; sie geben mir so viel Arbeit, daß ich sie nie ganz verrichten kann; ich soll alles thun, was zu Hause zu thun ist: waschen, Feuer machen, Stube und Stall kehren, und doch auch wieder die Heerde führen und pflegen und alle Abend den abgesponnenen Rocken und einen ganzen Korb voll Erdbeeren nach Hause bringen; und fehlt nur das Mindeste an diesen Aufgaben, so geben sie mir das Stückchen Brod nicht, wovon ich lebe, oder nehmen mir das Stroh, worauf ich schlafe, daß ich auf der harten Erde hungernd schlafen muß; ich sage zu allem dem auch kein Sterbenswörtchen und leide Alles mit Geduld; wenn meine Schwester aber mich schlägt und ich weine still, so nennen sie dies murren, und so haben sie mir den Namen Murmelthier gegeben. Ach! wenn die Sonne untergeht, werde ich immer gar traurig; denn nun muß ich nach Haus und da geht mein Kummer und Leiden an. Wenn ich so den Tag über hier im Walde bin, da habe ich doch Ruhe, da ist mir wohl; alle Vögel kennen mich und grüßen mich und hüpfen um mich herum, wenn ich Erdbeeren lese, und sitzen auf meinem Rocken, wenn ich spinne, und so bring ich den Tag mit einiger Ruhe zu; doch sehe ich immer mit Angst nach der Sonne und zittere, wenn ich sehe, daß sie sich nach den Bäumen senkt, denn dann kommt der Abend, und ich muß nach Hause, wo mich Noth und Elend erwarten.«

Während dieser Erzählung hatten sie sich dem Brunnen genähert. »Mein liebes Murmelthier!« sagte Lureley, »nun müssen wir scheiden; ich werde heute Nacht hier bei der Brunnenfrau dieser Quelle wohnen und morgen mit Tagesanbruch weiter reisen; nun hätte ich doch gerne ein Andenken von dir und möchte auch dir etwas geben, denn ich bin dir sehr gut, mein liebes Kind!« – »Ach!« sagte Murmelthier, »was habe ich armes Mägdlein, das ich euch geben könnte?«

»Ich will dir sagen«, erwiederte Lureley, »wie wir's machen: gib du mir deine Kleider, ich gebe dir meine; denn es ist mir der silberne lange Rock doch hinderlich auf der Reise, und ich werde in deinem kurzen Röckchen viel schneller gehen können.« Murmelthierchen mußte nun mit Frau Lureley die Kleider wechseln, und ihr dann die Haare kämmen und flechten, wie sie es selbst trug. Aber wie wunderte sie sich, als ihr aus den Haaren der Frau Lureley lauter Perlen und Edelsteine in den Schooß fielen. »Die schenke ich dir alle«, sagte Frau Lureley, »jetzt will ich mich in dem Brunnen betrachten, wie mir dein Kleid steht«, und indem sie in den Brunnen sah, sagte sie: »O, allerliebst!« und sprang in den Brunnen hinab.

Murmelthier trat nun an den Brunnen und sagte: »Leb wohl, leb wohl, lieb Wasserfräulein! vergiß das arme Murmelthier nicht!«

Da tauchte Frau Lureley noch einmal hervor und sprach:

»Mein liebes Kind! ertrage Alles mit Geduld, bleibe fromm, fleißig und demüthig, und wenn du in großer Noth bist, so stürze dich in diesen Brunnen, ich will der Brunnenfrau, die drin wohnt, sagen, daß sie sich deiner annehmen soll. Nun leb wohl!« Da verschwand sie.

Murmelthier sah noch hinab, und da sie ihr eigenes Bild so schön geschmückt im Wasserspiegel sah, dachte sie nicht, daß sie es selbst sey und sagte nur immer: »Je, die schöne, liebe Lureley!« Nun wusch sie ihre Erdbeeren in dem Wasser und ließ dann ihre Heerde trinken, nahm den Rocken und das Erdbeerenkörbchen und zog nach Hause, mehr an die liebe Frau denkend, als an die harte Begegnung, die sie erleiden würde.

Als sie aber den Mond über den Bäumen heraufsteigen sah, ergriff sie eine große Angst, daß es schon so spät sey, und sie eilte furchtsam in ihre Hütte, trieb die Schaafe in den Stall, nahm ihren Rocken und ihre Erdbeeren und trat an die Thüre. Da hörte sie schon drin ihre Schwester zanken: »Das faule Murmelthier ist schon wieder zu spät nach Hause gekommen, Mutter!« sagte sie, »und wenn sie nicht Alles fertig hat, so will ich sie recht anfahren und ihr das Brod nehmen.« – »Ja«, sagte die Mutter, »das häßliche, freche Mädchen weiß gar nicht mehr, was sie vor Übermuth treiben soll; hat sie nicht gestern gar einen Kranz von Rosen auf dem Kopf gehabt, als sie aus dem Walde kam; es wundert mich nicht, daß sie nie mit ihrer Arbeit fertig wird, wenn sie solche Eitelkeit treibt.« – »Ich habe ihr aber den Kranz herunter gerissen und mit Füßen getreten«, sagte die böse Schwester, »und ihr einen Strohkranz gegeben. Wo sie nur so lange bleibt? ich habe doch die Schaafe schon blöcken hören; sie hat gewiß wieder etwas angestellt und fürchtet sich hereinzugehen; aber ich will sie schon bei den Ohren hereinziehen.« Nach diesen Worten riß Murxa (so hieß die böse Schwester) die Thüre auf, um das Murmelthier zu holen; aber wie erstaunte sie und die Mutter, als sie die glänzende, von Silber schimmernde Jungfrau auf der Schwelle stehen sahen. Die Frau Wirx, so hieß die alte Frau, und Murxa erkannten sie nicht und warfen sich vor ihr auf die Kniee, denn sie hielten sie für eine Königin. Murmelthier aber sagte: »Liebe Mutter, liebe Schwester, ach! kennt ihr mich denn nicht mehr? ich bin ja Murmelthier eure Tochter.«

Nun erkannten sie das arme Kind an der Stimme, und kamen auch gleich in den größten Zorn. »Ei! sieh da! das garstige Murmelthier läßt sich auf den Knien verehren« schrie Murra, »wo hast du die prächtigen Kleider gestohlen?« sagte Wirx – »herunter mit den Kleidern!« schrie die Schwester, »ich will sie anziehen« – und so ging es in einem Zanken fort.

Murmelthier ließ sich richtig die Kleider ausziehen, gab der Mutter die Erdbeeren; die waren aber lauter Goldkörner, und dabei lagen die Perlen, die sie der Lureley aus den Haaren gekämmt hatte; darüber war die Mutter von Neuem erstaunt, und als sie ihr den Rocken gab, war das Gespinnst reines Silber. Aber Alles war nicht recht; bei Allem wurde sie gezankt, und da sie von Frau Lureley erzählte, sagte Murxa: »Morgen werde ich hingehen und werde ganz anders beschenkt werden; die Frau Lureley muß nicht recht gescheidt seyn, daß sie sich so lang mit dir, häßliches Murmelthier! abgegeben« – und nun kniff sie dem armen Mädchen aus Bosheit in den Arm, daß sie laut weinte. »Fort auf dein Stroh, Murmelthier!« – sagte Frau Wirx, »schreie uns hier die Ohren nicht voll« – und Murmelthier wünschte freundlich gute Nacht, und ging auf ihr dürftiges Lager.

Aber sie konnte vor Traurigkeit nicht schlafen, und weinte immer fort und sagte: »Ach! so ist denn, so lange ich lebe, noch kein Mensch freundlich mit mir gewesen, als die gute Frau Lureley, und alles, was sie mir geschenkt, habe ich hingegeben, und doch werde ich geschimpft und geschlagen; gibt es ein größeres Leid als meins? Nein, ich will nicht schlafen heute Nacht; ich will zum Brunnen laufen, ehe die Frau Lureley abreist und ihr mein Elend klagen, vielleicht gibt sie mir Trost und Rath.«

Geschwind stand sie auf und lief in den Wald an den Brunnen; sie hatte nichts an, als ihren Unterrock und ihr Hemd von grober Leinwand; denn die Schwester, die ihr das Kleid genommen, hatte ihr kein anderes dafür gegeben.

Es war heller Mondenschein, und sie lief in Angst an den Brunnen, und kniete weinend dabei nieder. Anfangs scheute sie sich der Frau Lureley zu rufen, weil sie fürchtete, sie möge sie aus dem Schlafe erwecken; da aber die Nachtigall sie sah, die sie gar wohl kannte, flog sie nieder zu ihr und setzte sich zu ihr auf den Rand des Brunnens, und mischte ihren Gesang mit ihren Klagen. Die Nachtigall aber sang:

Viele, viele liebe, süße
Mägdlein kenne ich;
Wenn ich sie sehe, gehen
Im Thaue auf der Aue, ich sie anschaue
Und sie freundlich begrüße,
Wenn sie sich bücken und pflücken, sich zu schmücken,
Und drücken mit Entzücken
Die lieben Blumen ans kindische Herz
Und sehen in die stillen blauen Augen,
Mit denen der schüchterne März
Die junge Wärme der Sonne
In sich will saugen,
In die kleinen blauen Violen;
Wenn sie auf leichten Sohlen
Bisweilen eilen zum Strauche
Und in duftendem Hauche
Des Sommers sich brechen
Die Rosen und sich stechen,
Dann ruf ich: weh! weh! weh!
Auf die Dornen seh!
Und sie setzen sich nieder
Beim duftenden, berauschenden Flieder,
Singen Lieder und schmücken das Mieder
Mit süßen Primeln, Aurikeln, Lilien, Basilien,
Hyazinthen und winden sich Kränze,
Daß ihr Haupt glänze im Lenze,
Dann sende ich süße Grüße, über die Wiese

Weiß ich zu locken die blumengeschmückten, entzückten Docken,
Die Frühlingsgesellen, zu hellen Waldquellen,
Wo in die Wellen sie stellen
Die rosigen Füße, zu kühlen im Schwülen;
Da grüß ich sie alle mit ihres Namensschalle:
Grüß dich Gott, lieb, lieb Ludmilla!
Lilla! Sibylla! Kamilla!
Grüß dich Gott, lieb, lieb Agneta!
Margaretha! Elisabetha! Ameleya!
Sophia! Dora! Leonora!
Rieke! Fieke! Anna! Johanna!
Marianna! Susanna!
Grüß dich Gott und das Himmelblau
Süße Jungfrau! aber alle, alle,
Wie auch ihr Name süß schalle,
Sind mir nicht so lieb, lieb, lieb, lieb,
Als du lieb, du süß, du zart, mild Bild,
Du still, fromm, blond, lind Kind,
Du schön, gut, treugemuth
Murmelthierchen!

Murmelthierchen hörte zu, aber sie verstand nicht, was die liebe Frau Nachtigall sang, und sang ihr ganz leise wieder:

Schweig, liebe Nachtigall!
Daß der laute Wiederhall
Nicht Frau Lureley erwecke,
Die hier in dem Brunnen ruht.
Ach! sie ist so lieb, so gut!
Laß sie schlummern und verstecke
Dich hier in der Rosenhecke;
Still, still, still, schweige, schweige,
Rauscht nicht so ihr Eichenzweige,
Morgenwind zieh still vorbei,

Wecke nicht Frau Lureley.
Sieh, wie ich so stille weine
Hier im lieben Mondenscheine,
Lasse mich alleine, alleine.

Als aber Frau Nachtigall den Namen Lureley hörte, gefiel er ihr so gut, daß sie laut zu singen begann:

Lureley! Lureley –
klingt süß wie Ameley –
Alle Töne geb' ich frei,
Lureley! Lureley!
Komm herbei, herbei, herbei,
Daß das Kind getröstet sey,
Ruf ich immer einerlei:
Lureley! Lureley! –

Nun erschallte aus dem Brunnen eine Stimme:

Wer wecket mich,
Das ist nicht fein!
Noch decket mich
Der Mondenschein;
Ich strecke mich
Und schlafe ein.

»Da hast du's gehört, Frau Nachtigall! jetzt sey still und verstecke dich.« Frau Nachtigall begab sich hinweg in die Rosenhecke und war ganz mäuschenstille.

Auch Murmelthier regte sich nicht, und mit dem Haupt an den Brunnen gelehnt, sah das arme Mägdlein in den Mond, bis es entschlummerte, und nicht eher erwachte, bis der Schwalbe über dem Brunnen am Fels ihr graues Köpfchen zum Nest herausguckte, und dem Morgenstern allerlei vorschwätzte:

I wie zieh'n die Winde
So geschwind durch Linde
Daß die Blätter zwitschern
Und die Grasspitzen glitzern!
Vom Thau, schau!
Da ruht die Jungfrau –
Sie ist gewiß von der Schwester
Gestern wieder geschimpft und gezwickt
Aus dem Zimmer vertrieben, immer
Ist sie in Zwist, die List
Der bösen Frau Wirx
Quält sie, o die verschiedenen Geschwister!
Die Schwester lästert und hetzet
Und schwätzet, bis sie das liebe Herz
Mit Schmerz verletzet.
Ach! hätte ich Kisten und Kasten voll
Silber, Perlen und Edelstein,
Dir, Murmelthier, wär Alles allein;
Aber ich bin arm, daß Gott erbarm,
Alles ist leer, leer, leer, leer.

Über diesem Geschwätz der Schwalbe erwachte Murmelthier, und da sie in der kühlen Morgenluft fror, weil ihr die böse Schwester ihr Kleid genommen hatte, ward sie sehr traurig und sah in den Brunnen und konnte nicht widerstehen, sie stürzte sich hinab. Sie sank leise hinunter in eine Kammer ganz von reinem Glas, wo Frau Lureley und Frau Else, die Bewohnerin dieses Brunnens, auf dem Bette saßen.

Murmelthier umarmte weinend die Füße der Frau Lureley, und küßte der Frau Else den Rock. Diese aber hoben sie auf und setzten sie neben sich, und Frau Else sagte zu ihr: »Mein liebes Mägdlein! so eben hat mir Frau Lureley viel Gutes von dir erzählt, und da sie jetzt abreist, will ich, die hier immer im Brunnen wohnt, deine Freundin seyn« – dann sprach Frau Lureley: »Warum hast du denn kein Kleid an?« »Ach!« klagte Murmelthier, »Alles hat mir die Mutter und die Schwester genommen, was ihr mir geschenkt habt, und hat mich noch dazu in den Arm gezwickt, daß ich habe weinen müssen, da bin ich denn in meiner Angst hieher geflohen.«

»Wohlan, mein Kind!« sagte Frau Else, »ich will dir ein anderes Röckchen geben« – und nun gab sie ihr ein schönes, einfaches, grünes Kleid, dann schenkte sie ihr einen Spinnrocken, der immer von selbst spann, wenn sie allein war, und einen Schäferstab, der alle Wölfe verscheuchte, wenn sie ihn auf der Wiese aufsteckte. Nachdem Murmelthier herzlich für diese Geschenke gedankt hatte, sagte Frau Else: »Nun, mein Kind! kämme mir und Frau Lureley die Haare, wir wollen die deinigen dann auch kämmen« – dann gab sie ihr einen goldnen Kamm und Murmelthier kämmte beiden die Haare und flocht sie so schön, daß die Wasserfrauen sehr zufrieden mit ihr waren.

Frau Else kämmte ihr hierauf ihre Haare auch und sagte zu ihr: »Mein Kind! so du nun deine Haare schüttelst und kämmst, sollen dir die schönsten und glänzendsten Blumen herausfallen. Nun aber gehe nach Haus, besorge Alles und führe dann deine Heerde auf die Weide, damit die böse Frau Wirx und die Murxa dich nicht zanken.« – Frau Lureley machte sich nun auch auf die Reise und stieg, nachdem sie von ihrer Wirthin, der Frau Else, Abschied genommen, mit dem Murmelthier aus dem Brunnen. »Liebes Murmelthier!« sagte sie, »jetzt führe mich noch den rechten Weg, es soll dich nicht gereuen.« Murmelthier that es von Herzen, sie ging mit ihr bis wo das Bächlein einen Teich bildete, da sah sie einen Biber, der sich in einer Falle gefangen hatte, und schnell machte sie ihn frei, wofür ihr der Biber die Füße küßte und freundlich murrte. Da sprach Frau Lureley zu dem Biber:

»Lieber Biber!
Kannst nicht
Wie du möchtest dankbar seyn,
Weil die Falle sie zerschlagen,

Sollst du ihr das Wasser tragen,
Sollst ihr Stall und Stub ausfegen,
Und ihr dienen allerwegen;
Lieber Biber!
Kannst nicht sagen,
Wie du möchtest dankbar seyn.«

Nach diesen Worten umarmte Frau Lureley das gute Murmelthier und trennte sich von ihr. Murmelthier aber eilte nach Hause, und der Biber hinter ihr her und während sie die Schaafe schnell aus dem Stall trieb, hatte er ihr schon das nöthige Wasser getragen, und mit seinem Schwanze Alles rein und sauber gekehrt, worauf er sich nach seiner Wohnung zurück begab.

Als Frau Wirx und Murxa die Schaafe blöken hörten, standen sie auf und traten an die Thüre. »Wer hat dir gesagt die Schaafe auszutreiben!« schrie Frau Wirx – »hast du nicht gehört, daß Murxa heute auf die Wiese will?« – »Die Schaafe mag sie immer treiben«, sagte Murxa, »aber nicht nach der Wiese; da geh ich allein hin; aber wo hat sie das grüne Kleid schon wieder her, sie muß gewiß stehlen.« Nun näherte sich Murmelthier und erzählte alles, was ihr im Brunnen begegnet. »Sieh!« schrie die Murxa, »wie sie sich die Haare in so zierliche Flechten gelegt« – und riß ihr die Zöpfe herunter; da schüttelte Murmelthier ihre Locken, und es fielen die schönsten Blumen heraus, worüber Frau Wirx und Murxa sehr erstaunten und Letztere sagte: »Gleich will ich zum Brunnen laufen und mit eben solchen Gaben zurückkehren.«

Frau Wirx befahl nun dem Murmelthier, ihre Heerde nach der andern Seite des Waldes zu treiben, und zugleich einen Korb voll Birnen am Abend mitzubringen von dem Baume, der dort stand. Murxa aber ging ganz hoffärtig in dem schönen Kleide der Frau Lureley nach dem Brunnen. Als Murmelthier mit der Heerde zum Birnbaum gekommen war, steckte sie ihren Schäferstab in die Erde, zierte ihn mit Blumen und sprach:

»Hüte frommer Hirtenstab,
Den die gute Else gab,
Meine Heerde,
Halte mir die Wölfe ab,
Laß die Lämmer nicht verlaufen,
Daß sie all auf einem Haufen
Hier im Gras beisammen bleiben,
Bis ich sie nach Haus will treiben;
In die Erde
Hab ich dich darum gesteckt,
Und mit Blumen dich geziert,
Wie's gebürt.«

Dann steckte sie ihren Rocken neben den Birnbaum und sprach:

»Spinne lieber Rocken, spinne
Fein und klar nach meinem Sinne,
Daß ich Fäden viel gewinne
Fein und klar, wie das Haar
Der Frau Else im Brunnen war.«

Und sieh da! der Stab hütete die Lämmer, sie verließen ihn nicht, und der Rocken spann den klarsten und reinsten Faden wie das goldne Haar der Brunnenfrau. Traurig aber sah Murmelthier den Birnbaum an, er war hoch und steil; sie hatten ihr zwar eine Leiter mitgegeben, aber sie war viel zu kurz, und indem Murmelthier mit Sehnsucht hinauf nach den gelben Birnen sah, sprach sie:

»Lieber Birnbaum auf der Wiese,
Kann ich dein gleich nicht genießen,
Will ich dich doch frisch begießen
Aus den Quellen, die hier fließen.«

Und nun grub sie mit einem spitzigen Stein eine Rinne aus der Quelle bis zu dem Birnbaum, so daß das Wasser an seine Wurzel floß, und den Baum erquickte. Als sie freudig so zusah, wie die durstige Erde rund um den Baum das Wasser einschluckte, fühlte der alte Birnbaum seine Wurzeln erfrischt, er sah mit freudigem Geräusch nieder zu dem Kinde und sprach, indem er die Äste nieder beugte, mit einer Stimme die wie eine Säge zischte:

»Quellen führst du mir zum Herzen,
Linderst mir des Durstes Schmerzen,
Meine Blätter nicht mehr ächzen
Zungen, die nach Wasser lechzen,
Und ich senke meine Äste
Niederschwenkend, meine besten
Birnen kannst du so erreichen,
Ohne erst herauf zu steigen.«

Murmelthier dankte dem Birnbaum, und brach ganz leise, um ihm nicht weh zu thun, die schönsten gelben Birnen ab, und legte sie schonend in ihren Korb. Worauf der Baum seine Zweige wieder emporhob, und freundlich über ihr rauschte.

Als der Abend kam, nahm sie den Schäferstab und den Rocken in die Hand; hob sich den Korb voll Birnen auf den Kopf und zog hinter ihrer Heerde nach Haus.

Unterwegs begegnete ihr ein schöner Jäger zu Pferd, er sah die schönen Birnen in ihrem Korb und kaufte sie ihr alle um mehrere Goldstücke ab, so daß sie ganz vergnügt nach Hause kam. Aber da erwartete sie wieder Zank und Verdruß, wenn sie gleich alles, was ihr aufgetragen war, wohl verrichtet hatte.

Murxa war an dem Brunnen gewesen, und hatte der Frau Else grob und unhöflich gerufen. Da sie darauf nicht hören wollte, hatte sie einen schweren Stein hinabgeworfen, und war selbst hintendrein gefallen; da fand sie denn keine gläserne Kammer, sondern ein trübes sumpfiges Wasser, und Frau Else erschien ihr und sprach: »Du böse, neidische Schwester! so oft du deine rothen Haare schüttelst, soll lauter faules Schilf und Stroh heraus fallen.« Wüthend vor Zorn fiel sie daher das arme Murmelthier an, die sich kaum vor ihren Mißhandlungen retten konnte. Da Murxa vor Zank und Zorn müde sich in eine Ecke setzte und weinte, legte Murmelthier der Mutter das Gold auf den Tisch und erzählte, wie es mit dem Birnbaum und dem Jäger gegangen war; aber sie hatte schlechten Dank, und wurde ihr gesagt: »Daß du mir heute Nacht das Haus noch kehrst und den Stall reinigest und Wasser zuträgst, sonst gibts Schläge; denn morgen früh mußt du den Esel mit einem Sack Korn in die Unglücksmühle treiben. Geschwind packe dich, Faullenzerin! und arbeite.«

Ruhig ging Murmelthier nach dem Hof um zu kehren; aber da schlüpfte ihr Freund, der Biber, aus der Hecke hervor, und fegte Alles rein, und trug ihr das Wasser, und gerührt nahm sie ihn in die Arme, und gab ihm einen Kuß und sprach: »Lieber Biber! du bist mein einziger Trost, ohne deine Hülfe müßte ich vor Kummer und Noth sterben.« –

Da konnte der Biber auf einmal reden und sprach: »Sey zufrieden, mein gutes Kind! und lege dich zu Bett, und schlafe ruhig; ich verdanke dir das Leben und nun auch die Sprache, weil du mich geküßt hast. Wenn du morgen an meinem Bau am Teiche vorüber gehst, so will ich dir wegen der Unglücksmühle guten Rath geben. Gute Nacht, lieb Murmelthier!« – sprach er und ging fort – »Gute Nacht, lieber Biber!« sagte sie und ging sich auf's Stroh zu legen.

Kaum daß der Tag graute, stand sie wieder auf, legte den Sack mit Korn auf den Esel und zog nach dem Teiche hin. Es war ihr angst und bang nach der Mühle zu gehen; denn wenn gleich der Müller das feinste Mehl mahlte, so waren doch wenige Menschen wieder aus seiner Mühle herausgekommen, und wußte Niemand, was aus ihnen dort geworden. Da sie nun an dem Teiche bei ihrem Freund Biber angekommen, rief sie ihm:

»Lieber Biber!
Komm heraus
Aus dem Haus.«

Der Biber ließ sie nicht lange warten, kam hervor, grüßte sie und setzte sich neben sie ins Gras, wo er also zu ihr sprach:

»Liebes Murmelthier! sie haben dich nach der Unglücksmühle geschickt, damit du zu Grunde gehst; kein Mensch geht mehr in die Mühle, ohne umzukommen; aber ich will dir rathen, wie du sicher hin gelangen kannst.«

»Ach! ist denn der Müller ein so gar grausamer Mann?« sagte Murmelthierchen, »daß er mich umbringen wird?« – »Das eben nicht«, sagte der Biber, »aber er ist ein sehr wunderlicher Mensch und geräth leicht in den bittersten Zorn; ich selbst habe es erfahren, laß dir erzählen. Sein Vater, der alte Kampe, bemerkt plötzlich ein wunderbares Glück in seinem Haus; Gold, Silber, Getreid, Mehl, Gut und Geld mehrte sich unbegreiflich unter seinen Händen, und er wußte gar nicht, wo ihm all der Segen herwuchs. Als er nun einmal mit der Hacke im Garten stand, und den vollen Segen seines Feldes und der Bäume anschaute, sprach er traurig: »Lieber Himmel! was soll mir all das Glück, da ich den nicht kenne, der mir es geschenkt, um ihm zu danken; lieber wollt ich arm seyn, und den Freund umarmen, der mir diesen Segen bringt, als so allein hier in Hülle und Fülle sitzen.« Kaum hatte er diese Worte von ganzer Seele gesprochen, als die Erde vor ihm erwühlt wurde, und er, der einen Maulwurf zu sehen erwartete, schon die Hacke aufhob, um ihn zu erschlagen; aber sieh da! es war kein Maulwurf, es war ein kleines, braunes, freundliches Erdfräulein, das ihm die Arme entgegenstreckte und zu ihm sagte: »Ich halte dich beim Wort, mein lieber Kampe! umarme mich, ich bin das deutsche Erdfräulein und heiße Wurzelwörtchen; immer hab' ich dich geliebt, wegen dem schönen, reinen und richtigen Deutsch, das du sprichst, und habe dich deßwegen mit Segen überschüttet; werde mein Gemahl, so soll dein Glück sich immer mehren.« Meister Kampe zögerte nicht lange, er schlug ein, und sie heiratheten sich. Nach einem Jahr schenkte Wurzelwörtchen dem guten Müller Kampe einen Sohn, der Voß hieß, und sehr bald sprechen, aber wie sprechen lernte: so schön, so richtig, so rein, daß auch kaum ein Härchen fehlte, daß man ihn gar nicht verstanden hätte.

Dieser Sohn wuchs heran; er war ungemein tiefsinnig und still; er spintisirte bald Alles aus und richtete die Mühle besser ein, daß die Räder auch so richtig klapperten, daß nicht eine Sekunde am Schlag fehlte. Sein Vater wollte, er sollte sich ganz allein mit der Mühle abgeben, damit er selbst studiren könne, aber das ging nicht. Voß hatte einen viel größeren Trieb zum Studiren als sein Vater, und wartete nur eine Gelegenheit ab, diesem zu zeigen, daß er gegen seinen Sohn doch nur ein dummer Müller sey.

Als nun Kampe mit seiner Frau Wurzelwörtchen einstens im Garten saß und neue Worte machte, trat Voßchen auf einmal hervor, und las ihnen dreimal hunderttausend neue deutsche Wörter vor, an die der gute Meister Kampe nie gedacht hatte; und der Vater ward durch diese Gelehrsamkeit seines Sohnes so bestürzt, daß er in den Armen der Frau Wurzelwörtchen auf der Stelle verblich. »Lebe wohl, mein Sohn!« sagte nun die Ehefrau, »dein Vater ist durch dich gestorben, drum muß ich von dir scheiden; aber weil du unschuldig daran bist, so sollen dir meine Geister doch immer dienen.« Somit nahm sie ihren Gatten in die Arme und sank mit ihm in die Erde.

Voß machte sich nicht viel daraus; er arbeitete immer darauf los und ward täglich finsterer und menschenscheuer; ja, je weiter er in der Sprache kam, je mehr hütete er sich, sie zu sprechen, um sie nicht zu verderben oder zu beschmutzen. Nun wurde ihm der große Zulauf zu seiner Mühle immer lästiger, weil der Mehlstaub ihm alle die schönen neuen Wörter und Redensarten bestaubte, die er täglich ausdachte, und er machte sich dran, den Zugang zu seiner Mühle auf alle mögliche Weise zu erschweren, was er auch mit Hülfe seiner Erdgeister so zu Stande brachte, daß fast Niemand mehr zu ihm gelangt. Ich selbst habe seinen Zorn bitter erfahren, denn er ist es, der mich in einen Biber verwandelt hat.«

»Ach! was warst du denn, lieber Biber?« fragte Murmelthier neugierig.

»Ich war ein Fischer und hieß Biber« – sagte der Erzähler – »und lebte still hier am Teiche. Da nun einstens der Müller Voß eine Menge neue Wörter und Redensarten, die ihm unter die Kleien gekommen waren, hier am Teiche waschen wollte, schnappten sie ihm meine Hechte und Karpfen weg, und so kamen alle diese wunderlichen Worte mit den Fischen nach und nach in meinen Netzen zu mir. Ich aber trieb einen frommen Handel damit; denn da ich wußte, daß der Müller alle Leute in Kornsäcke steckte und so in den Rauch hängte, die zu seiner Mühle kamen, ohne ein neues Wort zu haben, so warnte ich hier die Vorübergehenden, und gab ihnen für kleine Münze neue Wörter, womit sie den Müller bezahlen konnten. Endlich merkte der Müller ihre Quelle; zornig kam er zu mir, nahm meinen ganzen Vorrath als sein Eigenthum in Besitz, und verwandelte mich zur Strafe in das, was mein Name bedeutete, in einen Biber, und nahm mir die Sprache; denn umbringen durfte er mich nicht, weil seine Mutter mir wohlwollte. Als er mich so verwandelt hatte, sagte er: »So lange sollst du die Sprache verlieren, bis ein Murmelthier dich umarmt und zu dir spricht, *lieber Biber*! daß du es seyn könntest, wußte er nicht; so hast du mir die Sprache wieder gegeben, und mir früher das Leben gerettet aus der Falle, die er mir gestellt, und nun will ich dir sagen, wie du zu der Mühle kommen kannst, und wie du dich bei ihm benehmen mußt. – Nehme hier nicht den kurzen Weg, sondern gehe dort droben auf dem Umweg durch die Felsen. Mische dich in keinen Streit, keinen Handel, der dir auf dem Weg aufstoßen könnte; stellen sich dir wilde Thiere entgegen, so berühre sie nur mit deinem Schäferstab; triffst du Jemand in Noth, so helfe von ganzem Herzen; fährt dich Jemand grob an, so antworte ihm höflich; des Müllers bösen Hunden gebe dein Brod. An die Thüre klopfe nicht, sondern sage nur: Ins Heu, ins Heu, ins Heuderlei; erlaubt er dir einen Strauß zu binden, so breche die Blumen nicht selber, sondern gehe lieber ohne Strauß heim; vor Allem hüte dich ein undeutsches Wort zu sagen, und statt *Sack* sage *Beutel*. – Nun gehe in Gottesnamen, ich will immer in der Nähe seyn.«

Das Murmelthier dankte dem Biber, und trat nun ihre Reise an. Das erste, was ihr begegnete, war ein sehr lächerlicher Zank jenseits des Zaunes, der ihren schmalen Fußsteig begleitete. Zwei Männer stritten sich: ob die Louise oder die Dorothea schöner sey; der Eine schrie, Louise hat schönere Füße, der Andere sagte, Dorothea hat eine schönere Seele. Da schrie der Andere: »Aber man geht nicht auf der Seele, man geht auf den Füßen«, und darauf sagte der Zweite: »Man denkt auch nicht mit den Füßen, man denkt mit der Seele. Louise hat immer mit den Hühnern zu thun, und Dorothea läuft immer an den Brunnen.« So zankten sie lange, und Murmelthier wollte eben durch den Busch gucken, als der Biber vor die Lücke trat und sie warnte.

Als sie weiter kam, stellte sich ihr ein Wolf entgegen; er hatte sich eine Schaafshaut umgehängt und Gamaschen angezogen, und stellte sich ganz galant. Aber Murmelthier kannte ihn gleich, sie zeigte ihm nur den Schäferstab, und er zog sich zurück. So machte sie es auch mit einem Bären und einem Auerochsen; schon sah sie die Mühle am Ende einer Wiese liegen, als sie plötzlich neben sich an einem Brunnen eine weinende Stimme hörte. Sie eilte hinzu, und sieht ein wunderschönes Kind in dem Brunnen liegen, das sich kaum mehr über dem Wasser erhalten kann. Ohne sich zu besinnen, springt Murmelthier hinab und wirft das Kind heraus ins weiche Gras. Als sie sich aber kaum selbst wieder auf den Rand des Brunnens geschwungen hatte, erblickt sie einen närrischen Affen in einer bunten Jacke, der das Kind aufpacken und davon laufen will. Schnell springt nun Murmelthier herzu, rührt den Affen mit dem Schäferstab an und er fällt auf den Rücken todt nieder. Nun naht sie sich, das Kind auf den Armen, der Thüre der Mühle. Große Hunde nahen sich ihr; sie bellten nicht, denn der Müller, der das Hundegebell nicht leiden konnte, hatte ihnen die Zungen ausgeschnitten; aber grimmig fletschten sie die Zähne. Da gab ihnen Murmelthier ihr Brod, und sie legten sich ruhig wie Lämmer nieder und fraßen. Nun war zwar ein schöner brillantener Klopfer an der Thüre, aber Murmelthier rührte ihn nicht an und sagte nur: »Ins Heu, ins Heu, ins Heuderlei«, da sprang die Thüre vor ihr auf, sie ging mit dem Kinde hinein.

»Wer hat dich gelehrt unangemeldet zu treten ins gastfreie Haus, glänzt der Hammer doch blank gescheuert am reinlichen Thor« – schrie der Müller ihr entgegen. Murmelthier erwiederte: »Ich wollte nicht stören die Ruhe des heiligen Denkers mit lautem Gespräche.« Da sagte der Müller: »Immer wißt ihr mit edler Entschuldigung zu mehren die Schuld; schweiget und tretet herzu, weil ihr nun einmal listig gelangt in das Haus.«

Nun eilte Murmelthier mit dem Kind ans Kaminfeuer, um es zu trocknen, und da sah der Müller, daß es Abraham, sein Söhnchen war, dem sie das Leben gerettet; er brachte es gleich seiner Frau die auch erfreut war. Als er aber hörte, daß Murmelthier auch den Affen todtgeschlagen, ging er ganz froh hinaus und holte ihn herein und sagte ihr: »Herzlichen Dank verdienst du, o Freundin! du schlugst meinen Feind, den Affen Sonneto, den lumpengeflickten, und ich nagle den Schelm nun an den Baum des Gartens, daß er mir scheuche die Vögel, die Diebe der lachenden Kirschen.«

Nun nahm er Murmelthier mit in den Garten und nagelte den Affen an den Baum unter den bittersten Verwünschungen. Es war nicht zu sagen, wie schön der Garten war: da standen nichts als Lorbeer und Olivenbäume und Rosen und Weinreben und eine Menge der schönsten Blumen. Der Müller sagte ihr, sie möge sich einen Strauß brechen; aber sie dankte. Da brach er ihr selbst einen und einen für ihre Mutter, und sprach dann zu ihr: »Nehme den Strauß, o Mägdlein! bewahre ihn, beschaue ihn täglich, und bemerkest du traurig, daß er verliere den Glanz und den Duft der schimmernden Blätter, dann besorge Gefahr und lege die zierlichen Blumen in Milch, so senkt der Schlaf sich bleiern hernieder und Wirx, die Mutter, wird schlummern mit Murxa, der zänkischen Schwester; dann aber schreite und suche in Kisten und Kasten der Mutter, du findest ein Lichtlein, der Docht ist gewunden aus rother und schwarzer Wolle; dies aber nimm und lege an dessen Stelle dies ähnliche Kerzlein, das ich dir gebe, mein Kind! zum Danke der Rettung.«

Murmelthier dankte dem Müller herzlich, und schon wollte sie scheiden, als er ihr sagte: »Aber wo hast du das Korn, das zu mahlen du brachtest auf rüstigem Esel?«

Da erwiederte Murmelthier: »Draußen im leinenen Beutel trägt es fest gefüllt das Thier und seufzt der Entladung.«

»Gut ist die Sprache, mein Kind!« versetzte der Müller, »doch sage, wer lehrt dich zu meiden ausländisches Wort, und den Sack nicht zu nennen, dem doch die sprechenden Völker alle gegeben das Recht der Heimath bei sich?« – »Ach!« sagte Murmelthier ängstlich und kniete nieder, »ach! theurer, bester Herr! verzeiht mir, ich habe einen Freund, einen guten braven Mann, den Biber, der hat es mich gelehrt; ach! wenn Ihr mir eine Liebe anthuen wollet, und wollet ihn wieder zum Menschen machen, sprechen kann er schon, er hat mir sein Unglück Euch zu mißfallen erzählt, ich bin ihm viel Dank schuldig.« – »Wohlan«, versetzte gerührt der Müller, »die Bitte gewähre ich; Murmelthier heißt du, so ward denn mein Fluch erfüllet und gehe berühre mit den Blumen den Freund, so wird ihm geholfen. Aber er meide das Land und ziehe hinab an den Rheinstrom, nicht mehr sich mengend in sprachliche Forschung.« Nun gab er dem Murmelthier einen Sack voll Mehl statt dem Korn und entließ sie, die voll Freuden nach dem Teiche zog, um den guten Biber zu erlösen.

Als Murmelthier bei dem Biberbau am Wege anlangte, kam ihr der gute Biber mit den Worten entgegen: »Nun, mein liebes Kind! wie ist es dir ergangen?« – »Über alle Erwartung gut« – sagte Murmelthier, »und dir selbst bringe ich die freudigste Botschaft, wenn du an den Rhein ziehen und dich gar nicht mehr mit neuen Wörtern abgeben willst, so darf ich dich nur mit diesem Blumenstrauß berühren, und du bist wieder der Fischer, der du warst.« – »Mein Kind«, sagte Biber, »das ist ein hoher Preis; ich soll dich verlassen, ich soll dir die Stube nicht mehr auskehren, das Wasser nicht mehr tragen, ich soll dich in Kummer und

Noth wissen, und dafür nur ein Mensch seyn. Nein, mein liebes Murmelthier! muthe mir das nicht zu; lieber bleibe ich bei dir und ein ehrlicher Biber, als daß ich dich verlasse und wieder ein Mensch werde.« – Murmelthier war über die große Güte des Bibers tief gerührt und sprach zu ihm, indem sie ihn zärtlich an ihr Herz drückte: »Lieber Biber! du bist das edelste, liebste Wesen auf Erden, das ich kenne, und es verdient meine innigste Liebe, daß du mir ein so großes Gut aufopferst; aber ich will es dir ewig gedenken, und es steht von nun an in deiner Gewalt, ein Mensch zu werden, wenn du es begehrst.« Da sprach der Biber: »Nie werd ich es begehren, wenn ich dich darum verlassen soll.« – In solchen Gesprächen nun zogen sie mit einander nach Haus.

Der Biber schlich in den Hof und den Stall und brachte Alles in Ordnung. Murmelthier aber lud ihren Esel ab, stellte den Mehlsack in die Küche, und trat freundlich mit ihren zwei Blumensträußen in die Stube zur Mutter; doch verbarg sie den ihrigen auf ihrer Brust, weil sie fürchtete er möge ihr von Murxa genommen werden. »Seht, da hat sie der Kuckuk schon wieder« – schrie Murxa, »wir dachten schon wir wären sie los.« – »Unkraut verdirbt nicht«, schrie Frau Wirx, »wo hast du das Mehl? du warst gewiß nicht in der Mühle.« – »Liebe Frau Mutter!« sprach Murmelthier, »in der Küche steht ein großer Sack des feinsten Mehls, und hier habt ihr einen Strauß von lauter Edelsteinen, den mir der gütige Müller für Euch gegeben« – und nun erzählte sie von der Schönheit der Mühle und der Freundlichkeit des Müllers. Aber Murxa sagte: »Es ist gewiß Alles erlogen, wie von dem abscheulichen Birnbaum; ich war dort, er hat mir die Zweige nicht niedergesenkt, ich habe ihn geschüttelt, er hat sich nicht gerührt, ich habe mit Prügeln nach ihm geworfen, da hat der boshafte Baum einen solchen Regen von Birnen auf mich herab fallen lassen, daß sie mich voller Beulen geschlagen, und als ich sie sammelte, waren sie alle voller Flecken. Dein schöner Herr Jäger, der mir begegnete, wollte sie nicht kaufen; da sagte ich ihm, er sey ein Schlingel, da gab er mir eine Ohrfeige, und die sollst du wieder haben, du Falsche! du Lügnerin! die mich in den Verdruß gebracht« – und nun schlug sie der armen Murmelthier ins Gesicht, die weinend entfliehen wollte, aber Murxa, die häßliche, böse hielt sie zurück und sprach: »So kömmst du nicht davon, erst kämme mir die Haare, und wenn nur ein bischen Stroh oder Schilf heraus fällt, so ermorde ich dich.« – Weinend nahm Murmelthier ihren eigenen Kamm und kämmte der bösen Murxa die Haare, und siehe da! der Kamm hatte die glückliche Wirkung, daß die rothen Haare sich wie gewöhnliche Haare kämmen ließen. »Nun sage mir nochmals Alles von dem Müller« – sprach Murxa, »und lüge nicht, sonst soll es dir übel gehen; denn morgen in aller Früh will ich auch zu dem Narren, dem Müller gehen, und mir Edelsteinblumen holen.« Nun sagte ihr Murmelthier nochmals alles, was nöthig sey, glücklich in die Mühle zu kommen, und ging dann ruhig mit einem Stückchen Brod auf ihr Stroh, das ihr der gute Biber recht reinlich aufgeschüttelt und mit Blumen bestreut hatte. Sie sagte ihm freundlich Dank und gute Nacht, und dann trennten sie sich.

Am folgenden Morgen ging sie zur Mutter und fragte, ob sie vielleicht heute backen solle, weil sie das Mehl gebracht. »Ist das eine Frage, dummes Murmelthier!« schrie Frau Wirx, »wozu habe ich denn das Mehl holen lassen, ich dachte, du hättest den Teig schon fertig geknetet, den Ofen schon geheizt; fort, du Faule! an die Arbeit und lasse mich schlafen!« – Nun eilte Murmelthier an den Backtrog, da war aber Freund Biber schon da und hatte Wasser hineingethan. »Heize den Ofen nur geschwind«, sagte er, »ich will den Teig während dem kneten«, – und beide arbeiteten so schnell, daß das Brod schon im Ofen war, ehe Frau Wirx aufstand, wo sich der Biber geschwind zurückzog, um nicht von ihr gesehen zu werden. Nun mußte Murmelthier der Murxa den Esel zäumen und beladen. Nun stand Frau Wirx auf und sah nach dem edelsteinernen Blumenstrauß, den ihr Murmelthier mitgebracht; aber er war in der Nacht an ihrer Brust schwarz wie Kohlen geworden. Zornig eilte sie auf Murmelthier zu, die vor dem glühenden Backofen stand, und wollte sie hineinwerfen; aber der gute Biber sah sie kommen und schlug ihr mit dem Schwanz, der vom Kneten noch voll Mehlbrei war, ins Gesicht, daß sie nichts sehen konnte; worauf er wieder davon lief. Frau Wirx wurde nun bitterböse, und warf den Strauß auf die Erde; aber kaum hatte ihn Murmelthier, die ihn aufhob, berührt, so war er so glänzend als vorher. »Liebe Mutter«, sagte sie, »steckt den Strauß ins Wasser, bis ihr ihn verkauft, so wird er immer schön blieben.« – Frau Wirx wurde durch den erneuten Strauß wieder etwas zufrieden und ging nach ihrer Stube zurück. Nun mußte Murmelthier, die der Murxa den Esel gezäumt, ihm den Kornsack aufladen, dann gab sie ihrer Schwester einen frischgebackenen Kuchen für die Hunde des Müllers, und die faule Murxa setzte sich noch zu dem schweren Sack auf den Esel, so daß das arme Thier kaum fort konnte.

Das erste, was sie unterwegs that, war, daß sie den Kuchen rein aufaß, den sie den Hunden hätte mitbringen sollen. Als sie auf die Wiese kam, sah sie einen Hirten schlummern, der sich das Gesicht gegen die Fliegen zugedeckt hatte, und eben raubte ihm der Wolf einige Schaafe. Sie weckte ihn nicht und hatte ihre Freude dran, und als der Wolf mit den Schaafen weg war, nahm sie ihm leise das Tuch vom Gesichte, daß die Fliegen ihn recht stechen sollten. Sodann kam sie in ein Wäldchen, da saß eine Jungfrau bei einem Feuer und einer schönen Quelle, und wollte Kaffee kochen, schnell sprang Murxa vom Esel und trank ihr den ganzen Topf aus und schlug ihr den blinkenden Kessel am Baume voll Beulen, und trieb ihren Esel in die Quelle, die sie mit ihren schmutzigen Füßen verunreinigte. Das Flehen der reinlichen Jungfrau machte sie nur lachen. Sie zog nun weiter; da sah sie eine große buntscheckige Katze sitzen, die mit dem Schwanze in einem Baume eingeklemmt gewaltig lamentirte und zu ihr schrie: »Murxa! mache mich los, der vermaledeite Müller hat mich hier eingeklemmt, weil er meinen schönen Gesang nicht leiden kann, ich heiße Canzone und bin eine italienische Katze und fresse nichts als süße Orangen, und er möchte sie gerne allein essen. Mache mich los, ich helfe dir auch in die Mühle.« –

Sogleich machte Murxa die Katze los, die nun hinter sie auf den Esel sprang.

Als sie zur Mühle kam, kamen die Hunde auf sie los, und würden sie gewiß zerrissen haben, wenn die Katze nicht von dem Esel herabgesprungen und von ihnen verfolgt über die Hecke in des Müllers Garten gesprungen wäre. Während dem schlug Murxa mit dem Hammer an die Thüre; aber sie verbrannte sich die Finger, denn der Müller hielt ihn immer sehr heiß, damit sich die Fliegen nicht darauf setzen sollten, die er nicht leiden konnte.

Die Mühle ging auf, Murxa schrie den Müller, der an einem Pulte stand und mit den Fingern die Schläge seiner Mühle mit den Worten: dalderal, dalderal, dalderal nachtrommelte, an: »Was klappert ihr da? ich wollte euch besser sagen, wie es lautet: Es ist ein Dieb da, es ist ein Dieb da. Wer ist er? wer ist er? wer ist er? Der Müller, der Müller, der Mahler, der Dieb.« Höflich fragte sie der Müller: »Schelmisches Mägdelein! du scherzest! Sage, was führt dich her auf beschwerlichem Wege zur klappernden Mühle?« – »Was mich herführt? das ist kurios gefragt. Mehl will ich haben, ennuyanter Kleienfresser! Ihr gebt Euch ein so dummes Air, und wollt immer die Miene eines *honnête homme* annehmen, und dahinter steckt nichts als *Intrigue* und *Filouterie*.« – »Komme, mein Töchterlein!« sagte geduldig der gütige Müller, »komm, ich tausche dein Korn dir mit zartem wohlschmeckendem Mehle, und geleite zum Garten dich, Jungfrau! daß du dir brechest ein Sträußlein von edlem Gestein, zu Haus die freundliche Mutter mit köstlicher Gab zu erfreuen.« – »*Allons*, fortgemacht!« sagte Murxa und folgte ihm in den Garten. Aber kaum war der Müller drin, als er die Katze sah, die auf dem Baume saß und einen zahmen Vogel fraß, den er sehr liebte. Zürnend lief er der Katze nach, die von Baum zu Baum sprang, wozu Murxa nur immer lachte, und während dem sich die Taschen voll Edelsteinblumen brach und die übrigen mit ihren plumpen Füßen zertrat und verwüstete. Endlich war die Katze entflohen, und als der Müller seinen Vogel beklagte, und über den fluchte, der die Katze befreit, lachte ihn Murxa aus und sagte ihm, daß sie es gethan, worüber der Müller sehr erbittert wurde. Nun trat auch der Hirt mit ganz zerstochenem Gesicht auf, und klagte über sein Leid und das geraubte Vieh. Es war des Müllers Sohn. Auch Louise, seine Tochter, kam weinend und klagte, daß Murxa ihren Kessel verdorben, den Kaffee getrunken, die Quelle getrübt habe, und da Murxa sie zu allem diesem auslachte, wurde der Müller erzürnt und warf sie zur Mühle hinaus. Sie kümmerte sich aber um nichts. Das Mehl war schon auf den Esel geladen, mit Edelsteinen war sie bepackt, und hohnlachend ritt sie nach Hause. Am Ende der Mühle sah sie zwei Männer, die sich um einen gefundenen Ring schlugen; da der Ring an der Erde lag, stieg sie ab und wollte ihn für sich stehlen. Aber die zwei Männer fielen nun über sie her und prügelten sie braun und blau, legten sie dann ohnmächtig auf den Esel, der seinen Weg nach Hause verfolgte.

Indessen war Murmelthier mit ihrer Heerde schon nach Hause gekommen und stand mit ihrem Spinnrocken unter der Thüre im Abendschein. Da kam der Jäger, der ihr die Birnen abgekauft, zu Pferde angeritten, stieg ab und band sein Pferd an das Fenstergitter. Geschwind lief Murmelthier hinein und sagte der Frau Wirx, wer da sey. Sie kam mürrisch heraus; aber der Gedanke, daß der Mann, der die Birnen so gut bezahlt, viel Geld haben müsse, machte sie kriechend und freundlich. »Was verlangt der gnädige Herr Ritter?« sagte sie, »wer ist er? womit kann ich dienen?« Er sprach:

»Ich bin Konrad der müde Mann,
Und sprech euch um Nachtherberg an.«

Da sagte Frau Wirx:

»Um Silber und um Gold
Könnt ihr haben, was ihr wollt.«

Da stieg der Jäger ab und sprach zum Murmelthier: »Nun Jungfrau, liebste Jungfrau mein! schenkt mir einen Becher kühlen Wein ein.« Da jagte Frau Wirx das Murmelthier zankend in den Keller nach Wein, den sie bald brachte, und dem Jäger mit den Worten darreichte:

»Ach, Ritter, liebster Ritter mein!
Hier nehmt von mir den kühlen Wein.«

Der Ritter aber wollte nicht zuerst trinken, und reichte ihr den Becher mit den Worten zurück:

»Trink erstlich ab, du rother Mund!
Dann leer ichs Glas bis auf den Grund.«

Murmelthier trank ein wenig ab und gab ihm den Becher freundlich wieder, den er austrank. Die Frau Wirx aber jagte sie in die Küche und sagte, sie solle nicht so frech seyn. Als der Ritter mit ihr allein war, sprach er zu Frau Wirx: »Frau Wirthin, liebe Frau Wirthin! ist dies fürwahr euer Töchterlein?« Sie sagte: »Es ist nicht sowohl mein Töchterlein, als mein Küchensudel, mein schmutzig Schwein.« »Nun«, sagte der Ritter, »wollt ihr mir sie heute Nacht auf meine Kammer geben, so sollt ihr Geld und Gut haben, so viel ihr wollt.« – »Ihr könnt thun, was ihr wollt,« sagte die böse Frau Wirx. »Nun, so laßt sie mir ein Fußbad machen und herauf bringen«, sprach der Ritter Konrad und ging nach seiner Stube.

Frau Wirx nahm nun eine hübsche kleine Badwanne aus dem Schrank, und gab sie dem Murmelthier mit dem Befehl, sogleich ein Fußbad mit Kräutern für den Ritter zu machen und ihm zu bringen. Als sie nun in den Garten ging, Majoran zu brechen, setzte sich auf einmal eine Amsel, die zahm im Gras herum zu fliegen pflegte, vor sie auf einen Baum und sang:

In dem Badwännlein bist du hergetragen,
Darin mußt du ihm die Füße zwagen;

Dein Vater starb in Leid und Noth,
Deine Mutter grämet sich zu Tod,
O weh! du armes Findelkind!
Weißt nicht, wer Vater und Mutter sind.

Aber sie verstand seine Sprache nicht, und wunderte sich nur, daß der Vogel, der sonst immer geschwiegen hatte, so gesprächig geworden war; denn er wiederholte ohne Unterlaß die nämliche Weise. Nun kam der gute Biber und sagte ihr, was die Amsel gesungen, und sie verwunderten sich beide darüber, denn sie verstanden es nicht. Murmelthier aber ward sehr traurig über den Gesang und machte sich allerlei wunderliche Gedanken.

Als sie nun das heiße Wasser über die Kräuter in der Küche ins Badwännlein goß, kam die Mutter Wirx, und sagte ihr: »Marsch! packe dich hinauf zu dem Gast, und daß du mir nicht wieder herunter kömmst; du mußt mir heute Nacht bei ihm bleiben; er will es haben, und gibt mir hundert Goldstücke dafür.« – »Ach!« weinte Murmelthier, »er wird mich doch nicht kränken und beleidigen, er war so freundlich gegen mich!« – Da flog die Amsel wieder her und sang ihr Lied, worüber sie in große Sorge gerieth und nach ihrem Strauß sah, den ihr der Müller gegeben, ob er ihr irgend eine Gefahr andeute; aber der Strauß war frisch und blühend, und sie fürchtete sich nun nicht mehr; aber weinen mußte sie doch aus einer geheimen inneren Schwermuth.

Als sie das Bad hinauftragen wollte, zupfte sie der Biber nochmals am Rock und sprach: »Liebes Murmelthier! vergiß mich nicht, vegiß mich nicht, es steht etwas Großes bevor, denn die Amsel singt noch immer.« Sie nahm Abschied von ihm, und trug nun das Badwännlein wohl in des Herren Kämmerlein, sie fühlt hinein, obs nicht zu warm, und weint dazu, daß Gott erbarm. Der Ritter sprach: »Warum weinst du denn, schein ich dir nicht ein guter Mann?« – Sie sprach: »Ihr scheint ein frommer Mann, ich wein' über unserer Amsel Sang, ich war im Garten und brach das Kraut, da sang die Amsel hell und laut:

In dem Badwännlein ist sie hergetragen,
Darin muß sie ihm die Füße zwagen;
Der Vater starb in Leid und Noth,
Die Mutter grämte sich schier zu Tod,
Weh! Murmelthier, du Findelkind!
Weißt nicht, wer Vater und Mutter sind.

Da sah der Ritter das Badwännelein an,
Und sah das burgundische Wappen dran,
Er sprach: »das ist mein Wappen allein,
Wie kommt die Wanne ins Wirthshaus herein?«
Da sang die Amsel am Fensterladen:
In dem Wännelein ist sie hergetragen,
Weh! Murmelthier, du Findelkind!
Weißt nicht, wer Vater und Mutter sind.
Da sah Herr Konrad ihr an den Hals,
Und sah da wohl ein Muttermahl.
»Gott grüß«, sprach er, »du rother Mund!
Dein Vater war König von Burgund,
Christina heißt deine treue Mutter,
Ich Konrad bin dein Zwillingsbruder.«
Nun knieten sie beide auf ihre Knie,
Und dankten Gott bis Morgens früh.
Und als nun Morgens kräht der Hahn,
Fängt schon Frau Wirx zu rufen an:
»Steh auf, steh auf, du faule Haut!
Kehr deiner Mutter die Stuben aus.«
Da schrie Herr Konrad überlaut:
»Sie kehrt nicht, ist keine faule Haut,
Herein, Frau Wirx! kommt nur herein,
Und bringt mir meinen Morgenwein« –
Und als Frau Wirx herein nun trat,
Herr Konrad sie gefraget hat:
»Woher habt ihr das Jungfräulein,
Die Königstochter, mein Schwesterlein?«

Frau Wirx ward bleich gleich wie die Wand,
Die Amsel verrieth da ihre Schand:

»In dem Lustgarten, im grünen Gras
Das Kind in dem Badwännlein saß,
Auf einem grünen Rainelein
Spielt mit den bunten Steinelein,
Da kam die böse Wirx ins Land
Und warf ihr hin ein seidnes Band,
So hat die böse Zigeunerin
Gestohlen das zarte Kindelin.«

Herr Konrad ward da hoch entrüst,
Sein Schwert er durch der Frau Wirx Ohrläppchen stieß,
Und spießte sie fest da an die Wand,
Und nahm die Schwester an der Hand,
Und nahm sie an dem Gürtelschloß
Und schwang sie auf sein hohes Roß.
Das Badwännlein hing am Sattelknopf,
Die Amsel saß auf des Rosses Kopf.
So ritten sie wohl manche Stund,
Bis in das Schloß, ins Land Burgund,
Und als er in das Thor einritt,
Die Mutter ihm entgegenschritt:
»Konrad! lieber Konrad mein!
Was bringst du mir für eine Braut herein?« –
»Ich bringe keine Braut herein,
Ich bring euch euer Töchterlein.« –
Die Tochter da vom Rosse sprang,
Die Mutter in eine Ohnmacht sank,
Und als sie wieder zu sich kam,
Ihr Kind sie in die Arme nahm. –
»O laßt mir das eine Freude seyn,
Ich bin euer armes Töchterlein;
Heut sind es fürwahr achtzehn Jahr,

Daß ich der Frau Mutter gestohlen war;
Frau Wirx, die böse Zigeunerin,
Trug mich in dem Badwännlein hin«,
Und als sie sprach, die Amsel sang,
Daß laut die Stimm im Schloß erklang:

»Frau Wirx schreit jetzt: Mein Ohr thut weh!
Sie will keine Kinder stehlen meh;
Nun laßt vom Goldschmied klar und rein
Mir schmieden ein goldenes Gitterlein
Da schmieden vor das Badwännlein,
Es soll der Amsel Wohnung seyn.«

So schnell und wunderbar hatte sich das Unglück des armen Murmelthiers gewendet. Sie war nun eine Prinzessin von Burgund und hatte Alles voll auf; die Amsel saß in der kleinen Badwanne, die ihr der Goldschmied in einen Vogelbauer verwandelt hatte; aber Murmelthier war doch nicht ganz glücklich. Immer dachte sie an die letzten Worte des guten Bibers: »Vergiß mich nicht! vergiß mich nicht!« – und wenn sie nun gedachte, daß er aus Liebe zu ihr ein Biber geblieben war, so weinte sie oft im Stillen, daß sie seinen Bitten nachgegeben und ihn nicht zum Menschen verwandelt hatte. Hierauf kam noch ein trauriger Fall: ihre Mutter, die Königin von Burgund, war durch die plötzliche Freude des Wiedersehens so erschüttert worden, daß sie krank ward, und nach wenigen Wochen starb. Ihr Bruder Konrad, der nun der Herr des Landes war, fragte sie oft um ihren Kummer, sie sagte ihm endlich die Geschichte des Bibers, und er machte sich nun auf den Weg, den Biber zu suchen, und that einen Eid, nicht eher zurückzukommen, bis er den Biber gefunden.

So war sie nun allein und betrübt auf dem Schlosse, und sah alle Augenblicke zum Fenster hinaus, ob ihr Bruder nicht bald zurückkommen würde.

Ich will nun erzählen, wie's unterdessen der bösen Frau Wirx und der Murxa gegangen.

Murxa lag, wie ihr euch erinnern werdet, tüchtig abgeprügelt nebst dem Mehlsack auf dem Esel, der so langsam unter seiner Last nach Haus schritt, daß er erst vor der Hütte ankam, als Frau Wirx schon mit dem Ohrläppchen an die Wand gespießt, und Ritter Konrad mit Murmelthier davon geritten war. Dem Meister Langohr ward es zu lang, bis das Thor aufgemacht und ihm seine Last abgenommen wurde, er schüttelte sich daher aus Leibeskräften, und warf die ohmächtige Murxa mit sammt dem Mehlsack nieder. Da diese in die Brennnesseln fiel, kam sie wieder zu sich, und hörte nun ihre Mutter lamentiren. So schnell sie konnte, lief sie nun die Treppe hinauf, und zog den Degen heraus, womit die Mutter angespießt war. Nun erzählten sie sich beide ihr Unglück unter beständigem Schimpfen auf Murmelthier.

Jetzt will sie der Mutter das schöne Mehl zeigen, aber kaum hat sie den Sack geöffnet, als lauter häßliche Stechfliegen heraus summen, und sich ihr und der Mutter ins Gesicht setzen und sie zerstechen. Nun konnten sie sie nicht wieder los werden, bis sie sich beide in ein Faß Wasser setzten und die Fliegen ersäuften. Nun wollte sich Murxa mit ihren Edelsteinen trösten, und schmückte sich mit ihnen von oben bis unten, und legte sich, so auszuruhen, ins Bett. Kaum aber war sie eingeschlummert, als sich alle die Edelsteine in Hornisse und Wespen verwandelten und sie so zerstachen, daß sie das eine Auge drüber verlor. Die Mutter kam auf ihr entsetzliches Geschrei und wußte sich keine andere Hülfe, da die Wespen sie auch zerstachen, als daß sie ein großes Feuer auf dem Herd machten und sich beide auf den Schornstein in den Rauch setzten, wodurch sie, nachdem sie ganz schwarz geräuchert waren, endlich die beschwerlichen Thiere los wurden. Da oben im Rauchfang, sagte nun Frau Wirx: »Warte mein Kind! jetzt fällt mir ein Mittel ein, wie wir uns an dem falschen Murmelthier rächen. Laß uns unser Haus hier verbrennen und zu ihr nach Burgund ziehen. Wir erzählen ihr unser Unglück, und flehen sie höflich an; sie ist eine so dumme Gans, sie kann keinem Menschen etwas abschlagen.« Nun begaben sich Frau Wirx und Murxa herab und verbrannten das Haus, machten ihre besten Sachen zusammen, nahmen den Rocken und den Schäferstab des Murmelthiers und das seidene Kleid, das ihr Frau Lureley gegeben, und schlugen den Weg nach Burgund ein.

Unterwegs kamen sie Abends zu einer alten Base der Frau Wirx, die in einem abgebrannten Dorf auf dem Kirchhof wohnte, bei der übernachteten sie und erzählten ihr ihr Vorhaben. Da schenkte ihnen die Alte eine Wachskerze von Menschenfett mit einem rothen und einem weißen Docht, und sagte ihnen, wenn sie die anstecken würden, so müsse Murmelthier sterben. Vergnügt über dies Geschenk setzten sie ihren Weg fort und kamen, nachdem sie bei drei Monaten unterwegs gewesen, endlich nach Burgund vors Schloß.

Es war gerade der Ort im Lustgarten, wo Frau Wirx vor achtzehn Jahren die Prinzessin geraubt hatte, und heute war gerade der Tag und die Stunde. »Hier«, sagte Frau Wirx – »laß uns unsere Heuchelei anfangen« – und nun setzten sie sich beide in das Gras und weinten. Murmelthier wollte zum Andenken den Ort besuchen und ihr trauriges Geschick beweinen; denn immer war ihr Bruder mit dem Biber noch nicht zurückgekehrt. Als sie nun zu der Stelle im Garten kam, sah sie Frau Wirx und Murxa an der Erde liegen und weinen. Sie stellten sich, als wenn sie Murmelthier nicht bemerkten und schrieen immer fort: »Ach! wir Unglücklichen! Ach! daß wir die arme Prinzessin so gekränkt; Gott hat uns gestraft, wir sind um Alles gekommen, das Feuer hat uns Alles geraubt.« Murmelthier konnte sich der Thränen nicht enthalten. Die Frau und Tochter, die sie so lange für Schwester und Mutter gehalten, rührten sie. »Stehet auf«, sprach sie, »ich verzeihe Euch von Herzen.« – »Ach!« schrie Frau Wirx, »ist es möglich? sieh hier haben wir auch deinen Hirtenstab und Spinnrocken und dein schönes Kleid mitgebracht; alles andere ist uns verbrannt! Das haben wir allein gerettet!« Murmelthier dankte herzlich, umarmte beide, und nahm sie in das Schloß, kleidete sie neu an, machte sie zur Obersthofmeisterin und Murxa zur ersten Hofdame.

Da die zwei bösen Weiber allein in ihrer Stube waren, lachten sie herzlich über die Dummheit des guten Murmelthieres, so nannten sie ihre Güte, und Frau Wirx sagte: »Nur nichts merken lassen, Murxa! wir wollen unser Glück hier noch aufs Höchste treiben.« So mißbrauchten sie heuchelnd und schmeichelnd mehrere Wochen die Güte der frommen Murmelthier.

Eines Abends ging sie allein am Rhein spazieren, und spann an ihrem Rocken und dachte an ihren Bruder, als sich auf einmal auf der entgegengesetzten Seite ein Ritter auf einem weißen Rosse ins Wasser stürzte. Murmelthier eilte mit ausgebreiteten Armen gegen den Strom und schrie: »Ach! Konrad! Konrad! bringst du meinen Biber mit?« – aber der Biber konnte den langsamen Schritt des Rosses nicht abwarten, und schwamm ihm voraus und lag zu den Füßen der jubelnden Prinzessin, die nicht länger zögern wollte und ihn mit ihrem Strauß berührte, worauf er sogleich als ein schöner junger Fischer zu ihren Füßen lag. »Gnädige Prinzessin!« rief er aus, »ach! hättet Ihr mich einen Biber bleiben lassen: ein Biber darf wohl um Euch seyn, ein armer niedriger Fischer ist zu geringen Standes für Eure Würde.« – »Ei, was Würde!« schrie Murmelthier, »Ihr seyd mir der Liebste auf der Welt!« und umarmte ihn. Nun kam auch Konrad auf seinem Rosse an's Land und umarmte seine Schwester und fragte: »Ei! wo ist denn der Biber?« – »Hier ist er«, sagte Murmelthier, »hier dieser Fischer, ich habe ihn gleich wieder zum Menschen gemacht.« Konrad ließ sich Alles erzählen und erzählte auch, wie er den Biber in der ganzen Welt gesucht und ihn endlich bei Biberich am Rhein gefunden. »Ja«, sagte der Biber, »als Murmelthier fort war, wollte ich auch nicht mehr in jenem Lande bleiben und zog, nachdem ich lange vergebens sie suchend herumgeirrt war, endlich in die Gegend von Mainz und legte mir dort einen Bau an, wo er mich vor drei Tagen gefunden hat.«

Nun begaben sie sich in das Schloß, denn Konrad klagte über Frost und Nässe, weil er über den Rhein geschwommen. Sie brachten ihn auf seine Stube und pflegten ihn, der Fischer Biber blieb bei ihm. Auf einmal in der Nacht pochte etwas an Murmelthiers Stube: »Wer ist draus?« rief sie: »Geschwind, geschwind, liebe Prinzessin!« rief der Biber, »kommt zu Eurem Bruder.« Murmelthier warf schnell einen goldnen Schlafrock um und eilte in Konrads Kammer, aber der war dem Tode schon nah. »Ach!« sagte er, »liebe Schwester! ich habe mich gestern im Rhein erkältet nach dem heftigen Ritt, und muß nun sterben.« Murmelthier weinte sehr, aber Konrad nahm ihre Hand und legte sie in des Fischers Hand und sprach: »Ich gebe Euch einander, seyd glücklich und regiert das Land«, und somit starb er in ihren Armen. Man begrub ihn zu der Mutter; beide hatte sie die Freude getödtet.

Murmelthier ließ am folgenden Morgen dem Fischer prächtige Kleider anlegen, versammelte das Volk und kündete ihnen ihr Glück und Unglück an. Alles brachte seine Glückwünsche und Beileidsbezeugungen, auch Frau Wirx und Murxa heucheln und bringen ihre Wünsche dar.

Nun war die Trauerzeit verflossen, man machte Anstalt zur Hochzeit, und als der Hochzeitsabend kam, sagte Murmelthier zum Fischer: »Lieber Biber! wir wollen heute Nacht nicht in die Brautkammer gehen, wir wollen jeder in seiner Stube beten.«

»Ja«, sagte der Biber, und beide gingen nach ihrer Kammer.

Frau Wirx hatte indeß die garstige Murxa angeputzt und verschleiert und legte sie heimlich ins Hochzeitsbett mit der Absicht, das arme Murmelthier nachher mit ihrem Zauberlichte zu tödten und so ihre häßliche Tochter zur Königin zu machen.

Während sie dies aber that, sah Murmelthier an ihrem Betstuhl knieend ihren Edelsteinstrauß plötzlich welk und blaß werden. Schnell fielen ihr die Worte des Müllers ein, sie lief und holte das Licht, das er ihr gegeben, und ging damit nach der Frau Wirx Kammer, wo sie das ähnliche Licht schon auf dem Leuchter stecken sah. Sie verwechselte nun die beiden Lichter und ging nach ihrem Betstuhl zurück. Da sah sie ihre Blumen wieder frisch und gesund, wofür sie Gott herzlich dankte.

Kaum hatte Frau Wirx die häßliche Murxa in das Brautbett

gelegt, als sie nun das Zauberlicht ansteckte und sich zu Bett legte. Auf einmal hörte sie im Schlafe eine Stimme:

»Weh! Weh! ich vergeh,
Weh! ich sterbe,
Ich verderbe
Ganz in Schmerzen
Brenne ich gleich einer Kerzen.«

Da wachte Frau Wirx auf. Als sie aber das Zauberlicht noch brennen sah, sagte sie: »Schon gut, schon gut, bald wird es aus mit dem Murmelthier seyn.« Dann schlief sie ein und nach einer Stunde hörte sie wieder:

»Weh! Weh! ich vergeh,
Weh! ich sterbe,
Ich verderbe,
Schon im Herzen
Zehret mir die Zauberkerzen.«

Da wachte sie wieder auf und als sie das Zauberlicht bis auf den letzten Docht herabgebrannt sah, sprang sie auf, warf es an die Erde und trat das Licht aus mit den Worten:

»Sterbe Licht,
Das Herz bricht
Zu dieser Frist,
Wider das du gemacht bist.«

Nun war sie versichert, daß Murmelthier todt sey.

Am Morgen war große Versammlung am Hofe angesagt, das Ehepaar zu begrüßen. Sie als Obersthofmeisterin mußte die Herrschaft empfangen. Sie legte sich in den größten Staat und trat mit der hoffärtigsten Miene in den Audienzsaal, fest versichert, nun ihre Tochter als Königin hereintreten zu sehen.

Alles war versammelt, die Thüre öffnete sich: Biber führte nach der Sitte des Landes seine Frau verschleiert herein. Die Obersthofmeisterin Wirx mußte ihr den Schleier abnehmen. Sie ging triumphirend auf sie los, und fest überzeugt, ihre Tochter als Königin zu präsentiren, hob sie den Schleier weg – und that einen lauten Schrei, als sie Murmelthier heil und gesund fand. Wüthend lief sie nach der Brautkammer, riß die Vorhänge des Brautbettes auseinander, und als sie da ihre Tochter zu Kohlen verbrannt sah, gestand sie ihre gräßliche That. Vor der ganzen Versammlung, die ihr gefolgt war, sprang sie rasend, ehe man sie halten konnte, von dem Schloßfenster hinab in den Rhein.

Nun ging der König und die Königin und der ganze Hofstaat in die Kirche, Gott für die abgewendete Gefahr zu danken, und regierten ein Jahr lang ihr Volk ruhig.

Doch währte das nicht lange. Ein benachbarter König wollte den Biber nicht als Regenten über Burgund anerkennen und zog mit einem großen Kriegsheer ins Land, wo er eine große Partei unter dem Adel hatte. Der Aufstand war allgemein, der Biber sagte da zu Murmelthier: »Wenn du nicht wärst, so wüßte ich wohl, was ich thäte.« – »Was würdest du thun?« – »Ei! ich würde«, erwiederte Biber, »zu dem närrischen Volke sagen: laßt euch regieren von wem ihr Lust habt, und würde ein Fischer seyn nach wie vor.« – »Von Herzen bin ich das zufrieden«, sagte Murmelthier und umarmte ihn und nahm ihre Spindel und ihren Schäferstab und die Amsel in dem Badwännlein und was sie sonst hatte, und trat mit ihrem Fischer vor das Volk und sagte: »Lebt wohl, allerliebste Unterthanen! Laßt euch regieren von wem ihr wollt«, und verließ mit ihm das Land.

Anfangs bauten sie ihre Fischerhütte, wo der Biber am Rhein war wiedergefunden worden, und nannten den Ort *Biberich*; dann zogen sie hierher nach Mainz und lebten glücklich; der Himmel schenkte ihnen ein Töchterlein, das hieß Ameleychen.

So weit hatte Frau Marzibille erzählt, als Alles schrie: »*Ameleychen! Ameleychen!*« und siehe da, das liebe Kind schwamm eben auf dem Kahne von Schwänen gezogen heran, und eilte seiner

Mutter in den Schooß, die vor Freude nicht wußte, was sie machen sollte.

Auch der Fischer Peter umarmte sein Kind zärtlich, und dann die Königin Ameley, der das Mägdlein, wie auch dem Radlauf viele Grüße vom Vater Rhein mitbrachte.

Als sich die freudigen Herzen wieder ein wenig beruhigt hatten, besah Frau Marzibille ihr Kindlein von oben bis unten und sagte: »Gott sey Dank, Herzkind! Es fehlt dir nichts, du bist so frisch und gesund.« – »Ja, das bin ich«, sagte Ameleychen, »aber was macht denn Weißmäuschen und Goldfischchen?« – Auf diese Worte des Kindes nahten sich Prinz Philipp und Prinz Georg und umarmten das Kind mit den Worten: »Liebes Ameleychen! sieh, wir sind nun Prinzen geworden, aber wir wollen dich immer lieben und dir Gutes thun.« Ameleychen sah sie verwundert an und küßte ihnen die Hände, worauf es zu seiner Mutter zurück lief.

»Lieber Fischer Petrus!« sagte nun der König Radlauf, »Ihr seyd also der treue Biber, und Ihr, Frau Marzibille, seyd das treue Murmelthier!« – »Ja«, sagten beide, »das sind wir.« Da erwiederte Radlauf: »Nun, wohlan! so will ich Euch Euer Königreich Burgund wieder erobern, so Ihr es wollt.« – »Nein, nein!« schrieen beide, »wir wollen lieber hier bleiben bei Euch.« Da sagte der König: »So schenke ich Euch das Land zu Biebrich, wo Ihr zuerst gewohnt und ich will Euch ein Schloß hinbauen, aus dessen Fenstern Ihr fischen könnt.« Dafür dankten sie nun beide schönstens, und Radlauf sagte: »Ehe wir heute Morgen auseinander gehen, bestimmet mir, Frau Marzibille! wer nach Euch erzählen soll.« – Da schrie ein feines Stimmchen aus der Menge: »Wartet noch ein bischen, ich will erst dem Ameleychen sein neu Kleidchen anprobiren!« – und siehe da! ein kleines Männchen nicht viel länger als ein Daumen führte einen schönen Geisbock heran, auf dessen Rücken ein allerliebstes rothes Röckchen lag. Er nahte sich der Frau Marzibille und sprach: »Liebe Frau Nachbarin! da ich Euch immer lieb gehabt, und Ihr mir manches Fischchen in der Hungersnoth geschenkt habt, so habe ich in den letzten

Tagen Eurem Ameleychen dieses artige Kleid gemacht, daß es doch bei seiner Rückkunft eine Freude habe.« Herzlich dankte Frau Marzibille dem guten Schneiderlein Meckerling. Sie zog ihrem Kinde das neue Röckchen an und sprach: »Zum Dank für Eure Freundschaft sollt Ihr morgen Euer Märchen erzählen und dadurch Euer Söhnlein Garnwichserchen wieder haben.«

Vor Freude sprang nun Meister Meckerling auf seine Ziege und galoppirte freudig nach Haus, daß auch das ganze versammelte Volk über das kleine närrische Kerlchen lachen mußte.

Am folgenden Morgen versammelte sich wieder Alles, um den Schneider erzählen zu hören; denn Alles war doch äußerst begierig, was das kleine flinke Kerlchen vorbringen würde. Alles hatte sich bereits gesetzt, als der Schneider auf der Ziege geritten kam. Er steckte seine Elle, die gegen ihn ein ziemlicher Balken schien, in die Erde und band die Ziege, die gegen ihn so groß wie ein Elephant war, daran fest, und setzte sich hierauf wieder auf das Thier, auf dessen Rücken er, um besser gesehen zu werden, als Kissen ein schön gepläckeltes Nadelkissen gelegt hatte. Nun stach er die Ziege mit einer Nadel ins Ohr, daß sie meckerte, worauf Alles still wurde, und er hub an zu erzählen.

Das Märchen vom Schneider Siebentodt auf einen Schlag

Eines Morgens wollte es in Amsterdam gar nicht Tag werden, die Häringsfischer guckten alle Augenblick zum Fenster hinaus, ob die Sonne bald aufgehe, daß sie auf den Fang fahren könnten. Die Seelenverkäufer machten wohl zwanzigmal den Laden auf, um nach der Morgensonne zu sehen, weil sie die Seelen heraus zum Verkauf hängen wollten; denn sie nehmen sich in der Morgensonne sehr schön aus und singen dann: »Wach auf, mein Seel und singe!« wodurch sie Käufer herbeilocken. Aber immer blieb es dunkel. Die Käshändler liefen auf die Straße und guckten nach dem Himmel; aber dunkel war es, dunkel blieb es, und kein Mensch wußte, wo er dran war.

Nun war gerade blauer Montag, an dem die Schneider sich zu belustigen pflegen; aber sieh' da! es wollte der Tag nicht blau werden, und die edlen Gesellen krochen unzähligemal an die Dachfenster und sahen, ob der liebe blaue Montag nicht anbrechen wollte.

Da aber doch alle Uhren schon auf eilf Uhr Mittags standen, wurden die Leute fast rasend vor Angst; sie liefen auf den Gassen hin und her und stießen mit den Köpfen gegen einander, daß es puffte. Nun war da auch ein Zahnarzt und Hühneraugenschneider; der wollte von der Versammlung der Menschen seinen Vortheil ziehen. Er spannte seinen Schimmel in seine Kalesche, hängte einige Laternen daran, legte seine Geräthschaften vor sich, und fuhr auf den Buttermarkt mitten unter das wehklagende Volk. Ebenso machten es die Seelenverkäufer; sie machten ihre Boutiquen auf, hängten ihre Seelen an Nägeln heraus, stellten Laternen dazu, und verkauften da manche Seele, die schon sehr abgetragen oder schmutzig war, oder ein garstiges Loch hatte, in der Dunkelheit noch für eine ganz gute saubere

Seele. Andere Seelenverkäufer aber hielten es für besser, im Dunkeln einzukaufen; sie liefen auf dem Buttermarkt herum und schrieen: »Keine Seelen, keine Seelen zu verhandeln? lustig! lustig! wer sich noch einen guten Tag machen will, der verkaufe seine Seele um ein paar gute Stüber, und gehe in's Wirthshaus, und trinke sich eine Courage, denn die Welt geht unter; die Sonne ist gestern abgereist und kommt nicht wieder; lustig! lustig! die Seelen verkauft! alle Stunden werden sie wohlfeiler werden; denn wenn nun die Welt zusammenfällt, sind sie doch verloren, und Mancher gäbe sie dann gern gratis weg, wenn sie nur einer wollte.« Dazwischen schrie der Zahnbrecher wieder: »Wer noch sein Zahnweh, seine Hühneraugen los werden will, der komm heran! Stück für Stück ein Stüber; jetzt geht die Welt unter und da kommt Heulen und Zähnklappern, da sind gute Zähne nöthig; munter! munter heran! in einer halben Stunde fahr ich weg, da geht die Welt unter, da machen wir alle die Boutiquen zu.«

Durch das Geschrei der Seelenverkäufer und des Zahnbrechers stieg die Angst des Volkes aufs Höchste. Manche ließen sich die Zähne ausbrechen, eine unzählige Menge verkauften ihre Seelen um ein Spottgeld, und liefen wieder zu den Buden, und hofften, sich bessere einzuhandeln, aber da bekamen sie immer noch schlechtere.

Nun ritten endlich die Generalstaaten auf den Markt und befahlen, von jeder Seele, die verkauft würde, müsse ein Stüber abbezahlt werden für's Armen- und Narrenhaus, und befahlen zugleich, man solle die Judenseelen billiger geben, weil sie erst müßten eingeweiht werden; sodann fügten sie hinzu: »Getreue Bürger der guten Stadt Amsterdam! Wir waren so eben in der Judenstadt, und haben ihren Rabbinern befohlen, gegen die Erlaubniß an dem Rathhause vorüberzugehen, die wir ihnen bewilligen wollen, zum allgemeinen Besten und zur Vernichtung der nun bereits um sechs Stunden zu langen Nacht, ihren langen Tag der guten Stadt Amsterdam zum Geschenk zu machen, aber das hartnäckige Volk will nichts zu unserer Stadt

Bestem thun, so daß wir uns gezwungen sehen, gewaltsame Mittel anzuwenden, und ihnen den langen Tag mit gewaffneter Hand abzunehmen. Wir fordern also eine werthe Bürgerschaft auf, eine Partie tapferer Leute zu diesem Zwecke abzusenden, die Judenschule zu erbrechen, den langen Tag bei den Ohren zu erwischen, und zu uns auf das Rathhaus zu führen.

Kaum hatten die hochmögenden Generalstaaten dieß gesagt, als ein wackerer Schneidermeister, Meckerling genannt, – es war mein Vater, liebe Mitbürger! – hervortrat und die Schneider aufrief, sich diese Gelegenheit, auf ewig berühmt zu werden, nicht rauben zu lassen. Gleich versammelten sich viele um ihn, sie setzten sich auf ihre Böcke, und galoppirten durch die Straßen und schrieen: »Heraus! Brüder, heraus! Auf! auf! ihr edlen Schneiderlein, auf! es geht für's Vaterland und den blauen Montag!« Dazu klapperten sie mit Scheeren, und die Böcke meckerten dazwischen, daß es eine Lust war. Aus Thüren und Fenstern hüpften sie heraus, und immer größer ward ihre Menge, es war, als wenn es Schneider regnete.

Als sie nun hörten, daß sie die Judengasse stürmen sollten, hielten sie einen Rath mit einander, wie sie zu rechter Courage kommen sollten. Da schlug mein Vater vor, sie sollten sich bessere Seelen kaufen. Nun wurden die feigherzigsten Schneiderseelen zusammengesucht und zu den Seelenverkäufern gebracht. Es waren an die neunhundert. Der Seelenverkäufer legte sie auf eine Wage, und wog nun alte Matrosen- und Soldatenseelen dagegen, und sie bekamen nicht mehr als neunzig für neun mal neun und neunzig. Die schönen Seelen verfälschten sie nun im Hintertheil, und wußten sie so zu zerren und zu drehen und vortheilhaft einzutheilen, daß sie vollkommen hinreichten, das ganze erste Glied mit Courage unterm linken Knopfloche zu versehen.

Mein Vater, Meister Meckerling, führte nun den Kern der Schneider gegen die Judengasse. Es waren lauter freiwillige Volontärs; sie steckten ihr Wachsstümpchen auf die Ellen und klapperten mit den Scheeren, den Juden die Bärte abzuschneiden. Die Juden ihrerseits hatten ihre Gasse verrammelt mit allerlei altem Hausgeräthe, altem Zinn und altem Kupfer, und als sie hörten, daß es die Schneider waren, hatten sie ihren großen alten Sündenbock aus dem Kirchhof genommen und den Schneidern hinter die Wagenburg von altem Hausrath spöttisch gegenüber gestellt, sich selbst aber alle in die Judenschule gesetzt, wo sie den langen Tag eingesperrt hatten und beteten.

Muthig stürzten die edlen Krieger in die Gefahr, sie durchbrachen den jüdischen Trödelverhack; aber hier empfing sie der grausame Sündenbock, der sie als ein unvernünftiges Vieh, da sie nur einzeln herüberkonnten, niederstieß. Viele Brave verloren durch diese Bestie ihr Leben, und als der Bock endlich über die Barriere hinübersetzte, und auf das ganze Corps der Edlen losging, ergriffen die Schneider die Flucht und wurden bis in ihre Herberge verfolgt, wo sie sich wieder setzten und sammelten.

Hier erfand mein Vater eine Kriegslist. Der Bock stand noch immer vor der Thüre und bohrte mit seinen Hörnern dran, daß es entsetzlich anzusehen war. Nun ließ mein Vater die Kellerthüre öffnen und dann die Hausthüre; der Bock, der eben stark drückte, fiel, als die Thüre plötzlich aufging, zum Haus hinein und die Kellertreppe hinab, welcher gleich hinter ihm verschlossen wurde.

»Nun«, sprach er, »wollen wir die listigen Hebräer wieder mit Thieren bekriegen; er ließ alle Schweine, die er haben konnte, vor seinen Braven hertreiben. Die Juden, die ihres Sieges gewiß, schon wieder aus der Schule heraus waren und ihren alten Trödelmarkt unter heftigem Gezänke, wem jedes Stück zugehöre, auseinandersuchten, schwärmten wie die Ameisen auf der Gasse herum: als plötzlich die Schweine von den Nadelstichen der Schneider gereizt in die Straße einbrachen und Alles niederrannten. Die Rache der Schneider war vollkommen; die Juden wurden gänzlich in die Flucht geschlagen, sie flohen alle nach ihrem Kirchhof, den sie verschlossen.

Nun erbrachen die Schneider die Judenschule, in der es zu ihrem Erstaunen ganz helle war; denn da saß der lange Tag, so lang als er war, mit Zopfband an einem Pfeiler angebunden, und hatte ein großes Stück Matzekuchen in den Händen, an dem er aß, und sang mit vollem Maule ein hebräisch Lied. Er hatte einen himmelblauen Rock an, unten herum mit lauter Zimpeln behängt, und sang wie eine Nachtigall.

Die Schneider zögerten nicht lang, nähten ihm Hände und Füße zusammen, banden ihm Stricke an die Beine, und schleiften ihn, indem sie sich alle vorspannten, nach ihrer Herberge. Als sie durch die Straßen von Amsterdam den himmelblauen Labelang schleppten, ward es helle, und die Mittagssonne trat plötzlich über dem Rathhaus hervor.

Der Jubel des Volkes war allgemein; aber die Generalstaaten nahmen es den Schreiern sehr übel, daß sie den langen Tag auf die Herberge und nicht auf das Rathhaus gebracht hatten. Sie kamen vor die Herberge geritten, und forderten die Schneider auf, den langen Tag herauszugeben zum allgemeinen Besten der Republik. Aber die Schneider sagten: »Haben wir die Gefahr gehabt, so wollen wir auch den Genuß haben«, welches ihnen endlich auf unbestimmte Zeit zugestanden ward.

Nun waren die neunmal neun und neunzig Schneider gar nicht mehr zu bändigen vor Hoffart und Tapferkeit. Sie putzten sich den langen Tag mit tausend bunten Lappen, und besetzten ihn mit Borten und gesponnenen Knöpfen, benähten ihn mit Steifleinwand und Kameelhaar; hierauf machten sie ein großes Netz und stellten es vor die Kellerthür. Wüthend stürzte der Bock herauf, und verfing sich in dem Netze. Da warfen sie ihn an die Erde und vernähten ihm alle Luftlöcher des Leibes, daß er kaum athmen konnte.

Nun banden sie ihn an eine Menge Stricke, setzten den langen Tag auf ihn, und führten ihn mit Triumph durch die Straßen von Amsterdam unter dem lauten Jubel der Menge. Da fiel plötzlich ein großer Schnee, und weil die Schneider gut getrunken hatten, glitten sie hie und da aus; der Bock gewann dadurch die Freiheit, nahm sich zusammen und begann in Carriere nach der Judengasse zu rennen. Viele der Schneider, die nicht los lassen wollten, wurden erbärmlich geschleift. Mein Vater aber, der ein Stück Tuchende an den Schwanz des Bocks gebunden hatte, woran er ihn führte, wollte wenigstens seinen Theil nicht losgeben. Schnell zog er seine Scheere, und schon stürzte der Bock mit den Vorderfüßen durch das Thor der Judenstraße, als er ihm glücklich den Schwanz noch abschnitt, und diesen, wenn er gleich darüber tüchtig auf den Hintern fiel, wenigstens doch rettete.

Der lange Tag aber war verloren, der Bock riß ihn mit durch das Pförtchen des Judenthors; abstreifen konnte er ihn nicht, denn die Schneider hatten ihn an den Bock fest gemacht.

Da es aber trotz seines Verlustes hell blieb, und die Finsterniß sich ganz verloren hatte, wollten sie es nicht noch einmal wagen, ihn zu erobern, und zogen von den undankbaren Amsterdamern verspottet und verlacht, nach ihrer Herberge zurück. Um hier nicht den Anschein zu haben, als hätte sie der kleine Unfall gebeugt, veranlaßten sie eine Gasterei und eine Schlittenfahrt, an deren Folgen die meisten der edlen Helden zu Grunde gingen. Dieses ganze Fest habe ich in Reime gebracht, und will es Euch singen, liebe Mitbürger:

Als nun die Schneider zur Herberg kamen,
Da konnten sie nicht hinein;
Da krochen ihrer neunzig
Neunmal neun und neunzig
Zum Schlüsselloch hinein.

Und da sie nun versammelt waren,
Da hielten sie einen Rath,
Da saßen ihrer neunzig
Neunmal neun und neunzig
Auf einem Kartenblatt.

Und weil sie alle hungrig waren,
Da hielten sie einen Schmaus,
Da fraßen ihrer neunzig

Neunmal neun und neunzig
An einer gebratenen Maus.

Und weil sie alle durstig waren,
So faßten sie einen Muth
Und soffen alle neunzig
Neunmal neun und neunzig
Aus einem Fingerhut.

Und weil der Schnee gefallen war,
So hielten sie Schlittenfahrt
Und fuhren ihrer neunzig
Neunmal neun und neunzig
Auf einem Geißenbart.

Und als sie wieder zur Herberg kamen,
So hielten sie einen Tanz,
Da tanzten ihrer neunzig
Neunmal neun und neunzig
Auf einem Geißenschwanz.

Und als sie all' besoffen waren,
So sahen sie nichts mehr,
Und krochen ihrer neunzig
Neunmal neun und neunzig
In eine Lichtputzscheer.

Und als sie ausgeschlafen hatten,
Da konnten sie nicht heraus,
Da warf sie alle neunzig
Neunmal neun und neunzig
Der Wirth zum Fenster hinaus.

Und als sie vor das Fenster kamen,
Da fielen sie um und um;

Da kamen ihrer neunzig
Neunmal neun und neunzig
In einer Gosse um.

So war das unglückliche Ende dieser neunmal neun und neunzig Braven; sie, die nicht der grausame Sündenbock der alttestamentalischen Glaubensgenossen hatte besiegen können, unterlagen den Sünden des jugendlichen Übermuths, die schon manchem Helden den Helmbusch geknickt haben; sie, die den langen Tag der Jugend bezwungen hatten, wurden von einem kurzen Freudentage erdrückt und erblickten das Licht nicht wieder, welches ihnen mit der Lichtputze ausgelöscht worden war.

Mein Vater allein, weil er zuerst in die Lichtputze gekrochen war, fiel lebend auf die andern und machte sich nach Haus. Es war Morgens gegen drei Uhr und der Tag begann zu dämmern; er schlich nach seiner Werkstatt. Aber hier hatte er noch einen schweren Kampf zu bestehen. Er hatte für einen durchreisenden König von Polen ein Kleid zu verändern, und da es morgen fertig seyn sollte, und der heutige Tag im Kriegsgetümmel verloren gegangen war, so machte er sich selbst daran es aufzutrennen. Denn seine Gesellen waren alle bis auf einen unter den Helden umgekommen. Da er nun im besten Trennen war, kam ihm plötzlich aus einem Ermel des Rockes ein schreckliches Ungeheuer entgegen. Er hatte nie eines dergleichen gesehen. Er rief seinen einzigen noch übrigen Gesellen, der ein Bayer war, zu Hülfe, und dieser, als er das Ungeheuer ansichtig wurde, schrie: *»ein Russe! ein Russe!«* – »Was?« sagte mein Vater, »ein Russe!« – »Nein«, erwiederte der Geselle, »kein Russe aus Roth- oder Weißrußland, wo ich in Condition stand und wo es mir herzlich schlecht ging, weil der Meister mir alle Tage statt Knödel die Knute gab, sondern was man bei uns in Bayern einen Russen nennt oder was sie anderwärts einen Schwaben nennen, eine fürchterliche Bestie.« – Der Russe hatte sich unterdessen in Position gesetzt und protestirte dagegen, daß mein Vater den Rock auftrenne. Aus Schrecken war ihm die Scheere unter den Tisch gefallen; allein er erholte sich bald wieder und sagte zu dem Ungethüm: »Ich muß Sie bitten, meine Stube zu verlassen und nicht viel Aufhebens zu machen, sonst werde ich grob.« – »Elender Ziegenschwanz!« sagte der Russe hohnlächelnd, »wäre ich nicht von königlicher Abkunft, ich wollte dir für deine Insolenz Nasenstüber geben.«

Das Wort *Ziegenschwanz*, als eine Stichelei auf das unglückliche Bocksgeschlecht der Schneider, nahm mein Vater krumm, und erwischte die Elle und schlich nach der Bestie, die er aber verfehlte, worauf sie höchlich ergrimmt zu ihm sprach: »Nothwehr hebt allen Stand und Rang auf, und ich lasse also meine königliche Abkunft herab und fordere dich auf Tod und Leben heraus«, worauf der Russe meinen Vater auf die grimmigste Weise anfiel. Er wehrte sich wie ein Held; aber ermattet vom Kampf ward das Unthier Meister über ihn und warf ihn unter die Bank, doch diente ihm dieß zum Glücke, indem er unten seine Scheere wieder fand und sie so vortrefflich gegen das Ungeheuer gebrauchte, daß er ihm den Kopf damit abschnitt. Aber ermattet lag er nun unter der Bank und hatte die Kräfte nicht, sich wieder herauszuwinden, bis ihm glücklicherweise ein Floh zur Ader ließ, was ihm so wohl anschlug, daß er sich erholte und unter der Bank hervorkroch. Nun weckte er seine Frau und mich, und erzählte ihnen seine Heldenthaten. Diese, als ein kluges Weib, sagte: »Da der Feind von königlicher Abkunft ist, so dürfen wir die schöne Gelegenheit nicht vorübergehen lassen, und somit will ich ihn uns zum Frühstück zubereiten, und wenn wir ihn verzehren, sind wir dann alle auch von königlicher Abkunft.« Meinem Vater und mir, der immer sehr viel Ehrgefühl hatte, war dieser Gedanke sehr willkommen. Schnell ward das Ungeheuer an einer Nadel gebraten und auf einer Knopfform aufgetragen, und bald war es verzehrt, und so waren wir von königlicher Herkunft. Ich aber machte folgendes Gedicht:

Der Schneider trennt des Königs Rock,
Da findet er den Graus;

Das Ungeheuer patzig nennt ihn Bock,
Und fordert ihn heraus.

Dem Schneider fiel vor Schreck die Scheer,
Er faßt sich einen Muth,
Er greift nach seiner Elle schwer,
Setzt auf den Fingerhut.

Es sprach: »Ich bin von Königsblut,
Du bist ein Ziegenschwanz!«
Und packt ihn an mit grimmer Wuth;
Das ward ein böser Tanz.

Der Feind gewann die Oberhand
Und stellt dem Schneider ein Bein
Und drückt den Schneider an die Wand,
Wirft ihn zur Höll hinein.

Da war's für ihn ein großes Glück,
Daß er die Scheer ertappt,
Da hat der Held ihm am Genick
Den Kopf schnell abgeknappt.

Doch lag er da ermüdet sehr,
Vom Kampf ganz matt und blaß,
Zum Glück hüpft da der Floh daher,
Hilft ihm mit Aderlaß.

Er weckt den Sohn, er weckt das Weib,
Erzählt die Heldenthat;
Sie sprach: »Ich schnell des Todten Leib
An einer Nadel brat.«

Dem Schneider, sammt dem Weib und Kind
Bekam das Frühstück gut;

Sie schwuren nun: »Wir Dreie sind
Von königlichem Blut.«

Kaum hatte sich nun der Tag über den Thürmen von Amsterdam wieder sehen lassen, als man eine neue, viel schrecklichere Noth als gestern bemerkte. Alle Kanäle und Cisternen waren ausgetrocknet, kein Tropfen Wasser war in der Stadt, Thee und Kaffee konnte nicht gekocht werden, und es wußten sich die Mägde, die sonst immer die Häuser von oben bis unten mit Wasser abzuwischen pflegten, nicht zu helfen und zu rathen. Alle Schiffe, die auf den Kanälen nach Amsterdam zu kommen pflegen, saßen auf dem Grund; die Reisenden stiegen aus und kamen zu Fuß herein in die Stadt und vermehrten mit ihren Erzählungen den Jammer. Niemand wußte den Grund, wenn gleich alle Leute auf den Grund der ausgetrockneten Quellen sehen konnten. Nun war diesmal bei den Juden keine Rettung zu holen. Sie waren selbst übel daran, und konnten sich nach ihrer Gewohnheit nicht baden und waschen, was sie doch so sehr bedurften, weil sie sich gestern in der Schlacht mannichfach besudelt hatten.

Als nun die Brunnenmeister überall herumliefen und nach Wasser bohrten, und immer auf dem Trockenen blieben, kam endlich ein wandernder Schneidergesell auf die Herberge, ganz blaß und erschrocken; er zitterte wie ein Espenlaub, und da die andern Gesellen ihn zu ermuntern suchten und ihm ihre gestrigen Heldenthaten erzählten, sagte er: »Ihr habt gut schwätzen; aber ich habe etwas erlebt, worüber alle andern Schneider der Welt vor Schrecken gestorben wären; ich habe zwei Meilen von der Stadt gestern einen Kerl stehen sehen, höher wie der höchste Berg; er warf einen Schatten über das Land, pechschwarz. Nun habe ich mich niedergelegt in einem Schotenfeld, um nicht von ihm bemerkt zu werden; aber wer konnte da ruhen? Eine gewaltige Erschütterung der Erde jagte mich auf; ich sah den Riesen niedergekniet und an der Amstel trinken, er machte dabei ein Geschlürfe, als wenn er die Welt verschlingen wollte, und stellt euch vor, ein ganzes Marktschiff mit Mann und Maus, von Bauern und Weibern und tabakrauchenden Soldaten schluckte er mit hinunter und verzog keine Miene dazu. Da überfiel mich aber auch ein solcher Schauder, daß ich mich abermals in eine Schote verkroch. Nach einer Weile guckte ich wieder hervor und sah, daß er sich niedergelegt hatte, und daß sein Kopf gar nicht weit von mir entfernt lag. Aus Angst ließ ich meinen Bündel und mein Bügeleisen liegen, um desto schneller davonzulaufen. Als ich aber an seinem Nasenloch vorüberzog, und er gerade den Athem ausstieß, ergriff mich der Sturm, und wehte mich bis vor die Thore der Stadt. Nun meine Freunde!« sagte er, »Gott behüte jeden Menschen vor solchem Schreck«; und nach diesen Worten redete er keine Sylbe mehr; er sank von der Bank und war maustodt.

Die Schneider waren höchlich über diese Nachricht erschreckt und liefen auf das Rathhaus und erzählten sie den Generalstaaten. Die merkten dann gleich wie viel Uhr es geschlagen hatte; sie sahen leicht ein, daß die gestrige Dunkelheit nichts als der Schatten des unvernünftigen Riesen gewesen sey, der über Amsterdam hinfiel, und daß der Wassermangel durch nichts veranlaßt worden wäre, als durch das Trinken des großen Schlingels an der Amstel.

»Es ist keine Zeit zu verlieren«, schrie da der Gescheidteste von allen Generalstaaten; »jetzt, da der Riese sich niedergelegt hat, ist er gewiß am ersten zu bezwingen; man richte sich und ziehe ihm entgegen, und suche ihn durch die Menge zu besiegen. Die edlen Schneider, die gestern sich schon mit Ruhm bedeckt haben, werden die Republik Holland heute auch nicht im Stiche lassen.« Da sagten mehrere Schneider: »Ja, wir wollen gewiß das Unsrige thun, wenn wir nur einen Anführer von königlicher Herkunft hätten.« Kaum hatten sie dies gesagt, als die Amsterdamerzeitung hereinkam; das ist aber nichts anders, als ein altes Häringsweib mit einer Violine, die die neuesten Neuigkeiten in Reimen absingt und dazu geigt. Sie sang nicht nur die Schrecknisse des gestrigen Tages ab, sondern auch die herrliche Standeserhebung meines Vaters, der von königlicher Herkunft geworden war. Erstaunt hörten die Generalstaaten zu; sogleich machten sie sich auf, meinen Vater zu besuchen, sie stellten ihm Wachen vor die Thüre, und ließen, indem sie ihm den größten Respekt bezeigten, die Aufforderung an ihn ergehen, das Vaterland zu retten.

Mein Vater ließ sich das nicht zweimal sagen, um so mehr, da der Zeitpunkt günstig war; denn so eben hörte man den Riesen schnarchen und alle Thürme zitterten, so daß die Glocken von selbst zu läuten begannen. Eiligst begab er sich auf die Herberge, versammelte alle Schneider, die sich ihm im Leben und Tod zu folgen verschworen. Nun ordnete er den Heerzug folgendermaßen: vor der ganzen Schaar wurde der eroberte Ziegenschwanz an einer Elle als Fahne und Feldzeichen hergetragen; dann folgten die Schleuderer, Wachsknollen und Knopfformen in Schleudern von Tuchenden schwingend; dann folgten die leichten Truppen mit Nähnadeln und Scheeren bewaffnet; dann die schwere Garde mit Stopfnadeln, Ellen und Bügeleisen und Fingerhüten gerüstet. Mir selbst hatte mein Vater das Siegeszeichen, den Geißenschwanz, anvertraut zu tragen, weil ich auch von königlichem Herkommen war. Unser Schlachtgesang war die Hymne, die ich auf meines Vaters Heldenthat gemacht, nicht darf ich vergessen, daß unter dem Geißenschwanz das blutige Hemd, worin sich mein Vater gegen den Russen geschlagen, als Fahne befestigt war mit der Inschrift: *Laus deo soli atque sartori, Gloria victoria sartoria.* So zogen wir unter den Glückwünschen der Amsterdamer aus der Stadt dem Riesen entgegen.

Als wir aber kaum eine kleine Meile über den Damm hingezogen waren, ließen wir recognosciren, und es ward gemeldet, daß ein entsetzlich Ungeheuer mit einem beinernen Haus auf dem Buckel quer über dem Damm liege. Als drei kühne Helden mit Nadeln nach ihm gestochen, habe es plötzlich ein paar ungeheuere Hörner herausgestreckt, daß die drei Braven vor Schrecken niedergefallen; die andern seyen sogleich zurück um es zu melden.

Nun sendete mein Vater ein Hundert Freiwilliger voraus, um

den Weg von dem Ungeheuer zu befreien, und zog ihnen dicht auf den Füßen nach. Als wir auf die Stelle kamen, war die Schnecke bereits quer über den Damm weggekrochen. Wir sahen sie unten im Grunde, und ließen sie ruhig ihren Weg fortsetzen, weil man dem fliehenden Feind goldene Brücken bauen soll. Die drei Braven retteten wir; sie klebten auf dem Wege fest im zähen Schleim, mit welchem das Ungeheuer seinen Weg bezeichnet hatte. Da sie zurück in das Hospital gebracht waren, schlug man eine Brücke mit Ellen, die auf Bügeleisen ruhten, und kam glücklich über den Morast.

Nun hörte man den Riesen immer lauter schnarchen, und mein Vater hielt Kriegsrath, in dem beschlossen wurde, daß das ganze Heer sich die Ohren mit Baumwolle zustopfen solle, um den Muth nicht zu verlieren, und dann wollten sie dem schlummernden Riesen die Nasenlöcher und den Mund zunähen, daß er ersticken müßte. Aber der Himmel hatte es anders verfügt. Die treulosen Juden, um sich für ihre gestrige Niederlage zu rächen, hatten dem Riesen den verhaßten Sündenbock zum Succurs geschickt. Plötzlich trat uns der Schelm am Wege meckernd entgegen, und ergrimmt seinen Schwanz an unsrer Fahne zu sehen, stellte er sich in Positur. Das ganze Heer der Schneider ergriff die Flucht und eilte in eine tiefe Höhle, die sich ihnen glücklicherweise am Wege gegenüber darbot; mich aber nahm der Bock auf seine Hörner und schleuderte mich hoch durch die Luft, daß mir Hören und Sehen verging. Ich fiel glücklicherweise in des Riesen Bart nieder und litt keinen Schaden; aber als ich drin zappelte, mich los zu machen, erwachte der Bursche, richtete sich auf, nahm sein Schwert, das wie ein Strom von blankem Stahl neben ihm im Grase lag, griff dann nach der Scheide, die auf der andern Seite lag, und stieß es hinein, wobei der Degen etwas knirschte. Da er dies bemerkte, sagte er: »Was Kuckuk! da ist mir Dreck in die Scheide gekommen, und zog den Degen wieder heraus. Aber Himmel! welch jämmerlichen Anblick hatte ich da! Die beiden Seiten des verfluchten Schwertes hingen voll Blut und zerquetschten Leichnamen; es war die

Scheide jene unglückliche Höhle gewesen, in die das tapfere Heer der Schneider sich gerettet hatte, welches Blut nun aber durch des Riesen Schwert jämmerlich vergossen um Rache schrie. »Hum«, sagte der Riese »das ist ein kuriose Schmiere!« und da der Bock dastand, ließ er ihn den Säbel ablecken. Mir that dieser Anblick so jämmerlich weh im Herzen, daß ich laut aufschrie: »O, barmherziger Himmel! welch gräßliches Schauspiel!« Der Riese bemerkte mich und sagte: »Ei, du kurioses kleines Kerlchen! wie kommst du in meinen Bart?« Worauf ich niederkniete in sein Ohr und ihm alles erzählte, was gestern und heute in Amsterdam vorgefallen sey, und wie er das unüberwindliche Heer der Schneider zerquetscht. Als er mich vom langen Tag erzählen hörte, fing er heftig an zu weinen, und wäre ich nicht in seinem Ohr gesessen, so wäre ich verloren gewesen; denn die Thränen liefen ihm in zwei ungeheuren Wasserströmen aus den Augen nieder. »Ach«, sagte er, »so habe ich denn meinen lieben Bräutigam gefunden, nun rathe mir, mein theurer, einziger Freund! wie kriege ich ihn am schnellsten und ohne noch ferner Menschenblut zu vergießen, was meinem zärtlich liebenden Herzen ungemein schwer fällt, aus den Händen der Juden? Denn du mußt wissen, daß ich ein zärtlich liebendes Jungfräulein bin, welches seinen Bräutigam als Mann verkleidet sucht; ich bin die lange Nacht und der berühmte Zauberer Rabbi Süß Oppenheimer Mayer Löb Rothschild Schnapper Robert hat mir ihn durch seine Beschwörungen am Hochzeitabend aus den Armen entführt, weil er aus den Sternen gelesen, daß aus der Ehe der langen Nacht und des langen Tages der jüngste Tag sollte geboren werden. Er senkte mich in einen tausendjährigen Schlaf, aus dem ich vor hundert Jahren erwacht bin, seit welchen ich nun nach meinem lieben Bräutigam suche. O wie traurig bin ich, daß ihn die Juden gefangen halten; sie haben mir aus meinem süßen Bräutigam gewiß auch einen Juden gemacht; überhaupt sind die Schelme meinem Geschlechte blutfeind, sie haben mir meine Brüder Goliath und Holofernes vernichtet und wollen auch mich ruiniren.« Nun antwortete ich der Jungfrau folgendermaßen: »Verehrte Demoiselle! mein Rath wäre dieser, daß Ihr den Sündenbock hier festhieltet und mich nach Amsterdam als einen Gesandten zurückließet, von den Juden den langen Tag dagegen zur Auswechslung zu fordern.« – Dieser Rath gefiel der Dame ungemein; sogleich nahm sie den Sündenbock und steckte ihn in den Busen und blies mich, mit vollkommener Vollmacht versehen, von ihrem Finger sanft auf einen Heuwagen in Amsterdam vor das Rathaus nieder.

Als mich das Volk erblickte, zerrissen sie mich fast um Neuigkeiten von der Armee; aber ich eilte zuerst zu den Generalstaaten, meine Gesandtschaft auszurichten. So groß die Trauer der Hochmögenden über den schrecklichen Untergang so vieler Helden, so groß war auch die allgemeine Wuth gegen die Juden, welche durch ihr Gefangenhalten des langen Tages die zärtliche Riesenbraut ins Land gelockt und durch ihren Sündenbock die Schneider ins Verderben gestürzt hatten.

Nach langem Überlegen ergriffen die Generalstaaten folgenden Entschluß: Die Riesin muß aufs Schleunigste befriedigt werden, damit sie sich aus dem Lande begibt; die Juden sind daher durch die schnellsten Maßregeln zur Freilassung des langen Tages anzuhalten, welchen sie wohlgekleidet und geschmückt ausliefern sollen, wofür ihnen ihr Bock bis auf weitere Untersuchung zurückgegeben wird. Der Riesin aber wird allein unter der Bedingung ihr Bräutigam zurückgegeben, daß sie als Jungfrau die vereinigten Niederlande verlasse, und erst über der Grenze ihre Hochzeit feire, weil allerdings zu befürchten wäre, daß, sollte sie auf diesem meerentrissenen Lande, das auf Dämmen und Pfählen ruhe, ihren Brauttag halten, sie einige Provinzen als Löcher in den Grund des Meeres treten könnte. Mit diesen Vorschlägen ward ich zurückgesendet.

Ich stellte der Riesin, die noch immer an der Erde lag, diese Wünsche der Generalstaaten vor, und sie, als eine sehr gutmüthige Person, willigte ein, und blies mich mit diesem Auftrage wieder in die Stadt. Nun hatte man während dem sich des langen Tages bemächtigt, ihn schön ausgeschmückt und ihn auf einem Floß, das auf sechzig Schiffen erbaut war, eingeschifft, und so ins weite Meer gefahren. Der langen Nacht ward nun angezeigt, ihr Bräutigam sey bereits unter Wegs und erwarte sie zwischen Dover und Calais. Schnell warf sie den Sündenbock nieder, der in die Stadt auf den Judenkirchhof galoppirte, und begab sich mit Riesenschritten hin, wo ihr Bräutigam eben ans Land stieg.

Ich hatte ihn auf der Flotte begleitet, um Alles mit anzusehen; aber es bekam uns schlecht. Der Fleck Landes, wo der lange Tag die lange Nacht zum erstenmale wieder umarmte, war eine Landenge, welche Frankreich und England vereinigte. So eben war das englische Einhorn und der französische Hahn dort in einem Streite begriffen; als die Riesenjungfrau aber zwischen sie trat, machten sie Waffenstillstand mit einander, um ihr Artigkeiten zu machen. Der Hahn lief um sie herum, krähte, schlug mit den Flügeln und kokettirte; das englische Einhorn aber legte ihr sein Haupt in den Schooß. Als der Bräutigam ans Land stieg, war er über diesen Handel sehr erfreut, weil er wußte, daß das Einhorn die Gewohnheit hat, sich nur vor tugendhaften Jungfrauen zu demüthigen. Er umarmte nun seine Braut im Angesichte der holländischen Flotte und beide luden den Hahn und das Einhorn zu Zeugen ihrer Verbindung ein. Die Braut nannte sich mit ihrem Taufnamen Continent, der Bräutigam aber Marinus. Sie überhäuften sich mit Liebkosungen; nun gaben sie den beiden Zeugen folgende Geschenke: Continent sagte zu dem Hahn: *Du sollst mächtig seyn auf Erden*, und Marinus sagte zu dem Einhorn: *Du sollst mächtig seyn auf dem Wasser und den Inseln*. Hierüber wurden beide eifersüchtig und begannen wieder zu streiten. Aber die Brautleute hießen sie nach Hause gehen, und begannen so heftig zu tanzen, daß die Landenge zu reißen begann. Als aber auf der einen Seite der Hahn eine Menuette krähte, und das Einhorn auf der andern Seite einen englischen Tanz sang, kamen sie aus dem Takt, und zerrten sich so herum, daß Marinus seiner Braut einen Ermel ausriß; zu gleicher Zeit brach die Landenge entzwei, das Meer strömte zwischen England und Frankreich durch und trennte den Hahn und das Einhorn auf ewige Zeit. Was aus den Brautleuten geworden ist, weiß ich nicht, da das Wasser, das durch das zerrissene Land durchströmte, unsere Flotte mit solcher Geschwindigkeit zurück trieb, daß wir, ehe wir uns versahen, wieder in Amsterdam waren. Der neu entstandene Kanal wurde, weil er entstanden, als der Ermel der Braut ausgerissen wurde, »*Canal de la manche*«, Ermelkanal, genannt, und der Ermel, welchen die Fluth des Meeres weit, weit hinweggeschwemmt, heißt seitdem Ermelland.

Als wir unsere Nachrichten den Generalstaaten hinterbrachten, dankte Alles dem Himmel, daß die Hochzeit auf unserem Grund und Boden war vermieden worden, und dachte nun daran, wie man die Juden bei der ersten Gelegenheit für ihren mannichfach bewiesenen Starrsinn bestrafen sollte. Diese Gelegenheit ereignete sich bald.

Die Kirchhofmauer der Juden war, als sie sich alle hineingeflüchtet vor den Schneidern, beschädigt worden, und sie hatten sie einem Maurer wieder herzustellen verakkordirt. Als dieser eines Mittags von seinem Gerüste herunterstieg, und auf einem Grabsteine sitzend, seinen Käs und Häring als Mittagsbrod aß, kam der vorwitzige Sündenbock, dem wegen des vielen geleckten Schneiderbluts das Fell juckte, und scheuerte sich so stark an einem Pfahle des Gerüstes, daß es über ihm zusammenstürzte, und ihn maustodt schlug. Die Juden von dem Getöse herbeigelockt, begannen ein großes Geschrei, und fingen den Maurer, schleppten ihn auf das Rathhaus, und wollten ihren Bock, den sie auf zweihundert Thaler schätzten, von ihm bezahlt haben. Das Recht ward ihnen zugesprochen; der Maurer mußte die zweihundert Thaler bezahlen. Weil er aber das Geld nicht hatte, fragten ihn die Generalstaaten: ob er ihnen alle seine Rechte abtreten wolle? »Von Herzen gern«, sagte der Maurer und begab sich weg.

Die Generalstaaten zahlten den Juden nun die zweihundert Thaler, und sie gingen zufrieden nach ihrer Gasse zurück. Wie erstaunten sie aber, als nach einer Stunde der Scharfrichter von Amsterdam in ihre Gasse mit seinem Karren kam, und den Bock im Namen der Generalstaaten mit Gewalt als ihr erkauftes Eigenthum abholte. Sie waren in Verzweiflung, ihr geheiligtes Thier in so unehrlichen Händen zu sehen, und bezahlten nun den Generalstaaten eine ungeheure Summe, um ihn wiederzuerhalten und zu begraben. Allein dies war noch nicht genug. Man hatte erfahren, daß sie dem langen Tag ein Stückchen abgeschnitten und es als ihren langen Tag zurückbehalten hatten. Dies mußten sie mit dem Magistrate theilen, welcher es in der Schneiderherberge aufhängen ließ zum ewigen Gedächtnisse, wie herrlich sich die Schneider um den Staat verdient gemacht. Auf Ansuchen der vielen zurückgelassenen traurigen Schneiderwittwen wurde es blau gefärbt, und der blaue Montag, der Schneider ewiger Feier- und Spieltag, genannt.

Dieser Tag, als ein Ehrentag der Schneider, ward nun durch die ganze Welt ausgerufen, und locke eine große Menge von Gesellen nach Amsterdam, welche die Wittwen heirathend Meister wurden, und die große Schneiderlücke, welche der Bock gerissen hatte, bald wieder ausfüllten. Ich aber, der so früh schon so gewaltige Thaten gethan, und der das adeliche Blut in allen seinen Adern fühlte, wollte nicht mehr in Amsterdam, welches mir nach meines Vater Tod ein Ort der Trauer war, bleiben, und machte mich fort auf die Wanderschaft.

Nachdem ich viele Städte durchzogen, gefiel es mir hier in Mainz ziemlich wohl; doch wurde ich immer wegen meiner kleinen Figur geneckt, weil hier die Schneider viel größer waren; und überhaupt war die kleine Raçe meiner Handwerksbrüder ziemlich ausgestorben. Erzählte ich nun meine Heldenthaten, so lachte mich meine hiesige Meisterin aus. Das zog ich mir, der von königlicher Herkunft war, sehr zu Herzen, und wünschte herzlich, daß meine Zeit um seyn möchte, und daß ich weiter wandern könnte, die Erstaunung der Welt durch meine Heldenthaten zu erregen.

Nun gab uns der Meister alle Tage, die der liebe Gott geschaffen, zweimal Kraut zu essen, welches mich sehr erbitterte. Ich machte ihm daher Vorstellungen; aber er ließ mit seinem Kraut nicht nach, welches mich sehr melancholisch machte. Als ich nun eines Tages am Fenster saß und nähte, ging eine hübsche Jungfrau vorbei. Sie trug einen Korb voll rothbackiger Äpfel, ich winkte ihr, und sie schenkte mir einen, und ich schenkte ihr dafür ein Nadelkissen in Gestalt eines Herzens, das ihr viel Vergnügen machte. Der Apfel stand nun neben mir, und ich sah ihn mit unbeschreiblicher Freude an; denn er erinnerte mich immer an das schöne Kind, das ihn mir gegeben hatte. Ich fühlte durch seinen Anblick mein königliches Geblüt von Neuem erwachen, welches durch das ewige Krautessen ganz matt geworden war, und nahm mir nun vor, mich heftig gegen das Kraut zu empören. Als nun der Meister Mittags wieder Kraut auftrug, sang ich ihm folgendes Lied vor:

»Ich habe mein Vertrauen
Auf Fleisch und Wurst gebaut
Und soll schon wieder hauen
Ins Kraut, ins ew'ge Kraut.
Ach Kraut, vor dem mir's graut!
Soll zweimal 's Tags dich kauen
In meine zarte Haut.

Du Meister bist ein Krauter,
Der leicht das Kraut verdaut,
Mich überläuft ein Schauder,
Wenn mich das Kraut anschaut,
Ach! alle Tag zwei Kraut,
Macht jährlich zu verdauen
Siebenhundertdreißig Kraut.«

Als ich dies laut sang, wurde der Meister zornig und schlug mit der Elle nach mir; aber ich schlüpfte unter den Fingerhut. Er suchte mich überall, und ich entwischte ihm immer. Bald war ich in einer Ritze, bald in einem Knopfloch, bald unter den Lappen, und er konnte mich nie erwischen, bis er sich endlich niedersetzte, aus Furcht, sein Kraut möchte kalt werden, und es zornig in sich hinein aß, worüber er gewaltige Leibschmerzen bekam, und sich nun niederlegte, um sich den Leib mit einem warmen Bügeleisen plätten zu lassen. Kaum war er zur Thüre hinaus, als ich meinen Entschluß faßte, ihn zu verlassen. Ich sah meinen geliebten rothen Apfel an, und bemerkte zu meinem großen Verdruß, daß sieben Fliegen darauf saßen! Schnell nahm ich eine Fliegenklappe, und schlug sie glücklich auf einen Schlag todt. Nach diesem gewaltigen Sieg erwachte mein Heldengefühl in seinem ganzen Umfange, und ich entschloß mich als ein Ritter auf Abenteuer auszugehen. Ich sang das Kriegslied, das ich auf meinen Vater gemacht, ohne Unterlaß, nachdem ich mir auf einen rothen Lappen mit schwarzer Seide die Worte näthe: »Sieben auf Einen Schlag.« Dann packte ich meinen Bündel zusammen, und schrieb mit Kreide dem fatalen Krauter an die Thür:

»Kraut und Rüben
Haben mich vertrieben,
Hätt'st du, Krauter! Fleisch gekocht,
So wär' ich länger blieben.«

Und nun nahm ich meinen Apfel und ging zum Haus hinaus in die Fremde auf Paris los.

Als ich einstens Abends in einen Wald kam, und nicht wußte, wo ich mich hin verkriechen sollte, damit nicht etwa ein wildes Eichhorn mich fressen möchte, sah ich plötzlich einige Schritte von mir im Grase etwas glänzen. Ich nahte mich, und sieh da! es war ein ganz schöner Harnisch. Ich ging erstens in einiger Entfernung rund um ihn herum, dann warf ich mit kleinen Steinen nach ihm, und als sie in ihn hinein rasselten, bemerkte ich, daß er hohl sey und leer. Nun war ich vergnügt; denn wenn ich in den Harnisch hinein stieg, hatte ich ja das schönste stählerne Haus auf diese Nacht, und das that ich auch ohne alle Umstände. Ich stieg durch das Visir hinein, das ich hinter mir zuschloß, spazierte vom Kopf bis zu den Füßen darin herum, und fand ihn überall schön ausgepolstert, und legte mich ruhig drin zu Bette, nachdem ich erst meinen Lappen mit den Worten: »Sieben auf Einen Schlag« zu dem Visir herausgehängt hatte. Kaum hatte ich's mir aber ein wenig bequem gemacht, so sah ich einen Mann im Hemde ankommen. Er sagte: »Das Bad war angenehm«, und griff mit der rechten Hand in das Visir des Helmes, um ihn aufzuheben; aber ich klappte es mit solcher Gewalt zu, daß ich ihm die Finger einklemmte, und als er schrie:

»Wer Kuckuk ist in meinem Helm?«

schrie ich wieder:

»Ich beiß die Hand dir ab du Schelm;
Ich bin der Ritter Siebentodt,
Freß sieben auf ein Abendbrod.«

Er sprach:

»Ach theurer lieber Held!
Erbarmt euch mein und laßt mich los,
Ich zahle euch ein Lösegeld,
So viel ihr wollt, wär's noch so groß.«

Ich sprach:

»Erst sagt mir, wer ihr seyd,
Und ob es nach Paris noch weit?«

Er sprach:

»Ich bin der Prinz Burgund,
Der hier auf Königs Wache stund,
In einem Schloß, nicht weit von hier,
Ist jetzt des Königs Hofquartier;
Das englisch' Einhorn tobt im Land,
Drum hat der Hof sich hergewandt;
Ich mußte hier auf Wache stehn,
Und wollt' ein wenig baden gehn;
Nun kam ich wieder in dem Hemd,
Da habt ihr mich so eingeklemmt.«

Ich sprach:

»Thut mir einen Schwur und Eid,
So helf ich euch aus euerm Leid,
Geht, sagt dem König: im Walde ruht
Ein Held von königlichem Blut,
Er tödtet meistens alle Tag
Wohl sieben Helden auf Einen Schlag,
Er heißt der Ritter Siebentodt;
Sein Wappen ist ein Apfel roth,
Er bietet seinen Feinden Trutz,
Und nimmt den König in den Schutz;
Er will vom Rennthier ihn befrein,
Wenn er ihm gibt sein Töchterlein;
Und daß die Jungfrau nicht erschrickt,
Wenn sie den großen Held erblickt,
Will er in zierlichster Gestalt,
Sich geben ganz in ihre Gewalt;
Er will wie eine Puppe fein,
Ihr Freund und artig Spielwerk seyn.«

Kaum hatte der Prinz diese Worte gehört, als er hoch und theuer schwur, alles zu thun, was ich befehle, wenn ich ihm die Hand nicht abbeißen wollte. Ich sagte ihm: »Wohlan, mein theurer

Prinz von Burgund, so ziehet Eure Hand zurück; ich will, weil Ihr Euch billig finden lasset, Euch auch nicht entehren, ich will gleich meine artige kleine Gestalt annehmen und vor Euch hintreten, wie ich die Rettung von Frankreich vornehmen will; ziehet Euern Harnisch wieder an, gehet an den Hof und saget: daß ich Euch besiegt, daß ich aber, weil Ihr Euch so brav gehalten, Euch freigelassen und zu meinem Abgesandten zum König gemacht, dem ich meine Hülfe durch Euch anbiete.« Nun ließ ich seine Hand los und sprang mit gleichen Beinen aus dem Harnische heraus, wo er sich dann überaus über meine kleine artige Gestalt erfreute und mir sagte, daß ich ihn hier wieder erwarten sollte, worauf er sich an den Hof begab.

Ich saß nun im Gras, und dankte Gott, daß er mir so herrliche Gesinnungen eingeflößt. Mit meinen Verheißungen wird es sich auch schon finden, dachte ich, und sah nur immer meinen lieben rothen Apfel recht an, welcher meinen Muth ungemein stärkte.

Sieh! da kam alsbald eine schöne Gesandtschaft von vornehmen Hofkavalieren, den Prinzen von Burgund an ihrer Spitze, zu mir her und luden mich von Seiten Ihrer Majestät sehr höflich ein, in das Schloß zu kommen. Sie hatten einen goldenen Sessel bei sich, ich sprang sogleich mit meinem Apfel darauf, und ließ mich an den Hof tragen. Noch am Abend ward ich dem König und der Prinzessin vorgestellt, die sich sehr über meine Gestalt wunderte, und einmal über das anderemal sagte: »*O le petit drôle, qu'il est joli! qu'il est petit maître!*« Das schmeichelte mir sehr, und der König versprach mir noch am Abend seine Tochter, wenn ich das Einhorn erlangen würde. »Ich kenne das Einhorn, Euer Majestät!« sprach ich, »ich habe es gesehen, als ich auf der Hochzeit der langen Nacht und des langen Tages war, welche zwischen Calais und Dover gefeiert wurde, wo jetzt der Kanal *de la Manche* ist. Saget mir doch, wodurch hat sich denn der Streit mit ihm entsponnen?« – »Das ist ein sehr kritischer Fall«, sagte der König, »den alle Juristen nicht entscheiden könnten. Das Einhorn hatte einen schönen Garten auf seiner Seite, Bretagne genannt; als nun plötzlich die Erde zwischen den zwei Ländern brach und das Meer sich durchstürzte, riß das Meer jenen Garten hinweg und führte ihn herüber auf meine Seite, wo mein Hahn seine Wohnung hatte, und so ist das Einhorn Morgens auf dieser Seite erwacht in seinem Garten. Da aber mein Hahn Morgens in seinen Garten gehen wollte, fand er ihn nicht mehr. Das Land hatte sich verwandelt, der Garten des Einhorns lag auf seinem Garten. Nun begann ein Streit, wer hier der Herr sey. Der Hahn sagte: Hier habe ich immer gewohnt, hier ist meine Grenze, hier ist mein Himmel. Das Einhorn sagte: Dieser Garten ist mein, diese Bäume hab' ich gepflanzt, diese Felder hab' ich gesäet. Der Hahn sagte: Trage deinen Garten hinweg! Das Einhorn sagte: Ich habe ihn nicht hergetragen und brauche ihn auch nicht wegzutragen. Nun entstanden Processe, die kein Ende nahmen, und endlich Krieg. Das Einhorn wüthete durch das ganze Gallien und hat mich schon bis hieher vertrieben. Täglich erwarte ich die traurige Nachricht, daß es sich meinem Hoflager nähere und ich mich von Neuem zurückziehen müsse; denn schon nahet sich das ungeheuere Wildschwein, welches immer vor ihm herlauft und das Land verwüstet. Ach!« sagte der König, »wenn wir das abscheuliche Wildschwein nur los wären, mit ihm muß der Anfang gemacht werden, es ist der stärkste Bundesgenoß des Einhorns.« Worauf ich ihm antwortete: »Ich habe mich zwar allein anheischig gemacht, das Einhorn für die Hand Eurer reizenden Tochter zu bezwingen; so aber Ihro Majestät mir versprechen, mir Prinzessin Lilie morgen Abend zur Frau zu geben, so will ich morgen schon diesen Eber zu Ihren Füßen legen.« Der König lächelte und sagte: »Mein theurer Ritter Siebentodt! ohne einen Zweifel in Eure Tapferkeit zu setzen, kommt es mir doch immer sehr kurios vor, wenn Ihr von solchen Heldenthaten sprecht. Doch sey Euer Begehren bewilligt, so Ihr das Schwein tödtet, soll Euch die Prinzessin gegeben werden.«

Dies war unsere Unterredung am ersten Abend, worauf ich zu Bette ging und vortrefflich schlief. Am folgenden Morgen machte ich mich auf, um mein Heil mit dem Wildschweine zu versuchen. Kaum war ich eine Stunde weit in den Wald gegangen, als ich das Grunzen des Schweines hörte. Mich ergriff eine unbeschreibliche Angst, als es im Gebüsche hinter mir raschelte. Schnell lief ich in eine Kapelle, die im Walde stand, und machte die Thüre zu; aber siehe da! das entsetzliche Schwein sprang zu mir durch das Fenster herein. Als ich es ankommen sah, sprang ich zur Thür hinaus und hielt sie zu; da sprang das Schwein wieder zum Fenster heraus gegen mich, und ich sprang wieder zu der Thüre hinein. Kaum fand das Schwein die Thüre abermals verschlossen, als es wieder zum Fenster hineinsprang und ich wieder zur Thüre hinaus, und so ging dies raus und rein und rein und raus über sechs Stunden lang, bis das Schwein, welches immer den schweren Sprung über das Fenster machen mußte, so müde ward, daß es in der Kapelle beinahe todt an die Erde fiel. Nun warf ich mit Steinen nach ihm, und als ich sah, daß es sich kaum mehr regen konnte, nähte ich ihm die Nasenlöcher und das Maul zu, und schnitt ihm den Schwanz ab, worauf ich die Kapelle verschloß und mit meinem Schweineschwanz nach Hof zurückeilte.

Ich legte ihn dem Könige zu Füßen und begehrte Ketten und Jäger, um das Schwein abzuholen. Dies ward mir sogleich bewilligt. Ich zog mit Allem versehen hinaus; wir fanden das Schwein bereits erstickt und schleiften es an einer Kette gebunden nach Hof vor den König. Der Prinz von Burgund ward bleich vor Verdruß, mich als Held zu sehen; denn er hätte die Prinzessin Lilie selbst gern geheirathet, auch die Prinzessin wollte nicht daran, ein so kleines Herrchen zu heirathen. Aber der König, der ein Mann von Wort war, ließ sich nichts einreden; ich wurde sogleich mit Lilie zusammengebracht und saß beim Abendschmaus zwischen ihr und dem König. Da gab mir der Prinz von Burgund einen Trunk, der ein wenig stark war, und ich ward so berauscht, daß ich den andern Tag auf meinem Hochzeitsbette erwachte. Die Prinzessin Lilie saß auf einem Lehnstuhl neben mir und sprach, als ich die Augen öffnete: »Gott sey Dank! Ihr lebt noch, mein Herr und Gemahl! ich zitterte schon für Euch. Was habt Ihr denn nur gehabt? Die ganze Nacht sagtet Ihr: Wichst mir das Garn, oder Manchester, oder Kameelhare, und dabei fuhrt Ihr aus wie ein Schneider, der näht!« – »Ei!« sagte ich, »geliebte Prinzessin! ich träumte, daß ich in Manchester in Großbritannien ein Kameel in einem Garn gefangen hätte.« Damit ließ sie sich zufrieden stellen und wir begaben uns zum König.

Aber der war schon wieder in großer Noth. Ein Courier hatte ihm gemeldet, daß das Einhorn Paris eingenommen und auf die Nachricht von dem Tode des Schweines einen Riesen abgeschickt habe, den König todt oder lebendig zu fangen. Nun hetzte Alles an mir, und die Prinzessin sagte, ich müsse den Riesen besiegen, oder sie hielte mich nach meinen Träumen für einen elenden Schneider. Alles lachte laut, als sie dies sagte, und ich mußte, da ich mich einmal in den Handel eingelassen hatte, meinen zweiten Heldengang thun. Ich zog an drei Stunden durch den Wald; da hörte ich einen gewaltigen Tritt, daß die Erde zitterte, und kletterte in meiner Herzensangst auf einen hohen Kirschbaum, welcher vor einem kleinen Försterhaus stand. Aber wie erschrack ich, als der Riese an den Baum trat, an dem die Kirschen ganz bequem hingen; er aß bald hier bald dort, und als er mich sah, sagte er: »Ei! du garstige Spinne auf den schönen Kirschen!« und nun gab er mir einen Schneller mit dem Finger, daß ich in den Rauchfang des Försterhauses flog und in einen großen Topf voll Buttermilch fiel, der auf dem Herde stand. Kaum war ich drin, als der Riese auch das Dach des Hauses abhob, nach der Milch griff und sie mit sammt dem Topf hinunterschluckte. Aber ich stemmte mich in seiner Kehle, daß er mich nicht herauf und herunterbringen konnte, und fing an ihm mit meiner Scheere von innen den Hals aufzuschneiden, daß er wie ein Löwe brüllte und endlich todt niederfiel.

Da spazierte ich aus dem Loche heraus und lief eilends, blutig wie ich war, nach Hof; der König und meine Prinzessin waren nicht wenig erschrocken mich so wieder zu sehen; aber ich schrie Victoria! und legte ihnen den Schnurrbart des Riesen, den ich mit vieler Mühe mitgeschleift hatte, zu Füßen. Nun zogen gleich die Stallknechte mit zwanzig Pferden mit mir zurück und wir schleiften den Riesen vor das Schloß. Abermal hielt man da eine große Gasterei und trank meine Gesundheit mit Pauken und Trompeten, und ich ward abermals so sehr berauscht, daß ich, ohne zu wissen wie ich hingekommen war, morgens in der Brautkammer erwachte. Prinzessin Lilie saß wieder auf dem Lehnstuhl und begrüßte mich mit bittern Thränen. »Mein theuerster Gemahl und Held Siebentodt!« sagte sie, »wie war mir wieder Angst um Euch, Ihr schriet wieder im Traume: Was Kraut und immer Kraut! und dann sagtet Ihr: Zwei Ellen Futterbarchent 1 fl. 30 kr., für Façon 3 fl. 45 kr., für Steifleinwand in den Kragen 1 fl. 12 kr., für Nähseide und Kameelhaare 3 fl. 26 kr. und so immer fort eine ganze Schneiderrechnung; auch habe ich Eure Finger besehen und finde sie so gewaltig verstochen, daß ich in großer Angst bin, daß Ihr ein Schneider seyd.« Ich sagte ihr, sie solle sich dergleichen aus dem Sinne schlagen, ein Traum sey ein Schaum. Aber sie weinte immer fort und wollte mir keinen Kuß geben, bis ich das englische Einhorn gefangen hätte. Verdrüßlich über ihren Eigensinn stand ich auf und sagte ihr, daß ich ihr das Einhorn bringen wollte.

So marschirte ich wieder in den Wald, wo mir bald allerlei flüchtige Leute begegneten, die mir sagten, das Einhorn sey in vollem Anmarsch. Ich ließ mich nicht geniren und vertraute auf gut Glück. Bald hörte ich es heran rasseln durch das Gebüsch. Ich aber trat mitten vor dasselbe hin, und wenn es mich mit seinem Horn spießen wollte, sprang ich immer hinter einen Baum, und so neckte ich es lange, bis es ganz toll und blind mit seinem Horn dermaßen in das Astloch einer Eiche rannte, daß es sich selbst fing und nicht rückwärts noch vorwärts konnte. Nun war ich gleich bei der Hand und vernähte ihm dermaßen die Nasenlöcher und das Maul mit einer Kettennaht, daß es kaum Athem holen konnte, worauf es demüthig ward wie ein Lamm und sich von mir an einer Halfter von Tuchenden ruhig in das Schloß führen ließ.

Als ich ankam, wollte der König eben mit Sack und Pack flüchten. Aber wie war die Verwunderung groß, mich mit dem Einhorn zu sehen. Es neigte sich vor dem Könige und seufzte; dann führte ich es zu der Prinzessin, daß es ihr das Haupt in den Schooß legen sollte. Aber es schüttelte den Kopf und wollte nicht. Nun ward es gefesselt und in einen Thurm gesperrt. Der König konnte mir nicht genug danken, daß ich ihm seinen Feind gefangen; aber die Prinzesin war sehr verdrüßlich, daß sich das Einhorn nicht vor ihr geneigt; und als der König sie bei Tisch fragte, warum sie trauere, sagte sie: »Was helfen mich alle die Siege des Helden Siebentodt? Ich werde ihn doch immer für einen Schneider halten, der mein Gemahl nicht seyn kann, bis er öffentlich vor meinen Augen einen Kampf mit einem Geißbock besteht.« Dieser boshafte Vorschlag ärgerte mich tief in der Seele und ich erwiederte ihr: »Und ich werde Euch so lange für keine tugendhafte Jungfrau halten, als Euch das Einhorn den Kopf nicht in den Schooß legt.« Sie wurde rasend darüber und warf mir ihren Handschuh hin. Da er aber von Ziegenleder war, sprang ein Geißbock, welcher Schloßgärtner war, hervor und hob ihn auf. »Wohlan«, sagte der König, »Ihr Sieger über das Wildschwein, den Riesen und das Einhorn, werdet bald mit dem Geißbock fertig seyn; beginnt den Kampf auf Leben und Tod!« – Aber du mein Gott! wie schlimm stand es mit mir! denn kaum hatte der König ausgeredet, als mich der Geißbock auch schon mit den Hörnern im Hosenbund ergriff, mich ein paarmal hin und herschwenkte, und mich dann mit unbeschreiblicher Gewalt über die Bäume hinaus in den wilden Wald schleuderte.

Ich fiel ganz sanft auf ein Bund Heu nieder, an dem einige Esel fraßen, und da sie mit ihren Mäulern noch ziemlich weit von mir entfernt waren, hatte ich noch keine Sorge und überlegte mein trauriges Geschick. Der Undank des Königs und der Prinzessin kränkte mich tief; aber indem ich meinen rothen Apfel ansah, dachte ich wieder: Es geschah dir doch recht! warum konntest du das schöne Mägdlein vergessen, das dir mit diesem Apfel allein deinen Muth eingeflößt. Nun sah ich mich um und bemerkte, daß ich unter einer Schaar von Räubern war, die so eben überlegten, wie sie des Königs Schatzkammer bestehlen wollten. Potz Bügeleisen! dachte ich, da kannst du dich für den Undank rächen! und als mir nun die Esel mit ihren Mäulern zu nahe kamen, stach ich sie mit einer großen Stopfnadel tüchtig in die Nase, worüber sie laut schrien und davon liefen. Nun sprangen die Räuber auf und fingen sie ein, und als sie wieder nachsahen, was die Esel von dem Heu verjagt hatte, sahen sie mich kleinen Helden auf dem Heu sitzen, der sie folgendermaßen anredete: »Meine Herrn und Freunde! ich bin der Held Siebentodt, ich habe dem König das Wildschwein, den Riesen und das Einhorn besiegt; er hat mich mit Undank belohnt, ich will mich an ihm rächen; ich habe gehört, daß Ihr seine Schatzkammer berauben wollt, laßt mich Euer Bruder und Gehülfe seyn, ich weiß alle Schliche und Wege im Schloß. Stellt Euch nur unter die Fenster der Schatzkammer in der Nacht, und wenn Ihr gut fangen könnt, will ich Euch Thaler genug herauswerfen.« Die Diebe willigten ein.

Mit der Abenddämmerung stellten sie sich unter die Fenster der Schatzkammer; ich aber nahm ein grünes Krautblatt auf den Rücken und hüpfte wie ein Frosch zwischen den Wachen in das Schloß hinein. Die eine Schildwache wollte nach mir stechen, die andere aber sagte: »Laß den Grünhösler hüpfen, er zeigt uns gut Wetter auf morgen an.« So entkam ich glücklich dem Tod und schlich nun nach der Thüre der Schatzkammer, wo ich wußte, daß alle Abend der Schatzmeister hineinging und Geld auf morgen holte. Er kam auch bald und ich schlüpfte mit ihm hinein, da er fort war, begann ich meinen Kameraden einen Thaler nach dem andern hinabzuwerfen, und so arbeiteten wir die ganze Nacht.

Den folgenden Abend kam der Schatzmeister wieder und wunderte sich, daß der Haufe Thaler so abgenommen. Doch ging er wieder fort, nachdem er alle Schlösser und Fenster noch wohl verwahrt gefunden. Nun warf ich wieder die ganze Nacht die Thaler einzeln hinunter, und als der Schatzmeister sah, daß fast alles Geld verschwunden war, so begann er überall zu suchen. Nun versteckte ich mich unter einen Thaler und rief ihm zu: »Hier bin ich!« Wenn er aber hergelaufen kam, saß ich schon wieder unter einem andern Thaler und schrie: »Hier bin ich!« So neckte ich den Schatzmeister so lange herum, bis ihm das Licht ausging. Da fing ich nun wieder an, Thaler hinunter zu werfen, und er suchte die Thüre, um davon zu laufen. Als er aber mit dem König und mehreren Menschen wieder kam, saß ich eben auf dem letzten Thaler und hüpfte mit den Worten: »Adieu, Herr Schwiegervater! ich habe mir meine Bezahlung geholt«, zum Fenster hinunter. Schnell eilte ich nun mit meinen Kameraden in den Wald, wo wir unsere Beute theilten, wobei ich aber nur einen Kreuzer kriegte, weil ich schon an meinem Apfel genug zu schleppen hatte.

Ich steckte den Kreuzer in den Apfel, und sie ernannten mich zu ihrem Hauptmann und nannten mich Rinaldo Rinaldini, und ich that viele große Thaten, von welchen ein ganzes Buch geschrieben ist. Was half mich aber Alles? Als ich einstens auf einer Wiese spazierend mich in edlen Gedanken von meinen Kameraden entfernt hatte, wurde gerade Gras gemäht von einer dicken starken Bauernmagd. Ich sah nach ihren rothen Strümpfen und dachte an die Jungfrau in Mainz, die auch rothe Strümpfe angehabt. In solch schönen Jugenderinnerungen blieb ich wie versteinert stehen. Da faßte mich die Bauernmagd mit sammt dem Gras, in dem ich stand, und schnitt es mir unter den Füßen weg und steckte mich in ihre Schürze. Die Überraschung, die Macht der Erinnerung und der betäubende Heudunst hatten mich berauscht. Ich entschlummerte und sie warf mich ihrer Geiß vor, welche mich sammt dem Heu gierig hinunter fraß; da ich erwachte, war ich in dem Bauche der Geiß, und quälte sie so, daß die Bäuerin, der sie gehörte, glaubte, die Geiß wolle toll werden, und sich entschloß sie zu schlachten. Als sie in den Stall kam und die Geiß schlachten wollte, schrie ich immer: »Hier bin ich! hier bin ich!« Aber sie hörte mich nicht, schlachtete die Geiß und hackte eine Wurst aus ihr. Unter dem Hacken war ich in

Todesangst und schrie immer: »Ich bin hier! ich bin hier! hackt nicht zu tief.« Aber sie hörte mich während dem Geklapper des Hackmessers nicht und füllte mich in die Wurst und hing mich in den Rauch. Da kam aber eine Eule nach einiger Zeit und stahl die Wurst, und als sie daran fraß, bekam ich Luft und lief von Neuem fort auf die Wanderschaft.

Vor Allem lief ich auf die Wiese, wo ich meinen Apfel hatte liegen lassen, und fand ihn auch wieder gesund und roth, was mir ein gutes Zeichen schien für das Wohlseyn meiner Liebsten. Da ich aber bereits mit meinem Apfel wieder in der Nähe von Mainz war, erwischte mich ein Fuchs und fraß mich mit sammt dem Apfel in einem Schluck hinunter. Nun rief ich immer: »Herr Fuchs! ich bin hier!« Er fragte: »Wo?« Ich sagte: »In eurem Bauch, laßt mich frei!« – »Ja!« sagte er, »wenn du mich in einen guten Hühnerhof bringen willst.« »Ja!« sagte ich; und nun sagte ich ihm den Weg nach meiner Liebsten Wohnung; er schlich sich Nachts in ihren Hühnerstall; da sie aber gerade darin war, mit einer Mistgabel den Stall zu reinigen, stach sie ihn damit in den Hals, und als der Fuchs todt war, schrie ich immer:

»Liebstes Röschen! ich bin hier,
Ich bin hier!
Ich bringe dir den Apfel roth;
Ach, helfe mir aus meiner Noth!«

Da schnitt sie den Fuchs auf und ich fiel ihr zu Füßen, und sie heirathete mich, und ich ward Meister hier in Mainz, und sie gebar mir ein Söhnlein, genannt Garnwichserchen.

Text- und Abbildungsnachweise

Der Text der Rheinmärchen und das Vorwort von Guido Görres folgt dem ersten Band der Ausgabe »Die Märchen des Clemens Brentano. Zum Besten der Armen. Nach dem letzten Willen des Verfassers herausgegeben von Guido Görres«. Erster Band. Stuttgart und Tübingen, J. G. Cotta'scher Verlag. 1846.

Die Illustrationen von Edward von Steinle sind dem Band »Clemens Brentano und Edward von Steinle. Dichtungen und Bilder. Herausgegeben von Alexander von Bernus und Alfons M. von Steinle« entnommen. Die Ausgabe erschien im Verlag Jos. Kösel'sche Buchhandlung, Kempten und München 1909.

Der Insel Verlag dankt dem Freien Deutschen Hochstift/ Frankfurter Goethemuseum für die freundliche Unterstützung.

Inhalt

Clemens Brentano im Insel Verlag

Gedichte, Erzählungen, Briefe
Herausgegeben von Hans Magnus Enzensberger. 1981. it 557

Gockel, Hinkel und Gackeleia
Nach der Frankfurter Erstausgabe von 1838. Mit Lithographien von Caspar Braun nach Entwürfen Clemens Brentanos. 1973. it 47

Italienische Märchen
Mit einem Nachwort von Maria Dessauer. 1983. it 695

Rheinmärchen
In der von Guido Görres herausgegebenen Ausgabe von 1846. Mit Illustrationen von Edward von Steinle. 1984. it 804

Clemens Brentano/Sophie Mereau, Lebe der Liebe und liebe das Leben. Der Briefwechsel von Clemens Brentano und Sophie Mereau Mit einer Einleitung herausgegeben von Dagmar von Gersdorff. Mit zahlreichen Abbildungen. 1981

Clemens Brentano/Philipp Otto Runge, Briefwechsel
Herausgegeben von K. Feilchenfeldt. 1974. Insel-Bücherei 994

Clemens Brentano/Achim von Arnim, Des Knaben Wunderhorn. Alte deutsche Lieder. Auswahl. 1974. it 85
– Insel-Bibliothek Leinen- oder Lederausgabe

Clemens Brentanos Frühlingskranz aus Jugendbriefen ihm geflochten wie er selbst schriftlich verlangte
Mit einem Nachwort von Hartwig Schultz. 1985. it 812

Anthologien, Märchen, Sagen

Aladin und die Wunderlampe
Aus dem Arabischen von Enno Littmann. Mit Illustrationen einer französischen Ausgabe von 1865/66. it 199

Ali Baba und die vierzig Räuber
und die Geschichten von den nächtlichen Abenteuern des Kalifen aus 1001 Nacht. Aus dem Arabischen von Enno Littmann. Mit Illustrationen einer französischen Ausgabe von 1865/66. it 163

Allgemeines deutsches Reimlexikon
Herausgegeben von Peregrinus Syntax. Mit einer Gebrauchsanleitung von Hans Magnus Enzensberger. Zwei Bände. it 674

Alt-Prager Geschichten
Gesammelt von Peter Demetz. Mit Illustrationen von Hugo Steiner-Prag. it 613

Hans Christian Andersen. Märchen
Mit Illustrationen von Vilhelm-Pedersen und Lorenz Frølich. Aus dem Dänischen von Eva-Maria Bluhm. Drei Bände in Kassette. it 133
– Märchen meines Lebens. Eine Skizze.
Mit Porträts des Dichters. it 356
– Glückspeter
Mit Scherenschnitten von Alfred Thon. it 643

Das Anekdotenbuch
Mit zeitgenössischen Illustrationen. Herausgegeben von Willi Pumin. it 708

Giovanni Battista Basile. Das Pentameron
Das Märchen aller Märchen. Deutsch von Felix Liebknecht. Herausgegeben von Walter Boelich. it 345

Micha Josef bin Gorion. Born Judas
Altjüdische Legenden und Volkserzählungen. Aus dem Hebräischen von Rahel bin Gorion. Auswahl und Nachwort von Emanuel bin Gorion. it 529

Elisabeth Borchers. Das Adventbuch
it 449

Anthologien, Märchen, Sagen

Elisabeth Borchers/Louise Brierley. Der König der Tiere und seine Freunde
it 622

Clemens Brentano. Gockel, Hinkel und Gackeleia
Nach der Frankfurter Erstausgabe von 1838. Mit den Initialen und Lithographien von Caspar Braun nach Entwürfen von Clemens Brentano. it 47
– Italienische Märchen. Mit einem Nachwort von Maria Dessauer. it 695

Das Buch der Liebe
Gedichte und Lieder, ausgewählt von Elisabeth Borchers. it 82

Chinesische Volkserzählungen. Ausgewählt und mit einem Nachwort versehen von Kuan Yu-Chien. Mit Illustrationen von I-Ching Cheng. it 522

Die großen Detektive
Detektivgeschichten mit Auguste Dupin, Sherlock Holmes und Pater Brown. Herausgegeben und mit einem Nachwort von Werner Berthel. Mit Illustrationen von George Hutchinson. it 101
– Die großen Detektive II
Nick Carter, Nat Pinkerton, Sherlock Holmes, Percy Stuart. Herausgegeben von Werner Berthel. it 368

Deutsche Heldensagen
Nacherzählt von Gretel und Wolfgang Hecht. it 345

Deutsche Sagen
Herausgegeben von den Brüdern Grimm. Mit Illustrationen von Otto Ubbelohde. it 481

Günter Eich/Edda Köchl. Der 29. Februar
Ein Märchen von Günter Eich mit Bildern von Edda Köchl. it 616

Die Eisenbahn
Gedichte. Prosa. Bilder. Herausgegeben von Wolfgang Minaty. it 676

Erotische Geschichten aus den 1001 Nächten
Aus dem arab. Urtext übertragen und herausgegeben von Felix Tauer. it 704

Anthologien, Märchen, Sagen

Die Erzählungen aus den Tausendundein Nächten
Einleitung von Hugo von Hofmannsthal. Vollständige deutsche Ausgabe in zwölf Bänden. Nach dem arabischen Urtext der Calcuttaer Ausgabe aus dem Jahre 1839. Übertragen von Enno Littmann. Mit farbigen Minaturen. In farbiger Schmuckkassette. it 224

Der Familienschatz
Mit Holzschnitten und Zeichnungen von Ludwig Richter. it 34

Gebete der Menschheit
Religiöse Zeugnisse aller Zeiten und Völker. Herausgegeben von Alfonso M. di Nola. Zusammenstellung und Einleitung der deutschen Ausgabe von Ernst Wilhelm Eschmann. it 238

Das Geburtstagsbuch für Kinder
Geschmückt mit Bildern von László Varvasovsky. Und mit Versen, Geschichten, Glückwünschen und Ermahnungen, ausgewählt von Elisabeth Borchers. it 664

Geschichten aus dem Mittelalter
Herausgegeben von Hermann Hesse. Aus dem Lateinischen übersetzt von Hermann Hesse und J. G. Th. Graesse. it 161

Geschichten der Liebe aus den 1001 Nächten
Aus dem arabischen Urtext übertragen von Enno Littmann. Mit acht farbigen Miniaturen. it 38

Geschichten vom Buch. Herausgegeben von Klaus Schöffling. Mit Illustrationen von Hugo Steiner-Prag. it 772

Gesta Romanorum. Das älteste Märchen- und Legendenbuch des christlichen Mittelalters
Herausgegeben und eingeleitet von Hermann Hesse. it 315

Jacob und Wilhelm Grimm. Deutsche Sagen
Mit Illustrationen von Otto Ubbelohde. Zwei Bände. it 481

Wilhelm Hauff. Märchen
Zwei Bände. Herausgegeben von Bernhard Zeller. Mit Illustrationen von Theodor Weber, Theodor Hosemann und Ludwig Burger.
it 216/217

Anthologien, Märchen, Sagen

Johann Peter Hebel. Kalendergeschichten. Ausgewählt und mit einem Nachwort versehen von Ernst Bloch. Mit 19 Holzschnitten von Ludwig Richter. it 17
– Das Schatzkästlein des rheinischen Hausfreundes. Herausgegeben und mit einem Nachwort versehen von Jan Knopf. it 719

Das Herbstbuch
Gedichte und Prosa. Herausgegeben von Hans Bender. it 657

Das kalte Herz. Texte der Romantik
Ausgewählt und interpretiert von Manfred Frank. it 330

Hermann Hesse. Der Zwerg
Ein Märchen. Mit Illustrationen von Rolf Köhler. it 636
– Kindheit des Zauberers
Ein autobiographisches Märchen. Handgeschrieben, illustriert und mit einer Nachbemerkung versehen von Peter Weiss. it 67
– Piktors Verwandlungen
Ein Liebesmärchen, vom Autor handgeschrieben und illustriert. Mit ausgewählten Gedichten. Nachwort von Volker Michels. it 122

E.T.A. Hoffmann. Meister Floh
Ein Märchen in sieben Abenteuern zweier Freunde. Mit Illustrationen. it 503

Die Insel. Monatsschrift mit Buchschmuck und Illustrationen
Herausgegeben von Otto Julius Bierbaum, Alfred Walter Heymel und Rudolf Alexander Schröder. Faksimile der von Oktober 1899 bis September 1902 erschienenen Zeitschrift. Mit einem Begleitband »Die ersten Jahre des Insel Verlags« von Klaus Schöffling. 12 Quartalsbände. it 578

Das Katzenbuch. Von Katzen und ihren Freunden
Geschichten, Gedichte, Bilder. Gesammelt von Hans Bender und Hans Georg Schwark. it 567

Kinder- und Hausmärchen, gesammelt durch die Brüder Grimm
Mit den Zeichnungen von Otto Ubbelohde und einem Vorwort von Ingeborg Weber-Kellermann. Drei Bände. it 112/113/114

Märchen der Romantik
Mit zeitgenössischen Illustrationen. Herausgegeben von Maria Dessauer. Zwei Bände. it 285

Anthologien, Märchen, Sagen

Märchen deutscher Dichter
Ausgewählt von Elisabeth Borchers. it 13

Der magische Spiegel. Märchen deutscher Dichter aus zwei Jahrhunderten
Herausgegeben von Paul Wolfgang Wührl. Bd. II. it 558

Mittelalter. Geschichten aus dem Mittelalter
Herausgegeben und übersetzt von Hermann Hesse. Mit Holzschnitten. it 161

Moritatenbuch
In Zusammenarbeit mit Mia Gmeiner-Stangier herausgegeben von Karl Riha. Mit zahlreichen Illustrationen. it 559

Johann Karl August Musäus. Rübezahl
Für die Jugend von Christian Morgenstern. Mit Illustrationen von Max Slevogt. it 73

Liebe Mutter
Eine Sammlung von Elisabeth Borchers. it 230

Die Nibelungen
In der Wiedergabe von Franz Keim. Mit den berühmten farbigen Jugenstilillustrationen von Carl Otto Czeschka. Mit ein Vor- und Nachwort von Helmut Brackert. Im Anhang die Nacherzählung »Die Nibelungen« von Gretel und Wolfgang Hecht. it 14

Das Papageienbuch Tuti-Nameh
Eine Sammlung orientalischer Erzählungen, übersetzt von Georg Rosen. it 424

Alexander Puschkin/Ivan Bilibin. Das Märchen vom Zaren Saltan und das Märchen vom goldenen Hahn
Mit Bildern von Ivan Bilibin. Nacherzählt von Elisabeth Borchers. it 2002

Römische Sagen
Geschichten und Geschichte aus der Frühzeit Roms. Nacherzählt von W. Fietz. it 466

Anthologien, Märchen, Sagen

Sagen der Juden
Aus dem Hebräischen von Rahel bin Gorion. Auswahl und Nachbemerkung von Emanuel bin Gorion. it 420

Wolfgang Schadewaldt. Sternsagen
Mit Illustrationen aus dem 18. Jahrhundert. it 234
– Homer, Ilias
Mit 12 Bildtafeln. it 153

Skaldensagas
Aus dem Altisländischen, eingeleitet und erläutert von Franz Seewald. it 576

Sternzeichen aus einem alten Schicksalsbuch
Mit 34 Miniaturen pro Zeichen. Herausgegeben und erläutert von Bernhard D. Haage. Mit einer Einleitung von Christiane von Wiese. Skorpion: it 601 · Schütze: it 602 · Steinbock: it 603 · Wassermann: it 604 · Fische: it 605 · Widder: it 606 · Stier: it 607 · Zwillinge: it 608 · Krebs: it 609 · Löwe: it 610 · Jungfrau: it 611 · Waage: it 612

Jerko V. Tognola/Adelki. Das Eselchen und der Wolf
Sechs Fabeln. Aus dem Italienischen von Martin Roda Becher. it 2001

Urgroßmutters Hausmittel
Aus dem Hausbuch der Frau Rath Schlosser. Herausgegeben von Alexander von Bernus und mit einem Nachwort von Elmar Mittler. it 561

László Varvasovsky. Die Bremer Stadtmusikanten
Ein Märchen der Brüder Grimm, illustriert und für ein Schattentheater eingerichtet. Mit einer Anleitung zum Selberbasteln. Vierfarbendruck. it 658

Lieber Vater
Eine Sammlung von Gottfried Honnefelder. it 231

Jan Wahl/Barton Byron. Vom kleinen klugen Enterich
Erzählt nach einem alten französischen Volksmärchen. Mit Bildern von Barton Byron. Aus dem Amerikanischen von Ingrid Westerhoff. it 593

Das Weihnachtsbuch für Kinder
Mit Geschichten, Versen und vielen Bildern. Ausgewählt von Elisabeth Borchers. it 156